DANIEL SCHOLTEN

Der kopflose Engel

Buch

Eine südländisch aussehende Frau wird in Stockholm auf offener Straße mutwillig überfahren. Die Tote trägt keinerlei Hinweise auf ihre Identität bei sich. Das Einzige, was man bei ihr findet, sind diplomatische Dokumente in einer unbekannten Sprache. Die Autopsie gibt Kommissar Cederström ein noch größeres Rätsel auf: Die Tote scheint mit keinem Volk der Welt genetisch verwandt zu sein. Die Ermittlungen führen Kommissar Cederström auf die Spur eines sagenhaften archaischen Fundes. Doch als kurz darauf ein weiterer Mord geschieht, erkennt Kommissar Cederström, dass nicht nur er sich für die kostbaren Papiere der rätselhaften Fremden interessiert – und dass sein Gegner bereit ist, über Leichen zu gehen …

Autor

Daniel Scholten, Jahrgang 1973, stammt aus einer deutsch-isländischen Familie. Nach längerer Arbeit als Typograf in Skandinavien und Deutschland hat er in München Ägyptologie und historische Sprachwissenschaft studiert. Sein Forschungsgebiet ist die altägyptische Grammatik und Literatur. Nach längeren Aufenthalten in Island und Schweden lebt er zurzeit in Stockholm und München und gibt zwei Literaturzeitschriften für Isländisch und Schwedisch heraus.

Die Verfilmung der Fälle von Kommissar Cederström ist bereits in Vorbereitung.

Mehr über den Autor und die Kommissar-Cederström-Reihe unter: www.danielscholten.net

Von Daniel Scholten außerdem bei Goldmann lieferbar:

Der zweite Tod. Ein Fall für Kommissar Cederström (46402)
Die falsche Tote. Ein Fall für Kommissar Cederström (46466)

Daniel Scholten

Der kopflose Engel

Ein Fall für Kommissar Cederström

GOLDMANN

FSC
Mix
Produktgruppe aus vorbildlich
bewirtschafteten Wäldern und
anderen kontrollierten Herkünften

Zert.-Nr. SGS-COC-1940
www.fsc.org
© 1996 Forest Stewardship Council

Verlagsgruppe Random House FSC-DEU-0100
Das für dieses Buch verwendete FSC-zertifizierte Papier
München Super liefert Mochenwangen Papier

1. Auflage
Originalausgabe Juni 2008

Umschlaggestaltung: Design Team München
Umschlagfoto: Wolf Huber, München
KS · Herstellung: Str.
Druck und Bindung: GGP Media GmbH, Pößneck
Printed in Germany
ISBN: 978-3-442-46467-8

www.goldmann-verlag.de

In Schweden ist es grundsätzlich üblich, sich zu duzen. Um das Sozialgefüge nicht zu verfälschen, wurde dies in dieser Geschichte beibehalten.

Stockholms Innerstaden

17	Cederströms	23	Sergels Torg
18	Sofi	24	TT
19	Slussen	25	Riddarholmen
20	Västerlånggatan	26	Königsschloss
21	Drakens Gränd	27	Centralbron
22	Reichstag	28	Hammarby

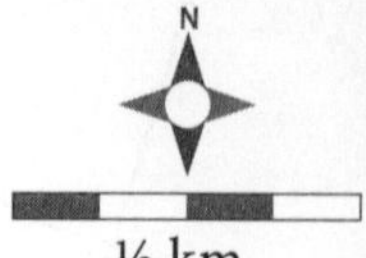

1 Bibliothek
2 Handelshochschule
3 Observatorium
4 Idas Antiquariat
5 Odenplan
6 Centralbahnhof
7 Sergels Torg
8 Polizeigebäude
9 Italienische Botschaft
10 Waldemarsudde
11 Beckholmen
12 Gröna Lund
13 Diplomatenstadt
14 Villa Källhagen
15 Außenministerium
16 Östermalmstorg
GATAN
NORR-
MALM
ÖSTERMALM
STRANDVÄGEN
Nybroviken
ström
DJURGÅRDSVÄGEN
DJUR-
GÅRDEN
OAKHILL
GAMLA
STAN
SKEPPSBRON
Saltsjön
KATARINAVÄGEN
SANDÖN
VITA
BERGEN
NACKA

1

Baldarelli rückte den Stuhl ans Fenster seiner Kammer. Das tat er jeden Abend, um etwas zu betrachten, was es in seiner Heimat nicht gab. Er hatte sich in dieses Licht verliebt, und weil er noch kein ganzes Jahr in Stockholm verbracht hatte, gab es jeden Tag etwas Neues daran zu entdecken. Die Dämmerung zog sich dahin wie eine schüchterne Romanze. Während die Dunkelheit längst über der italienischen Botschaft lag, konnte Alberto Baldarelli von seinem Stuhl aus noch eine ganze Weile lang dem Tag jenseits des Horizonts hinterherblicken.

Von Nacht zu Nacht geriet die Sonne in immer größere Verwirrung, und Alberto fieberte dem Mittsommer entgegen, wenn sie ihm um Mitternacht hinter dem Haus auflauern würde wie ein Zirkusclown. In seinem Alter gab es sonst nichts mehr, dem er entgegenfiebern konnte.

Zu diesem Ereignis würde er sich Händel auflegen, eine von den deutschen Arien, von denen es zu jeder Sehnsucht eine passende gab, gesungen von einer schwedischen Sopranistin, deren Namen Baldarelli immer mit Ingrid Bergman durcheinanderbrachte. *Das zitternde Glänzen der spielenden Wellen versihilbert das Ufer, bepeherlet den Strand!*

Aber lange saß er heute Abend nicht.

Aus der Ferne näherte sich ein Fahrzeug. Sein Motor rasselte wie einst die Motoren in Baldarellis Jugend. Dann erreichte der Wagen die Botschaft. Der Djurgårdsvägen endete hier und wand sich als Schlaufe um die Mauer des Grundstücks.

Balderelli beugte sich aus dem Fenster. Er hatte sich nicht getäuscht. So konnte nur ein alter Chevy rasseln. Der Fahrer nahm die Kurve mit so hoher Geschwindigkeit, dass die Reifen quietschten. Im Halbdunkel konnte Balderelli den Beifahrer erkennen. Er saß auf der Fensterkante, hielt eine Bierdose in die Höh und hatte jetzt Mühe, der Fliehkraft und seiner Trunkenheit zu trotzen.

Dann klirrte es. Es klang zart und fern und wäre im Quietschen der Reifen untergegangen, wenn Balderelli nicht schon darauf gewartet hätte. Er sprang von seinem Stuhl auf und fluchte lauter, als Reifen quietschen können.

»Verdammte Bastarde!«

Das Rasseln des Motors verklang in der Ferne und ließ Balderelli in der geschändeten Nacht allein zurück. Erst nach einigen Sekunden wandte er sich vom Fenster ab. Der Stuhl war beim Aufspringen umgekippt. Ohne weitere Flüche stellte er ihn wieder auf. Beinahe zärtlich.

Auf dem Weg hinab strich er mit der Hand über das Treppengeländer. Diese Bastarde! Wenn er nur gewusst hätte, dass er hier seine Schrotflinte brauchte. Bei der Muttergottes von San Michele – dann hätte er sie mitgebracht!

Am anderen Ende der Straße feierten die Studenten im Skansen Walpurgisnacht. So hatte es ihm Carla erklärt. Sie war hier in der Botschaft die Protokollchefin, warf ihren strengen Blick aber auch auf alles, was sich außerhalb des Protokolls ereignete. Da lag er in seinem Alter allerdings immer schon im Bett. Von Carla wusste er, was Walpurgisnacht überhaupt war, und zwar ein weiteres dieser heidnischen Feste, die die Schweden begingen, sobald die Sonne in einer gewissen Position stand. Offenbar brauchten sie die Gestirne, um sich beim Nachhausetorkeln zu orientieren.

Unten im Erdgeschoss war alles dunkel, nur aus dem Wachzimmer neben dem Eingang flimmerte grünes Fernsehlicht.

Weil das Alter Alberto zu Gelenksentzündungen verdammt hatte, entging Lorenza und Romano sein Schlurfen nicht. Der Wachmann kauerte mitten im Zimmer auf seinem Drehstuhl und starrte auf das Endspiel. Das tat auch Lorenza. Obwohl sie ihre Füße auf Romanos Schreibtisch gelegt hatte und an einer Bierflasche nippte, war sie lieblicher als der Frühling in Cosenza. Die beiden saßen da wie ein Ehepaar am Beginn der Routinejahre, in Wahrheit aber konnte nur der Dienstplan die beiden vereinen. Wenn es kein Fußballspiel gab, blieb sie lieber drüben im Konsularzimmer und stempelte Visa und Erbscheine. Romano hatte einen ausladenden Wachmännerbauch, und das Einzige, womit er die Aufmerksamkeit auf sich ziehen konnte, war seine Taschenlampe. Lorenza drehte ihren Kopf als Erste in den finsteren Flur. Sie war die Hellere von beiden.

Alberto trat aus der Dunkelheit. »Wer gewinnt?«

»Die Spanier«, murmelte Romano.

»Verdammte Bastarde, diese Spanier.«

Lorenza lächelte. »Willst du mitschauen?«

Alberto schüttelte den Kopf. Ihn interessierten nicht einmal mehr Radrennen und Bunte Abende mit blondierten Moderatorinnen. »Diese Bastarde von Schweden haben mir eine Scheibe eingeschlagen. Sind mit dem Wagen vorbei und haben eine Bierdose über die Mauer geworfen.«

»Die rasen immer bis hierher und eiern um die Botschaft«, sagte Romano. Dabei malte er den Verlauf der Straße mit dem Zeigefinger in die Luft, ohne den Ball auch nur für eine Sekunde aus den Augen zu verlieren.

Balderelli stand ein Weilchen da, bis ihm wieder einfiel, weshalb er heruntergekommen war. »Ich hole eine neue Scheibe aus dem Keller.«

»Jetzt noch?«, fragte Lorenza und schwang ihre Beine vom Tisch.

Alberto nickte. Die Beete entwickelten sich besser, als er im Frühjahr erwartet hatte. Da wollte er sich nicht von einer kalten Morgenstunde einen Strich durch die Rechnung machen lassen. Rosenzucht war eine Sache der Disziplin. Das hatte sie mit der Diplomatie gemeinsam.

»Warte«, sagte Lorenza. »Ich komme mit.«

Die grobe Holztür zur Kellertreppe hatte sich im Laufe der Jahre verzogen. Alberto drehte behutsam am Knauf, damit sie beim Aufziehen nicht so knarrte. Sogleich drang Kellerluft in die Nase des Mannes, der sein Leben lang nur feuchte Erde und Blüten gerochen hatte. Und manchmal einen trockenen Chianti.

Der Keller war vor einem Jahrhundert in den Fels, auf dem die Botschaftsvilla stand, gehauen worden. Die Wände entlang der Steintreppe waren unverputzt, und jeder der groben Meißelschläge würde bis zum Jüngsten Tag gut zu sehen sein. Unten gliederten Ziegelwände das Gewölbe in sechs türlose Zellen. Eine davon hatte ihm Botschafter Maero für die Scheiben seiner Gewächskästen zur Verfügung gestellt. Er drehte am Lichtschalter und sah, dass nur noch acht Reservescheiben übrig waren. Lorenza blieb draußen im Flur stehen, weil sie nicht wagte, einen Fuß zwischen die Scheiben zu setzen. Sie waren aus dünnem Glas und lehnten an den Wänden. Er begutachtete drei Exemplare und klemmte sich schließlich das schönste unter den Arm. So machten sie sich auf den Rückweg. Als sie die Halle erreichten, klingelte drüben in der Kanzlei das Telefon.

»Einen Moment«, flüsterte Lorenza und eilte hinüber.

»Die italienische Botschaft in Stockholm«, hörte er sie in den Hörer sagen. »Konsularnotdienst. Ja, da sind Sie richtig.«

Alberto Balderelli wartete eine Minute mit der Scheibe unter dem Arm. Als sie sich in seine Handfläche zu schneiden begann, seufzte er und machte sich allein auf den Weg, obwohl es ein wenig schade war, auf Lorenza verzichten zu müssen, jetzt, wo er die Schönheit einer Frau genießen konnte wie die einer Rose, ohne also beim Anblick in Fortpflanzungspläne verstrickt zu werden.

Draußen im Garten spürte er die feuchte Kühle auf seinen Unteramen. Zum Glück hatte er nicht bis zum Morgen gewartet. Auch wenn in einer Stunde der Mai anbrach, konnte sich in diesem barbarischen Klima vor dem Morgengrauen immer noch Frost auf die Triebe legen, und dann hätte er den ganzen Sommer über eine kahle Stelle in den Beeten.

Eine Steinmauer umgab das kreisrunde Gelände der Botschaft, dessen Fläche für einen Gärtner wie Alberto nicht zu verachten war, selbst wenn das Gebäude auf einem Felshügel lag. Alle dreißig Minuten hielt ein Bus, mit dem Alberto manchmal in die Stadt fuhr. Meist sah er aber von seinem Fenster aus zu, wie eine Handvoll Fahrgäste an der Endhaltestelle auf der anderen Seite der Straße ausstiegen. Gewöhnlich wanderten sie von dort ins endlose Grün von Djurgården, nur wenige von ihnen kamen zur Botschaft herauf, um sich ihren verlorenen Pass ersetzen zu lassen.

An der Innenseite der Mauer entlang hatte er Rosen gepflanzt und die Triebe mit den Scheiben vor der Witterung geschützt. Alberto trippelte im Dunkeln an der Mauer entlang und spähte nach der zerbrochenen Scheibe und der Bierdose. Eigentlich hatte er die Einschlagstelle vom Fenster aus genau ausmachen können, doch nun fand er nichts als eine braune Schnecke, die auf einer der allesamt intakten Scheiben klebte. Alberto zog sie ab und warf sie über die Mauer. Mit gebeugten Knien schritt er seine Scheiben ab. Manchmal musste er mit der Hand darüberstreichen, weil die Finsternis ihn trog.

Dann entdeckte er die Stelle. Der Kerl musste in weitem Bogen geworfen haben. Erst wollte er hineingreifen und sie herausnehmen. Aber das Loch war eng. Bei seinen zittrigen

Händen sah er das Unheil schon auf sich zukommen und drehte lieber die vier Flügelschrauben auf, um die ganze Scheibe aus der Halterung zu ziehen. Er hielt sich gerade die Bierdose vor die Augen, um die Marke zu entziffern und zu verdammen, als es ein paar Schritte weiter im Gras raschelte. Alberto richtete seinen Blick in die Dunkelheit. Eine Gestalt löste sich daraus. Bildete er sich das ein? Nein, eine Gestalt, ganz in Weiß. Muttergottes, wie ein Gespenst! Nein, viele Gespenster. Warum trugen sie weiße Nachthemden? Dicht beieinander, als wären sie ein einziger Körper, traten sie auf ihn zu. Ein Klirren durchbrach Albertos Starre. Er hatte die halbvolle Dose auf seine Ersatzscheibe fallen lassen.

Ein schwarzer Bart füllte das Gesicht des Vordersten. Die Gesichter der anderen blieben in Geheimnis gehüllt. Den Gedanken an irre Schweden, die ihm einen Schrecken einjagen wollten, gab er sofort wieder auf. Man drang nicht in eine Botschaft ein. Diese Mauer überwand niemand, ohne bemerkt zu werden.

Aber etwas anderes brachte Albertos Kiefer zum Klappern. Das war keine Verkleidung. In den Augen des Bärtigen konnte er es lesen, noch bevor der zu sprechen begann. Seine Stimme klang tief. So etwas Fremdes hatte Alberto nie gehört. Keine ihm bekannte Sprache klang so. Die Worte drohten. Das begriff er, ohne etwas zu verstehen. Immer weiter murmelte der Mann, während er seinen Blick von Alberto hob und zum braunen Himmel hinaufsah. Dabei erhob sich ein Raunen hinter ihm. Die Stimmen von einem Dutzend Männern begannen, die unheilvollen Worte zu wiederholen.

Einen Monat später

ERSTER
TEIL

HOC INTER NOS ET ILLOS QUIBUS SUMMA
EST FULGURUM PERSEQUENDORUM SCIENTIA
INTEREST: NOS PUTAMUS QUIA NUBES
COLLISAE SUNT FULMINA EMITTI.
IPSI EXISTIMANT NUBES COLLIDI
UT FULMINA EMITTANTUR.

ZWISCHEN UNS UND IHNEN,
DIE BEI DER BEOBACHTUNG DER BLITZE DAS
HÖCHSTE WISSEN BESITZEN,
LIEGT DER UNTERSCHIED DARIN,
DASS WIR GLAUBEN,
BLITZE WÜRDEN AUSGESANDT,
WEIL WOLKEN ZUSAMMENSTOSSEN.
SIE HINGEGEN GLAUBEN,
DASS DIE WOLKEN ZUSAMMENSTOSSEN,
DAMIT SIE BLITZE HINAUSSCHLEUDERN.

[illegible]

[illegible] dem Schwarz.

Die Toiletten lagen nah am Ausgang. Demnach müsste sie sich an den Schlangen der Damen- und Herrentoiletten vor[illegible]

SAMSTAG
31. MAI

2

Sich am Leben berauschen, dachte Lovisa noch. Dann erbrach sie sich heftig in die Toilettenschüssel. Eine Weile verstrich, bis sie wieder richtig atmen konnte und das Gewirr aus Stimmen jenseits der Kabinentür zu ihrem Gehirn vordrang. Sie sah an sich hinunter. Auf den Kacheln unter ihren Knien war eine Pfütze, dessen Herkunft Lovisa ein Rätsel war. Sie verabschiedete sich von ihrem Wunsch, sich ganz hinfallen zu lassen und für immer dazuliegen. Stattdessen griff sie nach der Türklinke und zog sich hoch.

Ich muss schauen, dass ich nach Hause komme, fiel ihr ein. Wenn sie betrunken war, huschten die Gedanken nur so vorbei. Oder sie griff zu langsam nach ihnen, das kam ihr jetzt wahrscheinlicher vor. Sie atmete durch. Nun ging es ihr besser, aber ihre Hose sah fürchterlich aus. Von den Knien abwärts klebte der Stoff nass an ihren Beinen.

Sie trat aus der Kabine und hatte Glück. Alle drei Waschbecken waren frei. Dort schöpfte sie sich Wasser ins Gesicht und spülte ihren Mund aus. Ihre Hose wollte sie trocknen, indem sie eine versiegelte Papierrolle am Stoff auf und ab rollte. Das saugte ein wenig von der Nässe auf, beseitigte aber nicht den Schmutz.

Die Toiletten lagen nah am Ausgang. Dennoch musste sie sich an den Schlangen der Hinein- und Hinausgehenden vorbeischieben und mit der stickigen Hitze kämpfen. Als sie endlich das Freie erreichte, ging sie rasch weiter, um sich den

Blicken der Anstehenden zu entziehen. Draußen war es wärmer, als sie gehofft hatte. Immerhin duftete die Nachtluft nach Blüten und wirbelte in sanften Böen um ihren Kopf.

Sie folgte einfach der Straße, von der sie glaubte, dass es der Sveavägen war. Ein alter amerikanischer Straßenkreuzer in Beige zog hupend an ihr vorbei. Zwei Jungen hatten sich auf die Kanten der hinteren Fenster gesetzt und schwangen Hammarby-Fahnen.

Sie entdeckte den Eingang zur U-Bahn, hielt sich bei der Eingangstür am Metallrahmen fest und blickte die steile Treppe hinab. ›Rådmansgatan‹ stand dort riesengroß. Sie überlegte angestrengt, kam aber nicht darauf, ob das auf ihrer Linie lag. Während sie noch dastand, kamen zwei Frauen die Treppe herauf.

»Ist alles in Ordnung mit dir?«

Die beiden waren neben ihr stehen geblieben und musterten sie. Lovisa begriff erst mit einiger Verzögerung, dass die Frauen mir ihr sprachen. Sie nickte.

»Du solltest nicht hineingehen«, sagte die mit den blonden Strähnen. »Unten ist alles voller Polizei.«

Lovisa nickte ohne Unterbrechung weiter und erinnerte sich. Sie war ja mit dem Bus hergekommen, und wenn sie mit dem Bus herkommen konnte, dann konnte sie auch wieder damit zurückfahren. Sie wandte sich vom Eingang ab und blickte den Sveavägen entlang. Die Frauen waren weitergegangen und warteten jetzt vor der Ampel.

Ich muss den Zweier nehmen, sagte sie sich und streckte den Arm aus. Sie bemerkte, wie ernst ihr Zustand war, wenn sie schon für sich selbst den Arm ausstreckte und auf Dinge zeigte, die sie bereits sah. Sie steuerte auf die Kreuzung zu, die nur zweihundert Meter entfernt lag. Schon nach wenigen Schritten ging es ihr besser. Auch mit dem Denken klappte es wieder ganz gut. Sie lief an dem viereckigen Bassin entlang, das zwischen der Handelshochschule und der Bibliothek lag. Dort war eine Menge los. Einige hatten die Holzbänke in das Becken verfrachtet, um beim Sitzen mit den Füßen im Wasser planschen zu können. Drei Jungen waren mit dem Skateboard unterwegs. An der Kreuzung wimmelte es vor Menschen, und vor dem Schnellrestaurant waren alle Tische belegt. Lovisa warf einen Blick hinein zu den Kassen, aber dort reichten die Schlangen beinahe bis zur Tür. Sie erreichte die Straßenecke. Im 7-Eleven schien es ruhiger zu sein, immerhin standen nicht mehr als fünf Menschen an der Kasse. Die Wärme im Inneren war zu ertragen und auch der Geruch nach Essen. Sie durchquerte den Laden und nahm sich eine Flasche Ramlösa mit Zitronengeschmack aus dem Kühlschrank. Auf dem Weg zur Kasse entdeckte sie eine Tüte mit Chips und griff danach. Beim Warten klemmte sie beides unter ihre Arme und fuhr mit den Händen in die Taschen ihrer Jeans. Geld hatte sie noch, sie spürte ein oder zwei Geldscheine und eine kleine dicke Münze.

Die Schlange kam langsamer voran als erhofft. Lovisa lehnte sich gegen die Vitrine und sah den Würstchen darin beim Drehen zu. Die Frau vor ihr duftete gut, wie die Blüten an den Bäumen draußen. Lovisa betrachtete den Rücken der Frau und dann ihren Hintern. Sie trug einen Rock, der ihr bis zu den Knien reichte. Lovisas Blick wanderte wieder hinauf. Die Bluse war aus einem wunderschönen Stoff. Das Haar glitzerte schwarz. Bei jeder kleinen Bewegung wippte es als kompakte Masse hin und her. Erst als die Frau an die Reihe kam und sich zu dem indisch aussehenden Jungen hinter der Kasse wandte, konnte Lovisa ihr Gesicht sehen und starrte sie unverhohlen an. Die Frau sagte etwas auf Englisch und erhielt kurz darauf einen Becher Kaffee. Lovisa atmete auf, als sie endlich selbst an die Reihe kam und nicht mehr neben der Warmhaltevitrine warten musste. Der Schwindel kehrte zurück. Sie schaffte es bis zur Tür und dann bis zur Gehsteigkante. Während sie auf

Grün wartete, versuchte sie, die Tüte aufzureißen und ließ sie dabei fallen. Sie bückte sich und verlor das Gleichgewicht.

»Are you all right?«

Schon wieder die Frau. Sie hatte sich über Lovisa gebeugt, die zwischen den Stoßstangen zweier geparkter Autos auf dem Hintern gelandet war. Lovisa nickte und deutete zur Bushaltestelle in der Odengatan. Die Frau erwiderte etwas, doch davon verstand Lovisa nur das Wort ›Taxi‹. Ein Taxi wäre nicht schlecht, dachte sie. Die Frau packte sie unter den Achseln und half ihr, sich auf die Kühlerhaube des Autos zu setzen. Die Übelkeit kehrte zurück, und das Bild der Frau verschwamm. Lovisa schloss die Augen und kämpfte gegen den Sog. Lustigerweise verstummten sogleich alle Geräusche um sie. Ein harter Stoß holte sie aus tiefer Versenkung. Sie blinzelte und spürte, dass sie auf dem Boden lag. Geschrei umgab sie, das von allen Seiten zu kommen schien. Neben ihr quietschten Reifen. Sie riss die Augen auf, um etwas zu erkennen, aber sie sah nur die Stoßstange eines Autos und blendende Scheinwerfer. Die Frau war verschwunden.

3

»Auf die Türen aufpassen!«, schallte es durch die U-Bahn-Station Odenplan. »Die Türen schließen sich!«

Während der tiefe Warnton erklang, zwängte sich Polizeiassistentin Theresa Julander mit ihrem Kollegen Hampus durch den Türspalt. Theresa begann sogleich, durch den Wagon zu laufen.

Die drei Jungen hatten sich am anderen Ende des Abteils auf den Sitzen niedergelassen. Es dauerte nicht lange, bis einer von ihnen Theresa in ihrer Uniform entdeckte und aufsprang. Doch die Tür ließ sich nicht mehr öffnen. Der Junge trat dagegen, bis der Zug ruckelnd anfuhr. Theresa grinste breit und packte ihn am Arm. Hampus kam ihr zu Hilfe.

Aus den Augenwinkeln bekam sie mit, dass sich die beiden anderen nicht von ihren Plätzen rührten. Die drei mussten alle schon achtzehn oder zwanzig sein, sahen türkisch aus und wohnten bestimmt südlich vom Gullmarsplan. Wo alle wohnten, die zwanzig waren und türkisch aussahen. Theresa bog dem Jungen den Arm hinter den Rücken und drückte seine Brust gegen die Trennscheibe. Hampus rief mit dem Funkgerät Verstärkung herbei.

Eine Anwohnerin hatte angerufen, weil ein Betrunkener die Upplandsgatan entlanglief und bei jedem geparkten Auto den Außenspiegel abtrat. Nach jedem dritten Spiegel brüllte er laut ›Verdammte Hure‹, und zwar so laut, dass acht Anrufe bei der Zentrale eingingen. Alle Anrufer beschrieben den Betrunkenen als weiß gekleidet mit zwei Begleitern im Schlepptau.

Seit einer Stunde war ihnen die Polizei von ganz Vasastan auf den Fersen, und jetzt mussten die drei ausgerechnet der Polizeiassistenten Theresa Julander in ihre offenen Arme fahren, nur wenige Sekunden, nachdem sie über Funk den Befehl bekommen hatte, mit der U-Bahn zum Sankt Eriksplan zu fahren, um sich an der Suche zu beteiligen.

Sie blickte an dem Kerl hinab und schnaubte. Bestimmt hatte er die Spiegel abgetreten. Er war von Hals bis Fuß in Weiß gekleidet. Wie geschmacklos, dachte sie.

Und wenn Theresa Julander sich etwas dachte, dann sagte sie es auch.

Der Junge erwiderte ihre Offenheit, indem er sie eine verdammte schwedische Polizistenhure nannte. Dabei schien er gar nicht zu bemerken, dass er dieselbe Beleidigung, die zuvor Dutzende von Anwohnern der Upplandsgatan gehört hatten, soeben wiederholt hatte. Vielleicht war es ihm auch egal, denn als Theresa die Unterhaltung noch einmal anfächelte, damit er die Beschimpfung laut genug wiederholte, brachte ihr das einen strengen Deeskalationsblick von ihrem Kollegen Hampus ein. Theresa seufzte. Hampus war völlig unbelastet von jedem kriminalistischen Talent und würde sein Leben bei der Schutzpolizei verbringen, wo er für Deeskalation sorgen konnte. Die Bewohner der Upplandsgatan konnten die weiße Kleidung und die Beschimpfung bezeugen, und dasselbe konnten nun auch alle Fahrgäste in diesem Abteil. Bei so gut dokumentiertem Täterwissen half später alles Leugnen nicht. Und er würde leugnen, er war ein Jammerlappen.

»Ich würde später lieber nicht leugnen, du Jammerlappen«, flüsterte sie ihm ins Ohr.

Der Festgenommene versuchte, um sich zu schlagen.

»Beruhig dich endlich!«, rief einer der beiden Freunde des Jungen unerwartet.

»Nächste Rådmansgatan«, fuhr die Lautsprecherstimme dazwischen. Der Zug bremste. Theresa sah durch das Fenster Roffe und Pelle schon am Bahnsteig auf sie warten.

»Alles klar. Wir fünf steigen hier aus!«

Anscheinend hatte Roffe sie schon beim Einfahren des Zuges ausgemacht, denn als sich die Türen öffneten, standen er und Pelle zum Empfang bereit.

Roffe war Ende vierzig und dick, aber Pelle war dicker. Da sie seit fünfzehn Jahren zusammenarbeiteten, hätten sie ja eigentlich gleich dick sein müssen, überlegte Theresa. Immerhin konnten sie mit ihrer Statur den ganzen Bahnsteig ohne zusätzliche Verstärkung abriegeln.

Pelle wollte wissen, wer von den dreien in der Upplandsgatan die Spiegel abgetreten hatte. Inzwischen hatte man dort zu zählen begonnen und war bei dreiundzwanzig Spiegeln angekommen.

»Unter hunderttausend Kronen kommt ihr da nicht weg«, fand Roffe. »Ohne die Geldbuße.«

»Kommt aufs Fahrzeug an«, präzisierte Pelle und machte Meldung ins Funkgerät.

Theresa zog ihren Schreibblock aus der Brusttasche. »Wie heißt du?«, wollte sie von dem wissen, der sie für eine schwedische Hure hielt.

»Kenan.«

Pelle sammelte die Ausweise der drei ein und maulte, weil Kenan, der Barbar, nur seinen Führerschein dabeihatte. »Bist du Schwede?«

»Ja. Ja!«

Das Geräusch schneller Schritte hinter ihrem Rücken ließ Theresa herumfahren, doch einer der beiden Komplizen hatte es bereits bis zur Rolltreppe geschafft, ohne dass Theresas Kollegen etwas unternahmen.

»Ich hole ihn«, sagte sie zu Roffe.

Roffe antwortete mit einem Nicken.

»Halt, warte«, rief Kenan. »Er hat nichts damit zu tun. Ich war's.«

Theresa überlegte einen Wimpernschlag lang, bevor sie sich fürs Hierbleiben entschied und sich dem anderen Jungen zuwandte. Seinem Ausweis nach hieß er Samir Massoud und war Syrer. Theresa gab seine Personennummer an die Zentrale durch.

Ein schriller Pfiff hallte durch die niedrige Bahnsteighalle. Alle blickten zur Rolltreppe. Dort stand der dritte Mann und fuchtelte mit den Armen wie eine französische Austauschschülerin beim Tanzen.

»Bleib hier«, riet Pelle. »Ist ein Trick.«

Theresa glaubte nicht daran. Der Junge war seiner Mimik nach eher ein Spaßvogel gewesen, und jetzt stand Entsetzen in seinem Gesicht, das konnte sie bis hierher erkennen. Er drehte sich um und rannte wieder hinauf.

Diesmal folgte sie ihm. Als sie die Treppe erreichte, nahm

sie zwei Stufen auf einmal und wurde dabei immer langsamer. Sie hatte viele Talente, aber Laufen gehörte nicht dazu.

Im Zwischengeschoss war kein Mensch zu sehen. Sie sprang über die Fahrkartensperre und verschaffte sich eilig einen Überblick über die Schilder, bevor sie sich für den linken Aufgang zur Handelshochschule entschied. Oben war der Junge einige Meter neben dem Ausgang stehen geblieben und richtete den Blick auf einen Punkt in der Ferne. Als sie die letzte Stufe erreichte, ahnte sie, was das Interesse des Jungen auf sich zog. Etwas stimmte nicht. Auf dem breiten Sveavägen waren kreuz und quer Autos mit eingeschalteten Scheinwerfern abgestellt. Menschen standen da und starrten auf denselben Punkt wie der Junge. Von der nahen Kreuzung strömten immer mehr Menschen herbei.

»Eine ist überfahren worden«, murmelte der Junge. Sein Akzent war schwächer, als sie erwartet hatte. »Sieht nicht gut aus für sie.«

Theresa kniff die Augen zusammen, um in dem Gewimmel ein Zentrum zu entdecken. »Hast du den Unfall gesehen?«

»Ein schwarzer Jeep. Er kam von dort, von der anderen Seite der Kreuzung. Hat sie da vorne erwischt. Sie ist bis dort geflogen.«

Zwischen den beiden Punkten mussten dreißig Meter liegen. Theresa konnte kaum glauben, dass ein Körper so weit flog. »Was ist mit dem Jeep?«

»Ist weitergefahren. Hat nicht mal gebremst.«

Sie überlegte, ob sie die anderen herbeiholen sollte, nahm dann aber lieber ihr Funkgerät und erstattete Meldung. Der Junge lief auf einmal los, hin zu der Stelle, wo die Menschen mitten auf der Straße einen Zuschauerring bildeten. Die Zentrale antwortete, dass bereits Anrufe eingegangen waren und der Notarzt jeden Augenblick eintreffen musste. Theresa starrte auf die Menschen. Das Funkgerät knisterte. Sie bekam den

Befehl mit, zur Unfallstelle zu gehen, um Zustand und Identität des Opfers festzustellen.

Sie gehorchte. Erst ging sie langsam, dann wurden ihre Schritte schneller. Sie drängelte sich zwischen den Leuten hindurch, die in einem Abstand von zwei bis drei Metern um den Körper herumstanden. Nur ein älterer Mann kniete bei dem Körper, der wegen der langen dunklen Haare und dem Rock leicht als Frau zu erkennen war. Die Frau lag mit geöffneten Augen auf dem Rücken und blickte in die Sterne. Theresa kniete sich neben den Kopf. Aus dem Funkgerät ertönte die Meldung, dass der schwarze Jeep mit hoher Geschwindigkeit auf Höhe der Kungsgatan gesichtet worden war.

»Wir müssen sie auf die Seite drehen«, sagte Theresa.

Der Mann hielt das Handgelenk der Frau, um den Puls zu fühlen. Er hatte eine Vollglatze und trug keine Jacke. Wahrscheinlich war er nach dem Unfall aus einem der Autos gesprungen, die jetzt mit offenen Türen mitten auf der Straße standen.

»Sie ist tot«, sagte er und legte die Hand der Frau auf den Asphalt zurück.

Theresa hörte Sirenen. Zwei Männer in gelben Jacken fielen neben ihr auf die Knie und öffneten einen Koffer.

»Öffne die Kleidung, schnell!«, sagte einer der beiden.

Theresa begann, die Bluse aufzuknöpfen, als sie etwas an ihrem Rücken spürte. Sie warf einen Blick über die Schulter und entdeckte den Jungen ganz dicht hinter sich.

»Geh weg!«, brüllte sie. Dazu trat sie mit einem Fuß nach hinten aus und erwischte ihn am Schienbein. Als Antwort erhielt sie einen Tritt in den Hintern. Sie sprang auf, trat nach ihm und brüllte etwas. Dann kniete sie sich wieder hin.

Theresa riss die letzten Knöpfe der Bluse auf, obwohl sie sich sicher war, dass in dem Körper kein Leben mehr steckte. Der Notarzt zog etwas Blaues unter dem Bund des Rockes hervor und wusste dann nicht, wohin damit, bis Theresa danach schnappte. Sie hatte es erst für ein Portemonnaie oder eine Mappe gehalten, aber nun sah sie, dass es ein in der Mitte geknicktes Kuvert aus Kunststoff war. Als der Arzt die Elektroden ansetzte, stopfte sie es in das Revers ihrer Uniform. Der leblose Körper sprang auf und ab. Der Arzt stemmte seine Handflächen auf den Brustkorb und richtete sich auf. Die Frau war sehr schön, fuhr es ihr durch den Kopf.

Nach zwei weiteren Versuchen gab der Arzt auf. Zugleich strömten Polizisten auf die Straße und trieben die Menschen von der Stelle weg. Theresas Funkgerät knackte und riss sie aus ihrer Versenkung. Sie rappelte sich auf und drückte die Sprechtaste. Die Zentrale verlangte wieder nach der Identität. Sie musste sich erneut hinknien und in den Rocktaschen der Toten suchen. Durch den dünnen Stoff spürte sie die Körperwärme. Ein Polizist, den Theresa nicht kannte, erschien und zog die beiden Ärzte mit sich.

Sie fand vier Hundertkronenscheine, einen Fünfziger und mehrere Münzen. Das war alles. Also nahm sie das Kuvert aus ihrer Jacke und drehte es hin und her.

»Sie hat nur Bargeld und ein Kuvert bei sich. Das UN-Wappen ist darauf. Darunter steht *›wälis diploma…‹*« Erst nach der fünften Silbe ging ihr auf, dass sie es gar nicht mit Englisch sondern Französisch zu tun hatte. »Es heißt *Valise diplomatique. Ne pas ouvrir. À renvoyer à …*«

Es verstrichen einige Sekunden, bis die Frau am anderen Ende der Leitung merkte, dass Theresa nichts mehr zu sagen hatte. »Und weiter? Wohin soll man es denn schicken?«

»Mehr steht da nicht. Darunter ist ein Klarsichtfach. Aber das ist leer.«

Die Stimme aus dem Funkgerät schwieg eine Weile. Offenbar wusste sie auch nicht weiter. »Steht der Name eines Landes darauf? Oder ein Wappen?«

Theresa drehte und wendete das Kuvert. Es hatte die Größe eines A5-Blattes. Das Material fühlte sich wie Kunststoff an. Die Lasche war mit einem Klebestreifen versiegelt, unter dem sich deutlich ein Metalldraht abzeichnete.

»Nein. Nur das der UN.«

»Du musst bei der Frau nach einem Zettel suchen, der aus dem Sichtfenster gerutscht sein kann.«

Theresa wühlte in den Taschen, hob den Bund des Rockes und blätterte zuletzt noch einmal die Geldscheine durch.

»Nichts.«

»Ist der Verschluss intakt?«

»Ich glaube schon, ja.«

»Einen Moment, bitte … Du darfst es auf keinen Fall öffnen.«

»Ich bin ja nicht blöd.«

»Wir sind gleich zurück.«

Zwei Polizisten breiteten eine Decke über die Tote. Ratlos drehte sich Theresa um ihre Achse und versuchte, einen Überblick zu gewinnen. Von Roffe und Pelle war keine Spur zu sehen. Das Interesse der Menschen und der meisten Polizisten hatte sich nun zum Hamburgerladen und vor allem zum 7-Eleven an der Straßenecke verlagert. Theresa ging zögerlich darauf zu. Auch oben bei der Bibliothek schien noch etwas los zu sein. Sie sah auf die Uhr. Vor einigen Minuten war der Juni angebrochen.

Eine starke Böe kam wie aus dem Nichts und wirbelte die abgefallenen Kirschblütenblätter im Rinnstein auf. Über dem Observatoriumshügel hinter dem Park ertönte ein tiefes Grollen. Theresa legte den Kopf in den Nacken und sah schwarze Wolken über den Himmel ziehen.

Zwei Polizisten stürzten aus dem 7-Eleven. Sie eilten zu einem schweren Kerl, der anscheinend das Kommando hatte. Theresa steuerte auf die Gruppe zu.

»Theresa Julander, Norrmalm. Was ist da drin los?«

»Es gibt noch ein zweites Unfallopfer«, sagte der Dicke. »Ein junges Mädchen. Sie wurde am Arm verletzt, aber vor allem scheint sie betrunken zu sein.«

»Wie heißt sie?«

Der junge Polizist reichte ihr einen Ausweis. Das Mädchen war vierzehn Jahre alt und hieß Lovisa Sjölin.

»Wisst ihr schon, wie es passiert ist?«, fragte Theresa.

Die Männer schüttelten den Kopf.

Auf einmal entdeckte sie den Jungen wieder, der ihr vorhin auf dem Bahnsteig entkommen war und sie dann zur Unfallstelle gelockt hatte. Er kam mit einem Polizisten vom Park her auf sie zu.

»Uns haben einige Augenzeugen angesprochen«, sagte der Polizist, der noch recht jung war und unter seiner Polizeimütze eine rasierte Glatze trug. »Anscheinend ist jemand direkt nach dem Unfall zur Frau gerannt und hat etwas in ihrer Tasche gesucht. Das soll ein Mann mit dunklen Haaren gewesen sein.«

Der dicke Einsatzleiter sah sich ratlos um, mit der legendären Trägheit eines Stockholmer Polizisten bei einem Großeinsatz.

»Er hat den Unfallwagen davonfahren sehen«, fuhr der Polizist fort und deutete auf den Jungen.

»Wie heißt du eigentlich?«, fragte Theresa.

»Fayid.«

»Was hast du gesehen?«

»Als ich oben ankam, sah ich die Frau auf der Straße liegen, und bin dann wieder zum Bahnsteig runtergerannt, um euch zu holen.«

Der glatzköpfige Polizist nickte. »Da war der Mann verschwunden, aber wir haben ein Pärchen und zwei junge Mädchen, die unabhängig voneinander einen Mann bei der Frau gesehen haben wollen, und zwar unmittelbar nach dem Aufprall.«

»Ich mache Meldung.« Theresa hielt sich das Funkgerät ans Ohr und entfernte sich einige Schritte von den anderen. Zwischen den parkenden Autos war es etwas ruhiger.

»Wir schicken jemanden von der Reichskrim vorbei und die Techniker«, sagte die Frau von der Zentrale, nachdem sie Theresas Meldung aufgenommen hatte. »Ihr müsst auf das Kuvert aufpassen und die Zeugen sichern. Wer hat bei euch das Kommando?«

Theresa Julander schielte zu der einsamen goldenen Krone auf ihrer Schulter und dann zu dem Dicken hinüber. »Ich. Ich habe hier das Sagen.«

4

Kjell Cederström, Chef der Reichsmordkommission, kurbelte die Scheibe herunter und streckte den Kopf aus dem Fenster.

»Also, hier hast du genug Platz.«

Behutsam lenkte Henning den Lastwagen von der breiten Olof Palmes Gatan in die Drottninggatan. Zwei Steinlöwen flankierten die Einfahrt als Zeichen dafür, dass Autos von hier an verboten waren. Nachdem Henning die Löwen unbeschadet hinter sich gelassen hatte, ließ er den Wagen an den dunklen Fassaden der Läden vorbeischleichen, um nicht eines der weit in die Straße hineinragenden Ladenschilder abzureißen. Bei ihrer letzten Fuhre im Frühling hatten sie kapitulieren müssen, denn der Weihnachtsschmuck wurde in der Drottninggatan wirklich nur während der drei heißesten Sommermonate abgenommen, um ihr nicht die Gemütlichkeit zu rauben. Damals brauchten sie eine ganze halbe Stunde, um die abgerissene Glühbirnengirlande wieder vom Führerhaus des Wagens zu wickeln.

Hier im Nordteil der Straße gab es sieben Antiquariate, einige Cafés und Speiselokale, das alte Centralbad, ein Fachgeschäft für Buddhakitsch und einen Laden mit billigen Gürteln und Handtaschen. Die Enge sorgte für ein mittelalterliches Miteinander zwischen den Ladenbesitzern und der Weihnachtsschmuck das ganze Jahr über für gute Umsätze.

Als sie Idas Laden erreichten, waren alle Lichter im Inneren erloschen, nur der gelbe Schimmer aus dem Hinterzimmer verriet, dass noch jemand da war. Henning fuhr weiter, bis sich die Straße nach zwanzig Metern zu einem kleinen Platz weitete und er in zwei Zügen wenden konnte. Mit etwas mehr Schwung fuhr er zum Laden zurück und schaltete den Motor aus. Kurz nachdem die Hydraulikbremsen gezischt hatten, gingen im Laden die Lichter an. Ida erschien an der Tür und sperrte auf. Wenn sie geschlafen hatte, machte sie immer ein ernstes Gesicht.

Kjell entschuldigte sich für die enorme Verspätung. »Wir haben ewig mit den Leuten Kaffee trinken müssen, bis sie zugestimmt haben. Und dann mussten wir auf der Küstenstraße zweimal anhalten und warten, bis das Gewitter weitergezogen war.«

»Hier ist das Gewitter noch gar nicht gewesen«, sagte Ida und gähnte.

»Dann erleben wir dasselbe Gewitter also dreimal«, brummte Henning und betätigte den Hebel. Die Rampe senkte sich summend herab.

Obwohl es im Laderaum kein Licht gab, leuchteten Idas Augen auf einmal hellwach. »Ist es schwer?«

»Leichter, als es aussieht«, antwortete Henning und kletterte auf die Rampe.

»Linda ist auch da. Sie will helfen.«

»Hallo Papa!« Linda kam aus dem Laden geeilt und stieg zu Henning auf die Rampe. Seit dem Abitur half Linda mit Begeisterung im Laden mit und suchte überall nach Verantwortung, die sich nach spätestens zwei Stunden in Luft auflöste.

Henning griff unter das lange Sofa und zog es bis zur Kante. Dort übernahm Kjell. Mit wenigen Handgriffen hatten sie es auf dem Gehweg abgesetzt. Ida wollte an Ort und Stelle probesitzen und wippte so begeistert, dass die alten Polsterfedern quietschten. Bei einer Reise ins Ausland hatte sie sich in die Idee verliebt, dass man in einer Buchhandlung auch sitzen konnte. Die anderen Händler in der Straße standen der Idee einer Sitzgelegenheit in einer Buchhandlung kritisch gegenüber. Es gab Buchgeschäfte und es gab Cafés. Beides zusammen war unmoralisch. Was hatte Ida Florén in ihrem Antiquariat als Nächstes vor?

Im Ausland sei Sitzen nicht unmoralisch, hatte Ida unbeschwert entgegnet und war seitdem trotz ihres lichtblonden Haars das schwarze Schaf unter den Stockholmer Antiquaren. Auch Kjell war von Idas Einfall nicht begeistert. Seit sie den Laden übernommen hatte, entwickelte er sich zu einem Ausflugsziel. Frauen kamen gar nicht mehr, dafür aber Männer, um Ida bei einem zweistündigen Gespräch über Immanuel Kant schöne Augen zu machen.

»Der Laden muss eben laufen«, behauptete Ida. »Das Sofa von Strindberg rundet mein Geschäftsmodell ab.«

»Echt?«, rief Linda. »Das ist das Sofa von Strindberg? Auf dem er mit all den Frauen saß? Oder lag?«

Ida nickte entschieden. Sie stammte aus einem uppländischen Organistenhaushalt und hatte sich dreistes Lügen mit acht Jahren selbst beigebracht.

Linda bekam einen Klaps von ihrem Vater. Damit wollte er sie zu mehr Wachsamkeit und Skepsis konditionieren.

»Dass sie sich davon getrennt hat!«, jubelte Ida und nahm die beiden Sessel in Augenschein. Das helle Holz war poliert und ohne Makel, die Bezüge mittsommerwiesengrün.

»Leicht war es nicht«, erwiderte Kjell. »Sie hat die Sachen sehr geliebt.«

Henning brummte. »Sie hat das Geld noch ein wenig mehr geliebt, da kannst du sicher sein.«

Kjell und Henning hatten nur eine Kanne Kaffee und einen ganzen Möhrenkuchen lang gebraucht, um der alten Lina aus Ludvika zu versichern, dass den Sitzmöbeln eine erhabene Zukunft in Strindbergs Lieblingsbuchhandlung bevorstehe. Auch hier war Strindberg wieder eine glatte Lüge. Die einzige Verbindung zu ihm war seine ehemalige Wohnung vier Häuser weiter, und Strindberg war höchstens mal mit seinem geladenen Revolver an diesem Geschäft vorbeigeschlichen.

Aus dem italienischen Restaurant gegenüber kam Franco herbeigeeilt und stemmte seine niedrige Schulter unter das Sofa, das jetzt auf halber Strecke durch die Tür klemmte. Obwohl er rasch ins Keuchen kam, lobte er das gute Stück, bis es an seinem vorbestimmten Platz stand. Seit Ida ihr Geschäft vor vier Monaten übernommen hatte, kam Franco sogar mehrmals am Tag herübergeeilt, man konnte beinahe von einem neuen Sinn im Leben des Italieners sprechen. Den Rest des Tages lehnte er in der offenen Tür seines Restaurants und schaute herüber. Sobald Ida einmal aufschaute, winkte er. Kjell hoffte, dass bald der Winter kam.

Warum man nicht auf eine Pizza und einen Wein zu ihm herüberkomme? Kjell, Henning und Ida verständigten sich mit Blicken, bevor sie nickten. Alle hatten Hunger, und das Pizzabacken war immerhin Francos zweitgrößte Leidenschaft.

»Ich bringe lieber erst den Wagen zur Autovermietung zurück«, sagte Henning. »Den kann ich hier nicht stehenlassen.«

»Dann komme ich mit«, rief Linda vom Hinterzimmer aus. »Cissi wollte später vorbeikommen.«

»Wollt ihr ausgehen?«, fragte Kjell.

»Nein, wir müssen die Reise vorbereiten.«

Linda würde in den nächsten Tagen mit einigen ihrer ehemaligen Klassenkameradinnen in den Schären herumsegeln und polierte daher seit einer Woche das Boot. Das war Kjell immer noch lieber als eine Flugreise zu einer Sangriahölle am Mittelmeer. Sie würden dreizehn Mädchen in fünf Booten sein.

Kjell trug die beiden Sessel herein. Als er wieder auf die Straße trat, hatte der Wagen bereits die beiden Löwen erreicht. Er sah Henning auf dem Trittbrett neben der Fahrertür stehen und Anweisungen erteilen. Kjell stellte sich mitten auf die Straße und verfolgte, wie seine Tochter den Lastwagen in aller Seelenruhe durch das Hindernis hindurchmanövrierte und nach rechts abbog. Beim Führen von Fahrzeugen suchte seine Tochter stets nach neuen Horizonten.

Auf einmal bremste der Lkw, und die Bremslichter leuchteten die ganze Drottninggatan rot aus. Ein schwarzer Wagen schoss von links auf der Olof Palmes Gatan heran, bremste heftig vor Linda, umfuhr das Führerhaus des Lastwagens und gab dann Vollgas. Henning sprang vom Trittbrett, brüllte hinterher und lief hinüber zur Beifahrertür. Linda fuhr an, der Lkw verschwand um die Ecke.

5

Polizeiassistentin Theresa Julander hatte immer noch das Sagen, obwohl inzwischen ein weiteres Dutzend Polizisten angekommen waren. Der schwere Kerl mit dem Namen Örjan hätte bei seinem Rang eigentlich den Ton angeben müssen. Dennoch stand er lieber an der Kreuzung und organisierte die Straßensperre. Anscheinend spürte er, dass Theresa wegen ihrer frühen Ankunft die Sache besser überblickte als er.

Theresa streute die Polizisten über das Gelände, um neue Zeugen aufzunehmen. Es war wichtig zu erfahren, woher die Frau vor dem Zusammenstoß gekommen war, glaubte sie, jedenfalls fiel ihr nichts ein, was man sonst noch herausfinden könnte. Aus den Augenwinkeln verfolgte sie, wie die beiden Sanitäter in ihren gelben Jacken das Mädchen zum Rettungswagen trugen. Ihr dunkelblondes Haar hing von der Bahre herab.

Den Gedanken, dass das Mädchen und die Tote irgendwie zusammengehören könnten, gab Theresa gleich wieder auf. Weil Aussehen, Kleidung und Alter der beiden Unfallopfer so weit auseinanderlagen, waren sie bestimmt nicht miteinander verwandt. Alles deutete eher darauf hin, dass die beiden sich zufällig über den Weg gelaufen waren. Das Mädchen war kaum älter als dreizehn und trug die bei ihren Stockholmer Altersgenossinnen übliche Kleidung, sehr enge Jeans und heruntergekommene Basketballschuhe, während die Frau auf zurückhaltende Weise elegant gekleidet war und gute fünfzehn Jahre älter sein musste als das Mädchen.

Die Sanitäter schoben die Bahre in den Rettungswagen. Das Mädchen rührte sich nicht. Anscheinend war sie nicht bei Bewusstsein.

Einsatzleiter Örjan hatte die beiden Streifenwagen soeben für eine Straßensperre in Position gebracht, als ein weißer Transit von der Odengatan in den Sveavägen einbiegen wollte. Mit Licht und Hupe brachte der Fahrer alle dazu, sich zu ihm umzudrehen. Örjan marschierte zum Fenster an der Fahrerseite und gab nach einer Sekunde den Befehl, die Straßensperre zu öffnen. Der Wagen fuhr in den gesperrten Bereich und blieb nach einigen Metern mit laufendem Motor stehen. Theresa ging als Einzige auf den Wagen zu. Der Fahrer öffnete zwar die Tür, machte aber keine Anstalten auszusteigen. Laute Rockmusik kam aus dem Inneren des Wagens. Am Steuer saß Per Arrelöv, der Chef der Tatorttechnik. Theresa hatte ihn im letzten Sommer kennengelernt, während sie für einige Tage zur Reichsmordkommission abkommandiert gewesen war und mit Per jede verdammte Wohnung in Skarpnäck kontrollierte, auf der Suche nach der verschwundenen Tochter des Justizkanzlers Rosenfeldt.

Pers Mitarbeiter kletterte vom Beifahrersitz und klappte die Flügeltüren am Fond auf. Per jedoch blieb reglos sitzen. Erst eine halbe Minute später riss er sich den Kopfhörer seines Telefons aus dem Ohr und stemmte sich aus dem Wagen.

»Hallo Per!«

Per wandte sich erstaunt um und musterte sie. »Theresa Julander. Du bist schöner als der Sonnenuntergang auf Värmdö.«

Theresas Lippen kräuselten sich zu einem Lächeln. Sie war noch bei keinem in Vergessenheit geraten.

Per streckte sich in das Innere des Wagens und zog eine Tasche vom Sitz. Damit steuerte er zielstrebig auf die Frau zu. Während das Mädchen schon auf dem Weg ins Krankenhaus war, lag die tote Frau unverändert unter dem Abdecktuch auf der Straße. Vier Polizistinnen drückten die Ecken des Tuchs zu Boden und kämpften gegen den Wind. Dem Cheftechniker genügte ein kurzer Blick. Um den Körper der Toten hatte sich eine Kontur aus Kirschblüten und Pollenhaufen gebildet. Der Cheftechniker tippte den grauweißrosafarbenen Flaum mit der Schuhspitze an und seufzte.

»Per, kann ich dir etwas sagen?«, fragte Theresa und deutete die leichte Drehung seines Kopfes als Erlaubnis.

Mit vier Sätzen schilderte sie die Lage. Per legte den Kopf in den Nacken und betrachtete die schwarzen Wolken. Vom Himmel kam ein Grummeln.

»Komm mit«, befahl er und kehrte mit Theresa zum Wagen zurück, wo sein riesiger und schlaksiger Assistent immer noch auf der Ladefläche hantierte. Er sprach ihn mit Lasse an und deutete auf die Stelle jenseits der Kreuzung, wo nach Theresas Bericht der Unfallwagen vor dem Zusammenprall einige

Minuten lang die rechte Fahrspur blockiert hatte. Dies behaupteten jedenfalls die Zeugen, die Theresa in den letzten zwanzig Minuten aufgegabelt hatte. Lasse griff nach zwei Aluminiumkoffern und lief zur Kreuzung.

Theresa zog das Kuvert unter ihrer Jacke hervor, das sie in eine Tüte von 7-Eleven gewickelt hatte. »Kannst du das hier gleich prüfen?«

Per lugte in die Tüte. »Später. Wir müssen draußen fertig sein, bevor der Regen kommt. Leg es da hin.«

»Sie ist vielleicht wegen dieses Kuverts überfahren worden. Es gibt da eigenartige Hinweise von den Zeugen. Und draußen laufen noch eine Menge Leute herum.«

Per nahm die Tüte, kletterte ins Wageninnere und verstaute sie in einem verschließbaren Kasten. Dann sortierte er die benötigten Geräte in solche, die Theresa tragen konnte, auch wenn sie eine Frau war, und in solche, die zu teuer oder empfindlich waren, um sie einer Frau anzuvertrauen. Sie griff zu und folgte ihm. Zu ihrem Erstaunen interessierte sich Per gar nicht für die Leiche, sondern ließ sich von Theresa die Stelle zeigen, wo sich der Zusammenprall ereignet hatte. Sie musste eine Lampe mit pinkfarbenem Licht auf den Boden richten, während Per mit seinem hochauflösenden »Infrarotbaby« den Asphalt zwischen den geparkten Autos fotografierte. Dann kniete er sich hin und suchte mit der Taschenlampe den Boden unter den Fahrzeugen ab.

Ein weiterer Streifenwagen kam die Odengatan herabgefahren und bremste scharf. Eine Frau sprang von der Rückbank und steuerte geradewegs auf Theresa und Per zu.

Es war Barbro Setterlind von der Reichsmord. Sie hatte langes, rotblondes Haar und war unverwechselbar.

»Theresa?«, fragte Barbro aus einigen Metern Entfernung. »Bist du es wirklich?«

Theresa winkte und lächelte.

»Ist ja lange her«, sagte Barbro. »Wie geht's dir?«

»Jämmerlich«, gab Theresa zur Antwort und deutete auf ihre Kollegen aus Norrmalm, die mit Kaffeebechern in den Händen vor dem 7-Eleven herumlungerten.

»Jeder fängt bei der Schutzpolizei an«, antwortete Barbro und winkte Örjan herbei. Sie gab Anweisung, die Sperre für die Fußgänger sofort aufzuheben. Verwundert nickte Örjan und ging los.

Barbro wandte sich wieder an Theresa. »Wo ist das Kuvert?«

Theresa deutete zum Transit. Sie stiegen in den Laderaum und schlossen die Türen hinter sich. Barbro schlüpfte in ein Paar Gummihandschuhe und öffnete die Kiste.

Prüfend hielt sie das Kuvert gegen die Deckenleuchte, betastete den Kunststoff und die Verschlussklappe. Während dieser Zeit erstattete Theresa ihren Bericht. Barbro Setterlind blickte skeptisch drein.

»Worum geht es?«, wollte Theresa wissen.

»Das darf ich dir nicht sagen. Du bist Schutzpolizistin.«

»Sie ist Diplomatin, oder? Habt ihr Hinweise, wer sie sein könnte?«

Barbro schüttelte den Kopf.

»Keine gute Sache für Schweden, wenn es seine diplomatischen Gäste nicht beschützen kann.«

»Kluges Mädchen.«

»Wir hatten das Wiener Abkommen in der Ausbildung.«

»Dann weißt du sicher auch, vor welchem Problem wir jetzt stehen. Ihr habt also nicht das Geringste bei der Frau gefunden, was auf ihre Identität oder wenigstens auf ihre Herkunft hinweist?«

»Nicht mal unter den parkenden Autos. Im Laden hat sie bar bezahlt.«

Draußen donnerte es laut. Kurz darauf wurde die Flügeltür aufgerissen.

»Theresa!«, rief Per. »Du musst mir jetzt helfen.« Er kletterte auf die Ladefläche und zog einen Kasten aus dem Stauregal. »Du nimmst dir diese Kamera und knipst um dein Leben. Am besten gehst du hinauf zur Bibliothek. Von dort oben kannst du alles überblicken.«

Theresa nickte.

Barbro nahm ihr Telefon aus der Tasche und sprach mit der Zentrale. »Schickt mir die Unterlagen ins Büro«, sagte sie und hielt dann die Hand auf die Sprechmuschel. »Per, ich brauche ein Porträt von der Toten.«

»Du musst auf die Pathologie warten«, brummte Per. Er war noch dabei, Theresa ein anderes Objektiv auf die Kamera zu schrauben. »Das Gesicht ist verletzt und blutig.«

»... und einen von den Pathologen in den Retziusvägen«, sagte Barbro wieder ins Telefon. »Ich bekomme mein Team nicht zusammen. Könnt ihr einen Wagen nach Reimersholme zu Kjell Cederström schicken? Wenn dort niemand ist, könnt ihr es in der Drottninggatan 73 versuchen. Antiquariat Florén. Und zudem brauche ich Sofi Johansson aus der Tengdahlsgatan 18. Das liegt bei der Sofiaskolan in Söder. Ihr müsst lange klingeln, vielleicht schläft sie. Wenn sie nicht da ist, soll der Wagen warten.«

6

Kriminalinspektorin Sofi Johansson musste längst nicht mehr ihre Schritte zählen. Ihr Blick fiel über Karl-Emils Schulter auf die anderen Tanzpaare, die Kapelle und durch die hohen Fenster auf den Mälarfjord, wo sie als einziges Gebäude das beleuchtete Stadthaus am anderen Ufer erkannte. Alle zwei Minuten fuhren U-Bahnen über die Centralbrücke, das konnte sie auch noch sehen.

Bei Karl-Emils Einladung zum Tanz im Mälarsaal hatte sie zunächst gezögert und sich ausgemalt, wie sie unter lauter alten Leuten mit Karl-Emil zu schmierigem Schlager tanzen würde. Dabei war sie doch seit ihrer Jugend ein entschiedenes Calypso-Mädchen, vor allem innerlich. Aber nun tanzte sie schon seit zwei Stunden mit ihrer Mittwochsverabredung zu den Klassikern von Evert Taube. Sie war bei weitem nicht die einzige junge Begleitung, auch wenn die meisten Gäste zur gleichen Zeit zur Schule gegangen waren wie Karl-Emil und seine Freunde Janne und Hennes.

Sofi hatte sich für das japanische Kleid aus dunkelgelber Seide entschieden und das Haar mit Olivenöl zum Glänzen gebracht. Das hatte ihr vorhin bei *Mädchen in Havanna* neben Janne und Hennes noch vier weitere Tanzanträge beschert.

Als *Rendezvous im Monsum* verklang und die Kapelle ihre Instrumente zur Pause ablegte, führte Karl-Emil sie zum Tisch zurück, wo Janne und Hennes dem livrierten Ober dabei zusahen, wie er die zweite Flasche Champagner entkorkte und die flachen, weiten Gläser füllte. Sofi kam sich vor, als hätte Ingmar Bergman eine Kamera auf sie gerichtet.

Karl-Emil erntete von allen Seiten Komplimente und anerkennendes Nicken für seine hübsche Enkelin oder Großnichte. Sofi hätte es verwegener gefunden, wenn man sie für seine unanständig junge Geliebte gehalten hätte, aber irgendwie kam niemand auf diesen Gedanken, obwohl Karl-Emils Haar strohblond und ihres tiefschwarz war.

Sie hatte die drei in der Seejungfrau unten am Hammarbyhafen kennengelernt, wo sie an ihrem freien Mittwochvormittag immer spät frühstückte. Dort saßen die drei Pensionäre am Tisch in der Ecke und blickten beim Pokern mit Wehmut auf die Kräne. Alle drei hatten bei der Stockholmer Hafengesellschaft gearbeitet.

Die drei Männer erhoben sich jetzt und warteten mit den

Gläsern in der Hand, während Janne auf seine geöffnete Taschenuhr starrte. Er zählte die letzten zehn Sekunden bis Mitternacht laut mit, klappte bei null die Uhr zu und verstaute sie in seiner Westentasche. Man stieß an, und Sofi bekam Glückwünsche für ihre Beförderung von einer Kriminalinspektorin ohne besondere Befugnisse zu einer Kriminalinspektorin mit besonderen Befugnissen. Wegen der Umorganisation ihrer Abteilung waren alle Mitglieder um einen halben Rang hinaufgerutscht.

Karl-Emil war am ältesten und kannte alle Spukhäuser in der Stadt. So gut wie jedes Haus musste ein Spukhaus sein, wenn Sofi Johansson nach den drei Monaten des Zuhörens Bilanz zog. Janne konnte beschwören, in sechzig Jahren Freundschaft mit Karl-Emil keine einzige Spukgeschichte zweimal gehört zu haben. Anscheinend erinnerte nur sie die Geschichte mit dem Straßenbahnfahrer und dem Raben an Edgar Allen Poe und Alfred Hitchcock. Karl-Emil hatte eine goldene Zukunft bei den Trockendocks auf Beckholmen hinter sich, wo er Jahr für Jahr auf einem der Giraffenkräne sitzend genug Zeit für seine Schauerheftchen gehabt hatte. Jannes Geschichten aus seinem Leben als Schleusenwart am Slussen und später als Hafenmeister von Stockholm endeten stets damit, dass er ins Wasser gefallen war.

»Es ist halb so schlimm«, antwortete Janne auf Sofis Frage, wie er es heil durch diese Wasserhölle geschafft hatte. »Solange man nicht in Panik gerät! Wenn du zu weit hinabgezogen wirst, gibt dich die Tiefenströmung erst hinten bei den Finnlandfähren wieder frei. Treibst du oben, drücken dich die Wirbel am Ende der Schleuse tief hinab. Wenn du Ruhe bewahrst und dich vom Hauptstrom erfassen lässt, trägt er dich durch den Tunnel und gibt dich nach zweihundert Metern frei.«

So viel Mühe Janne sich auch gab, es gelang ihm nicht, Sofi zum Gruseln zu bringen. Im Wasser geriet sie nie in Panik.

»Im Urlaub auf La Palma bin ich mal auf eine bunte Plastiktüte zugeschwommen«, konterte Sofi. »Sie trieb weit vom Strand entfernt auf dem Wasser. Aber das war gar keine Plastiktüte.«

Karl-Emil, Janne und Hennes beugten sich interessiert vor.

7

Kjell und Ida beendeten gerade ihr Essen, als Henning zurückkehrte. Beim Betreten des Lokals hatte er sein Telefon am Ohr. Kjell und Ida waren während des heftigen Gewitters eng zusammengerückt. Henning nahm Platz und sprach weiter mit dem unbekannten Anrufer. Die anderen hatten Mühe, den Inhalt des Gesprächs zu verstehen und lauschten gebannt.

»Bis zwei Komma fünf kannst du auf jeden Fall gehen, wenn es sein muss«, sagte Henning und legte auf. Erst jetzt bemerkte er die Neugier der anderen. »Eine aus meinem Volkshochschulkurs.«

»Du gehst zur Volkshochschule?«, fragte Ida.

Hennings Pizza wurde serviert. Er hatte sich Sardellen gewünscht. »Ja, vorne am Sveavägen. Ich bin der einzige Mann in der Gruppe. Ist ganz schön.«

Wenn man es im Lichte seines übrigen Lebens betrachtete, wirkte die Volkshochschule wie ein Senffleck auf einem neuen Anzug.

»Und was lernst du dort?«

»Nichts. Es ist eine Selbsthilfegruppe für *Hemnet*-Süchtige.«

Franco blickte ernst und argwöhnisch. »Was ist diese *Hämmänäte*?«

»Eine Internetseite für Immobilienangebote. Es gibt inzwischen viele, die dort mehrere Stunden am Tag Wohnungsangebote ansehen, ohne abschalten zu können.«

»Und seit wann bist du süchtig?« Francos Augenbrauen waren immer noch sorgengewölbt, jetzt sogar noch mehr, nachdem er wusste, was für eine idiotische Sucht sich Henning da ausgesucht hatte. Er rückte ein wenig ab, um die Ansteckungsgefahr zu verringern.

»Henning ist nicht süchtig, Franco«, erklärte Kjell und nippte an seinem Chianti. »Er sucht eine Wohnung innerhalb der Zollgrenze.«

Henning nickte und biss in seine Pizza. »Ich habe keine Zeit, selbst zu suchen«, erklärte er kauend. »Und übers Ohr will ich mich auch nicht hauen lassen.«

Idas Mund stand schon offen, Franco hatte die Sache noch nicht ganz kapiert.

Ida stöhnte. »Also, entschuldige mal, du kannst doch nicht …«

Hennings Telefon verhinderte, dass Ida ihre Empörung ganz ausformulieren konnte. Er nahm ab und lauschte eine Weile. »Wunderbar!«, sagte er dann. »Danke, Liza!« Er legte auf und aß weiter. »Ihr dürft gratulieren! Ich habe eine Wohnung. Zinkensdamm, direkt am Stadion. Nur eins Komma acht!«

»Er tut den Frauen nur einen Gefallen«, erklärte Kjell, und Henning nickte dazu. »Keiner weiß so viel darüber wie sie, und sie lieben …«

Kjell verstummte und deutete zum Fenster. Ein Polizeiauto schlich durch die Straße und blieb vor Idas Geschäft stehen. Jemand stieg aus und drückte sein Gesicht gegen das Schaufenster.

»Henning«, sagte Kjell. »Ist das nicht Barbro?«

Henning hob sein Glas und betrachtete die Person durch die rote Flüssigkeit. »Glaub schon. Sie könnte es sein. Will sie ein Buch kaufen?«

Franco sprang auf, um die Signora hereinzubitten. Die anderen Gäste waren längst gegangen und die Tür abgeschlossen.

Kurz darauf stand Barbro mitten im Lokal und stemmte die Hände in die Hüften. »Was ist mit euren Telefonen los! Bei Henning ist den ganzen Abend besetzt, und du hebst nicht ab.«

»Wo ist eigentlich mein Telefon?«, fragte Kjell seinen Kollegen.

»Du hast es auf der Fahrt in deine Jacke gesteckt.«

Kjell sah sich nach seiner Jacke um. »Liegt die etwa noch im Lkw?«

Henning zuckte mit den Schultern. »Wenn du sie nicht herausgeholt hast …«

8

Während Henning in allen Büros der Ermittlungsgruppe das Licht einschaltete und sich dann um den Kaffee kümmerte, stellten sich Barbro und Kjell vor die Wandtafel im Besprechungsraum. Barbro heftete eine räumliche Skizze vom Gelände um die Bibliothek und den Observatoriumsberg an die Tafel.

»Per hat Theresa Julander zum Fotografieren auf den Hügel geschickt«, sagte Barbro. »Sie stand da oben neben der Statue, als das Gewitter losbrach.«

»Ist ihr etwas passiert?«, erkundigte sich Kjell.

»Nein, nein, sie ist jetzt zum Krankenhaus gefahren, um sich nach dem Zustand des Mädchens zu erkundigen. Lovisa Sjölin heißt sie.«

»Vielleicht sollten wir Theresa für die nächsten Tage anfordern. Sie war von Anfang an am Tatort und kennt die Details.«

»Ich habe dem Leiter von Norrmalm schon Bescheid gesagt, dass wir sie brauchen.«

Observatoriun
Handelshochschule
Park mit Bassin
HAMBURGARE
U-Bahn
Tote

Lesesaal
Bibliothek
STOCKHOLMS STADSBIBLIOTEK
SVANSTRÖMS
7ELEVEN
SVEAVÄGEN
ODENGATAN
Unfall

Henning gesellte sich mit dem fertigen Kaffee zu ihnen und hörte schweigend zu.

Barbro begann, die Stationen des Geschehens in die Skizze einzutragen. »Der Wagen hat auf der anderen Seite der Kreuzung auf derselben Fahrspur gelauert. Hier ganz rechts.«

»Gelauert?«, fragte Henning belustigt.

Barbro nickte. »Ich habe mit einem Zeugen namens Patrik Paulsson gesprochen. Er kam gerade zu Fuß auf der Odengatan zur Kreuzung und ist sich sicher, dass der Wagen noch einige Sekunden still stand, nachdem die Ampel auf Grün gesprungen war. Dann fuhr er mit quietschenden Reifen los. Dieses Quietschen haben viele gehört, unter anderem eine Bibliothekarin, die hinter Lovisa in der Schlange im 7-Eleven stand und den Aufprall gesehen hat. Der Wagen ist auf die Frau zugerast und hat sie hier erfasst.«

Barbro zeichnete die Stelle des Zusammenpralls ein.

»Wieso stand sie auf der Fahrbahn?«, wollte Henning wissen.

»Das Mädchen und die Frau haben sich an der Bordsteinkante getroffen. Offenbar wollte das Mädchen die Straße überqueren.«

»Die beiden kannten sich also vorher nicht?«

»Davon können wir nach der Aussage aller Zeugen im Laden sicher ausgehen. Das Mädchen verlor zwischen den geparkten Autos das Gleichgewicht. Die Frau hat sie auf die Kühlerhaube gehievt, aber von da rutschte sie wieder nach unten. Weil der Platz zwischen den Autos so eng war, musste die Frau zur Seite treten und stand damit auf der Fahrbahn.«

»Allerdings dicht am Auto, ja?«, fragte Kjell. »Der Unfall war also nicht unausweichlich.«

Barbro nickte. »Genau das ist es. Der Wagen ist direkt auf sie zugesteuert und hat erst noch den Kotflügel gerammt, bevor er sie erfasste. Die Frau hatte sich den Arm des Mädchens um den Hals gelegt, deshalb wurde Lovisa Sjölin so schwer am Arm verletzt und gegen das geparkte Auto geschleudert. Die Frau hat er allerdings voll getroffen. Sie stand mit dem Rücken zum Wagen und ist am Ende hier auf dem Sveavägen aufgeschlagen.«

Barbro zeichnete die Stelle ein.

»Verdammte Scheiße«, rief Henning. »Wie schnell war der, dass sie so weit fliegt?«

»Fünfzig. Das hat Lasse von der Technik ausgerechnet. Wenn er auf der anderen Seite der Kreuzung noch gestanden hat, kann er bis zum Zusammenstoß nur bis zu dieser Geschwindigkeit beschleunigt haben, wenn man seine Masse berücksichtigt. Es war ja ein Jeep oder ein Van, da gehen die Zeugenaussagen auseinander, aber der sehr hohe Kühler hat dafür gesorgt, dass beim Zusammenprall mit der Frau alle Kraftvektoren gebündelt nach vorne zeigten. Deshalb ist sie so weit geflogen.«

»War sie sofort tot?«, fragte Kjell. »Gibt es da Aussagen?«

»Im Moment des Zusammenstoßes war sie schon tot, daran gibt es keinen Zweifel. Der Wagen hat weiter beschleunigt, ohne zu bremsen, und ist auf dem Sveavägen verschwunden, direkt zu euch in die Olof Palmes Gatan. Ganz schöner Zufall, dass der Wagen ausgerechnet an euch vorbeifährt. Wenn man mal überlegt.«

Henning schlürfte laut seinen Kaffee. »Dass wir an dieser Kreuzung waren, ja, das war Zufall.«

»Aber dass der Wagen dort entlangkam, erstaunt dich nicht?«

»Nein. Die Route ist beinahe zwingend.« Henning schlürfte erneut.

»Wenn er es überhaupt war.«

»Da kannst du sicher sein. Die grobe Beschreibung stimmt und die Route auch.«

Leider hatte Henning beim Abbiegen mit dem Rücken zum

herannahenden Wagen auf dem Trittbrett gestanden und nicht mehr als die Hintertür und den Kofferraum gesehen. Als der Wagen davonbrauste, hatte ihm das Führerhaus die Sicht auf das Nummernschild verdeckt.

Kjell selbst hatte ein ganzes Stück die Straße hinauf vor dem Antiquariat gestanden und seiner Tochter beim Abbiegen mit einem Lkw zugeschaut. Er hatte nicht mehr als einen schwarzen Fleck vorbeirasen sehen.

Vielleicht wusste Lina mehr. Sie war ja am Steuer des Lkws gesessen. Kjell griff zum Telefon, gab aber nach dem zehnten Läuten auf.

»Aber warum unbedingt die Olof Palmes Gatan?«, fragte Barbro. »Es gibt doch Dutzende von Abzweigungen vom Sveavägen.«

»Nein«, erwiderte Henning und Kjell nickte bestärkend. »Die Olof Palmes ist zwingend. Um diese Zeit gab es noch viel Gegenverkehr auf dem Sveavägen. Das Linksabbiegen mit einem Fluchtwagen war schwierig. Obwohl die Olof Palmes ein ganzes Stück südlich der Bibliothek liegt, einen Kilometer vielleicht, ist sie die erste Querstraße, die einigermaßen breit ist. Bei einer solchen Geschwindigkeit spielt das die entscheidende Rolle. Deshalb ist er nicht früher abgebogen. Aber hier tat er es, weil die breite Kreuzung mit der Kungsgatan bereits in Sicht war. Wir kamen ja kurz zuvor dort vorbei. Zwischen Hötorget und Stureplan bummeln doch um diese Zeit viele Menschen auf der Kungsgatan. Und noch weiter südlich kommt schon der Sergels Torg. Da würde ich bei einer Flucht nie vorbeifahren. Zu viel Polizei und zu viele Kameras.«

»Apropos Kameras!«, sagte Barbro und wählte die Nummer der Verkehrsüberwachung. »Die müssten inzwischen so weit sein.«

Während sie dem ersten Bericht der Verkehrsüberwachung zuhörte, griff sie nach einer Fotokopie des Stadtplans, von denen immer ein Stapel bereitlag. Sie zeichnete fünf Kreuze ein, gab neue Anweisungen und legte auf.

»Ausgehend von eurer Aussage haben sie die Kameras in der Torsgatan, der Kungsbron, der Vasagatan, dem Klarastrandsleden und der Klarabergsgatan überprüft. Ohne Erfolg, leider.«

»Der Wagen hat keine dieser Strecken genommen?«, fragte Henning und kratzte sich am Kopf. »Interessant.«

»Jedenfalls ist dort kein schwarzer Wagen mit hoher Geschwindigkeit gefahren. Er kann sich in den Fließverkehr eingereiht haben.«

»Also merkwürdig ist das schon«, fand Kjell. »Da bleibt ja dann nicht mehr viel. Wie machen sie weiter?«

»Jetzt prüfen sie alle Hauptkreuzungen, die einen weiteren Ring um die Stelle bilden, wo ihr dem Wagen begegnet seid. Wenn er nur Nebenstraßen genommen hat, dann kann er doch irgendwann an so eine Kreuzung gekommen sein.«

Kjell griff nach dem Straßenplan. »Henning kann recht haben. Ich glaube allerdings nicht an eine wilde Flucht. Man muss gut planen, wenn man allen Kameras ausweichen will. Wie hieß dieser Mann, der den Wagen an der Kreuzung gesehen hat?«

»Paul, nein, Patrik Paulsson.«

»Wenn es stimmt, was er sagt, hat der Wagen dort gewartet. Gehen wir mal davon aus, dass der Fahrer alles geplant hat und dass sein Plan aufgegangen ist. Er wartet auf die Frau und fährt erst los, als sie aus dem Laden kommt. Er fährt sie über den Haufen. Dann flieht er auf einer Route, die er vorher ausgearbeitet hat.«

»Es ist nicht ganz unwahrscheinlich«, gestand Henning. »Aber nur wegen des Kuverts. Das macht die Frau interessant. Sonst würde ich es für einen Trunkenheitsfahrt mit Unfallflucht halten.«

»Dieser Plan ergibt nur Sinn, wenn er an ein fixes Ereignis, einen Termin gekoppelt ist. Der Fahrer muss ja gewusst haben, dass die Frau dort sein wird. Er wusste sogar die Uhrzeit recht genau, denn er musste höchstens einige Minuten lang auf sie warten.«

Henning nickte. »Was für eine Veranstaltung fand denn eigentlich in der Bibliothek statt?«

Barbro schlug ihren Notizblock auf. »Die war in der Tat das einzige Ereignis in der Umgebung, das an eine feste Uhrzeit gekoppelt ist und vorher beworben wurde. Es ging um den neuen Erweiterungsbau der Bibliothek. Da beginnen ja demnächst die ersten Bauarbeiten. Die alten Nebengebäude werden abgerissen und der Nordhang des Hügels umstrukturiert. Im Lesesaal in der Rotunde gab es eine Lasersimulation des fertigen Umbaus. Man konnte dort stehen oder auf den Galerien herumlaufen. In den kleinen Sälen fanden Lesungen über die Stadtgeschichte statt.«

Barbro reichte einen Prospekt herum, den sie einem Zeugen abgenommen hatte. Darin zeigten montierte Bilder, wie der geplante Anbau nach seiner Fertigstellung in einigen Jahren aussehen würde. Bisher bestand das alte Gebäude der Bibliothek aus einem quadratischen Sockel, in dem die kleinen Lesesäle und das Bücherlager untergebracht waren. Auf diesem Sockel stand die Rotunde, ein riesiger Zylinder mit dem großen Lesesaal darin. Die runde Wand war innen mit Buchregalen verkleidet, die sich über drei Stockwerke erstreckten. Die oberen Regale erreichte man über Galerien. Der Architekt Asplund hatte das Gebäude in den Zwanzigern entworfen und dabei einfache Formen und die Antike im Sinn gehabt.

Doch der Lesesaal und das ganze Gebäude waren nun zu klein geworden. Deshalb sollte hinter dem Bau eine Erweiterung entstehen, die in den Observatoriumsberg integriert war.

»Der Platz vor dem Neubau wird zu einer Stätte der Begegnung«, rezitierte Henning leidenschaftlich aus dem Prospekt. »Das haben sie damals bei Fittja auch behauptet und recht behalten. Es ist heute eine Begegnungsstätte zwischen Kleinkriminellen und ihren Opfern.«

Barbro nahm Henning den Prospekt wieder ab. »Es spricht einiges dafür, dass sie dort war. Im 7-Eleven und im Hamburgerladen hat sie niemand vorbeigehen sehen. Also ist sie über die Treppe gekommen. Auch ihre Kleidung passt zu diesem Anlass. Außerdem hatte sie weder Jacke noch Tasche. Sie kann also nicht von weit hergekommen sein. Die nächsten Lokale liegen aber schon am Odenplan.«

»Gab es drinnen eine Garderobe?«, fragte Kjell. »Vielleicht sind ihre Sachen noch dort.«

»Nein, das haben wir überprüft. Der Haken an der Sache ist, dass die Veranstaltung heute Abend bereits um neun Uhr begann. Das ist als Fixpunkt viel zu früh. Wenn sie drin war, dann muss der Fahrer einen Komplizen gehabt haben, der ihn von innen informierte, als die Frau die Bibliothek verließ.«

»Aber vor dem Unfall war sie erst noch im 7-Eleven«, sagte Henning. »Das hat etwa so lange gedauert, wie der Fahrer an der Kreuzung warten musste. Eigentlich genauso lange, wenn man recht überlegt.«

Barbro blätterte in ihren Notizen und las ein bisschen. »Die Sache mit dem Mann hat Theresa bereits früh durchgegeben. Deshalb habe ich einen Undercoverfotografen mit zum Tatort genommen und die Straßensperre aufgelöst. Die Bilder dauern noch. Aber wir haben die Zeugen hier im Haus.«

9

Crister Savström und Moa Schiöler hatten im kleinen Verhörraum mit seinen rauen Betonwänden ihre Stühle aneinandergerückt, so dass sie beim Warten miteinander kuscheln konnten.

Barbro überflog den Aufnahmebogen: beide über dreißig, nicht verheiratet, jedoch gemeinsam an derselben Adresse in Fredhäll im Volksbuch eingetragen. Crister trug einen Wochenbart und eine Strickjacke, Moa eine weiße Bluse, aus der man nichts schließen konnte. Sie lehnte eng an Cristers Seite.

Im Aufzug hatte Barbro die erste Aussage der beiden überflogen. Sie hatten die Bibliothek gegen halb zwölf verlassen, im Falafelkönig neben dem Hamburgerladen einen Imbiss gekauft und sich zum Essen auf die lange hüfthohe Mauer gesetzt, die den Park vom Sveavägen trennte.

»Auf eurer Höhe ist die Frau also auf der Straße aufgeschlagen. Wollt ihr mir erzählen, wohin ihr geschaut habt?«

Crister und Moa schwiegen.

»Wir wollen zuerst eine Anzeige machen«, sagte Crister nach einigen Sekunden.

»Eine Anzeige?«

Auf der anderen Seite des Tisches wurde einträchtig genickt. »Gegen die Polizistin.«

»Welche Polizistin denn?«

»Die junge, die bei der verunglückten Frau war«, sagte Moa, deren Stimme Barbro zum ersten Mal hörte.

Barbro vermutete, dass der Anzeigenwunsch von ihr ausging, und Moas Stimme ließ auch keinen Zweifel daran, dass Crister nur gehorchte.

»Theresa Julander?«

»Sie hat den jungen Mann getreten und geschrien, er solle

in sein Land abhauen, wo er auf dem Bazar seinen Hintern an seinen Landsleuten reiben könne.«

Barbro stand der Mund offen. »Seinen Hintern soll er was?«

»Sie hat ›Arsch‹ gesagt«, präzisierte Crister.

Barbro blätterte in ihren Notizen. Das musste Fayid Nahvi sein, der junge Einwanderer aus Persien. Er wartete in einem anderen Verhörraum.

Moa beugte sich vor. »Dabei hat er sich nur besorgt von hinten über sie gebeugt. Sie selbst kniete vor der Toten.«

»Also, Entschuldigung«, sagte Barbro. »Aber wir untersuchen hier den Tod eines Menschen. Können wir bitte auf den Unfall zurückkommen?«

Moa beugte sich wieder vor. »Das ist wichtig! Wir wollten schon beim Einsatzleiter Anzeige erstatten. Aber der hat nur gelacht und genau wie du behauptet, dass er dazu jetzt keine Zeit habe. Wann sollen wir bitte Anzeige erstatten?«

»Jedenfalls nicht jetzt! Ich bin die Reichsmordkommission, ich bin nicht für Dienstvergehen bei der Schutzpolizei zuständig.«

Nun beugte sich Crister vor. »Es ist eine rassistische Straftat. Bevor ihr keine Anzeige aufnehmt, sagen wir auch nicht aus.« Stolz ließ er sich in die Lehne zurücksinken.

Damit macht ihr euch selbst strafbar, wollte Barbro erst erwidern, aber es wäre jetzt wirklich nicht klug gewesen, den Graben noch tiefer zu schaufeln. Das war keine gute Sache für Theresa.

»Die Sicherheitspolizei prüft ohnehin alle Protokolle auf rassistische Ausdrücke«, erzählte Barbro und lächelte milde.

»Meinst du die Säpo?« Moa lachte spitz.

»Ja, sie ist für den Schutz der Verfassung zuständig.«

»Die Säpo war auch für den Schutz von Olof Palme zuständig. Wir wollen jetzt Anzeige erstatten, sonst machen wir es beim Justizombudsman.«

»Oder beim Justizkanzler, Moa«, präzisierte Crister schon wieder.

Barbro erhob sich und wollte zur Tür. Dann raffte sie doch erst ihre Papiere zusammen und nahm sie mit. Draußen kam Kjell den Gang entlang.

»Ich kann Sofi nicht erreichen«, jammerte er, noch bevor er bei ihr angekommen war. »Der Streifenwagen vor ihrem Haus meldet, dass sie nicht zu Hause ist. Ich schicke Theresa hin.«

»Warte! Theresa hat ein Problem.«

»Ich habe soeben in Norrmalm angerufen und sie für eine Woche freistellen lassen. Jetzt kann sie zeigen, ob sie die Richtige ist, wenn sie im Herbst bei uns anfangen will.«

»Theresa *ist* das Problem.«

Barbro trug das Problem vor.

Kjell fluchte. Sie kannten Theresa nicht gut, jedoch so gut, dass sie die Anschuldigung nicht ernsthaft anzweifelten.

»Kann sie sich nicht endlich mal zusammenreißen?«

Barbro blickte ernst drein. »Du kannst Theresa nicht nehmen. Das funktioniert nicht.«

»Aber sie ist gut. Schau in die Verhörräume. Sie hat die Sache Sekunden nach dem Unfall richtig erkannt und die Zeugen in wichtige und unwichtige eingeteilt.«

»Geh bitte zu Crister Savström und Moa Schiöler und versprich ihnen, dass du die Sache verfolgst. Sonst bekomme ich keine Aussage von den beiden.«

Kjell schlug beim Öffnen hart auf die Türklinke und fragte, was geschehen war, ohne den Raum zu betreten. Moa berichtete erneut und wollte sogleich wieder Anzeige erstatten.

»Ich kümmere mich darum«, sagte Kjell dann. »Aber ich habe hier die Amtsgewalt und ihr die Aussagepflicht. Wir suchen einen Autofahrer, der eine Frau totgefahren und ein junges Mädchen schwer verletzt hat.«

Crister und Moa nickten artig. Barbro drängte sich an Kjell

vorbei in den Raum und schloss wieder die Tür. Um sich zu sammeln, nahm sie die Skizze des Unfallorts aus ihrer Mappe und platzierte sie sorgfältig auf dem Tisch. Sie deutete auf die eingezeichnete Stelle, wo die Frau mit dem Auto zusammengestoßen war.

»Ihr seid also hier gesessen, auf der Mauer.«

Moa nickte kooperativ und deutete auf die Stelle, wo Barbro den Sitzplatz auf der Mauer einzeichnen sollte. Er lag ganz vorne, weit entfernt von der Stelle, wo die Tote aufgeschlagen war.

»Das sind etwa zwanzig Meter. Habt ihr den Zusammenstoß bemerkt?«

»Es war sehr laut. Vor allem aber war das Scheinwerferlicht so hell.«

Crister meldete sich zu Wort. »Er hat die Lichthupe betätigt. Wir haben in dieser Richtung erst etwas erkennen können, als der Wagen auf unserer Höhe war.«

»Und die Frau?«

»Die haben wir wegen des Lichts erst entdeckt, nachdem der Wagen bereits an uns vorbei war. Da lag sie auf der Straße. Direkt vor uns.«

Moa fuhr mit dem Zeigefinger über die Skizze. »Sie muss dorthin geschleudert worden sein. Der Wagen war fast so schnell wie sie. Er hat unseren Blick auf die Frau verdeckt. Außerdem waren ja noch die geparkten Autos dazwischen.«

Das stimmte mit der Stelle auf der Straßenmitte überein, wo die Frau gelegen hatte. Der Wagen hatte sich die ganze Zeit auf der rechten Spur gehalten.

»Hat der Wagen auf eurer Höhe noch beschleunigt?«

»Ja.«

»Hat er irgendwann einmal abgebremst?«

Beide schüttelten den Kopf.

Barbro sprach nun an, was die beiden bereits an Ort und Stelle ausgesagt hatten. Sie bestanden darauf, dass zwei Personen in dem schwarzen Wagen gesessen hatten, und tippten dabei auf Männer. Die Automarke konnten sie nicht mal schätzen. Es hatte sich jedoch um eine Mischung aus einem Geländewagen und einem Familienbus gehandelt, denn beide hatten eine Schiebetür an der Seite erkannt. Darin stimmten alle bisherigen Aussagen überein.

»Was ist danach passiert? Das muss ich ganz genau wissen.«

Die beiden sahen sich erstaunt an.

»Ich meine, nachdem der Wagen weg war.«

Crister rückte ein wenig auf seinem Stuhl nach vorne und blickte schräg auf die Tischplatte, wo die Betroffenheit zu Hause war. »Ich habe mich auf die Mauer gestellt, um sicherzugehen, ob dort wirklich jemand lag. Sitzend konnte ich es nicht genau erkennen. Moa ist sitzen geblieben.«

»Was haben all die anderen Menschen in dieser Zeit gemacht?«

»Die haben nichts gemacht«, sagte Moa. »Viele haben sich ein Stück auf die daliegende Frau zubewegt, aber dann haben sie alle angehalten und gestarrt.«

»Und was hast du gesehen, Crister?«

»Ein Mann rannte auf die Straße zur Frau und hat sich über sie gebeugt. Der ist Arzt, dachte ich und zog mein Telefon aus der Tasche, um den Notruf zu verständigen.«

Nun waren sie an dem Punkt angekommen, der Theresa bei ihren ersten Befragungen aufgefallen war.

»Wie lange war dieser Mann bei der Frau?«

»Als ich den Anruf beendete, kniete bereits die Polizistin vor der Frau. Der Junge stand hinter ihr. Und dann kamen einige andere Leute hinzu. Die Polizistin hat sich dann zu dem Jungen hinter ihr umgedreht und ihn angebrüllt.«

»Okay. Noch einmal zurück. Was hat der Mann bei der Frau getan und wie sah er aus?«

»Die Frau lag ja auf dem Bauch. Er hat ihr an den Hals gefasst, als fühlte er ihren Puls.«

»War das der Mann mit der Glatze?«

»Oh nein! Der sprang erst später aus seinem Auto, als die Polizistin schon da war.«

»Also war der Mann, von dem du redest, zuvor bei der Frau und wieder weg, als meine Kollegin hinzukam? Verstehe ich das richtig?«

»Ja, ja. Dann hat er ihren Körper betastet. Zuerst dachte ich ja, er wäre Arzt, weil er so beherzt hingelaufen ist. Aber das sah nicht nach erster Hilfe aus, was er tat.«

»Wie sah es denn aus?«

»Hilflos vielleicht.«

»Kann er sie durchsucht haben?«

»Das kann sein. Er hat sie ja nicht mal umgedreht. In diesem Moment meldete sich dann der Notruf. Die wussten jedoch bereits, dass etwas geschehen war und wollten nur wissen, ob ich das Nummernschild erkannt hatte.«

»Ist der Mann zu der Frau gerannt oder normal gegangen?«

»Gerannt. Der ist richtig gerannt.«

»Woher kam er genau? Wo war er davor?«

»Keine Ahnung. Ich habe ja nur auf die Frau gestarrt. Er kam plötzlich in mein Blickfeld.«

»Kannst du ihn beschreiben?«

»Dunkle Haare und schwarze Kleidung. Ein Pullover und Jeans vielleicht. Die Haare waren auch fast schwarz.«

»Konntest du sein Gesicht erkennen?«

Crister schüttelte den Kopf.

»Wie alt schätzt du ihn?«

»Jung war er nicht mehr. Dreißig, vierzig, fünfzig?«

»Eine Jacke oder eine Tasche? Etwas Auffälliges? Ein dicker Bauch oder ein Bart?«

»Nein. Er war auf jeden Fall glattrasiert, weil seine Haut geglänzt hat, das Haar dunkel, die Figur normal, also eher schlank als dick. Schwarze Schuhe trug er.«

»Und wie groß war er?«

»Ziemlich klein. Der stammte auf jeden Fall aus Südeuropa.«

»Du hast dich also dann auf das Telefongespräch konzentriert und den Mann aus den Augen verloren. Hast du ihn nach dem Auflegen noch einmal gesehen?«

»Das war komisch. Der war einfach weg.«

10

Kjell sah von seinen Notizen auf und in die gelangweilten Augen von Greta Grundelius. Sie war eine Dreiviertelschönheit, die das fehlende Viertel durch Autosuggestion und aufwendiges Schminken auszugleichen versuchte. Ihr süßliches Parfüm trieb Kjell in dem engen Verhörraum in den Wahnsinn. Sie trug einen Rock, der übers Knie reichte und einen tiefen Schlitz hatte, einen englischen Pullover und Sommerstiefel.

»Einen Bart? Da seid ihr euch ganz sicher. Alle beide?«

Greta zuckte nur schnippisch mit den Achseln. Katherine jedoch nickte heftig. Sie verhielt sich umgänglicher als ihre Freundin Greta und wirkte ländlich in ihrem Sommerkleid.

Die beiden standen kurz vor der Volljährigkeit und hatten wie Linda im Frühjahr das Gymnasium verlassen.

Sie waren mit dem Zweier vom Odenplan gekommen. Der Bus war in der ersten Grünphase nach dem Unfall über die Kreuzung gefahren. Die Haltestelle lag gleich hinter der Kreuzung. Dort waren die beiden ausgestiegen, um auf dem Sveavägen nach Süden zu laufen. Ihr Ziel war ein Fest im Keller der

Handelshochschule. Kjell notierte sich das genau. Vielleicht war das angefahrene Mädchen genau von dort gekommen.

Bald nach dem Aussteigen fiel Greta und Katherine auf, dass alle Autos angehalten hatten und die Menschen regungslos auf ein und dieselbe Stelle starrten. Die Mädchen blickten irritiert umher, bis Katherine den Körper auf der Fahrbahn entdeckte. Die Frau lag auf dem Rücken. Ein Mann kniete gebeugt über ihrem Gesicht und hatte es in seine beiden Hände genommen. Wie in Trauer, so hatte Katherine das empfunden.

»Echt heftig!«, wollte Greta unbedingt noch ins Protokoll aufnehmen lassen.

Aufgrund dieser echten Heftigkeit hatten die beiden jungen Damen auch erstaunt verfolgt, wie der Mann die herbeieilende Polizistin bemerkte, die Frau losließ, sich aufrichtete und davonging. Er war in die kleine Seitenstraße abgebogen, dicht an Greta Grundelius und Katherine Ek vorbei. Sie hatten sogar Blicke mit dem Mann ausgetauscht.

Ein Vollbart und ein wehender Mantel. Kjell kam es merkwürdig vor, dass ein Mann bei dem schwülen Wetter, das vor dem Gewitter geherrscht hatte, einen Mantel getragen haben sollte. Ein ganz dünner Mantel sei das gewesen, erinnerte sich Katherine auf Kjells Nachfrage, weil er vom Wind erst steil aufgerichtet und dann an den Körper des Mannes gedrückt worden war.

Gretas Schilderung bereitete Kjell Unbehagen. Sie hatte die Ereignisse mit kalter Neugier betrachtet und erzählte beinahe begeistert, wie der Körper der Frau bei den Wiederbelebungsversuchen auf der Straße herumgehoppst war. Dennoch war es Greta zu verdanken, dass die beiden an Ort und Stelle gewartet hatten, bis der Zeitpunkt gekommen war, wo sie zu Theresa gingen und ihr von dem echt heftigen Mann erzählten.

Zum Abschluss fragte Kjell, ob zufällig irgendwelche rassistischen Bemerkungen gefallen seien an diesem Frühlingsabend. Davon hatten die beiden nichts gehört, der Junge hatte jedoch die vor ihm kniende Polizistin in den Hintern getreten.

»Aber nicht fest!«, ergänzte Katherine.

Draußen im Gang wartete bereits Barbro. Auf dem Weg zum Aufzug verglichen sie ihre Notizen und seufzten. Die Beschreibung des Mannes stimmte nur in der dunklen Kleidung überein. Barbros Mann war gerannt, bei Kjell hatten die Mädchen darauf bestanden, dass der Mann herbeigeeilt sei, ohne zu rennen. Aber dort war er angekommen, hier weggegangen. Außerdem bestand ein Größenunterschied. Gretas Mann war zwei Köpfe größer als der von Crister.

»Sollen wir noch einmal zurück und die Zeugen tauschen?«

Kjell schüttelte den Kopf. »Schick lieber den Zeichner zu ihnen. Ich will die Bilder vergleichen.«

11

Oben im Büro herrschte Stille. Das war immer so, wenn Kjells Kollege Henning dort allein war. Wie ein dicker Teppich absorbierte er jede Unruhe und Hektik. Ein Holzkeil, den Henning beim Warten auf seine Beförderung selbst geschnitzt hatte, steckte unter der Glastür. Sie schirmte die Räume der taktischen Einheit der Reichsmord ab und war sonst immer verschlossen.

Kjells Blick fiel beim Vorbeigehen auf das Schild, das gestern ausgewechselt worden war. Seit Mitternacht galt ein neues Polizeigesetz. Die Änderung wurde dem Drängen der neuen Regierung und der Polizeiführung gerecht, dass die Ermittlungseinheiten auf Reichsebene verstärkt werden müssten, um gegen das organisierte Verbrechen und den Terror der Zukunft gewappnet zu sein. Das hatte für niemand bei der Polizei größere Konsequenzen als für Kjell und seine kleine Gruppe. Sie war seit Mitternacht aus der Organisation der Reichskriminalpolizei ausgegliedert und bildete nun eine eigene Haupteinheit neben Reichskrim und Säpo. Dasselbe war Kjells Kollegen Ragnar Lägerbäck passiert. Seine Gruppe war jetzt die Haupteinheit gegen Wirtschaftsverbrechen.

Weil sie nur zu viert waren, hatte man bei Kjell eine Beförderung zum Intendenten als zu teuer empfunden und ihm als Kommissar nur besondere Vollmachten gegeben, die in einem Ermächtigungsparagrafen festgelegt waren. Die Gruppe unterstand nun nicht mehr dem Reichskriminalchef Sten Haglund, der deswegen immer noch sauer war, sondern direkt dem Reichspolizeichef Tomas Liljemark. Mit dem Ermächtigungsparagrafen konnte Kjell jedoch Personal von der Reichskrim abziehen, was Sten Haglund noch mehr verärgerte.

Henning war endlich Kommissar geworden. Kjell fand ihn an seinem Schreibtisch sitzend, wo er die Aussage des Jungen aufnahm. Er hieß Fayid und hatte auf dem Besucherstuhl Platz genommen. Theresa zog ihre Kreise auf Barbros blauem Drehstuhl und betrachtete ihre fliegenden Füße wie in einem Kettenkarussell, während sie der Befragung lauschte.

Kjell steckte den Kopf ins Zimmer. »Habt ihr etwas Neues von Sofi gehört?«

Henning sah auf und schüttelte den Kopf. »Der Wagen wartet vor ihrer Tür. Irgendwann wird sie schon nach Hause kommen.«

»Theresa, du wartest in meinem Büro. Und zwar auf dem Besucherstuhl und nicht auf meinem.«

Theresa nickte ohne jedes Anzeichen von Beunruhigung und verschwand durch die Tür. Kjell setzte sich auf Barbros Platz und hörte schweigend zu.

»Norrmalm hat angerufen«, sagte Henning. »Fayid muss

zum Verhör, wenn er hier fertig ist. Die Sache mit den Autospiegeln.«

Fayid nahm dies zum Anlass, Kjell seine Unschuld zu beteuern. Er habe keinen einzigen Wagen beschädigt, sondern sogar versucht, seinen Freund davon abzuhalten. Der sei allerdings ein Freund, den man von nichts abhalten könne. Um sich vor einer Antwort zu drücken, griff Kjell nach dem Polizeiregisterauszug von Fayid.

»So schnell kannst du ohnehin nicht nach Norrmalm«, murmelte er und überflog das zweiseitige Dokument. Dass Fayid Nahvi bereits zwanzig Jahre alt war, verblüffte Kjell. Seine Familie war vor acht Jahren aus Meschhed im Osten Irans nach Schweden gekommen. Seit drei Jahren besaß die ganze Familie die schwedische Staatsbürgerschaft. Die beiden kleinen Schwestern waren in Stockholm geboren worden. Unter der Rubrik Berufsleben las Kjell, dass Fayid Student war.

»Wo studierst du, Fayid?«

»Södertörn. Civilökonomie und Wirtschaftsgeografie.«

»Fayid«, sagte Kjell. Für den Tonfall eines geistlichen Führers beherrschte er sechs Nuancen. »Such dir andere Freunde.«

»Hab ich schon!«

Kjell wollte wissen, was bei Fayids Befragung herausgekommen war.

»Nicht viel«, resümierte Henning mit Blick auf seine Aufzeichnungen und las dann vor.

Mittendrin hob Kjell die Hand. »Habe ich das richtig verstanden? Als du zum ersten Mal oben auf der Straße warst, war niemand bei der Leiche?«

Fayid nickte.

»Bist du dir ganz sicher?«

Fayid staunte.

Kjell strich sich ums Kinn. Nach Cristers Aussage war der

schwarze Mann bei der Frau gewesen, bevor Fayid aus der U-Bahn-Station kam. Nach der Aussage von Greta und Katherine war der Mann erst weggegangen, als Fayid zum zweiten Mal zusammen mit Theresa wieder heraufkam. Fayid hätte ihn also beim ersten Mal sehen müssen, wenn er schon bemerkt hatte, dass eine Frau verletzt oder tot auf der Straße lag.

Henning begriff, dass etwas nicht stimmte. »Bist du dir sicher? Niemand war bei ihr? Kannst du es ausschließen?«

»Das kann ich. Sonst wäre ich ja in meiner Lage nicht zurückgegangen, um die Polizisten raufzuholen.«

Er war weggerannt, weil er seinen Freund nicht verraten wollte. Und für ihn lügen wollte er erst recht nicht.

»Es gibt noch eine andere Sache, bevor du nach Norrmalm kannst«, begann Kjell widerstrebend. »Zwei Zeugen wollen Anzeige gegen Theresa erstatten, weil sie dir gegenüber eine rassistische Beleidigung geäußert hat, als ihr beiden bei der Frau wart. Was ist da passiert?«

»Ich stand zu dicht bei ihr. Hinter ihr, sie kniete vor mir auf der Straße.«

»Ja, aber was hat sie gesagt?«

»Nur dass ich mich nicht so dicht hinter sie stellen soll.«

»Soweit ich weiß, hat sie ihren Befehl reichlich bebildert. Von einem Bazar soll die Rede gewesen sein und von orientalischem Körperkontakt.«

Fayid blickte Kjell mit vorsätzlicher Dümmlichkeit in die Augen und schwieg.

»Fayid, du kennst die drei persischen Tugenden?«

»Klar. Auf die Schwestern aufpassen, Zimmer aufräumen und am Sonntag zu Hause bleiben.«

»Ganz falsch. Reiten, Bogenschießen und die Wahrheit sagen. Ich beziehe mich hier auf die dritte Tugend.«

»Er hat griechische Literatur studiert«, erläuterte Henning. »Und zitiert gerne Xylophon.«

»Xenophon heißt der«, sagte Fayid.

»Also nein? Sie hat nichts gesagt?«

»Nein.«

»Du kannst es ruhig sagen. Wenn sie dich beleidigt hat, wird sie dafür zur Rechenschaft gezogen.«

»Sie hat nichts gesagt.«

»Gut«, sagte Kjell und stand auf. »Überleg es dir.«

Er verließ das Zimmer und ging hinüber in sein Büro. Theresa hatte die Weisheit besessen, sich nicht auf seinen Sessel zu setzen, sondern am Fenster stehend zu warten. Kjell wies ihr den Stuhl an der Wand zu.

»Gegen dich ist Anzeige erstattet worden. Du hast Fayid Nahvi rassistisch beschimpft.«

Theresa schwieg.

»Leugnen brauchst du erst gar nicht.«

»Er hat mir in den Hintern getreten!«

»Er hat dir in den Hintern getreten, nachdem du ihn beleidigt hast.«

»Er ist mir die ganze Zeit schon auf die Pelle gerückt.«

»Das ist kein Grund, den orientalischen Bazar ins Spiel zu bringen.«

»Aber genau so war es! Der klebte an mir und hat Witze gerissen!«

»Du gestehst also.«

»Ja. Ich hab's gesagt. Tut mir leid. Aber die Situation war hektisch.«

Kjell verschränkte die Arme vor der Brust. »Warst du bei dem Mädchen im Krankenhaus? Wie hieß die noch mal?«

»Lovisa Sjölin.«

»Genau.«

»Die haben mich gleich wieder weggeschickt und gesagt, ich soll später wiederkommen. Bei Lovisa zu Hause macht auch niemand auf.«

»Gut. Dann probier es bei beiden noch einmal.«

Theresa stand erleichtert auf. Alles war besser, als zur Norrmalmwache zurückzumüssen.

12

Es gab wieder frischen Kaffee. Im Besprechungsraum breitete Henning einen Stadtplan auf dem Tisch aus.

»Wenn der Wagen nirgendwo gesehen wurde«, überlegte er. »Dann ist es vielleicht falsch, davon auszugehen, dass er überhaupt weitergefahren ist.«

Inzwischen ging die Arbeitstheorie von einem geplanten Anschlag aus. Da passte ein Wechsel des Fluchtwagens gut hinein. Vielleicht waren die Insassen auch in die U-Bahn umgestiegen.

»Der Wagen könnte zuvor gestohlen worden sein«, schlug Kjell vor.

»Das habe ich schon überprüft«, sagte Barbro. »Willst du jemanden von der Anklägerschaft verständigen?«

»Nicht vor morgen früh. Dann spreche ich mit dem Reichspolizeichef. Wisst ihr, was mich wundert? Wer kommt auf eine so schlechte Mordmethode?«

Seine Kollegen sahen ihn fragend an.

»Sie ist nicht effizient. Überlegt mal, was alles hätte schiefgehen können.«

»Und was bringt uns diese Überlegung?«, fragte Barbro.

»Das Motiv«, brummte Henning.

Aber weiter wusste er offensichtlich auch nicht. Kjell nahm den Faden wieder auf.

»Nicht nur, was hätte schiefgehen können! Tatsächlich ist ja beinahe alles schiefgegangen. Die Täter konnten nur das Ziel erreichen, die Frau zu töten. Da hätten sie ihr gleich in der dunklen Bibliothek ein Messer in den Rücken rammen können. Aber sie haben das Kuvert nicht bekommen, und der Plan, den Mord wie einen Unfall aussehen zu lassen, scheiterte schon sehr früh. Außerdem wissen wir ja schon eine ganze Menge. Wir wissen von den beiden Insassen im Wagen und den beiden Männern, die nach dem Unfall das Kuvert bei der Leiche gesucht haben.«

Barbro machte große Augen. »Das nennst du viel? Wir wissen ja noch nicht einmal, wie die Frau heißt.«

»Wie sieht es mit dem Kuvert aus? Hat sich Per schon gemeldet?«

Barbro nickte bedauernd. »Er hat nichts, soll ich dir wortwörtlich ausrichten.«

Kjell rief in der Tatorttechnik an.

Drei Minuten später trat Cheftechniker Per Arrelöv ins Büro und legte das Kuvert auf den Tisch. Es steckte in einer durchsichtigen Plastikhülle.

»Die Fingerabdrücke der Frau sind darauf, aber das war ja zu erwarten. Zudem große Fingerabdrücke von einer zweiten Person. Nicht registriert bei Interpol.«

»Ein Mann?«

Per ließ sich auf den freien Stuhl von Sofi Johansson fallen. »Wenn sie von einer Frau stammen, möchte ich nicht von ihr gestreichelt werden. Ich vermute außerdem, dass das Kuvert schon einmal geöffnet wurde. Die beiden Klebeflächen sitzen nicht völlig exakt aufeinander. Deshalb liegt ein schmaler Streifen der unteren Klebefläche offen. Unter dem Mikroskop sieht man, dass dieser Bereich der Klebesubstanz schon einmal geklebt hat.«

»Also hat die Frau den Inhalt gekannt«, schloss Barbro daraus.

»Vermutlich. Am wahrscheinlichsten ist, dass sie es selbst geöffnet hat.«

Kjell dachte an den Mann in Schwarz. »Und der Mann hat nach diesem Kuvert gesucht?«

»Er kann es ihr auch erst zugesteckt haben«, hielt Henning dagegen.

»Unwahrscheinlich«, fand Per. »Dann hätten ihre Fingerabdrücke schon zu einem früheren Zeitpunkt daraufgekommen sein müssen.«

»Die Frau hatte sonst nichts bei sich. Das Geld steckte lose in ihrer Rocktasche«, zitierte Barbro aus der Akte.

»Den Fünfhunderter haben wir aus der Kasse vom 7-Eleven sichergestellt«, sagte Per. »Da sind ihre Abdrücke auch drauf. Das Wechselgeld in ihrer Tasche hat sie also erst im Laden bekommen. Es stimmt auf die Öre genau.«

»Dann lasst uns von dieser Annahme ausgehen«, schlug Kjell vor. »Der Mann wollte das Kuvert, aber Theresa kam zu früh angelaufen und hat ihn gestört. Welche Spuren gibt es sonst?«

Per schmollte. »Für Bremsspuren hatte ich nicht genug Zeit. Das Gewitter kam so schnell. Lasse ist noch einmal hingefahren, aber rechnet nicht mit etwas Brauchbarem.«

»Was sagt die Rechtsmedizin?«

»Sie kümmern sich jetzt erst mal um die Identifizierung«, antwortete Barbro. »Ihre Kleidung könnte uns helfen. Sie scheint teuer zu sein, hat aber keine Etiketten.«

»Vielleicht Haute-Couture-Ware?«, fragte Kjell.

»Eher Vorführware oder einfach Maßarbeit.«

13

Schließlich klingelte es doch noch. Linda legte den Zeichenblock auf den Küchentisch und schlenderte zur Tür. Cissi war die Tochter polnischer Eltern, deren Vorfahren aber einst vor der Reformation aus Schweden geflohen waren. Cissis Eltern waren dann wiederum vor dem Kommunismus aus Polen geflohen, und zwar ausgerechnet zurück nach Schweden, wo sie dann in den Siebzigern Opfer der sozialdemokratischen Integrationspolitik wurden. Dass Cissis Familienchronik nur aus Flüchtlingen bestand, merkte man ihrer Art zu gehen überhaupt nicht an.

Linda riss die Tür auf.

In der linken Hand hielt Cissi einen Golfschläger von sich gestreckt, in der anderen Hand baumelte eine Packung Leichtbier. Sie sang eine Fanfare.

»Den hab ich bei mir an der Ecke gekauft. Hat nur fünfzig Kronen gekostet.«

Je sinnloser ein Gegenstand war, desto mehr war Cissi bereit, dafür zu bezahlen.

»Was hast du damit vor?«, wollte Linda wissen. Diese Frage war bei ihr unbedingt nötig. Man konnte einem Gegenstand unmöglich ansehen, was Cissi mit ihm vorhatte.

»Golf spielen.«

»Wo denn?«

»Wo auch immer!«, lachte sie. »Jedenfalls nicht auf dem Golfplatz. Der Golfplatz ist nur eine dekadente Variante des Golfspiels. Golf wurde immerhin auf dem Acker erfunden. Gehen wir aufs Dach?«

Sie reichte Linda den Schläger, dessen Schlagende dick und schwer war. Als Cissi die Faust öffnete, fiel ein Golfball zu Boden und kullerte in die Wohnung. Linda hob ihn auf.

Cissis Idee klang gar nicht schlecht, hatte aber einen Haken. »Wenn wir aufs Dach gehen, ist der Ball nach einem Schlag weg.«

Noch im Gang stehend beugte sich Cissi zur Seite und griff nach etwas. Die zweite Stufe der Überraschung entpuppte sich als Metallkorb, der bis zum Rand mit Golfbällen gefüllt war. Cissi hatte den Korb aus dramaturgischen Gründen so abgestellt, dass Linda ihn erst jetzt entdeckte. Weit über hundert Bälle mussten das sein.

»Deshalb komme ich ja auch so spät! Ich musste erst zum Golfplatz in Ulriksdal fahren. Da haben sie eine Abschlagbahn mit einem Automaten, wo man für nur fünfzig Kronen einen Eimer Bälle bekommt.«

»Verkaufen sie die Bälle da?«

»Dummkopf! Man schlägt die Bälle dort, und dann fährt ein kleiner Traktor herum, der sie wieder einsammelt und in den Automaten zurückschüttet.«

»Dann hast du sie gestohlen!«

Cissi blickte sich im Flur um und kam zu dem Schluss, dass Lindas Papa nicht zu Hause war. »Um diese Zeit ist da doch keiner mehr!«

Linda schlüpfte in ihre Jacke und nahm den Schlüssel für die Dachluke aus der Schublade. Mit Cissi hatte sie in den letzten Jahren viele Abende dort oben verbracht. Das Dach war flach und mit Kieseln bedeckt. Zudem hatten Linda und Cissi es sich als ganzjährige Strandlandschaft mit einem kleinen Tisch und Sonnenstühlen möbliert. Linda spürte leichte Bedenken wegen der Bierdosen, denn nach einem halben Bier begann Cissi gerne, sich singend im Kreis zu drehen.

Cissi hatte auch die kleinen Stöckchen gekauft, mit denen man die Bälle auf dem Boden justieren konnte. Sie probierte den ersten Schlag und traf sogar den Ball. Sehr weit flog er allerdings nicht. Sie hörten ihn dicht vor dem Haus ins Wasser platschen. Während Cissi noch acht Bälle schlug, erzählte Linda von ihrer Fahrt im Lastwagen. Gleich zu Beginn hatte sie hart bremsen müssen und war ein wenig überrascht gewesen, wie schnell das Riesending zum Stehen kam.

»Hydraulikbremsen, weißt du. Deswegen schnaufen die so.«

Cissi schniefte und zog mit dem Schläger durch. »Mein Opa

ist in Polen mal auf einen Panzer aufgefahren, weil die keinen Bremsweg haben.«

Linda lachte und nahm einen Schluck Bier. Wenn Cissi noch eins draufsetzen wollte, erfand sie einfach eine Geschichte und ließ sie in Polen spielen.

»Du bist dran.«

Linda erhob sich und übernahm den Schläger. Sie wollte es gleich mit dem ersten Schlag bis hinüber nach Långholmen schaffen. Beim Sport hatte sie immer die Nase vorne. Cissi hatte die Säuferstatur ihres Vaters geerbt, jedenfalls war das ihre Entschuldigung für hundert Meter in 16 Sekunden. Einmal hatte sie es sogar auf die ungewohnte Distanz geschoben, denn in Polen rechnete man bekanntlich nicht in Metern.

Bis nach Långholmen, wo es bis auf wenige Gebäude nur Wald gab, waren es nicht mal hundert Meter. Oder hundertachtzig polnische Lenin-Ellen.

»Das schaffst du nicht«, prophezeite Cissi. »Obwohl du gedopt bist.«

Der Ball sauste wie eine Sternschnuppe durch den Nachthimmel. Cissi schnappte sich eine Dose Bier. Als kurz darauf ein Knall ertönte, verschluckte sie sich. Linda spähte nach dem Ball, aber es war so dunkel, dass sie ihn aus den Augen verloren hatte.

Beim nächsten Schlag schwang Linda mit aller Kraft. Diesmal klang der Aufprall anders und kam auch viel später. Sie verhandelten, wie hoch die Wahrscheinlichkeit war, dass so spät am Abend noch jemand auf der Insel unterwegs war.

Cissi wollte unbedingt auf den guten Schlag anstoßen.

»Duck dich«, rief Linda und deutete hinab zur Straße, die vorne an der Brücke begann, dem Ufer in gerader Linie folgte und vor dem Haus endete. Zwei Polizeiwagen mit eingeschaltetem Blaulicht schlichen still auf sie zu.

Sie knieten sich hinter die niedrige Begrenzungsmauer.

»Da hat jemand die Polizei gerufen«, knurrte Cissi.

Sie blickten sich um. Im Nebenhaus waren alle Fenster dunkel. Zur anderen Seite gab es kein Haus mehr, aber etwas weiter im Inneren von Reimersholme stand noch ein höher gelegenes Haus, in dem drei Lichter brannten.

»Vielleicht hat jemand von Långholmen angerufen«, flüsterte Linda. »Am anderen Ufer gibt es ein paar Häuser.«

Der Beifahrer des ersten Wagens stieg aus. Eine Stimme aus dem Funkgerät drang bis hinauf aufs Dach, kam dort aber nur als undeutliches Rauschen an. Wenn er funkt, dann muss ihn jemand hierhergeschickt haben, dachte Linda. Also hatte wirklich jemand die Polizei angerufen. Der Mann ging zum Hauseingang. Die Handschellen und der ganze Kram, der noch an seinem Gürtel baumelte, schepperten. Kurz darauf hörte man eine Klingel im Haus.

»Der klingelt bei uns«, flüsterte Linda. »Verdammter Mist!«

»Sicher?«

Linda nickte. Sie wohnte direkt unter dem Dach und hatte die Balkontür offengelassen. Sonst hätte man die Klingel nicht gehört.

Der Mann blieb eine halbe Minute vor dem Eingang stehen und klingelte noch einmal. Dann tat er einige Schritte rückwärts und blickte an der Fassade hoch. Cissi zog schnell den Kopf ein, aber Linda wusste, dass sie bei dieser Dunkelheit von dort unten nicht zu sehen war. Andererseits … der Polizist musste ja wissen, dass sie hier oben waren. Jetzt zog auch Linda den Kopf ein.

Auf einmal begann Cissi zu summen. »Wir lagen vor Madagaskar und hatten die Pest an Bord!«

»Schsch!«, machte Linda. »Halt die Klappe!«

»Zu Befehl!«

14

Sofi Johansson tauchte wie immer ohne Vorzeichen wie aus dem Nichts auf, als träte sie durch den Schlitz eines Vorhangs, wie eine Schauspielerin, die den Ruhm scheut.

»Hej!«

So hatte man sie selten gesehen. Sie trug ein Kleid aus dunkelgelber Seide mit einem asiatischen Muster.

Sonst gab es nie Muster an ihr, fiel Kjell auf.

Auch ihr Gesicht war kaum wiederzuerkennen, und ihr schwarzes Haar hing als Zopf an ihrem Rücken hinab. Diese Schwärze war Teil ihrer komplexen Herkunft, in der auch ein unbekannter Vater vom vierzigsten Breitengrad eine Rolle spielte.

Per hatte mit dem Rücken zur Tür gesessen und sich inzwischen umgedreht. Er musterte Sofi von oben bis unten. »Tolles Kleid, Carmencita! Ist das von Indiska?«

Sofi überhörte es und nahm am Tisch Platz.

Barbro seufzte. »Sicher nicht, Per!«

»Wo kommst du denn her?«, wollte Kjell wissen.

»Kino.« Sofi blickte erwartungsvoll in die Runde. Gute Laune hatte sie auch.

Kjell beschrieb ihr, was seit Mitternacht geschehen war und schlug vor, dass Sofi zur Rechtsmedizin aufbrechen solle.

»Ich kann nicht mehr mit dem Auto fahren, glaube ich. Und schon gar nicht bis Solna.«

»Dann nimm den Fahrdienst. Wir müssen unbedingt wissen, wer diese Frau ist.«

Sofi erhob sich und machte sich auf den Weg.

»Hat sich verdammt hübsch gemacht fürs Kino!«, fand Henning.

Mit einiger Verzögerung wandte sich Per zur Tür, obwohl

Sofi längst weg war. »Kommt hier rein wie ein Vorführmädchen!«

Kjell blickte auf die Uhr. Ein Kinofilm von beachtlicher Länge musste das gewesen sein. Es war bald drei und Zeit für einige Entscheidungen. Die Identität der Toten war immer noch ein Rätsel. Zudem wusste er nicht, was er mit dem Kuvert anfangen sollte. Es war weder versiegelt noch verplombt. Kjell betrachtete die lorbeerumkränzte Erdkugel darauf.

»Das UN-Büro weiß also nichts von dem Kuvert, und auch nichts von der Frau?«

Barbro nickte knapp. »Sie haben die Fingerabdrücke aller ihrer Kuriere und Gesandten, weil sie oft in Gebiete reisen, wo einem etwas zustoßen kann.«

Eine Anfrage beim Krisendienst des Außenministeriums hatte ergeben, dass die Tote weder als Diplomatin noch als diplomatischer Kurier bekannt war. In einem solchen Fall hätte sie beim Außenminister oder beim Staatsminister registriert sein müssen, überlegte Kjell. Doch diese Auskunft war alles andere als endgültig, denn auf seine Anordnung hin hatte Barbro dem Ministerium die Existenz des Kuverts vorerst verschwiegen.

»Und wenn es eine Fälschung ist?«, fragte Kjell am Ende seines Gedankenganges in die Runde. »Es steht ja kein Absender und auch kein Empfänger darauf.«

»Wir dürfen das auf keinen Fall selbst entscheiden«, sagte Barbro. »Wir dürfen es noch nicht einmal behalten.«

»Guten Abend!«

In der Tür stand Sten Haglund, der Chef der Reichskriminalpolizei. Alle schwiegen und fühlten sich ertappt.

Barbro sprang auf. »Einen kleinen Moment, Sten. Geh bitte wieder nach draußen.«

Sie packte Sten an den Schultern und schob ihn rückwärts in den Gang zurück. Kjell hörte, wie sie die Glastür schloss. Dann kehrte sie zurück.

»So, jetzt müssen wir eine Entscheidung treffen, bevor wir Sten hereinlassen. Per, du musst auch hinaus.«

Solche juristischen Punkte lagen in Barbros Zuständigkeit. Seit Mitternacht hatten sich die Regeln geändert. Sie arbeiteten zwar weiterhin mit Sten zusammen, waren aber nicht mehr an seine Anweisungen gebunden und schuldeten ihm auch keine Rechenschaft mehr. Auf der anderen Seite musste Sten unaufgefordert der Regierung berichten.

»Die Alternative sieht so aus: Entweder lassen wir die Akte heimlichstempeln oder eben nicht. Wenn wir es nicht tun, müssen wir Sten als Reichskriminalchef davon erzählen. Er muss sofort den Vertreter des Außenministeriums bei der Polizei verständigen. Für uns ist der gesamte Fall damit beendet.«

»Und wenn wir es heimlichstempeln lassen?«, fragte Henning.

»Dann darf Sten nichts erfahren, weil nur Kullgren von der Säpo auf unserer operativen Geheimnisebene steht. In diesem Fall dürfen wir das Kuvert zwar auch nicht behalten, doch niemand hier im Haus kann uns zur Verantwortung ziehen, außer Tomas Liljemark als Reichspolizeichef sowie der Justizminister und der Staatsminister.«

Kjell stand auf und fluchte. »Wie kann es sein, dass wir das neue Polizeigesetz drei Stunden nach seinem Inkrafttreten bis zum Äußersten ausreizen?«

Henning räusperte sich. »Begreifst du jetzt endlich, warum Kullgren und der Rest der Säpo das so befürwortet hat?«

»Für besondere Fälle!«

Barbro stemmte die Hände in die Hüften. »Du kannst jetzt nicht herumjammern! Es ist ein besonderer Fall. Und du bist juristisch dafür verantwortlich und musst eine Entscheidung treffen.«

»Barbro, verstehst du nicht? Dieses Kuvert steht unter dem Schutz der UN. Wenn sich morgen jemand meldet und fragt, ob wir ein Kuvert gefunden haben, dann hat das sehr ernste politische Konsequenzen.«

»Es hat vor allem für uns Konsequenzen, Kjell.«

»Vielleicht sollten wir doch jemanden von der Anklägerschaft anrufen?«, schlug Henning vorsichtig vor.

Barbro schüttelte den Kopf. »Wenn wir es heimlichstempeln, geht das zum Reichsankläger höchstpersönlich. Und der wird erst tätig, wenn wir es beantragen.«

Kjell schwieg eine Minute lang und ging dabei auf und ab. Sein Blick fiel hinaus in den Flur. Sten Haglund hatte sich nicht auf die Sitzbank im Gang gesetzt, sondern stand dicht vor der Scheibe und starrte herein wie in einem Horrorfilm. Sein Wolljackett verstärkte den Effekt.

»Du solltest vielleicht nicht nur an die Gefahr denken«, hörte er Hennings Stimme hinter sich. »Auf der anderen Seite haben wir einen klaren Auftrag, und es ist kein Zufall, dass wir diese Geheimnisstufe haben und der Reichstag eine Anfrage an die Regierung stellen muss, wenn er etwas von uns will.«

»Wir können nicht einfach die Arbeit verweigern, weil sie Risiken birgt«, legte Barbro nach.

»Du solltest vielleicht daran denken, was du vor elf Jahren bei deiner Vereidigung geschworen hast«, erwiderte Kjell. »Dort hast du behauptet, dass du dem schwedischen Volk keinen Schaden zufügst, sondern Schaden von ihm abwendest. Ein Verstoß gegen das Wiener Abkommen richtet schweren Schaden an.«

Henning begann, unauffällig alle Tassen und Teller zusammenzuschieben und wegzutragen, damit morgen nichts neu gekauft werden musste.

»Das Wiener Abkommen verpflichtet uns, in Schweden residierende Diplomaten zu schützen«, sagte Barbro. »Das ist es, was wir jetzt tun.«

Kjell verabscheute es, während seiner Arbeitszeit zu philosophieren. Er kapitulierte. »Was müssen wir tun?«

»Diese Nummer anrufen.« Barbro hielt ihm das Anweisungsbuch aufgeschlagen hin. »Das ist der Registrator der Sicherheitsabteilung der Reichspolizeileitung.«

»Wieso haben wir den Registrator der Säpo?«

»Ein eigener Registrator für uns vier hätte sich kaum gelohnt.«

Das konnte man auch anders sehen. Immerhin waren nur drei Stunden vergangen, bis sie die neuen Befugnisse ausgereizt hatten. Kjell tippte die Ziffernfolge in sein Telefon. Der Registrator meldete sich nach dem zweiten Läuten. Kjell gab seinen Sicherheitscode durch.

»Wir möchten eine Akte stempeln lassen.«

Der ältere Mann am anderen Ende wirkte nicht verwundert. »Ich benötige das Aktenzeichen.«

Barbro hielt Kjell einen Zettel vor die Nase, den er nur abzulesen brauchte.

»3981/4/17-K.«

»In Ordnung«, sagte der Registrator, nachdem er das Aktenzeichen wiederholt hatte.

»War es das schon?«

»Ihr bekommt in den nächsten Minuten ein Telefax mit einem Sicherheitscode, den ihr bestätigen müsst. Diese Dokumente müssen in die Akte. Innerhalb der nächsten zwölf Stunden brauche ich eine Kopie der Akte von euch.«

Sechs Minuten später gingen Kjell und Barbro zur Glastür. Inzwischen war Theresa zurückgekommen und hatte mit Sten auf der Wartebank Platz genommen. Sten stand sogleich auf und nahm wieder seine Horrorposition ein. Barbro hielt das Fax gegen die Scheibe und verharrte, bis Sten zu Ende gelesen hatte. Kjell öffnete die Tür.

»Ihr seid wohl völlig wahnsinnig geworden!«, sagte Sten.

Barbro lächelte. »Die Umstände haben uns dazu gebracht. Willst du Kaffee? Ich mache frischen für dich.«

15

Die Gerichtsmedizin lag mitten auf dem Gelände des Karolinska-Instituts und war wie die anderen Gebäude ein flaches Haus aus roten Ziegeln in einer mühsam begrünten Umgebung. Um diese Zeit war der Anblick erträglich, aber im Winter sahen die roten Ziegel besonders grau aus.

Sofi stöckelte in ihren hohen Schuhen den Gang entlang, dem die Hausleitung das Flair eines Kindergartens verliehen hatte, damit es die Angehörigen der Toten behaglicher hatten. Auch der Aufbahrungsraum war gemütlich eingerichtet.

Überall hatte die norwegische Putzfrau Margit Zettel in Nachahmungen der schwedischen Sprache aufgehängt, worin sie die Besucher unter besonderer Berücksichtigung der Polizisten darum bat, möglichst wenig Schmutz zu machen. Nach all den Jahren in Stockholm weigerte sich Margit immer noch vor der Einsicht, dass die Polizei hier nicht Politi hieß.

Sofi nutzte sofort die Möglichkeit, sich ihre engen Schuhe auszuziehen, und klopfte an die offene Tür. Suunaat Kjærgaard blickte von einem Mikroskopbildschirm auf. Sie stammte aus Westgrönland, hatte ihre Heimat aber früh verlassen und die höhere Schule in Chicago abgeschlossen, wo aus ihr auch eine Rechtsmedizinerin geworden war. Was sie nach Stockholm gezogen hatte, hatte ihr wohl nicht mal der Personalchef des Karolinska-Institutes entlocken können, aber jeder war froh, dass sie die Rechtsmedizin leiten würde, wenn Hans Ekeblad in einigen Wochen in den Ruhestand ging. Ihre Handbewegungen, bei denen ein Klemmbrett und ein Kugelschreiber tragende Rollen spielten, erinnerten an amerikanische Krankenhausserien, aber sonst kam einem jede Begegnung mit ihr so vor, als stieße man hinter einer Schneewehe auf eine einsame Robbenjägerin.

Suunaats Blick blieb an den Schuhen hängen, die an Sofis Fingern baumelten.

Sofi zuckte mit den Schultern. »Auf dem Zettel steht, man soll die Schuhe ausziehen und keinen Dreck machen.«

»Was für ein Zettel?«

»Da hängen überall Zettel. Von Margit.«

Suunaat konnte die Miene in ihrem grönländischen Gesicht wie einen Theatervorhang fallen lassen. Sie stand auf und ging an Sofi vorbei in den Gang.

»Überall Zettel«, sagte sie beim Zurückkommen gelassen. »Sehr unheimlich!«

Suunaat konnte durch reine Geisteskraft Menschen dazu bewegen, ihr zu folgen, ohne dazu auf Gesten angewiesen zu sein. Und so folgte ihr Sofi durch den Gang zur Teeküche. Hans Ekeblad, der Leiter der Rechtsmedizin, stand an der Anrichte und las in einem Endlosausdruck, während er in seinem magenfreundlichen Getreidekaffee rührte. Niemand durfte hier das Wort ›Getreidekaffee‹ aussprechen, denn Hans hatte vier Jahre gebraucht, den widerlichen Malzgeschmack in seinem Gehirn zu eliminieren. Nur eine unbedachte Formulierung und er würde wieder am Anfang stehen.

»Du siehst aus, als könntest du einen Kaffee vertragen«, meinte Hans. Er war der erste Mensch an diesem Abend, der keinen Kommentar über ihr Kleid abgab.

»Nein danke«, sagte Sofi, die schon einmal Hans' Getreidekaffee probiert hatte.

Suunaat schenkte sich Tee aus einer Thermoskanne ein und warf Sofi einen leidenden Blick zu.

»Wer ist Margit?«, fragte Suunaat ihren Chef.

»Margit?«

»Sie hat hier überall Zettel aufgehängt.«

»Ach so, Margit. Die hat mal hier gearbeitet und vor Weihnachten gekündigt. Weil sich niemand die Schuhe ausgezogen hat, glaube ich. Wir haben hier ein Problem, Sofi. Ihr könnt mit hoher Sicherheit davon ausgehen, dass die Frau nicht in Schweden gelebt hat. Wir haben bereits alle Datenbanken von Krankenhäusern und Krankenkassen überprüft.«

»Nur die im Bezirk Stockholm?«

»Reichsweit. Sie hat auch keine Tuberkulose-Lymphozyten. Bei ihrem Jahrgang können wir sicher sein, dass sie nicht in einem Krankenhaus in Europa geboren wurde. Da hätte man sie nach der Geburt geimpft.«

»Das ist in der Tat ein Problem«, bestätigte Sofi. Dabei stellte sie unauffällig ihre Schuhe auf den Boden und schlüpfte hinein.

In ihrer Zeit bei der Polizei war es erst einmal vorgekommen, dass die Rechtsmediziner die Identität einer Leiche nicht in wenigen Stunden herausfinden konnten, und das war im letzten Jahr gewesen, als eine junge Frau aus dem Fenster der Tochter des Justizkanzlers gefallen war. Es hatte an der komplexen Herkunft der Frau gelegen.

»Und woher könnte sie stammen? Habt ihr den mtDNA-Test schon gemacht?«

»Eigentlich beginnt das Problem erst hier«, sagte Suunaat mit ihrer monotonen grönländischen Satzmelodie.

Hans nickte. »Wir sind jetzt mit der zweiten Schnelltestreihe durch, aber immer endet die Sache ohne Ergebnis.«

»Okay. Bis wann habt ihr eines?«

»Eigentlich beginnt das Problem erst hier«, wiederholte Suunaat mit derselben monotonen grönländischen Satzmelodie.

Und Hans nickte wieder. »Das Ergebnis lautet, dass es kein Ergebnis gibt. Es ist also keine Frage der Zeit. Wir haben die betreffenden Abschnitte im Mitochondriengenom zweimal sequenziert und mit der Normsequenz verglichen. Normalerweise lässt sich die Person damit immer lokalisieren, in diesem Fall aber nicht.«

»Und jetzt?«

»Wir machen Kontrollserien mit anderen Abschnitten in der mtDNA.« Hans nahm das Röntgenbild vom Tisch und hielt es vor die Deckenlampe. »Beim Aufprall wurde der Kiefer stark beschädigt. Ein partielles Zahnbild haben wir dennoch bekommen. Für Schweden und Dänemark kann ich gleich absagen, das gilt auch für die Blutuntersuchung. Für den Rest Europas dürfen wir nicht vor Montag mit einer Antwort rechnen.«

»Und die Isotope?«

Hans schüttelte den Kopf. »Das machen wir, aber ohne die Mitochondrien führen uns die Isotope nicht weit.«

»Okay, was willst du jetzt machen, wenn die Mitochondrien nun mal nicht mit dir sprechen wollen?«

»Wir haben die Probe nach Linköping geschickt, weil wir den Verdacht haben, dass uns irgendein Fehler unterlaufen sein muss.«

»Fehler ist unwahrscheinlich«, knurrte Suunaat.

16

Nach ihrer Rückkehr ins Büro legte Sofi acht quadratische Großaufnahmen von der Toten auf den Tisch. Kjell fasste als Erster die außerordentliche Schönheit der toten Frau in Worte. Sofi ging zur Kaffeemaschine und goss sich eine Tasse ein.

»Von erlesener Schönheit«, präzisierte Henning und schaukelte auf seinem Stuhl. »Gab es etwa keinen Kaffee im Retziusvägen, Sofi?«

»Von auserwählter Schönheit, möchte man fast sagen«, sagte Kjell. Mehr fiel ihm beim Betrachten der Bilder offenkundig nicht ein.

Sofi reichte es. »Von extrudierter Schönheit, solltet ihr lieber sagen. Das sind die Auszüge aus der Bildbearbeitung. Habt ihr wirklich geglaubt, dass die Leiche so aussieht?«

Die Männer seufzten aus Enttäuschung im Chor.

Barbro seufzte wegen der Enttäuschung der Männer.

»Aber vor dem Unfall war sie wirklich von ...«

»Halt die Klappe, Henning!« Barbro wies darauf hin, welches Problem die Bilder bei einer Veröffentlichung bereiten würden. Je schöner das Gesicht war, desto mehr Menschen glaubten dann, die Person zu kennen oder gesehen zu haben. Die Aufnahmen waren vollständig vom Computer erschaffen, aus den echten Bildern und den Daten aus dem Kernspintomografen.

»Die echten Bilder können wir dafür nicht verwenden«, sagte Sofi und musste die Aufnahmen nur ein kleines Stück aus dem blassroten Umschlag ziehen, um alle zu überzeugen. Sie schlug vor, einen Zeichner die unechten Bilder abzeichnen zu lassen.

Dann berichtete sie von dem Problem der Pathologen, die genetische Herkunft der Toten zu bestimmen. Kjell griff darauf zum Telefon und rief Hans Ekeblad an.

»Es scheint kein technischer Fehler zu sein«, sagte der Chef der Rechtsmedizin. »Beim SKL ist genau dasselbe passiert. Sie haben eben angerufen.«

»Habt ihr keine anderen Möglichkeiten auf der Pfanne?«, fragte Kjell.

»Darum geht es nicht, verstehst du. Das ist kein Fehler, der öfter mal vorkommt. Es gibt ja durchaus ein Ergebnis. Es beunruhigt uns nur so, weil es sehr ungewöhnlich ist. Wir kennen vierunddreißig genetische Populationen in Europa, und die sind inzwischen bis in jede Untergruppe katalogisiert. Wir hatten zuerst den Verdacht, sie könnte aus der westlichen Türkei stammen. Dort passt sie allerdings auch nicht hinein.«

Kjell blickte in die Runde, um die Reaktionen der anderen abzulesen. Doch sie saßen nur da und lauschten auf Hans' verzerrte Stimme aus dem Lautsprecher.

»Ausschließen kannst du also nicht, dass ihr beim Katalogisieren ein ägäisches Bauerndorf übersehen habt. Verstehe ich das richtig?«

»Es verhält sich viel gröber. Sie ist keine unbekannte Variante sondern ein unbekannter Haupttypus. Sie muss aus einem riesigen Genpool stammen, der uns völlig unbekannt ist. Und mit *uns* meine ich die Genforschung im Allgemeinen. Sie ist als Einzelperson die fünfunddreißigste europäische Population, wenn du so willst. In allerlei Zügen weicht sie von anderen ab. Und diese Abweichung lässt sich nicht mit ein, zwei Generationen erklären.«

»Vielleicht sieht sie nur aus wie eine Europäerin, hast du daran schon mal gedacht? Südamerika vielleicht?«

Hans seufzte aus tiefstem Inneren. »Ihre Abweichungen gehen viel weiter, als es bei Südamerikanern mit europäischen Vorfahren der Fall sein kann. Alle nichteuropäischen Typen fallen aus.«

»Also ist sie aus Europa? Kannst du wenigstens das sicher sagen?«

»Ich kann dir sicher sagen, dass sie Europäerin, jedoch mit keiner der genetischen Populationen von Europa enger verwandt ist.«

»Sie könnte eine Mutantin sein«, vermutete Henning, nachdem Kjell aufgelegt hatte. Er legte dabei seinen Arm um Barbro.

Während die anderen scherzten, bestellte Kjell den Kriminaltechniker nach oben. Wie beauftragt brachte Per Arrelöv den Abdruckscanner mit.

»Nun sind alle versammelt, die von der Existenz des Kuverts wissen«, verkündete Kjell.

Seine weiblichen Kollegen blickten ihn fragend an, nur Henning strich sich ums Kinn, aus derselben Vorahnung heraus, mit der er einen Gegentreffer für Hammarby meist schon kommen sah, wenn der Ball noch im Mittelfeld unterwegs war.

Kjell schlug eine Abstimmung vor.

»Habt ihr einen Ankläger eingeschaltet?«, fragte Sofi.

»Das können wir nicht«, erklärte Barbro. »Die Ankläger reagieren bei allem, was Diplomatie betrifft, mit übertriebener Vorsicht. Da will sich keiner einem Risiko aussetzen. Deshalb können wir sicher davon ausgehen, dass ein Ankläger den Fall sofort einfrieren wird.«

Sofi ließ nicht locker. Sie ließ nie locker. »Aber sie haben ja einen guten Grund dazu.«

»Den haben sie nicht. Die Unantastbarkeit unterliegt sehr strengen Regeln. In Wahrheit gibt es jedes Jahr viele Fälle, wo Zoll oder Polizei eine Sendung öffnen.«

Sofi lachte auf. »Das ist etwas ganz anderes. Das tun sie nur, wenn beispielsweise Kokain herausrieselt. In solchen Fällen ist das Kuvert selbst das Verbrechen. Es handelt sich dann um einen erkennbaren Missbrauch der Immunität. Unser Kuvert ist jedoch nur eine sichergestellte Spur, und wir haben keinen Hinweis darauf, dass etwas darin steckt, was da nicht hineingehört, und auch nicht, dass das Kuvert der Grund für den Mord war.«

»Genau das haben wir! Mehrere Zeugenaussagen berichten von einem Mann, der die Frau kurz nach dem Unfall durchsucht hat.«

»Lasst uns lieber die Tatsachen zusammenfassen«, schlug Kjell vor. »Ob wir es überhaupt mit einem diplomatischen Fall zu tun haben, ist doch noch völlig unklar. Die Frau ist nicht als Diplomatin beim Außenministerium akkreditiert. Das müsste sie sein, wenn sie Diplomatenpost bei sich führt …«

»Aber sie kann das Kuvert gestohlen haben«, wandte Sofi ein. »Das ändert nichts daran, dass es unantastbar ist.«

»… zum Zweiten teilen uns die UN-Büros in New York und in Wien dies mit: Es kann sich zwar um ein echtes Kuvert handeln, doch in diesem Fall müsste es eine Länderkennzeichnung darauf geben. Es gibt aber nicht mal eine Plombe oder ein Siegel. Das hier kann jeder basteln.«

Sofi nahm Kjell das Kuvert aus der Hand und betrachtete es. »Und wenn nicht? Wenn es doch echt ist?«

Henning hob die rechte Hand. »Ich bin dafür.«

Kjell sah Barbro an. Sie nickte.

Kjell sah Sofi an.

»Ich enthalte mich.«

Kjells Blick streifte Theresa. »Du enthältst dich auch, Theresa.«

»Aber ich bin dafür!«

»Das ahnte ich schon. Du enthältst dich trotzdem. Per?«

»Warum zieht ihr mich da mit rein?«

Kjell legte seine Hand auf Pers Schulter.

»Du öffnest schließlich das Ding«, umschrieb Henning Kjells auffordernde Geste mit Worten und schüttelte dabei verständnislos den Kopf.

Kjell nickte Per aufmunternd zu. »Das ist dein Job, Per. Wenn du es machst, merkt es niemand. Du öffnest es ganz vorsichtig, ziehst das Papier ein Stück heraus und machst wieder zu. Wenn ein Hinweis auf den Ursprung darin steckt, geben wir das Kuvert sofort ab.«

»Warum machen wir es nicht einfach auf und verbrennen es danach?«

»Weil es vielleicht der entscheidende Beweis sein könnte.«

Theresa gab zu bedenken, dass der Kriminaldienst und vielleicht auch die Sanitäter von dem Kuvert wussten. Die anderen nickten.

Per fluchte, griff nach dem Kuvert und öffnete es zum Schrecken aller in nur drei Sekunden. Er zog mit der Pinzette ein dünnes Blatt hervor, das in seinen Maßen ein wenig kleiner war als das Kuvert. »Vier Zeilen chiffrierter Text, meine Damen und Herren, kein Wappen, kein Name, kein Land. Darf ich wieder zumachen?«

Sofi sprang auf und lief hinüber ins Büro. Sie kehrte mit ihrem Fotoapparat zurück, beugte sich über Pers Schulter und machte drei Aufnahmen. Dann verschwand sie erneut. Per beleuchtete das Dokument mit seinem Scanner. Das Ergebnis ließ einige Sekunden auf sich warten.

»Es sind die gleichen Abdrücke wie auf dem Kuvert. Ich schiebe es wieder hinein.«

Mit zwei Pinzetten arbeitete er am Verschluss, bis er zufrieden lächelte. Als wäre nichts geschehen. Die anderen saßen um den Tisch wie bei einer jährlichen Aufsichtsratsitzung.

Als Sofi nach vier Minuten noch nicht zurückgekehrt war, ging Kjell zu ihr hinüber und fand sie vor ihrem Computer. Dort hatte sie die Fotos geöffnet und tippte die vier Zeilen ab. Sie bestanden nur aus Großbuchstaben.

»Sieht nach einer Schreibmaschine aus. Die Buchstaben tanzen ein wenig auf der Grundlinie.«

Sofi schüttelte den Kopf. »Das kommt aus einem Fernschreiber. Im Außenministerium und bei der Säpo benutzt man sie auch noch, mit sicheren Leitungen.«

»Dann ist es also codiert?«

Sofi überprüfte zweimal, ob sie die Zeilen richtig kopiert hatte. »Sieht so aus.«

Er fragte, ob sie es entziffern könne. Schließlich war sie neben seiner Freundin Ida der einzige ihm bekannte Mensch, der Achtung vor Primzahlen empfand.

»Auf die Schnelle wohl nicht, auch wenn es nicht so komplex aussieht.«

Der Drucker begann zu summen und spuckte vier Kopien aus.

»Könntest du nicht den Typen von der Konterspionage fragen, mit dem du immer in der Kantine isst?«

Sofi lächelte. »Immer, ja?«

Zurück bei den anderen verteilte sie schweigend die Kopien. Sie setzte sich selbst mit einem Ausdruck auf ihren Platz und betrachtete ihn eine Minute lang.

»Heute verständigt man sich meist elektronisch. Man verschickt nur noch Dokumente, die aus protokollarischen Gründen aus Papier sein müssen. Verträge etwa. Die kommen dann in ein diplomatisches Kuvert. Eigentlich wird das Kuvert auch verplombt, so dass der Empfänger weiß, dass vor ihm niemand die Nachricht gelesen hat.«

»Was wir hier haben, ist aber kein Dokument«, fand Henning und schnippte gegen das Papier. »Das sieht eher aus wie eine Kurznachricht. ›Bin kurz mit dem Hund raus‹, oder so.«

Sofi kaute auf ihrer Unterlippe. »Elektronische Post wird immer chiffriert. Die Sache hat nur einen Haken: Wie lässt man dem Empfänger den Schlüssel zukommen? Wenn das Außenministerium mit einer Botschaft irgendwo in der Welt chiffriert kommunizieren will, dann benötigt die Botschaft einen Schlüssel zum Entziffern. Der muss so transportiert werden, dass ihn niemand abfangen kann. Und dafür gibt es bisher nur einen einzigen sicheren Weg.«

»Mit einem Kurier«, erriet Kjell.

Sofi nickte. »Wenn das hier ein Text ist, dann kann die Chiffre nicht so komplex sein. Es sind ja nur Großbuchstaben. So etwas wie das Caesarquadrat etwa. Da werden die Zeichen nur vertauscht.«

»Und wenn ein mongolischer Text dahintersteckt?«, fragte Kjell. »Die Wahrscheinlichkeit ist ja sehr hoch, dass der Text nicht schwedisch ist.«

»Ich glaube nicht, dass es wirklich eine Nachricht mit Inhalt ist. Dann wäre die Chiffre viel zu einfach.«

»Also ein Chiffrierschlüssel?«, fragte Kjell.

»Wir könnten tatsächlich die Sicherheitsabteilung fragen. Bei der Konterspionage können sie so etwas im Handumdrehen herausfinden.«

Henning räusperte sich. »Die Säpo einzuschalten, finde ich zu riskant.«

»Du musst umdenken«, sagte Barbro. »Seit Mitternacht haben wir dieselbe Sicherheitsstufe. Das legendäre sonderbare Verhalten der Säpo liegt ja darin begründet, dass man dort Geheimnisverrat fürchtet. Deshalb hat Kullgren doch überhaupt befürwortet, das Polizeigesetz zu ändern. Er wollte jemanden bei der Reichskrim, der seine Sicherheitsstufe hat. Und das sind wir.«

Kjell lächelte vor sich hin. »Glaubst du wirklich, die halten uns jetzt für ihresgleichen?«

»Wir probieren es einfach«, meinte Barbro.

SONNTAG

1. JUNI

17

Sofi wusste nicht, was sie tun sollte. Hans Ekeblad hatte sie am Morgen angerufen und behauptet, ihre und seine Anwesenheit im Staatlichen Kriminaltechnischen Labor in Linköping sei dringend erforderlich. Nun vermutete sie eher, dass sie nur eine bequeme Mitfahrgelegenheit für ihn war, denn kurz nachdem sie ihn vor seinem Haus in Traneberg abgeholt hatte, war er eingeschlafen und seitdem nicht mehr aufwacht. Das war ganz schön unhöflich.

Sie boxte gegen seinen Arm. Zum Glück schrak Hans augenblicklich auf. In seinem Alter bestand ja die Gefahr, dass er überhaupt nicht mehr erwachte. Er sah sich blinzelnd um.

»Wo sind wir?«

»Auf dem Parkplatz vor dem SKL.«

»Da hinten steht Jonsson«, sagte Hans und deutete auf den Mann in weißem Kittel, der schon seit fünf Minuten vor dem Haupteingang auf und ab lief und dabei eine Wolke aus Zigarettenrauch wie einen Kometenschweif hinter sich herzog.

»Ein gutes Zeichen, wenn er raucht. Wenn es schlecht läuft, tröstet er sich mit Süßigkeiten.«

Bei Sofi war es genau umgekehrt. Sie liefen über den Parkplatz auf Jonsson zu. Obwohl Sofis Auto weit und breit das einzige war, bemerkte Doktor Jonsson, der Chef der Biologieeinheit, Hans und sie erst auf den letzten Schritten.

Immer wenn Sofi Johansson ihren Nachnamen nannte, schätzten die Leute sie von oben bis unten ab und blieben dann wegen ihrer dunklen Haare und Augen unsicher, ob dieser schwedische Name nur ein Hochzeitsgeschenk war.

»Wir haben die ganze Nacht und den ganzen Vormittag mit zwanzig Mitarbeitern daran gearbeitet«, sagte Jonsson, während er seine Besucher durch einen langen Gang im Erdgeschoss führte. Die Form seines Kopfes ähnelte einem Klotz, als hätte ein Bildhauer nach den Vorarbeiten die Lust am Weitermachen verloren.

»Zwanzig?«, sagte sie.

»Wir sind froh, dass wir endlich Arbeit bekommen. Ohne die Reichsmordkommission und die Vaterschaftstests würden wir hier nur Däumchen drehen. Die Landpolizisten schicken nie etwas her, weil sie glauben, sie müssten ewig auf das Ergebnis warten. Das haben sie aus den ganzen Krimis. Da kommen die Testergebnisse immer erst am Ende des Buchs, damit es spannend bleibt. Und wir sitzen hier auf all den teuren Geräten herum und beantworten Fragen zu dämlichen Fernsehserien aus Amerika.«

Jonsson blieb abrupt vor dem Aufzug stehen und drückte auf den Knopf. Anscheinend hatte er sich alles von der Seele geredet.

»Wir und die Ankläger lieben es«, erzählte Sofi, damit es nicht so still im Aufzug wurde. »Die amerikanischen Serien, meine ich. Man muss die Spurentechnik im Verhör nur erwähnen, und schon reden alle.«

Jonsson lachte.

»Aber die Richter hassen es, weil im Gerichtssaal alle glauben, man könnte die Wahrheit mit einer Infrarotlampe sehen.«

Jonsson lachte wieder.

»Wer ist dieser Kujper?«, unterbrach Hans das Geplänkel.

Sofi hatte diesen Namen bisher noch gar nicht gehört.

»Nachdem wir einen Analysefehler ausschließen konnten, haben wir ihn hergebeten«, sagte der Leiter der Biologieeinheit. »Jan Kujper ist Populationsgenetiker und einer der führenden Forscher für Neandertaler und Cro-Magnon-Menschen. Er lehrt in Lund. Wir haben den Hubschrauber benutzt. Ganz schön aufregend, was? Ich könnte schon wieder eine Zigarette vertragen.«

»Neandertaler?«, fragte Sofi.

»Keine Sorge. Darum geht es in diesem Fall nicht. Aber letztlich sind wir hier im SKL ja nur Kriminaltechniker und keine Forscher. Wenn etwas vom Normalfall abweicht, ziehen wir immer Experten hinzu. Kujper ist absolut führend, wenn es um große genetische Distanzen geht.«

Anscheinend auch, wenn es um große geographische Distanzen ging, dachte Sofi. Der Hubschrauber würde hoffentlich nicht auf der Rechnung stehen.

»Und wenn es um alte DNA-Proben geht«, fügte Jonsson noch hinzu, als sich die Aufzugtür öffnete.

»Alte?«, fragte Sofi, erhielt aber nur ein Nicken zur Antwort.

Im Konferenzraum standen die Tische in Form eines Hufeisens. Alles war mit Papieren, tragbaren Computern und leeren Bechern bedeckt. Nur ein Mann saß an seinem Platz, zwei andere standen bei ihm, so dass sie sich gemeinsam über eine Bahn Endlospapier beugen konnten. Eine Frau huschte hinter Sofi vorbei und grüßte mit einem Lächeln. Sofi war hier leicht als Außenstehende zu erkennen, denn außer ihr und Hans trug jeder einen weißen Kittel.

Jonsson wies den beiden Besuchern Plätze zu und setzte sich selbst an die Stirnseite.

»Es dauert noch einen Moment. Kujper prüft gerade seine Ergebnisse. Er behauptet, eine unerwartete Lösung für euer Problem zu haben.«

18

»Noch etwas Tee vielleicht?«

»Lieber nicht«, erwiderte Kjell. »Es ist etwas warm hier.«

Er hatte nur zwei Stunden geschlafen, weil er auf dem Heimweg bei dem Versuch, den Lastwagenschlüssel aus dem Briefkasten der Autovermietung zu angeln, von zwei Wachleuten erwischt worden war. Kjell hatte beteuert, dass er Polizist sei und sein Ausweis im Lkw läge. Das war der Beginn einer einstündigen Komplikation gewesen, mit Dialogen, die man sonst nur in Komödien von Shakespeare fand. Erst der Kriminaldienst konnte Kjell von dem Verdacht befreien, ein Irrer zu sein. Zu dem Zeitpunkt war er sich selbst nicht mehr sicher gewesen.

Priya erhob sich und ging zu der Tür. Sie öffnete sie nur einen Spalt weit. Kjells Blick fiel auf einen viel größeren Raum, in dem Hunderte von Lämpchen blinkten. Priya schloss die Tür und setzte sich wieder Kjell gegenüber, um ihn weiter anzustarren und dabei zu lächeln.

»Wir müssen neben dem Server arbeiten, damit es keine Datenleitungen gibt, die man anzapfen kann.«

Die Hitze der Großrechner war wahrscheinlich der Grund, warum die kleine Inderin nur eine dünne Seidenhose und ein T-Shirt ohne Ärmel trug. Sie war so jung wie Sofi.

»Er enthält unter anderem einen der besten Daten-Crawler der Welt.«

»Das ist eine Suchmaschine«, rief Jonas Gulliksson von seinem Schreibtisch aus. Priyas Kollege saß seit einer halben Stunde vor seinem Computer und testete die Buchstabenkolonne des Kryptos. »Wie Google.«

»Nur viel besser«, ergänzte Priya, ohne mit dem Starren und dem Lächeln aufzuhören.

Sie war vor einigen Jahren aus Neu-Delhi nach Schweden

gekommen, um in Lund Mathematik und Computerwissenschaft zu studieren. Das hatte sie ihm bereits erzählt. Zwei Tage nach der Zwischenprüfung hatte die Säpo an ihre Tür geklopft, um ihr einen Arbeitsvertrag zur Unterschrift vorzulegen, mit dem sie zugleich die schwedische Staatsbürgerschaft annahm. Das viele Geld hatte sie nicht zögern lassen.

»Ich hab den Crawler-Algorithmus selbst geschrieben. Wir haben natürlich im Kernel des Google-Zentralrechners einen Bot versteckt, damit wir die Stärke vergleichen können. Unser Algorithmus ist viel besser.«

»Verstehe«, sagte Kjell.

Die Einsamkeit bei der Säpo hatte Priya jede Zurückhaltung genommen. Wahrscheinlich hatte sie die Tür nur geöffnet, damit sie ihr Werk wenigstens einem Menschen zeigen konnte.

»Die Tests sind gelaufen«, rief Jonas.

Kjell fühlte sich erlöst. Er stellte sich mit Priya hinter Jonas und betrachtete den Bildschirm, der nichts als die vier Buchstabenreihen zeigte.

»Wir glauben weniger, dass es ein chiffrierter Text ist«, sagte Kjell und blickte Priya an.

Versunken in die Buchstabenreihe nickte die kleine Frau.

»Eher die Chiffre selbst«, fügte Kjell hinzu und erklärte den Grund für diese Annahme.

Auf einmal erschienen lauter kleine Fenster auf dem Bildschirm. Jonas seufzte.

»Was glaubst du?«, fragte Jonas seine Kollegin. »Haben wir ein Problem?«

»Ich sehe ein Problem in den beiden Cs in der Anfangssequenz.«

Die erste Zeile begann mit den Buchstaben SLICLVC.

Jonas drehte sich zu Kjell um. »Im diplomatischen Dienst haben sie lange mit Vigenère-Verschlüsselungen gearbeitet. Das hier ist aber keiner.«

»Ein Schlüssel kann es aber auch nicht sein«, meinte Priya und deutete wieder auf die Anfangssequenz. »Mach mal einen Schieberegisterdurchlauf.«

Jonas öffnete ein anderes Programm, das die Buchstaben in Zeilen und Spalten wie Schachfiguren hin und her schob.

»Wo liegt das Problem?«, fragte Kjell, der die Situation nicht einschätzen konnte. Auch mit dem Zählen seiner Probleme hatte er aufgehört.

»Es ist keine moderne Kryptografie, aber antik ist sie auch nicht«, vermutete Jonas. »Wir werden es ordentlich durchtesten müssen.«

Nach einer Viertelstunde hatte Jonas alle Chiffren- und Konfusionstests abgeschlossen. Priya hatte die ganze Zeit auf den Bildschirm gestarrt und nur hin und wieder etwas gesagt.

»Es ist definitiv komplex«, murmelte Jonas. »Sieht aber einfach aus. So etwas habe ich noch nie gesehen.«

»Auch wenn ihr mich für dumm haltet«, sagte Kjell. »Aber könnte es keine Sprache sein?«

»Das habe ich gleich am Anfang getestet. Unsere Datenbank ist vollständig bis auf einige Sprachen aus Papua-Neuguinea.«

»Sind auch alle antiken Sprachen in deiner Datenbank?«

»Sogar Klingonisch. Er testet selbst die typologischen Merkmale der Sprachfamilien. Bei keiner hat er eine signifikante Wahrscheinlichkeit gefunden.«

»Mach den K-Test«, forderte Priya.

Jonas warf einen verwunderten Blick über seine Schulter und rief dann ein neues Programm auf. Nachdem Jonas den Text in das Eingabefenster kopiert hatte, deaktivierte er alle Optionshäkchen und drückte auf Suchen. Das Programmfenster bestand aus einem schwarzen Bereich, auf dem wie bei einem Oszillografen Kurven erschienen und wieder verschwanden. Darunter ratterte die Buchstabenfolge entlang und wurde in sinnlose Wörter segmentiert. Das Programm probierte und verwarf.

»Kennst du den Unterschied zwischen Konsonanten und Vokalen?«, fragte Priya.

Kjell nickte und erklärte den Unterschied.

»In der höheren Sprachwissenschaft ist der Übergang zwischen Vokalen und Konsonanten fließend. Wie du in der Schule gelernt hast, ist ein Laut ein Vokal, wenn sich Unter- und Oberkiefer beim Sprechen in keinem Punkt berühren. Bei einem Laut wie Jot ist das schon schwierig. Da berührt die Zunge den Gaumen schon ganz leicht. Das nennt man dann Halbvokal. Phonetisch gesehen kann man jeden Laut auf einer Skala der Konsonantizität einordnen. Am wenigsten konsonantisch ist das A, am stärksten die Konsonanten P und T. Alle anderen Laute liegen dazwischen. Das I ist zum Beispiel ein bisschen konsonantischer als das A, weil der Kiefer beim Sprechen geschlossener ist. Das P ist konsonantischer als ein F, weil beim P die Lippen erst ganz geschlossen sind, beim F aber nicht. Je stärker der Verschluss, desto höher die Konsonantizität, so einfach ist das. Das Programm stellt die Konsonantizität auf der *x*-Achse dar. Ganz unten im Nullpunkt liegt A, ganz oben das P. Die *y*-Achse ist der Sprechverlauf eines Wortes, also die Zeit, die beim Sprechen vergeht.«

Kjell starrte auf den Bildschirm und sah dabei zu, wie das Programm zackige Kurven in schöne weiche Sinuskurven verwandelte.

»Dabei hat man etwas herausgefunden«, fuhr Priya fort. »Bei allen Sprachen der Welt entwickelt sich die Silbenstruktur so, dass eine Silbe sehr konsonantisch beginnt und endet. Dazwischen liegt der Silbenkern mit einem Laut von ganz geringer Konsonantizität, im Normalfall ein Vokal. Alle Sprachen streben Silbenstrukturen an, die auf diese Weise einen streng monotonen Graphen ergeben. Das sind diese Kurven da. Es beginnt oben, fällt ab und geht wieder hinauf. Die Silben- und Wortgrenzen sind dort, wo die Kurve ihr Maximum erreicht und wieder fällt.«

Das Programm kam zum Stehen. »Seht ihr das?«, sagte Jonas. »Bei der zweiten und vierten Zeile sehen die Steigungen wie die Gefälle in der ersten und dritten Zeile aus.«

»Was bedeutet das?«, fragte Kjell.

»Schau mal, hier ist ein schwedischer Satz zum Vergleich. Da ist es immer gleich. Also musst du die erste und vierte Zeile rückwärts lesen.«

Kjell deutete auf die saubere Kurve. »Wenn es chiffriert wäre, dann hätten man nicht so eine schöne Kurve, oder?«

Jonas nickte. »Dann wäre es ungleichmäßig, viele aufeinanderfolgende Flachpunkte.«

»Wollt ihr damit sagen, dass der Text eine natürliche Sprache sein soll?«

Priya nickte und lächelte. »Bei Verschiebe- und Vertauschchiffren hängt es vom Zufall ab, ob man ein reines Zickzack bekommt. Das können wir vernachlässigen.«

»Die Sprache ist jedoch nicht in deiner Datenbank.«

»Es muss eine unbekannte Sprache sein. Wahrscheinlich künstlich wie Esperanto. Aber im Gegensatz dazu ist sie von keiner natürlichen Sprache abgeleitet. Das sind Kunstsprachen normalerweise. Der Test zeigt, dass es eine Sprache mit mehrsilbiger Wortstruktur und wiederkehrenden Silben am Wortende ist. Also haben wir es mit einer flektierenden Sprache zu tun. So viel ist sicher.«

»Könnte es Ähnlichkeit mit dem Türkischen haben?«

»Auf keinen Fall. Der Test kann kein einziges Wort den Turksprachen zuordnen. Ebenso wenig dem Semitischen und dem Indogermanischen.«

Kjell hatte ein Déjà-vu. Etwas Ähnliches hatte ihm die Rechtsmedizin in der Nacht erzählt. »Was mache ich jetzt?«

»Du kannst nichts machen«, erwiderte Priya. »Ihr werdet diesen Text niemals lesen können.«

19

Polizeiassistentin Theresa Julander kniete sich vor die Wohnungstür. Das Emailleschild mit dem Namen Sjölin hing bestimmt schon seit dem Bau des Hauses hier.

Theresa zog das Klebeband aus der Tasche und riss zwei Streifen von je einem Dezimeter Länge ab. Sie klappte die schwere Messingluke des Briefschlitzes auf und befestigte sie mit den Klebestreifen. So konnte sie durch den Spalt in die Wohnung spähen und hatte dabei beide Hände frei. Der Flur lag im Halbdunkel, aber dennoch ahnte sie von hier aus seine ungeheure Größe.

Sie legte ihr Ohr an die Öffnung und lauschte. Nach einer halben Minute klopfte sie und lauschte wieder. Dann pfiff sie und machte eine Reihe weiterer Anlockgeräusche, die so gut wie alle Tierarten zu einer Reaktion anstifteten. Am Abend zuvor hatte sie bereits gehorcht, ob ein Laufrad zu hören war. Einen verdurstenden Hamster wollte Theresa nicht auf dem Gewissen haben, ebenso wenig wie die rechtliche Handhabe, die so ein durstiger Hamster ihr ermöglicht hätte.

Leider gab es keinen Hamster und für Theresa keine Handhabe.

»Was machst du denn da?«

Sie fuhr herum. Sie hatte so angespannt gehorcht, dass sie nicht bemerkt hatte, wie die Tür der Nachbarswohnung aufgegangen war. Eine ältere Frau stand auf der Schwelle ihrer Wohnung. Erst nach einigen Momenten wurde Theresa gewahr, dass sie heute keine Uniform trug und sich erklären musste.

»Ich bin von der Polizei und prüfe nur, ob es vielleicht Haustiere gibt.« Sie wartete, bis die Frau die beiden Informationen verarbeitet hatte. »Ich habe gestern schon bei dir geklingelt, aber da schien niemand da gewesen zu sein. Kennst du Sjölins?«

Vielleicht hätte sie die Frau lieber siezen sollen. Sie war alt und stammte aus Östermalm. Aber Theresa wollte nicht wie ein tölpelhafter Kellner wirken.

»Anna-Lena? Natürlich. Wir kennen uns gut. Sie hat ihr ganzes Leben hier gewohnt. Lovisa auch.«

»Und du?«

»Ich nicht.«

Theresa erhob sich und zeigte der Frau ihren Ausweis. »Lovisa hatte gestern Abend einen Verkehrsunfall. Wir können die Mutter nicht erreichen.«

»Was ist denn passiert?« Die Frau trat einen Schritt zurück in ihren Flur, was Theresa als Einladung verstand. Vom Türschild wusste sie bereits, dass sie Charlotta Arrhénborg hieß. Trotz ihres herrschaftlichen Namens bewegte sie sich wie ihr eigenes Hausmädchen durch den Flur, der in seinen Ausmaßen eine ganze Södermalmer Wohnung übertraf. Vielleicht lag das daran, dass Frau Arrhénborg nur anderthalb Meter groß war. Die Kühle und vier deckenhohe Spiegel verstärkten diesen Eindruck noch. Auf dem Boden reichte ein weinroter Läufer von der Schwelle bis zum anderen Ende des Flurs. Acht Türen gingen von hier ab. Da es auf jeder Etage nur zwei Wohnungen gab, ging Theresa davon aus, dass auch Frau Sjölin in ihrer Wohnung Schlossführungen veranstalten konnte. Charlotta Arrhénborg zögerte zunächst, ob sie Theresa in die Küche oder lieber ins Wohnzimmer führen sollte, und entschied sich am Ende für die Küche. Theresa hoffte, dass es keine Standesentscheidung war und nahm auf dem angebotenen Stuhl Platz. Von hier aus sah man durch das Fenster über den Östermalmstorg auf die alte Markthalle. Charlotta machte sich an einer Kommodenschublade zu schaffen.

Die Schublade diente wohl zur Aufbewahrung aller wichtigen Dokumente und Notizen. Theresa hatte einige Erfahrung mit alten Leuten und rechnete damit, dass die Frau sich jetzt eine Ewigkeit lang von Zettel zu Zettel vorarbeiten würde. Deswegen begann sie schon einmal zu erzählen.

»Es war ein Verkehrsunfall. Sie ist nicht lebensbedrohlich verletzt, musste aber operiert werden und bekommt starke Schmerzmittel. Wir müssen auf jeden Fall die Eltern erreichen.«

»Anna-Lena ist geschieden und lebt ganz allein mit Lovisa.« Frau Arrhénborg geriet in eine an Panik grenzende Nervosität, fand aber viel schneller als erwartet, was sie gesucht hatte, und legte eine Visitenkarte auf den Tisch. »Sie ist Fotografin und seit Donnerstag verreist.«

»Weißt du wohin?«

»Amerika, wenn ich nichts durcheinanderbringe. Sie ist ja oft weg.«

»Weißt du, wie lange sie bleiben wird?«

»Noch die ganze Woche.«

Charlotta ließ sich neben Theresa auf dem Stuhl nieder. Das sah aus, als verbrachte sie alle Tage auf diesem Platz. Sie erkundigte sich gar nicht, was geschehen und wie schwer Lovisa verletzt war. Theresa schrieb es ihrem Alter zu.

»Sie wurde zwar schwer verletzt, aber es ist nicht bedrohlich«, erzählte sie. »Außerdem war sie ganz schön betrunken, als es passierte.«

»Hat sie Kokain genommen?«

»Wie kommst du darauf?«

»Das nehmen doch alle hier. Hört man immer wieder. Und dieses Tschabatta.«

Theresa betrachtete die Karte. Sie war schlicht gehalten und verriet nicht mehr über Anna-Lena Sjölin als ihre Adresse und ihren Beruf.

»Ciabatta? Das ist nicht gefährlich. Man bekommt keinen Rausch davon. Kokain hat sie aber nicht genommen. Können wir den Vater irgendwie erreichen?«

»Ich habe nur diese Telefonnummer von Anna-Lena, für Notfälle. Der Vater lebt wieder in Italien.«

Theresa tippte die Nummer ab. Während sie darauf wartete, dass jemand abhob, stellte Frau Arrhénborg ihr ein Glas Traubensaft hin. Nach dem zehnten Läuten gab Theresa auf und richtete noch einige Fragen an Charlotta. Lovisas Mutter war anscheinend eine gefragte Fotografin und nahm einmal im Monat für ein oder zwei Wochen Aufträge in fremden Ländern an. Lovisa blieb währenddessen allein zu Hause, doch das hatte bisher keine Probleme bereitet. Jedenfalls hatte die Nachbarin Lovisa nie betrunken nach Hause kommen sehen und beschrieb sie als verlässlich und gewissenhaft, wie alle Östermalmer Mädchen. Theresa probierte ein weiteres Mal, die Mutter zu erreichen. Am anderen Ende der Leitung hörte sie ein Klicken.

20

Sofi wühlte in ihrer Tasche nach dem Notizblock, dem kleinen Fotoapparat und dem Rekorder. Sie nahm auch die Akte heraus, um noch einmal die Protokolle vom gestrigen Abend zu überfliegen. Wer wusste schon, wann es endlich losging.

In den folgenden Minuten füllte sich der Saal mit einem Dutzend Kittelträgern, ganz allmählich, als kehrte jeder von einer anderen Aufgabe zurück. Hinter Sofis Rücken schloss jemand die Tür. Ein sehr hagerer Mann schlurfte an den Sitzenden vorbei und steuerte auf den Platz neben Jonsson zu. Erst jetzt fiel

Sofi auf, dass sie bisher gar nicht versucht hatte, sich Kujper vorzustellen. Dennoch war sie überrascht. Sein Alter konnte sie wegen seiner Statur kaum schätzen. Als Professor musste er mindestens vierzig sein, äußerlich war er allerdings ein Junge aus Flandern geblieben. Sein Kehlkopf und seine Hakennase ragten weit hervor. Über seinem Hemd trug er einen leichten Häkelpullover, der seinen Körper nur an den Schultern zu berühren schien und über den Hintern reichte. Er setzte sich wortlos und frei von jeder Wichtigtuerei, bekam weitere Dokumente gereicht und sortierte alles in Ruhe. Sofi starrte auf den goldenen Ehering, der an seinen feinen Fingern klobig aussah.

Während Jonsson, der Chef der Biologieeinheit, Kujpers Computer an den Projektor anschloss, blätterte der in einer gebundenen Mappe, bevor er plötzlich innehielt, sich zurücklehnte und die Arme vor der Brust verschränkte. Er fuhr sich mit den Fingerspitzen über den Rücken seiner Hakennase und blinzelte.

Er blickte in die Runde. »Nicht alle hier sind vom Fach, ja?«

Sofi hob die Hand.

»Das macht gar nichts! Ich werde es so erklären, dass du es verstanden hast, bevor ich es selbst verstehe.«

Kujper sprach mit niederländischem Akzent, modellierte die schwedische Sprachmelodie jedoch mit auffälliger Begeisterung. Er warf einen Blick über seine Schulter und vergewisserte sich, dass Computer und Projektor bereitstanden. Sofi liebte es mit anzusehen, wie andere Menschen ihre Dateien organisierten. So konnte man mit einem Blick am meisten über andere erfahren. Kjell zum Beispiel arbeitete mit Verknüpfungen, seitdem Sofi ihm erklärt hatte, was eine Verknüpfung ist. Leider verschob er Dateien oft und gern, deshalb funktionierten die meisten Verknüpfungen in seinem Leben nicht. Henning bewahrte alles in einem einzigen Ordner auf, weil er gerne langen Listen beim Vorbeirauschen zusah.

Der Projektor warf eine lange Zeile von Buchstaben an die Wand. Auf den ersten Blick ähnelte sie dem Text des Kryptos, der Sofi die letzte Nacht auf den Beinen gehalten hatte. Allerdings bestand diese Reihe nur aus den Buchstaben A, T, G und C. Über und unter der Buchstabenkolonne türmten sich Zahlen, deren Bedeutung Sofi nicht verstand. Sie schaltete den Rekorder ein.

»Die Mitochondrien sind kleine Kraftwerke in unseren Zellen«, fuhr Kujper fort. »Sie besitzen ein eigenes Genom, das im Gegensatz zur normalen DNA im Zellkern keine Kombination aus der DNA von Mutter und Vater ist, sondern fast immer von der Mutter stammt. Diese Mitochondrien-DNA des Kindes ist also im Grunde identisch mit der seiner Mutter. Sie kann sich nicht durch Rekombination, sondern nur durch Mutation verändern. Deshalb können wir sie benutzen, um Anhaltspunkte über die Abstammung eines Menschen zu bekommen.«

Beim Wort ›wir‹ schloss Kujper Sofi ausdrücklich mit ein. Sie nickte erleichtert. Obwohl sie das meiste davon bereits aus der Schulzeit kannte, vermittelte Kujper ihr die Zuversicht, auch das Ende verstehen zu können.

»Vor einigen Jahren hat ein italienisches Forscherteam Proben von achtzig etruskischen Mumien aus dem ersten Jahrtausend vor Christus entnommen. Man ist sehr sorgfältig vorgegangen und hat alle Proben ausgeschieden, bei denen auch nur der geringste Verdacht auf Verunreinigung oder Beschädigung bestand. Am Ende blieben siebenundzwanzig Proben, die man ausgewertet hat. Das Projekt wollte alte ungelöste Fragen klären. Woher stammen die Etrusker und waren sie wirklich ein Volk mit gemeinsamem genetischem Ursprung oder nur eine Gemeinschaft von Aussiedlern unterschiedlicher Herkunft? Zuletzt wollte man herausfinden, was aus den Etruskern geworden ist, denn seit dem ersten Jahrhundert nach Christus hört man auf einmal nichts mehr von ihnen. Davor hatten sie lange Italien beherrscht, aber seit diesem Zeitpunkt schienen sie wie vom Erdboden verschwunden. Wer sind ihre genetischen Nachfahren? Diese Frage interessiert uns hier vor allem.«

Sofi notierte die drei Fragen. »Entschuldigung, habe ich das richtig verstanden? Die dritte Frage ist für uns wichtig?«

Kujper nickte. »Die Untersuchung zeigte, dass die Etrusker ein genetisch zusammengehöriges Volk waren. Es gibt in der Mitochondrien-DNA einige Gemeinsamkeiten mit der Westküste der Türkei, deshalb war es auch kein Wunder, dass eure Datenbankabfragen fälschlich in diese Richtung ausschlugen.«

Jonsson nickte. »Es ließ sich ja schnell ausschließen, dass sie Türkin ist.«

Kujper blickte Sofi in die Augen, als spräche er von nun an nur zu ihr. »Frage drei ist deshalb wichtig, weil die Untersuchung diese Frage nicht beantworten konnte. Es hat in der Antike etwa zweihunderttausend Etrusker gegeben, also hunderttausend Frauen, deren Mitochondriengenom sich bis heute weitervererbt haben müsste. Aber genau das ist nicht der Fall. Kein einziger heute lebender Mensch in der Toskana oder sonstwo auf der Welt stammt von diesen Frauen ab. Wir hätten mindestens vereinzelt solche Abkömmlinge finden müssen. Die Frage bleibt also: Was ist mit den Etruskern passiert?«

Sofi zeichnete mit dem Kugelschreiber neben Frage drei eine fliegende Untertasse, die vom Erdboden abhebt.

»Darauf ist natürlich ein Streit in der Genetik entbrannt, ob Genmaterial von solch hohem Alter überhaupt zu verwertbaren Ergebnissen führen kann.«

Kujper verstummte, ohne dass Sofi einen Grund ausmachen konnte.

»Und konnte diese Frage gelöst werden?«, fragte sie, um zu signalisieren, dass sie noch folgen konnte.

Alle im Raum drehten ihre Köpfe zu Kujper. Der grinste.

»Bisher litt die Forschung an dem Problem, dass man bei solch historischen Untersuchungen oft nur in eine Richtung forschen kann, weil man nicht weiß, welcher heute lebende Mensch ein sicherer Nachfahre ist. In diesem Fall scheint das Problem gelöst zu sein. Ich will dich nicht länger auf die Folter spannen.« Kujper öffnete eine neue Datei, die wie die erste eine Gensequenz zeigte. Er musste die Fenster ein wenig verschieben, bis die beiden Zeichenreihen genau untereinanderstanden. »Das hier ist unsere Probe und diese stammt von einer Mumie aus der etruskischen Stadt Tarquinia. Sie hat im fünften Jahrhundert vor Christus gelebt.«

Äußerlich kehrte Stille ein, aber alle im Raum reckten ihre Köpfe und blickten auf die Projektion. Nach einer Weile schüttelten einige den Kopf.

»Willst du etwa behaupten …?«, fragte einer.

»Ich will gar nichts behaupten, sondern euch nur diese beiden Sequenzen zeigen.« Wieder wandte sich Kujper nur an Sofi. »Es ist nur ein Ausschnitt, eine besondere Region innerhalb des gesamten Genoms, die sich für solche Zwecke wegen ihrer häufigen Mutationen besonders eignet.«

»Die sind sehr gleich«, ächzte Hans neben Sofi. Bisher hatte er geschwiegen. »Wie erklärst du dir das?«

»Wir können festhalten, dass beide Proben an den entsprechenden Stellen – hier 16126, 16193, 16228, 16229 und 16278 – gleich aussehen bis auf zwei Transitionen, die nach zweieinhalb Jahrtausenden auf jeden Fall zu erwarten sind.«

»Entschuldigung«, rief Sofi. »Die beiden sind also gleich?«

Kujper nickte grinsend.

»Verwandt? Die Frau stammt von der Mumie ab. Verstehe ich das richtig?«

»Nicht direkt. Sie haben gemeinsame Vorfahren, stammen aus dem gleichen Genpool. Die Tote aus Stockholm hat eine Urahnin, die diese Mumie vielleicht mit Namen gekannt hat.«

»Die Frau stammt also aus Tarquinia? Gibt es diese Stadt noch?«

Kujper warf einen Blick zu der Frau im Kittel, die rechts von ihm saß.

Sie nickte und wandte sich an Sofi. »Nach der Isotopenuntersuchung stammt die Frau aus dieser Gegend, hat dort aber nicht ihr Leben verbracht. Tarquinia liegt nördlich von Rom. Das gibt es heute noch. In der Hochphase der Etrusker war es eine der mächtigsten Städte Italiens, heute ist es jedoch eine unbedeutende Kleinstadt.«

Einer der Männer meldete sich zu Wort. »Ist diese Gegend denn genetisch kartografiert?«

»Ja«, sagte Kujper. »In den letzten Jahren hat man in ganz Nord- und Mittelitalien so viele Stichproben gemacht, dass man über ein lückenloses Mapping verfügt. Auf so etwas ist man jedoch nie gestoßen.«

»Aber das lässt sich ja dann nur mit Endogamie erklären«, setzte der Mann nach. »Ein kleiner geschlossener Genpool aus Menschen, die sich nur untereinander fortpflanzen.«

»Selbst wenn Leute von außen dazukommen, ist die Gendrift wohl stärker unter diesen Bedingungen. Aber wir müssen wohl von einer Art Enklave ausgehen.« Kujper nahm wieder Blickkontakt mit Sofi auf. »Verstehst du?«

Sofi nickte schnell, drückte ihren Stuhl zurück und stand auf. »Entschuldigung, aber ich muss telefonieren.«

Nur mit ihrem Telefon in der Hand eilte sie zur Tür hinaus.

»Hier ist Sofi«, sagte sie, nachdem Henning im Büro abgehoben hatte. »Die Frau stammt aus der Gegend von Tarquinia in der Nähe von Rom.«

Henning seufzte laut. »Na endlich! Wieso haben sie dafür so lange gebraucht?«

»Sie mussten einen Umweg machen. Das erkläre ich euch später. Gibt es Neues vom Krypto?«

»Kjell ist soeben aus der Kryptografie zurückgekommen. Es ist eine natürliche Sprache, aber sie haben keine Idee, was für eine Sprache das sein könnte.«

»Versucht es mit Etruskisch.«

21

Kjell drückte sein Gesicht gegen das Schaufenster des Antiquariats. Trotz der Finsternis im Inneren konnte er erkennen, dass Ida am Vormittag hier gewesen sein musste. Denn das neue Sofa und die Sessel hatten sich in das Mobiliar eingefügt, als hätten sie seit Strindbergs Zeiten hier gestanden. Während er vergeblich an der Tür rüttelte, entdeckte er unter dem Dutzend an der Scheibe klebender Zettel einen, der eine Nachricht für ihn enthielt: ›Sind schon zu Jenna gegangen, damit Linda ihre Aussage machen kann.‹

Normalerweise hasste er es, wenn sein Textverarbeitungsprogramm und seine Familie eigene Ideen verwirklichten, die seine wohlüberlegten Anweisungen durchkreuzten. Zum Glück hatte er eine Freundin gefunden, die ihn vor allem an Intelligenz übertraf, deswegen war auch diese Änderung in der Tagesplanung alles andere als schlecht. Man konnte sogar von einer Verbesserung sprechen.

Kjell sah auf die Uhr. Um zwei hatte er sich mit Jenna Evaldsson von der Technischen zu einer gemeinsamen Tatortbesichtigung verabredet und war schon eine halbe Stunde zu spät. Er überlegte, ob er zu seinem Auto zurückkehren sollte, das er um die Ecke an der Norra Latin geparkt hatte, aber die Bibliothek lag von hier nur dreihundert Schritte entfernt.

Er eilte auf der Drottninggatan nach Norden. Hinter Idas Laden stieg die Straße auf einmal stark an. Grund dafür war der Brunkeberg, ein die Innenstadt vom Fjord im Süden bis zur Nordgrenze durchziehender Felskamm. Seit Alfred Nobel die hinderlichsten Erhebungen flachgesprengt hatte und die Bebauung den Brunkeberg überall zudeckte, blieb seine Existenz den Bewohnern dieser Stadt nur durch die Hebungen und Senkungen der Straßen von Norrmalm im Gedächtnis. Und durch seinen Gipfel, auf den Kjell nun wegen der warmen Mittagssonne immer heftiger schnaufend hinauflief. Der Observatoriumshügel hinter der Bibliothek war nämlich nichts anderes als die höchste Stelle des Brunkebergmassivs, auch wenn er vom Sveavägen aus nur wie ein fünfzig Meter hoher Fels aussah, der vom Himmel gefallen war. So flach, wie das Plateau oben war, traute Kjell dem manischen Nobel zu, auch hier alles eingeebnet zu haben, was ihm nicht gepasst hatte, aber genau wusste er es nicht. Einmal hatte Nobel schließlich auch halb Södermalm in die Luft gesprengt, aus Versehen, wie es hieß.

Zum Glück war der Anstieg hinauf zum alten Observatorium hier auf der Ostseite kurz und nicht übermäßig steil. Oben umrundete Kjell das Gebäude und folgte dem Kiesweg, der an der Westkante entlangführte. Hinter dem Geländer fiel der Hang fünfzig Meter ab, so jäh, dass überall zwischen den Büschen erodierte Stellen klafften.

Auf den Bänken vor dem Geländer saßen Pärchen und Familien, doch Jenna, Ida und Linda entdeckte er nicht unter ihnen. Er lief weiter bis zu der Ecke, wo West- und Nordseite aufeinandertrafen. Dort gab es eine kleine Terrasse mit einer Statue. Die drei Frauen saßen auf der niedrigen Befestigungsmauer und blickten hinab in die Tiefe. Das Dach der zylinderförmigen Rotunde der Bibliothek schien zum Greifen nah.

»Ach, hier seid ihr!«, rief er von hinten.

Jenna Evaldsson hatte ihr Zeichenbrett auf dem Schoß liegen und nickte. »Eure neue Mitarbeiterin hat gestern Abend ihre Fotos von hier gemacht. Ich brauche denselben Blickwinkel.«

Jenna Evaldsson kümmerte sich bei der Tatorttechnik darum, aus all den einzelnen technischen Spuren und Zeugenaussagen ein Spurenbild zu zeichnen. Mit liebevoller Sorgfalt erstellte sie eine immer gleiche Serie aus Zeichnungen. Die erste davon fror die Auffindesituation in eine unbewegliche Skizze ein. Zu diesem Bild musste Kjell bei seiner Ermittlung mit seinen Gedanken immer wieder zurückkehren. Das zweite Bild war eine grafische Inventarliste alle Spuren am Tatort. Erst in der dritten Skizze spielten Zeit und Logik eine Rolle. Mit Kreuzen und Pfeilen vermerkte Jenna darauf, in welcher Reihenfolge die Spuren entstanden sein konnten und welche Abläufe aufgrund der Spuren ausgeschlossen waren. So wurde sie zur Ombudsfrau zwischen der Tatorttechnik und den Ermittlern. Erst Kjell und seine Gruppe brachten Leben in die dritte Zeichnung, fügten die nichttechnischen Spuren ein und ersannen dann ihre erste Arbeitstheorie.

Kjell kletterte zu den anderen auf die Mauer und warf einen Blick auf die Skizze.

Jenna streckte Kjell einen Haufen Abzüge hin. »Die Fotos sind ganz gelungen. Ohne sie hätte ich es schwer gehabt, die Skizze zu machen. Der Regen war so heftig, dass er alle Markierungen auf der Straße weggespült hat.«

Kjell blätterte die Fotos durch. Offenkundig hatte er Theresas Wahnsinn noch unterschätzt. Während um sie herum schon die Blitze einschlugen, hatte sie hier oben auf der Mauer ausgeharrt und sich beim Fotografieren an der Bronzestatue festgehalten.

»Das war ja ein ungeheures Gewitter«, sagte Kjell. »Barbro hat erzählt, dass im 7-Eleven sogar das Licht ausgefallen ist.«

»Es hat aber nur Einschläge in den Hochhäusern vorne am Odenplan gegeben«, erwiderte Jenna. »Hier oben zum Glück nicht.«

»Ich habe beim Herkommen vorn am Observatorium ein Schild gesehen«, sagte Linda, die bisher geschwiegen hatte und eine dunkle Sonnenbrille trug. »Das Museum darin ist wegen Stromausfalls geschlossen.«

»Das hat aber nichts mit dem Gewitter zu tun«, sagte Jenna. »Das Observatorium hängt am Trafohäuschen der U-Bahn, weil es hier oben das einzige Gebäude ist. Die mussten den Juni über schließen, weil das Trafohäuschen wegen des Umbaus der Bibliothek verlegt werden muss.«

»Hast du Jenna alles erzählt?«, fragte Kjell seine Tochter.

Sie nickte nur. Er hatte sie früh am Morgen aus dem Bett zerren wollen, aber Linda war jammernd auf ihre Matratze zurückgesunken. Für einen Hexenschuss gab es zwei naheliegende Ursachen, deswegen hatten Kjell und Ida am Küchentisch um einen Hunderter gewettet. Kjell hatte auf wildes Tanzen gesetzt, Ida notgedrungen auf etwas noch Sinnlicheres, auch wenn bei Linda dafür weit und breit keine Gelegenheit zu sehen war. Leider schwieg sie seit dem Aufstehen und lief seither steif wie eine Fahnenstange durch die Gegend.

Jenna las Lindas Aussage vor. Sie hatte nur eines sicher erkannt: In dem Wagen waren zwei Personen gesessen.

»Niemand achtet beim Autofahren darauf, welche Marke ein Auto hat, das einem die Vorfahrt nimmt, Papa.«

»Von Vorfahrt kann überhaupt keine Rede sein«, erwiderte Lindas Vater. »Du hättest bremsen müssen.«

Jenna Evaldsson wirkte zerbrechlich mit ihrem lichten Haar und ihrer hellen Haut, die immer ein wenig gerötet war. Der drohenden Auseinandersetzung zwischen Vater und Tochter kam sie durch die Bemerkung zuvor, dass Lindas Angaben dazu gereicht hätten, jeden Zweifel zu eliminieren: Der Wagen in der Olof Palmes Gatan war der Unfallwagen vom Sveavägen.

Jenna streckte den Arm aus und deutete nach links zur Bibliothek. »Wir haben zwei Zeugen, die in oder vor den beiden Schnellrestaurants gesessen haben, einer drinnen vor der Scheibe. Es ist ziemlich sicher, dass das Mädchen dort vorbeigekommen ist, und zwar kurz vor dem Unfall. Die Leute am Becken haben sie jedoch nicht gesehen, also muss sie vorn an der Straße auf dem Gehsteig gelaufen sein.«

Wenn Jenna Evaldsson in einer ihrer Skizzen steckte, hörte der Rest der Welt für sie auf zu existieren. Sie schwenkte ihren Arm nach rechts. »Aus der U-Bahn-Station kann sie nicht gekommen sein. Da waren zu dieser Zeit schon Polizisten auf dem Bahnsteig. Aber in der Handelshochschule war gestern Abend ein Fest, unten im Keller.«

»Das ist sogar bestätigt«, sagte Kjell. »Theresa Julander konnte die Freundin von Lovisa ausfindig machen. Sie waren gestern Abend gemeinsam auf diesem Fest, und Lovisa war auf einmal verschwunden. Ihre Zeitangabe stimmt. Das war eine Viertelstunde vor dem Unfall.«

»Aha.« Jenna musste diese Bestätigung sofort in ihrer Skizze vermerken.

»Von der Frau gibt es jedoch nichts«, fuhr Jenna fort. »Bevor sie den Laden betrat, hat sie kein Mensch gesehen. Dasselbe gilt für die beiden Männer, die nach dem Unfall bei der Frau gewesen sein sollen.«

»Wenn wir ausschließen können, dass sie vom Park kam, und wenn sie auch am Sveavägen und in der Odengatan niemand gesehen hat, dann bleibt nur ein Schluss: Sie muss die Treppe der Bibliothek genommen haben. Also war sie auf der Veranstaltung.«

Jenna kniff ihr rechtes Auge zusammen. »Das beruht ausschließlich auf Zeugenaussagen.«

»Aber sie war nicht gerade unauffällig. Wenn sie an den Leuten vorbeigekommen wäre, dann hätten sich die Zeugen an sie erinnert. Jedenfalls hätten sie es nicht so entschieden verneint. Ich hätte größere Zweifel, wenn alle geglaubt hätten, sie gesehen zu haben.«

»Hat sie denn in der Bibliothek niemand gesehen?«, fragte Ida.

»Es war dunkel im Lesesaal«, erwiderte Jenna und wandte sich an Kjell. »Du hast recht. Sie war sehr wahrscheinlich im Lesesaal.«

»Gibt es keine technischen Spuren?«, fragte Kjell.

Jenna schüttelte gedankenverloren den Kopf. »Das Gewitter hat alles zunichtegemacht.«

Eine Weile saßen sie schweigend da.

Dann meldete sich Ida zu Wort. »Könnte es sein, dass der Fahrer des Wagens das Gewitter einkalkuliert hat?«

Kjell und Jenna ließen die Frage auf sich wirken, bevor Kjell zu einer Antwort anhob. »Bei einem Verbrechen das Wetter einzuplanen, ist ganz schön riskant.«

Dann war es wieder still. Alle blickten hinab in den Park. Auf der Wiese lagen Menschen in der Sonne, und im Wasserbecken stapften Kinder mit hochgekrempelten Hosenbeinen umher.

Ida legte nach. »Findet ihr es denn nicht erstaunlich, dass die Frau allein am Rand der Fahrbahn stand? Das Verhalten des Mädchens war nicht vorauszusehen. Der ganze Vorfall war nicht vorauszusehen.«

Da hatte Ida recht. Alles war ziemlich reibungslos abgelaufen. Vieles am Ablauf war noch schwerer zu planen gewesen als das Wetter.

»Ja, ich finde es auch erstaunlich«, sagte Kjell.

»Erstaunlich, wenn man nur diesen einen Mordversuch kennt«, sagte Ida. »Aber vielleicht versucht der Fahrer des Wagens schon seit Jahren, die Frau umzubringen, und hatte erst jetzt Erfolg, weil die Frau wie Inspektor Clouseau alle bisherigen Versuche durch dumme Zufälle überlebt hat.«

Kjell und Jenna lachten.

»Da können wir nur mutmaßen«, sagte er schließlich. »Ebenso unklar ist die Frage, ob der Anschlag tatsächlich geplant war oder sich nur günstig ergeben hat.«

»Etwas spricht dagegen«, meinte Jenna. »Die reibungslose Flucht.«

22

»Sie haben für jedes Land, mit dem Schweden in diplomatischer Beziehung steht, ein *Desk*«, begann Barbro die Besprechung um drei Uhr. Sie war soeben aus dem Außenministerium am Gustav Adolfs Torg zurückgekehrt, wo sie den ganzen Vormittag verbracht hatte. »Das ist ein Schreibtisch, an dem die Informationen und die diplomatische Korrespondenz gesammelt werden.«

Barbro legte die Füße auf den Tisch, solange sie noch allein mit Kjell im Besprechungsraum war. Als Nächste traf Theresa ein, genau in dem Moment, als Kjell den Kaffee gekocht und den Tisch gedeckt hatte. Theresa strahlte. Das musste nicht unbedingt auf einen Erfolg hinweisen, so gut kannte Kjell Theresa inzwischen. Sie strahlte, wenn sie mit ihrem Dasein im Augenblick ganz zufrieden war, und es bekümmerte sie offenkundig nicht im Geringsten, dass alle unangenehmen Arbeiten bei ihr landeten.

Kjell ließ sie schon einmal mit ihrem Bericht beginnen, während sie noch auf Henning warteten. Er hatte den ganzen Vormittag Zeugenaussagen gelesen und darin nach einem Haken gesucht. Im Moment saß er an seinem Schreibtisch und telefonierte mit der Zentrale von Interpol in Lyon. Dort hatte man

Zugriff auf die Datenbanken fast aller Länder. Wenn die Finger- oder Ohrabdrücke, das Porträt oder die DNA der Toten in irgendeiner nationalen Datenbank gespeichert waren, würde man sie in Lyon finden. Die Schwierigkeit lag darin, die Franzosen an einem Sonntagnachmittag im Frühling zur Arbeit zu überreden.

»Wir sind Katholiken«, pflegte der zuständige Mitarbeiter dort sonst zu antworten. »Warum sollen wir an den Folgen der Reformation leiden, wenn wir gar nicht mitgemacht haben?«

Kjell konnte bis hierher in den Besprechungsraum hören, wie Henning den Hörer seines Telefons auf die Gabel fallen ließ. Kurz darauf erschien er in der Tür.

»Wir haben jetzt die Bestätigung, dass das Mädchen von einem Fest in der Handelshochschule gekommen ist«, sagte Kjell zur Begrüßung.

»Sofi hat vorhin angerufen. In Linköping hat es einen Durchbruch gegeben, von dem sie sich viel verspricht.«

Das musste nichts heißen, dachte Kjell. Sofi verbrachte den größten Teil ihrer Tage damit, sich etwas zu versprechen. »Worum geht es?«

»Sie ist auf dem Weg hierher. Die Frau soll aus Italien stammen, und zwar aus Tarquinia.«

Henning hielt ein Büchlein in die Höh. »Ein Reiseführer. Den habe ich mir von Ragnar geliehen. Er fährt doch immer nach Italien in den Urlaub und hat solche Sachen in seinem Büro liegen.«

Das stimmte. Der Leiter der Ermittlungsgruppe gegen Wirtschaftsverbrechen hatte das ganze Büro voller Bildbände mit italienischen Kirchen.

»Wie bist du in sein Büro gekommen?«, wollte Barbro wissen.

»Bin hinter der Putzfrau durch die Tür gehuscht. Über Tarquinia steht nicht sehr viel darin. Heute ist es eine winzige

Küstenstadt, die etwa achtzig Kilometer nördlich von Rom liegt. Lange etruskische Geschichte. Der letzte König von Rom stammte von dort, und heute kann man wie in Ägypten bunt bemalte Gräber anschauen.«

»Italien also«, sagte Kjell und kratzte sich am Kopf.

Theresa stand auf. »Ich frage bei der Botschaft nach, ja?«

Als sie an Henning vorbeiwollte, fuhr der seinen Arm aus wie einen Schlagbaum.

»Denk nach!«, rief Kjell.

»Worüber soll ich nachdenken?«

»Über deinen verwegenen Plan. Warum sollst du die Botschaft *nicht* anrufen?«

Theresa blickte zwischen ihren Kollegen hin und her. »Weiß nicht. Ich hätte es gemacht.«

Kjell und Henning tauschten Blicke aus. Theresas Standhaftigkeit gegen jeden Erwartungsdruck war eines ihrer größten Talente als angehende Ermittlerin.

Kjell bedeutete Theresa, wieder auf ihrem Stuhl Platz zu nehmen und half ihr auf die Sprünge. »Eine Tote, wahrscheinlich Italienerin, wahrscheinlich Mord. Sie hat ein diplomatisches Kuvert bei sich. Wir haben das Kuvert geöffnet.«

»Ich soll die Sache militärischer sehen. Schweden gegen Italien. Meint ihr das?«

Barbro lachte. »Du sollst die Sache diplomatischer sehen. Zuerst muss ich mal am Italien-Desk im Außenministerium nachsehen, ob die Tote als diplomatische Person akkreditiert ist.«

»Das glaube ich nicht«, murmelte Henning dazwischen. »Wir haben ja schon die Liste des gesamten diplomatischen Korps in Stockholm überprüft.«

Kjell wandte sich demonstrativ an Theresa. »Und deshalb wollen wir erst einmal darüber nachdenken, ob und in welcher Verbindung die Frau zur italienischen Botschaft stehen könnte.«

Theresa nickte. Das hatte sie verstanden.

Dann erschien Sofi. Heute gelang ihr kein lautloser Auftritt. Kjell sah ihr sofort die bekannte Sofi-Johansson-Aufregung an. So sehr er Ida liebte, Sofi würde für alle Zeit sein lyrisches Du bleiben.

»Wisst ihr es schon?«, fragte sie.

Henning schüttelte den Kopf. Das Spannende an der Geschichte hatte er Sofi überlassen wollen. Sie berichtete.

»Und? Was denkst du?«, wollte sie am Ende von ihrem Chef wissen.

»Ist doch klar, dass sie wahrscheinlich von den Etruskern abstammt, wenn sie von dort kommt«, sagte Kjell. »So wie ich wahrscheinlich von Gustav Vasa abstamme.«

Barbro quittierte diesen Vergleich mit einem pikierten Auflachen. So disqualifizierte man in Östermalm völlig abwegige Anmaßungen.

Sofi ließ sich auf ihren Stuhl fallen, griff nach ihrer Kaffeetasse und schenkte sich Wasser ein. »Ihr versteht den Kern der Sache nicht. Die anderen Toskaner stammen eben nicht von einer etruskischen Urmutter ab, jedenfalls ist sie der einzige Mensch unserer Zeit, der den gleichen Haplotyp hat wie eine zweieinhalb Jahrtausende alte Mumie aus Tarquinia. Die mtDNA ist in diesem Fall also nicht nur Mittel, um die Identität der Toten zu ermitteln. Hier hat sie eine eigene Aussage.«

Alle schwiegen für einen Augenblick.

»Hast du geprüft, ob das Krypto Etruskisch ist?«, fragte Sofi ihren Kollegen Henning.

»Liebe Sofi«, antwortete der. »Ich habe es in neun Jahren Schule nicht geschafft, richtig Englisch zu lernen, wie soll ich da in einer Stunde Etruskisch lernen?«

»Hatten die Etrusker überhaupt eine eigene Sprache?«, fragte Sofi.

Kjell nickte.

»Und wer könnte sich damit auskennen?«

»Ich jedenfalls nicht«, antwortete Kjell. »Wenn ich mich nicht irre, weiß die Wissenschaft gar nicht so viel über das Etruskische, Sofi. Es sind so wenige Bruchstücke davon überliefert, dass man gar nicht in dieser Sprache kommunizieren kann.«

Barbro machte seinen Ausführungen ein Ende. »Du bist also skeptisch. Ich auch.«

Sofis Blick verdüsterte sich. Das gelang ihr mit ihren schwarzen Augen ganz ausgezeichnet. »Ich bin deswegen nach Linköping gefahren, komme mit einem konkreten Ergebnis zurück, und ihr seid skeptisch. Was habt ihr denn herausgefunden?«

»Ich bin im Außenministerium am Türkei-Desk gesessen, weil Hans gestern vermutet hat, sie könnte von dort stammen. Jetzt weiß ich so ziemlich alles über dieses Land und seine Menschen.«

»Sollen ja ganz putzige Leute sein, diese Türken«, behauptete Kjell und tippte mit der Spitze seines Kugelschreibers auf der Tischplatte herum.

Alle schielten zu Theresa, aber die bekam den Seitenhieb nicht mit.

Sofi wandte sich an Kjell. »Und was machen wir jetzt?«

»Wir suchen uns einen Experten.«

Sofi atmete auf und sprang vom Stuhl. Kurz darauf schallte die Begrüßungsfanfare ihres Computers durch die Räume.

»Ich fahre wieder zum AM«, sagte Barbro und brach endgültig auf.

Die anderen gesellten sich zu Sofi. Sie rief die Internetseite der Universität von Uppsala auf und auch die der Stockholmer.

»Fang mit Uppsala an«, riet Henning. »Die sind altmodischer. Wir brauchen ja keine Expertin für feministische Töpfertheorien.«

Sofi ging die Liste der Institute durch. Am Ende blieben die Archäologie und die Sprachwissenschaft. Bei der Archäologie wurden nur Namenslisten aufgeführt, und man konnte nicht herausfinden, mit welchen Ländern und Epochen sich das Institut überhaupt beschäftigte.

»Willkommen in der Welt der Sprache!«, las Henning vom Bildschirm ab, als Sofi die andere Möglichkeit ausprobierte.

»Es gibt eine Abteilung für nordische Sprachen, Englisch, moderne Sprachen und Linguistik«, las Sofi vom Bildschirm ab. »Ich nehme dann wohl Linguistik. Hier! Klassische Sprache.«

»Das kannst du vergessen«, sagte Kjell. »Klassisch sind nur Latein und Griechisch.«

Sofi gab auf und probierte etwas anderes. Sie tippte Stichwörter in eine Suchmaschine ein und überflog die Treffer. »In Uppsala hat jemand einen Artikel über Gewänderikonografie in etruskischen Gräbern in der archaischen Periode geschrieben. Verfasser: P. Breston. Kann Herr Breston Etruskisch?« Sofi wartete nicht auf eine Antwort, sondern suchte die Person. »Breston, Pauline. Forscher. *p.breston@arkeologi.uu.se*. Soll ich ihr eine E-Mail schreiben?«

»Die sie dann beantwortet, wenn das Semester wieder beginnt?«, fragte Kjell. »Such sie mal im Polizeiregister.«

Nach einer Minute atmeten alle auf. Pauline Breston stammte aus Liverpool in Großbritannien und hatte sich sogar beim Migrationsamt angemeldet. Sie wohnte in der Umgebung der Universität, doch eine Telefonnummer bekam Sofi nicht heraus. Sie suchte noch nach dem Beginn der Ferien in Uppsala, aber der Terminplan enthielt nur Einträge wie den gemeinsamen Pilzesammeltag der geisteswissenschaftlichen Institute.

»Schau mal, ob es für die Juristen einen gemeinsamen Elchjagdtag gibt«, sagte Henning. »Das würde mich interessieren.«

23

Um fünf Uhr erschien Tomas Liljemark vor der Glastür. Er war wirklich ein riesiger Kerl. Immer wenn der Reichspolizeichef durch eine Tür trat, hatte man den Eindruck, ein Spinnaker würde aufgezogen und vom Wind aufgebläht. Für einen Augenblick widmete Liljemark seine ganze Aufmerksamkeit der galanten Begrüßung von Barbro. Im Gegensatz zum Reichskriminalchef Sten Haglund beeindruckte Tomas die halbgöttliche Abkunft von Barbro als Östermalmer Milliardärstochter sowie die gesamte Oberfläche ihres Körpers.

Seit Kjell Barbro Setterlind kannte, lag sie zum ersten Mal mit ihrem höchsten Vorgesetzten nicht im Stellungskrieg. Beginnend bereits bei ihrem Vater hatte Barbros Verhältnis zu jedem ihrer Vorgesetzten bisher im Zerwürfnis geendet. Kjell hoffte, dass es sich der höchste Chef der schwedischen Polizei nicht mit Barbro verscherzen würde. Aber zu seiner Erleichterung brachte sie Tomas aufrichtigen Respekt entgegen. Vielleicht hatte sie aber auch nur erkannt, dass es über dem Reichspolizeichef nur noch den lieben Gott gab. Die letzten zwei Jahre mit Barbro hatten Kjell allerdings den Eindruck vermittelt, dass Barbro genau auf ihn zusteuerte.

Liljemark schüttelte mit Leidenschaft fremde Hände. Danach legte er Kjell seine Hand auf die Schulter. Das tat er auch sehr gerne.

»Ankläger Ivenholt wird dabei sein. Er ist euer Mann.«

Diesen Namen hatte Kjell noch nie gehört, und er machte keinen Hehl daraus.

»Er ist erst seit April Kammerankläger und hat Wochenenddienst«, sagte Tomas. »Ein junger Streber mit dem Herzen am richtigen Fleck.«

»Tomas, warum brauchen wir jetzt schon einen Ankläger?«,

fragte Barbro entsetzt. »Und warum ein junger Kammerankläger? Der kennt die Wiener Konvention doch nur aus dem Fernsehen.«

Sie wollte ganz eindeutig zu Gott.

Vorerst war es jedoch Liljemark, der Barbro seine rechte, noch freie Hand auf die Schulter legte. »Keine Sorge, Barbro. Die Beschlüsse bleiben beim Voruntersuchungsleiter.« Tomas' linke Hand ruhte noch auf Kjells Schulter und drückte jetzt kräftiger zu. »Ivenholt soll das Kuvert als Beweismittel beschlagnahmen. Das enthebt dich als Voruntersuchungsleiter von dieser Bürde. Ihr habt ja das Kuvert geöffnet. Somit ist die Verantwortung schön verteilt.«

Die drei Ermittler hatten sieben Personen vor sich. Links saß Tomas Liljemark mit zwei weiblichen Mitgliedern aus der Reichspolizeileitung, rechts drei Männer aus dem Außenministerium. Dazwischen war Tobias Ivenholt ganz allein für die Anklage zur Anhörung erschienen. Der Eindruck dieses Arrangements wurde durch das schmale Gesicht des jungen Anklägers verstärkt. Ivenholt war auf keinen Fall älter als Mitte zwanzig. Neben seiner Liebe zur Justiz gab es eine zweite Leidenschaft in seinem Leben, nämlich aufwendig modellierte Gelfrisuren.

Während Barbro ihren Computer an den Projektor anschloss, stemmte Henning die Ermittlungsakte auf den Tisch. Inzwischen füllte sie zwei dicke Aktenordner. Wenn eine Akte in so kurzer Zeit dermaßen anschwoll, musste es sich um einen sehr komplexen Fall handeln. Die zweite Möglichkeit war, dass die Ermittler völlig im Dunkeln tappten.

Kjell beugte sich über die Tischplatte, um dem Ankläger und den Diplomaten die Hand zu schütteln. Den Verbindungsmann des Außenministeriums bei der Polizeileitung kannte er bereits, den Chef der Analyse- und Kriseneinheit jedoch noch nicht. Der Dritte war anscheinend Jurist und Protokollant.

Der Projektor warf eine Luftaufnahme des Areals um die Bibliothek an die Wand. Kjell erläuterte den Fall chronologisch, zweimal ergänzte Henning etwas aus der Akte. Barbro zeigte eine Reihe weiterer Bilder.

»Die Kernfrage in dieser Minute ist das Kuvert«, sagte Kjell am Ende. »Wir stufen es als unecht ein und beantragen, es jetzt schon als Beweismittel bei Gericht aufzunehmen, da wir seinen Verlust vor Erhebung der Anklage befürchten müssen.«

Barbro ergänzte den nötigen Paragrafen aus dem Prozessrecht, denn es kam nicht oft vor, dass die Beweismittel vor der Anklage zum Gericht gingen.

Tomas' Plan schien aufzugehen. Ivenholt nickte.

Kjell hielt inne und betrachtete den Ankläger. Es bereitete ihm jetzt schon Gewissensbisse, einen so unerfahrenen jungen Mann für eine so riskante Sache einzuspannen. »Bist du dir über den Sinn im Klaren?«

»Du willst Nägel mit Köpfen machen und verhindern, dass das Kuvert doch noch als sakrosankt anerkannt wird und du ins Gefängnis wanderst.«

»Ganz genau.« Kjells Gewissensbisse lösten sich in Luft auf. Ivenholt war nicht so unerfahren, wie er aussah.

»Aber bist du dir im Klaren, was passiert, wenn Opfer und Täter Diplomaten sind?«, fragte Ivenholt.

»Das muss er nicht«, ging der Jurist aus dem Außenministerium dazwischen. »Wenn die tote Frau diplomatischen Schutz genießt, dann hat die Polizei sich hervorragend darum bemüht, ihren Tod aufzuklären. Ist auch der Täter Diplomat, wird unser Botschafter im Herkunftsland eine Protestnote nach der anderen überreichen.«

»Niemand wird sich um das Kuvert kümmern, wenn der Mörder Diplomat war«, ergänzte der Krisenchef.

Der Ankläger drehte sich zum diplomatischen Flügel des Tisches. »Ihr seht die Sache diplomatisch, ich sehe sie juristisch.«

»Junger Freund«, sagte der Krisenchef. Dem Alter nach stand er am anderen Ende der Karriere, und man konnte jede Krise, die er gemeistert hatte, in seinem faltigen Gesicht ablesen. »Was auch immer du am Gewohnheitsrecht der internationalen Diplomatie juristisch sehen willst, ich versichere dir, es geht nur um Politik. Die diplomatischen Konventionen sind ein langer, ruhiger Fluss und keine Marmortafel.«

Kjell bemerkte, wie Barbro versteinerte. Niemand konnte einen Lachanfall so gut unterdrücken wie sie.

»Könnte ich mir das Kuvert ansehen?«, fragte der Jurist aus dem Ministerium.

Bisher hatte es bei Henning auf dem Tisch gelegen. Er reichte es hinüber. Der Jurist betrachtete das Kuvert von allen Seiten, ohne die durchsichtige Schutzhülle zu öffnen.

»Das Kuvert selbst ist auf jeden Fall echt. Sonst fehlen jedoch alle Kriterien. Es gibt weder eine Plombe noch ein Siegel. Zudem muss der Botschafter oder ein Stabschef vom Ministerium hier unterschreiben. Diese Unterschrift ist wichtiger als das Siegel. Ohne sie hätte das Kuvert sogar mit Siegel keinen Status. Und schließlich müsste es eine Registrierungsnummer darauf geben.« Der Jurist legte das Kuvert abschätzig auf den Tisch und suchte Augenkontakt mit dem Krisenchef. Beide schüttelten den Kopf. »Das hier hat keinen Status. Wir erkennen es nicht als diplomatische Sendung an.«

»Entschuldigung«, sagte Henning mit ruhiger Stimme. »Für uns wäre es wichtiger, ob das Kuvert von Anfang an eine Fälschung war oder all die entscheidenden Merkmale erst später verloren hat. Jemand könnte sie ja leicht entfernt haben, vielleicht sogar, um die Identität der Sendung zu verschleiern.«

Der Krisenchef zuckte mit den Achseln. Also war alles möglich. »Habt ihr denn keine Anhaltspunkte?«

Natürlich gab es Anhaltspunkte. Die wenigen Fingerabdrücke auf dem Kuvert waren der wichtigste.

»Die Frau habt ihr überprüft?«, fragte der Krisenchef halb rhetorisch.

»Es gibt keine Vermisstenmeldung zu einer akkreditierten Diplomatin«, sagte Kjell.

»Es gibt überhaupt keine Vermisstenanzeige, die auf diese Frau zutrifft«, ergänzte Henning.

Kjell nickte. »Kann sie nur der Kurier sein?«

Der Jurist schüttelte den Kopf. »Dann würden wir sie kennen. Kuriere werden dem Ministerium gemeldet. Aber selbst dann passt das Kuvert in dieser Form nicht dazu.«

»Übrigens sind die Fingerabdrücke der Toten sowohl auf dem Kuvert als auch auf dem Krypto«, fügte Kjell noch hinzu. »Sie kannte also den Inhalt der Sendung.«

Falls es eine Sendung war.

»Das Krypto ist darin?«, fragte der Jurist.

Kjell nickte.

»Ist es en clair oder chiffriert?«

»Die zweite Möglichkeit«, sagte Henning und grinste. »Die Fingerabdrücke sind nirgendwo bekannt.«

»Habt ihr es am Flughafen probiert?«, fragte Ivenholt.

Barbro meldete sich. »Da sie nicht volksbuchgeführt ist und es keine medizinischen Daten von ihr in Schweden gibt, suchen wir zuerst in den Hotels. Wir wissen nicht, wann sie hier angekommen ist, müssen aber davon ausgehen, dass sie eine Unterkunft hatte.«

»Kann sie denn nicht auch eine Wohnung haben?«, fragte der Krisenchef unfachmännisch.

Barbro behielt die Beherrschung. »Nein, junger Freund. Ohne Personennummer keine Wohnung. Ohne Volksbuch keine Personennummer.«

Der Krisenchef war noch nicht zufrieden. »Aber die Wohnung muss ja nicht auf ihren Namen laufen.«

»Den unwahrscheinlichen Möglichkeiten werden wir uns

augenblicklich zuwenden, sobald die wahrscheinlichen ausgeschöpft sind«, übernahm Henning. »Wenn sie bei einer anderen Person gewohnt hat, warum hat sich diese Person nach dem Unfall nicht gemeldet? Die Unterkunft muss sich in der Nähe der Bibliothek befinden, da die Frau nur wenig Bargeld und keine Jacke bei sich hatte. Auch ihre Kleidung legt den Schluss nahe, dass sie eher in einem Hotel wohnte als privat.«

Zum Glück verschwieg Henning eine weitere aufwendige Überlegung vom Nachmittag. Die Frau hatte den 7-Eleven mit einem Fünfhundertkronenschein in der Tasche betreten. Kleingeld und eine Fahrkarte hatte sie also nicht bei sich gehabt. Wie hätte sie so mit der U-Bahn oder mit dem Bus herkommen können? Auch bei einer Taxifahrt wäre Wechselgeld wahrscheinlich gewesen.

Kjell hob müde die Hand. »Wenn wir keine offizielle Unterkunft finden, dann sagt uns das eine Menge. Es wäre eine wichtige Information.« Damit war die Sache für ihn beendet. Er übergab wieder an Henning.

»Da wir ihre Identität nicht kennen, bleiben uns am Flughafen nur die Kameras. Deren Auswertung kann lange dauern, denn Diplomatenpässe werden nicht gescannt. Ebenso wenig die Pässe von EU-Bürgern, wenn sie sich innerhalb Europas bewegen. Und die Tote ist mit Sicherheit Europäerin. Wir haben heute die Bestätigung der Rechtsmedizin erhalten: Die Frau stammt aus Italien.«

»Italien?«, riefen die drei Diplomaten im Chor.

Anscheinend gab es von Land zu Land unterschiedlich tiefe Freundschaften.

»Wir vermuten, dass der Text des Kryptos Etruskisch ist.« Kjell erklärte, wie sie zu dieser Vermutung gekommen waren. »Wir wollen die italienische Botschaft nicht einschalten, weil wir Angst um den Status des Kuverts haben. Die Ermittlung könnte dann schnell eingestellt werden, wenn sich herausstellt, dass die Botschaft in die Sache verwickelt ist.«

Die drei Diplomaten steckten die Köpfe zusammen und tuschelten.

»Hat eure Aufregung damit zu tun, dass wir viele Waren nach Italien exportieren, aus der Türkei aber nur Einwanderer importieren?« Fragen kostet ja nichts, dachte sich Kjell.

Der Krisenchef schüttelte den Kopf. »In der italienischen Botschaft findet morgen das Sommerfest statt, wie jedes Jahr am Abend des italienischen Nationalfeiertags. Das halbe diplomatische Korps von Stockholm wird morgen Abend in der Botschaft zu Gast sein. Das ist unser Problem. Die Tote könnte eine Angehörige sein.«

24

»Herrgott!«, stöhnte Theresa und beugte sich zur Windschutzscheibe vor, als wollte sie einen Blick über den Rand der Welt werfen. »Ist die Stadt hier etwa zu Ende? Wir waren doch gerade erst am Dom!«

Sofi wendete den Wagen und fuhr langsam zurück. Der Mann im Zentrum hatte behauptet, sie müssten eine Ewigkeit lang der Börjegatan folgen, aber die Ewigkeit hatte gerade mal eine Minute gedauert, dann hatte Uppsala einfach aufgehört und eine Wiese begonnen, die aussah, als reichte sie bis Värmland.

»Da ist es! Stabby Allé. Herrgott, sieht das schrecklich aus!«

Sofi bog ab. »Bist du noch nie in einer Kleinstadt gewesen?«

»Was sagt das über ein Land, wenn die viertgrößte Stadt so aussieht?«

Sie erreichten Nummer fünf, bevor Sofi etwas antworten musste. Es war ein weißer Fertigbau aus den sechziger Jahren. Theresa sprang aus dem Wagen und lief zur Eingangstür. Sie wandte sich kurz um und nickte, bevor sie klingelte. Sofi stellte den Motor ab. Es schien ihr besser, wenn sie Theresa nicht allein hinaufgehen ließ.

Nach der zweiten Treppe hatte Theresa ihre Enttäuschung über Uppsala offenkundig überwunden. Sofi klingelte vorsichtig.

Eine Frau mit braunem Haar lächelte höflich und fragend durch den Türspalt. Sofi kam der Gedanke, dass Pauline Breston als Dozentin vielleicht manchmal Besuch von Studenten bekam, und zog ihren Ausweis aus der Tasche.

»Hej! Wir suchen Pauline Breston.«

Die Frau betrachtete den Ausweis und schaute weiterhin freundlich.

»Sofi Johansson ist mein Name, und das ist Theresa Julander. Du bist Etruskologin, oder?«

Jetzt musste die Frau überlegen. Aber dann schien ihr aufzugehen, wie Sofi zu dieser Annahme gekommen war. »Sozialanthropologie und Ethnologie.«

»Oje!«, murmelte Sofi und verstaute den Ausweis wieder in ihrer Tasche.

»Wonach suchst du denn?«

»Nach jemandem, der Etruskisch kann. Du hast doch mit den Etruskern zu tun, oder?«

Pauline Breston öffnete die Tür ganz. Im Hintergrund war der Fernseher zu sehen. »Lesen kann ich es schon. Worum geht es denn?«

»Um ein Schriftstück. Könntest du es begutachten?«

»Das kann ich schon machen. Wann denn?«

»Jetzt gleich. In Stockholm.«

Die Frau sah Sofi entsetzt an. Theresa grinste. Das sah man sogar, wenn man neben ihr stand.

»Es ist uns leider nicht gelungen, deine Telefonnummer herauszufinden. Dann hätten wir vorher angerufen.«

»Aber ich sehe gerade Doctor Who!«

»Du kannst natürlich eine Rechnung für ein Beratungshonorar an die Polizei stellen.«

Die Frau drehte sich um, als wollte sie abwägen, wie viel eine verpasste Folge von Doctor Who wohl wert war. Dann nickte sie ernst. Aber es verzehrte sie, das sah Sofi ihr deutlich an.

»Hast du Unterlagen? So etwas wie ein Wörterbuch?«

Pauline Breston nickte und verschwand im Inneren der Wohnung, in der die Gastforscherin wohl ein karges Saisonleben führte. Sofi konnte keinerlei Zierrat im Flur entdecken. Pauline trat aus einem dunklen Zimmer wieder in den Flur, suchte in den beiden Bücherstapeln auf der Kommode, wählte drei Bücher aus und öffnete dann eine der Schubladen.

»Die hat überhaupt keine Lampen an«, hauchte Theresa und blickte Sofi an, als säßen sie wie kleine Mädchen mit einer Taschenlampe unter der Bettdecke. »Komisch, oder?«

Sofi wandte sich ab. Ihre Abneigung war zwar nicht stark, aber sie mochte es nicht, dass Theresa mit ihrem Mangel an Zurückhaltung alle Stufen des Kennenlernens übersprang. Und Sofi fand, dass Theresa sie noch nicht kannte. »Ausländer machen nicht so viel Licht.«

Theresa setzte sich auf die Treppe zum nächsten Stockwerk. »Doctor Who!«

»Was ist das überhaupt?«

»Schaust du nie fern? Eine alberne Serie aus England. Ein Mann reist in einer Telefonzelle durch die Zeit. Kann auch auf einem Sofa sein. Jedenfalls ist es albern.«

»Anscheinend mag sie es. Aber für uns verpasst sie eine Folge.«

Theresa stand von der Treppenstufe auf und zog sich ihre Hose hoch. Das war eine Angewohnheit aller Uniformträger.

»Frag nicht, was dein Land für dich tun kann, sondern was du für dein Land tun kannst.«

Die Frau hielt inne und blickte zur Tür. Sofi schloss reflexartig die Augen. Sie konnte sich kaum vorstellen, wie Theresas verschwörerisches Geflüster bis zu ihr gedrungen sein konnte, aber auf der anderen Seite wusste sie auch nicht, welche akustischen Eigenarten das Treppenhaus besaß. Hoffentlich hatte sie nichts verstanden.

Im hinteren Zimmer wurde der Fernseher abgestellt. Pauline trat aus dem dunklen Flur, zog die Tür hinter sich zu und wandte sich an Theresa. »Ich bin übrigens nicht aus Amerika, sondern aus Liverpool.«

Im Wagen saß Pauline Breston auf dem Rücksitz und bat Sofi beim Losfahren, an der Kreuzung rechts abzubiegen. Darauf folgten weitere Anweisungen, die Sofi alle befolgte, obwohl sie sie weit von der Zufahrt zur Autobahn wegführten. Auch Theresa schien sich zu fragen, wo die Frau hinwollte, schwieg aber ausnahmsweise. Sie fuhren nach Norden. Die niedrigen Mehrfamilienhäuser wurden von kleineren Villen abgelöst.

»Dort abbiegen, bitte, Idunagatan.« Pauline Breston ließ Sofi in einer Einfahrt halten und stieg aus dem Wagen. »Einen Moment, bitte.«

Theresa spähte wieder durch die Frontscheibe. »Das hier geht ja wenigstens.«

»Wo wohnst du eigentlich?«, fragte Sofi.

»Gamla Stan.«

»Du wohnst in der Altstadt?«

Theresa verstand nicht, was daran so außergewöhnlich war.

»Allein?«

»Bei meinen Eltern. Aber ich habe eine eigene Etage. Ihnen gehört das ganze Haus.«

»Sind sie so reich?«

»Gar nicht. Sie haben drei Häuser geerbt, mussten aber zwei verkaufen, weil sie sonst die Steuer nicht hätten bezahlen können. Und Gamla Stan ist sehr teuer im Unterhalt. Wir mussten renovieren und eine Schrotflinte kaufen. Für die Ratten.«

Sofi hielt das Steuer wie in einer langen Kurve und überlegte. Sie hatte sich Theresas Hintergrund immer ganz anders vorgestellt, auch wenn ihr jetzt nicht mehr einfiel, welches Bild sie noch vor einigen Sekunden gehabt hatte. Das war bei Theresa immer so. Wenn sie etwas von sich erzählte, wusste man danach nicht mehr, was man zuvor angenommen hatte. Auf die eine Weise benahm sie sich wie ein Mädchen aus Östermalm, aber nur, was ihr Selbstverständnis in der Welt anging und ihre eigenartigen politischen Kommentare. Aber die klangen auch wieder kleinbürgerlich nach Huddinge. Gamla Stan lag dazwischen.

Theresa wagte einen Blick auf Paulines Bücher auf der Rückbank. Sie ließ eines davon zwischen ihren Fingern vor Sofis Gesicht baumeln.

»Sieh dir das an! Ein Wörterbuch. Ganz schön dünn. Ich hab's für einen französischen Sommerroman gehalten.«

Ein Geräusch lenkte die Aufmerksamkeit der beiden auf das Haus, und Theresa legte eilig das Buch zurück. Pauline Breston trat mit einem Mann vor die Tür, der wesentlich älter als sie und zu blond für einen Engländer war.

»Will sie etwa ihren Liebhaber mitnehmen?«, konnte Theresa gerade noch sagen, bevor sich die Hintertüren öffneten.

Der vermeintliche Liebhaber hatte eine Halbglatze und einen dicken Bauch. Er nahm ganz selbstverständlich auf der Rückbank Platz.

»Das ist Finn von der Universität in Kopenhagen. Das sind Sofi Johansson und … Theresa. Theresa ist Kennedy-Anhängerin.«

Finn rief einen Stockholmer Gossengruß nach vorne, wohl als kleine Aufmerksamkeit, weil die Damen von dort waren.

»Finn ist Spezialist für alte indoeuropäische Sprachen. Er kann euch bestimmt helfen.«

Sofi wandte sich um. »Entschuldigung, aber ich habe vorhin gelesen, dass Etruskisch keine indoeuropäische Sprache sein soll.«

Finn winkte ab. »Ich bin trotzdem zuständig. Wer sollte es sonst sein? Die Archäologen vielleicht?«

Finn und Pauline lachten laut. Sofi und Theresa sahen sich fragend an. Sofi startete den Wagen und fuhr los.

25

Kjell wanderte über die Barnhusbron von Kungsholmen nach Norrmalm und nahm dann die Tegnérgatan zum Antiquariat. Das war immer sein Weg.

Die Drottninggatan lag wie ausgestorben da. Durch das Schaufenster konnte er Ida an ihrem Tisch sitzen sehen, in eifriges Schreiben vertieft. Als er gegen die Tür klopfte, sprang sie gut gelaunt auf, lachte wie der Mittsommer und flitzte hinter der Kasse hin und her, bis sie den Schlüssel gefunden hatte.

»Du warst ja schnell«, sagte sie.

»Ida, ich brauche etwas zum Lesen über die Etrusker. Die Sache mit der Frau nimmt eine eigenartige Entwicklung.«

Während er Ida in den Archäologiegang folgte und ihr beim Absuchen des Regals zusah, brachte er sie auf den neuesten Stand.

»Klingt, als wollte euch jemand auf den Arm nehmen«, murmelte sie und zog ein Buch nach dem anderen aus dem Regal. »Ich habe nicht so viel. Was genau suchst du denn?«

»Nichts Bestimmtes, nur ein bisschen Inspiration.«

»Hier habe ich einen archäologischen Reiseführer durch die Toskana und die *Etruscologia* von Pallottino. Die ist zwar auf Italienisch, aber das Standardwerk.«

Kjell wog das dicke Buch in den Händen. »Drehst du einem alles, was dick ist und schon ewig hier steht, als Standardwerk an?«

In der Hocke suchte Ida die unterste Reihe ab. »Ich muss schließlich auch von etwas leben«, keuchte sie. »Einen Bildband über etruskische Kunst, einen Bildband über die Gräber von Tarquinia. Und eine zweibändige Monografie auf Deutsch über die Todesgöttin Vanth.«

Auf dem Einband sah man eine geflügelte Frau, die wie ein Erzengel zu Boden schwebte. Ihr langes Haar stand dem seiner Tochter Linda an Wildheit in nichts nach.

»Das passt doch ausgezeichnet für deine Belange«, behauptete Ida.

»Na ja, ich nehme mal die Etruscologia für Barbro mit. Sie kann ein bisschen Italienisch. Und die Gräber von Tarquinia. Kannst du das Vanth-Buch mal durchblättern? Für meine Zwecke ist es ein wenig zu speziell.«

Sein Deutsch war schlecht, und um Italienisch hatte er sich bei seinem Studium der klassischen Literatur gedrückt, all der Vokale wegen.

Ida nickte.

»Ist das alles, was du hast?«

Ida huschte um die Ecke, und kurz darauf hörte er, wie sie den Steighocker verrückte. Sie kehrte mit einem Buch zurück und drückte es ihm wortlos gegen die Brust.

Er betrachtete den Titel und lächelte. *Naturales quaestiones.* Die Naturuntersuchungen von Seneca.

»Da geht es auch um Blitze«, beendete Ida ihr Verkaufsgespräch.

26

Um kurz nach zwei hörte Sofi, wie sich im Flur des Büros Schritte näherten.

In den vergangenen Stunden hatte sie es erst mit Arbeit versucht, dann aber zwei weitere, bisher verborgene Fächer in ihrer neuen Umhängetasche entdeckt, für alle einen Imbiss aus der Kantine geholt, am Fenster eine Zigarre geraucht und sich schließlich eine Folge von *Doctor Who* aus einem beschlagnahmten Downloadserver besorgt. Nach zehn Minuten hatte sie Theresas Meinung zugestimmt und die Doctor-Who-Datei gelöscht.

Finn blickte sich ratlos im Flur um, bis er Sofi an ihrem Schreibtisch entdeckte.

»Wir sind so weit«, sagte er und klang bedrückt.

Sofi richtete sich auf. »Und? Ist es Etruskisch?«

»Na ja«, gab Finn in einem unschwedischen Tonfall wieder. Jetzt tauchte auch Pauline auf.

»Wollt ihr euch ausruhen?«, fragte Sofi. »Wir haben zwei Hotelzimmer gegenüber vom Park gebucht. Die anderen sind nach Hause gefahren. Ich muss sie erst verständigen.«

Die beiden einigten sich mit Blicken und schüttelten dann den Kopf.

»Was wir machen, ist, erst die Besprechung, dann wir können ausruhen«, sagte Pauline, die durch die Erschöpfung in den Satzbau ihrer Muttersprache zurückgefallen war. Am frühen Abend hatte sie noch flüssiges Schwedisch gesprochen.

Sofi nickte und griff zum Hörer. Sie rief erst Henning an, der den weitesten Weg vor sich hatte, dann Kjell und am Ende Barbro. Niemand fragte sie nach dem Resultat, alle brummten nur, dass sie sich auf den Weg machten.

Die beiden Experten nahmen sich frischen Kaffee und nutzten die Zeit bis zur Ankunft von Sofis Kollegen, um ihre Ergebnisse in ihrem Arbeitsraum noch einmal zu prüfen. Vierzig Minuten später saßen alle am Tisch im Besprechungszimmer. Es war kurz vor drei.

Finn hatte sich an die Spitze des Expertenteams gesetzt und hielt einen Zettel in der Größe einer Postkarte in der Hand. Darauf hatte er seine Ergebnisse in winziger Handschrift notiert. Vom Haarkranz auf seinem Kopf hatten sich feine Härchen aus dem Verbund gelöst und schwebten von der Müdigkeit elektrisiert in alle Richtungen.

Finn nickte bloß, als Kjell zu Beginn die Frage stellte, ob sie es überhaupt mit Etruskisch zu tun hatten.

»Zunächst einmal glauben wir, dass der Text erst vor kurzem geschrieben wurde«, begann er. »Also keinesfalls antik ist. Ziemlich sicher sind wir uns bei der Phrase *cealxls tunsne anpilie.* Das kann nur ›am einunddreißigsten Mai‹ bedeuten.«

Unter den Nichtexperten brach Gemurmel aus.

»Kann nicht auch der 31. Mai im Jahre 100 vor Christus gemeint sein?«, erkundigte sich Barbro, die bei sensationellen Neuigkeiten immer den Zwang zum Widerspruch in sich spürte.

»Die intelligenten Schlussfolgerungen überlassen wir euch«, konterte Finn und lächelte. »Bevor ihr gleich losdenkt, will ich euch auf zwei weitere Punkte hinweisen. Die Orthografie weicht vom Schriftbild ab, wie wir es aus echten etruskischen Texten kennen. Das passt zu der Behauptung eurer Techniker. Die sonderbaren Schreibweisen deuten tatsächlich auf ein Fernschreiben, eine Schreibmaschine oder einen Computer mit kleinem Zeichenvorrat hin, denn hier wurde Etruskisch so geschrieben, als hätte man nur eine englische Tastatur zur Verfügung. Wo immer ein etruskischer Laut im Englischen nicht zu finden war, gibt es in der Schreibung also eine Abweichung. Der *ch*-Laut wird durch ein X wiedergegeben, der *th*-Laut durch ein einfaches T. Der dritte Hinweis ist das Wort *trutnutis.* Wir wissen nicht, welche Rolle es in diesem Satz einnimmt, aber an sich bedeutet es ›Blitzdeuter‹. Das weiß die Etruskologie ganz sicher, und am 31. Mai hat es in ganz Uppland geblitzt.«

Henning räusperte sich. »Am Samstag wusste jeder in der Stadt, dass ein Gewitter kommen würde. Viel zu deuten gab es da nicht.«

»Das stimmt nicht«, sagte Sofi. »Alle haben schon am Donnerstag und am Freitag mit dem Gewitter gerechnet. Am Freitag gab es nur ein Grummeln.«

Finn schrieb das Wort an die Tafel und erklärte, dass seine Grundbedeutung zwar gesichert war, die grammatische Form aber unbekannt. »Im selben Satz stecken die Vokabeln *favineri* und *scuna.* Sie bedeuten ›hinabgehen‹ und ›Gebäude‹.«

»Die Bibliothek vielleicht«, nuschelte Sofi.

Kjell richtete sich auf. »Willst du uns sagen, dass ihr nur einzelne Vokabeln zu erkennen glaubt, den Text aber nicht versteht?«

»Nicht einen einzigen Satz können wir übersetzen.«

»Verdammt.« Kjell sank in sich zusammen und blickte sich nach allen Seiten um.

»Ich kann dir nur eines mit Sicherheit sagen: Das wird auch kein anderer jemals übersetzen können.« Finn hob ein schmales Büchlein hoch. »Das ist die Liste aller bekannten Vokabeln. Bei der Hälfte davon ist die Bedeutung unbekannt. Auf dieser Basis arbeiten alle Fachleute. Neunzig Prozent der Wörter aus dem Krypto stehen nicht in diesem Buch.«

Anscheinend konnte Pauline Kjells Enttäuschung nicht ertragen. »Alle überlieferten Texte stammen aus Gräbern, deshalb bezieht sich der uns bekannte Wortschatz auf Tod und Religion. Es ist also kein Wunder, dass wir an einer solchen Botschaft scheitern.«

Henning gab ein ernstes Lachen von sich. »Dann ist das also Etruskisch, wie wir vermutet haben?«

Finn zuckte mit den Achseln. »Ich sagte ja soeben, dass die meisten Wörter nicht im gesammelten Wissen über den Wortschatz des Etruskischen enthalten sind. Mehr Etruskisch, als dieses Buch enthält, kann niemand kennen. Wenn die Frau aus Italien stammt, könnte es sich um Kunstetruskisch handeln, so wie die Amerikaner im Krieg ihre Botschaften in der Sprache der Navajo-Indianer chiffriert haben und später aus dieser Sprache eine Kunstsprache geschaffen haben. All die unbekannten Wörter sind also von heute lebenden Menschen erfunden worden, um aus dem geringen Wissen, das die Wissenschaft heute über das Etruskische besitzt, eine funktionierende Sprache zu schaffen, in der man kommunizieren kann. Das war im zwanzigsten Jahrhundert in der Kryptografie sehr beliebt. Die moderne Linguistik verdankt ihre Existenz ausschließlich der Kryptografie während der beiden Weltkriege.«

»So wie ich meine Bratpfanne der Raumfahrt verdanke«, sagte Henning, aber Barbro wies ihn darauf hin, dass seine Bratpfanne aus Gusseisen war.

»Was habt ihr noch herausgefunden?«, fragte Kjell.

»Der Ausdruck *selvanax* könnte mit viel Phantasie ›schwedisch‹ bedeuten, und zweimal wird von *etaci cana* gesprochen, ›drei kostbaren Gegenständen‹. Das ist alles. Die letzte Phrase ist abgesetzt und lautet *zilceru xarun.* Eventuell hat die Botschaft also jemand verfasst, der nach dem etruskischen Gott Charun heißt, so wie in Skandinavien viele Thor heißen. Charun ist ein Todesdämon. Er ist mit dem griechischen Charon verwandt, dem Fährmann ins Reich der Toten.«

Seine Kollegen reagierten erstaunt, als Kjell die beiden Experten persönlich hinüber ins Hotel bringen wollte. Er kehrte nur zehn Minuten später zurück und stellte sich entschlossen vor den Besprechungstisch, ohne sich zu setzen. »Ihr habt gehört, was Finn gesagt hat. Das ist von nun an unsere Arbeitstheorie: Die Tote stammt aus der Gegend von Rom. Es ist angesichts ihrer Herkunft eine vernünftige Annahme, dass das Krypto in einer auf dem Etruskischen aufbauenden Codesprache chiffriert ist. Die Frau war in Dinge verwickelt, die sie das Leben kosteten. Seit vierundzwanzig Stunden folgen wir einer Spur, die uns zwar die Herkunft der Frau verraten hat, uns allerdings auf eine absonderliche Fährte bringt.«

»Aber welche Rolle spielt Stockholm in deiner Arbeitstheorie?«, wollte Barbro wissen.

»Ein Treffen in der Bibliothek. Drei kostbare Gegenstände. Die Frau stammt aus Italien. Wir konzentrieren uns darauf, wer diese Frau ist, wann sie hierhergekommen ist und mit wem sie in Verbindung stand.«

Henning und Barbro nickten einhellig. Das waren drei Dinge, die eine Todesermittlung zutage fördern musste. Kjell sah Sofi an und wartete auf ihre Einwände. Die kamen immer von ihr, wenn er seine Arbeitstheorie vorstellte.

»Ich bin dafür, dass wir den Verfasser des Kryptos Charun nennen«, sagte sie.

Niemand widersprach. Kjell notierte den Namen an die Wandtafel.

»Ich bin dafür, dass wir auch den Mann bei der Leiche Charun nennen«, setzte Henning fort.

Kjell drehte sich um und sah die beiden Frauen zögernd nicken. Er schrieb ein weiteres Mal ›Charun‹ an die Tafel. »Jetzt bleibt nur noch die Frage, ob Charun auch die Person ist, die den Fahrer darüber informiert hat, dass die Frau die Bibliothek verlässt.«

»Nein«, rief Sofi. »Sie ist es nicht. Wenn das Krypto eine an sie gerichtete Nachricht und Charun der Verfasser ist, dann standen Charun und die Frau auf derselben Seite.«

Kjell sah Henning an. Der nickte. Er hatte irgendeine Ahnung.

Sofi ging zur Tafel. »Das bedeutet, dass wir unseren Zeugen trauen können. Nach dem Unfall nutzt der Informant die allgemeine Starre der Menschen und bewegt sich ungehindert zur Leiche der Frau. Der Informant trägt nach der Aussage des Zeugen Crister Savström keinen Bart.«

»Er will das Krypto«, sagte Henning knapp.

Sofi nickte. »Er findet es aber nicht, da die Frau es unter ihrer Kleidung am Körper trägt. Ihm bleiben nur wenige Augenblicke bei seiner Durchsuchung, denn bald darauf erreicht ein zweiter Mann die Stelle. Dieser Mann trägt einen dunklen Bart. Es ist Charun. Er kommt deshalb als Zweiter an, weil er den Unfall nicht vorausahnt, weil er ja auf der Seite des Opfers steht. Der bärtige Charun verscheucht den bartlosen Informanten.«

Sofi skizzierte ihr Szenario an die Tafel und kehrte zu ihrem Stuhl zurück.

»Du glaubst also, dass Charun dort war, weil er in dem Krypto diesen Ort und diese Zeit selbst vorgeschlagen hatte«, sagte Kjell. »Ein Treffen.«

Sofi nickte. »Deshalb sind die Fingerabdrücke von beiden Personen darauf.«

»Du hast recht. Das klingt gut.«

Henning gab sein Einverständnis durch Nicken. »Ich frage mich nur, ob der Unfall vor oder nach der Übergabe geschehen ist. Wenn die Frau ›die drei Kostbarkeiten‹, von denen im Krypto die Rede ist, bei sich trug, dann hat sie jetzt einer der beiden Männer. Beiden Männern ging es gar nicht um das Krypto. Charun kann die Frau ja bereits vor dem Unfall getroffen haben. Deshalb hat er bei ihr auch nicht nach dem Krypto gesucht. Die beiden hatten sich schon wieder getrennt, als er den Unfall aus der Ferne hörte.

»Deshalb kam er etwas später hinzu«, folgerte Kjell.

»Im Krypto wird aber auch das Gewitter erwähnt«, wandte Sofi ein. »Das muss etwas zu bedeuten haben. Und das Gewitter setzte erst eine gute Stunde nach dem Unfall ein.«

Henning kratzte sich am Kopf. »Warum soll man denn ein zukünftiges Wetterereignis wie einen Blitz bemühen, wenn es Uhren gibt?«

ZWEITER
TEIL

SUMMAM ESSE VIM FULMINIS IUDICANT
QUIA QUICQUID ALIA PORTENDUNT
INTERVENTUS FULMINIS TOLLIT.
QUIDQUID AB HOC PORTENDITUR
FIXUM EST NEC ALTERIUS OSTENTI
SIGNIFICATIONE MUTATUR.

DEM BLITZ MESSEN SIE DIE GRÖSSTE KRAFT
UND BEDEUTUNG BEI.
DENN WAS AUCH IMMER DIE ANDEREN
VORZEICHEN ANKÜNDIGEN,
DER BLITZ HEBT SIE AUF.
WAS ER ANDEUTET, STEHT ENDGÜLTIG FEST,
UND KEIN ANDERES ZEICHEN DES SCHICKSALS
KANN DARAN NOCH ETWAS ÄNDERN.

MONTAG

2. JUNI

27

Kjell fand den Pfad zwischen den Uferfelsen hindurch ziemlich einladend und folgte ihm. Er wusste nicht, wie er sich die halbstündige Wartezeit in Fredhäll sonst vertreiben sollte. Das Westende von Kungsholmen bot nichts außer Wohnkolonien und einem Kiosk. Immerhin hatte die Gegend eine eigene Bushaltestelle.

Ein Metallgeländer wies den Weg zwischen den Felsen hindurch. Kjell umrundete die Landspitze in einer halben Stunde und nahm dann die Straße zurück zum Haus von Crister Savström. Er saß mit Linda auf dem Sofa und lächelte zufrieden über das ganze Gesicht, als hätte er die Zeichnung selbst vollbracht.

»Ist es gut gelaufen?«, fragte Kjell.

Crister nickte eifrig. Moa hatte die Verbissenheit, die Kjell bei der Vernehmung in der Nacht zum Sonntag entgegengeschlagen war, zum Glück mit zur Arbeit genommen. Neue Anträge für Strafanzeigen gegen Polizisten lagen auch nicht vor.

»Das ist praktisch für dich, dass du deine Tochter als Phantomzeichnerin anwerben kannst.«

»Das machen wir nur in besonderen Fällen, wenn es nicht wie eine Phantomzeichnung aussehen soll«, antwortete Kjell und betrachtete das Ergebnis. Lindas Zeichnung war gelungen, aber dennoch war Kjell überhaupt nicht zufrieden.

Crister hatte den bartlosen Mann immer nur im Profil gesehen, deshalb hatte Linda ihn nach seinen Vorgaben auch so gezeichnet. Auf dem Bild kniete er über der Toten.

»Der Mann war von deiner Warte aus also wirklich diesseits der Leiche? Rechts? Und seine Knie berührten den Boden nicht, er kniete also gar nicht richtig, sondern hockte knapp über dem Boden?«

Nach jeder Frage nickte Crister.

»Wie ein Inder, wenn er seine Wäsche im Ganges wäscht«, fügte Linda professionell hinzu. »Die sitzen auch immer so da.«

Crister lächelte auf dieselbe Art wie viele, die Linda gerade erst kennenlernten. Oder bereits länger kannten.

Kjell griff nach Lindas Zeichenmappe und zog eine andere Zeichnung heraus. »Hast du vielleicht auch diesen Mann gesehen?«

Crister betrachtete die Zeichnung lange und schüttelte schließlich den Kopf. Linda sandte ihrem Vater bohrende Blicke, ließ sich aber sonst nichts anmerken. Das Bild zeigte den Bärtigen, wie Katherine und Greta ihn gesehen hatten. Linda hatte es am Morgen gezeichnet.

»Kannst du völlig ausschließen, dass dieser Mann hier dein Mann ist?«

Crister wirkte immer noch nicht unsicher. »Hat der wirklich so schwarzes Haar wie auf dem Bild?«

»Ja«, sagte Linda bestimmt. »So schwarz.«

Beim Haar von Cristers Mann hatte Linda die Kohle lange nicht so fest aufgedrückt und weniger Striche gemacht. Es war etwas heller gewesen, aber Crister mochte sich nicht festlegen, wie hell es tatsächlich gewesen war. Auf keinen Fall aber schwarz.

Crister hielt die Zeichnung mit dem Bärtigen weit von sich und taxierte sie. »Auf keinen Fall. Der Bart. Das wäre mir doch aufgefallen.«

28

Barbro hatte nicht damit gerechnet, einen der wenigen Parkplätze vor dem Haupteingang des Außenministeriums am Gustav Adolfs Torg zu bekommen. Sie konnte zwar Barock von Neoklassik unterscheiden, aber bei den Regierungsgebäuden am Norrström vermischten sich diese Stile abenteuerlich. Der Erbfürstenpalast war ein langer gelber Flügel. Wahrscheinlich hatte ein Schloss in Zentraleuropa als Vorlage dienen müssen.

Zielstrebig steuerte sie den Wagen auf die klaffende Lücke zu. Nach dem Aussteigen folgte ein kurzes und heftiges Verhandeln mit einem herbeigelaufenen Portier. Weil sie eine vorausschauende Autofahrerin war, hatte sie schon vor der Abfahrt vom Polizeigebäude das Blaulicht auf das Dach montiert.

Büroleiter Bertil Löfgren erwartete sie mitten in der Eingangshalle zwischen den Säulen. Heute trug er ein blaues Einstecktuch. Sein Gesicht war rosig und glatt, nur unter dem Anzug zeichnete sich die Statur eines reifen Herrn ab.

»Heute wird die Sache leider etwas aufwendiger als beim letzten Mal, Bertil«, kündigte sie gleich auf der Treppe an.

Bertil antwortete mit einem geheuchelten Seufzer. Schon bei ihren Besuchen am vorigen Tag hatte sie herausgefunden, dass Bertil Löfgren mit solch einfachen Gesten die unverschämtesten Dinge andeuten konnte, ohne sie wirklich aussprechen zu müssen. Ein beschwingter Seufzer bedeutete wohl, dass er von einer so fordernden Dame wie Barbro Setterlind nichts anderes erwartete, als dass jede weitere Verabredung die vorangegangene übertraf.

Die Desks der Europa-Staaten erstreckten sich über den gesamten Südflügel. Durch die Fenster blickte man auf den Norrström und die Grünanlagen vor dem Reichstag. Auf dem Weg zum Italien-Desk überflog Barbro die Beschriftung der vorbeiziehenden Ordner. Bei den Desks der europäischen Staaten ging es vor allem um Wirtschaftsbeziehungen und europäische Gesetzesvorlagen. Am Italien-Desk erfuhr sie, dass an die italienische Botschaft eine Handelsagentur und ein Kulturinstitut angegliedert waren. Gemeinsam mit Bertil ging sie den Ordner durch, der Auskunft über alle Angehörigen der Botschaft gab. Über den Botschafter selbst fanden sie eine Kopie des Sendschreibens vom italienischen Präsidenten an den König von Schweden. Barbro überflog aus Neugier die ersten Zeilen und las den Brief dann ganz zu Ende. Der Präsident lobte die Verdienste von Massimo Maero, beteuerte im Anschluss die Integrität und Eignung Maeros und schloss mit der Bitte, Maero als Botschafter Italiens in Schweden gutzuheißen. Nach dem Umblättern stieß Barbro auf die Antwort des damals regierenden Staatsministers und des Königs als Staatsoberhaupt, worin sie beteuerten, in welche Verzückung sie dieser Vorschlag versetzt habe. Beim dritten Schreiben, dem Antrittsschreiben, stellte Barbro sich vor, wie Maero mit dem Antrittsschreiben und seinem Koffer in der Hand am Centralbahnhof ankam und sich neugierig umschaute.

Für die anderen Angestellten der Botschaft war das Verfahren bescheidener. Es gab Sekretäre und Attachés. Hier genügte ein Briefwechsel zwischen den Außenministerien. Von jedem Angestellten existierte ein Lebenslauf mit einem Bild. Nach zehn Minuten hatte Barbro alle Bilder mit dem der Toten verglichen. Sie versuchte sogar, sich vorzustellen, ob die Tote mit einem der Angestellten verwandt sein konnte.

»Müssen sich die Kuriere auch akkreditieren?«

»Bei uns geht nichts ohne Kredit«, erklärte Bertil.

»Bei mir leider auch nicht«, log Barbro, weil sie wusste, wie sehr Bertil Doppeldeutigkeiten liebte. »Aber es gibt doch Sondergesandte, solche, die nur ein Mal kommen?«

»Von diesen wissen wir ebenfalls. Sie sind zwar auf ihrem Weg sakrosankt, aber oft nur, bis sie die Sendung abgegeben haben. Danach verlieren sie ihren Status.«

Barbro seufzte alles andere als beschwingt. »Wenn sie nicht zur Botschaft gehört und wir sonst nichts von ihr finden, sieht es nicht gut für uns aus. Wir haben damit gerechnet, dass sie das Kuvert benutzt hat, um die Nachricht sicher herzubefördern.«

»Das kann sie durchaus versucht haben. Aber die vielen Formfehler deuten eher darauf hin, dass sie keine Diplomatin ist. Wir können in Rom anfragen.«

Barbro nickte.

Bertil verfasste ein Anschreiben des Ministeriums mit der Bitte, Ergebnisse an Barbro zu übermitteln.

»Aber erwarte keine schnelle Antwort. Dort ist heute Nationalfeiertag.«

29

Linda hatte schon am Morgen ihre Unruhe nicht verbergen können, denn heute war der Tag der Abreise. Die Mädchen ihrer Abschlussklasse hatten sich geschworen, den Sommer über gemeinsam durch die Schären zu segeln. Wahrscheinlich waren die anderen Väter längst dabei, den Proviant aus dem Kofferraum ihrer Volvos in die Boote zu laden. Die Familie Cederström hatte das Glück, ihren Bootssteg gleich vor dem Haus zu haben. Doch bevor Kjell mit Linda nach Reimersholme fuhr, wollte er sich im Büro nach dem Stand der Dinge erkundigen. Dort fand er allerdings nur einen Zettel von Sofi und Theresa. Sie hatten sich auf die Suche nach dem Hotel gemacht, in dem die Frau gewohnt haben könnte.

Kjell führte ein Telefonat mit Henning, der seit dem Morgen

in Arlanda die Bänder der Videoüberwachung untersuchte. Dabei half ihm ein Zollangestellter mit dem Namen Obawa, den Henning in höchsten Tönen lobte. Die beiden hatten mit den Aufnahmen vom Samstag begonnen und wanderten rückwärts auf der Zeitachse. Obwohl sie sich auf die Zeitpunkte beschränkten, wo Flüge aus Italien eintrafen. Sehr viele dunkelhaarige Frauen liefen durch die Ankunftshalle des Flughafens, aber die Tote war nicht unter ihnen.

Nach dem Auflegen hörte er Linda draußen im Gang diskutieren. Er fand sie im Gespräch mit Ragnar und Fredrik von der Nachbarabteilung. Die beiden Männer blickten Linda skeptisch an, während sie von ihrer Reise nach Sandön erzählte. Anscheinend trauten sie es einem so zierlichen Mädchen nicht zu, so weit hinaus aufs Meer zu segeln, nur in Begleitung einer Freundin, die zuvor noch nie ein Segelboot betreten hatte.

»Ich wusste gar nicht, dass du ein Boot hast«, sagte Fredrik zu Kjell.

»Es gehört Linda.«

»Was für eines ist es denn?«

Kjell verabscheute Männergespräche über Boote und ließ Linda antworten.

»Ein Nordisches Volksboot!«

»Welches Baujahr?«

»1981.«

»Oh Mann, ein schnelles Boot für den schwedischen Kleinbürger. Ich bin schon seit zwei Jahren auf der Suche nach einem guten Angebot, aber die Dinger sind so gefragt.«

»Ich habe es von meinem Opa geerbt.«

»Welchen Motor hat es?«

»Volvo Penta«, sagte Linda stolz.

»Welches Modell?«, fragte Fredrik.

Kjell musste einspringen. »Ein MD5.«

»Die sollen ja ewig halten.«

Linda nickte und dachte nicht im Traum daran zu erwähnen, wie ihr Vater und Henning, der vor seiner Zeit als Polizist Schiffsmechaniker gewesen war, zwei Wochen lang mit der Schmierölpumpe gekämpft hatten.

»Wir müssen los«, sagte Kjell. »Um fünf Uhr haben wir einen Termin an der Schleuse.«

Auf der Fahrt nach Hause rief er Kaj Flodström vom Abendblatt an. Ihm hatte Barbro Samstagnacht einen Deal versprochen. Seitdem rief Flodström mehrmals am Tag an und erkundigte sich nach dem Stand der Dinge. Kjell schlug ein Treffen am frühen Abend vor.

Doch bis dahin musste er sich überlegen, was er Flodström überhaupt erzählen wollte. Im Kopf ging er noch einmal die aktuelle Arbeitstheorie durch. Dann rief er bei Henning an.

»Ich treffe mich gleich mit Flodström vom Abendblatt«, wollte er von seinem erfahrenen Kollegen wissen. »Was hältst du davon, wenn wir alles veröffentlichen?«

30

Sofi war es gar nicht recht, dass sich Theresa noch zu ihr in das Abteil der Drehtür zwängte, aber alles andere hätte Theresa nicht ähnlich gesehen. In der Halle des Hotels am Skanstull war es unerwartend kühl. Sofi ignorierte die Warteschlange und legte ihre Ellenbogen auf die Rezeption, die mindestens fünf Meter breit war. Theresa stand neben ihr und legte den Kopf in den Nacken, um die riesige Empfangshalle auf ihr Ich wirken zu lassen.

Jemand im Hinterzimmer bemerkte sie durch die offene Tür. Sofi verlangte nach Jessika. Kurz darauf kam eine junge Frau mit karibischem Aussehen aus dem Büro.

»Hej, Jessika, ich bin Sofi Johansson. Wir haben vorhin telefoniert.«

Jessika nickte und winkte die beiden Polizistinnen zu sich hinter den Tresen. »Die Frau heißt Paola Tessaro. Sie ist am 26. Mai abgereist und hat bei mir eingecheckt. Ihr Aufenthalt ist für ein Stadthotel ungewöhnlich lang, fast drei Wochen. Sie hatte sehr viel Gepäck bei sich.«

Sofi beugte sich vor, um die Daten vom Bildschirm abzulesen. Paola Tessaro stammte aus einem Ort in Italien, von dem weder Sofi noch Jessika je gehört hatten.

»Drüben im Einkaufszentrum gibt es eine Buchhandlung«, schlug Jessika vor. »Die haben vielleicht eine Karte von Italien.«

Sofi zog das Bild aus ihrer Tasche. »Ist sie das?«

»Ich weiß nicht. Vielleicht, vielleicht auch nicht.«

Das Problem bei einem so großen Hotel war, dass die Gäste bei ihrer Ankunft eine Magnetstreifenkarte für ihr Zimmer erhielten. Bis zu ihrer Abreise kamen und gingen sie durch die Hotelhalle, ohne Kontakt mit der Rezeption zu haben.

»Eine Kopie ihres Passes hast du nicht?«, wollte Theresa wissen.

Jessika schüttelte den Kopf. »Kreditkarte.«

Sofi kam zum wichtigsten Punkt. »Was ist mit der Zimmerkarte, von der du gesprochen hast?«

»Wir haben sehr viele Geschäftsreisende. Es ist normal, dass sie während ihres Aufenthalts auch mal über Nacht wegbleiben. Die Dame hat das Zimmer am Samstagabend verlassen und seitdem nicht mehr betreten. Sie ist jetzt seit acht Tagen hier, hat aber nur vier Nächte in ihrem Zimmer verbracht. Es kann also sein, dass sie außerhalb Stockholms Termine hat und dann dort irgendwo übernachtet.«

Sofi deutete auf den Bildschirm. »ÜF bedeutet Übernachtung mit Frühstück?«

Jessika verstand sofort. »Die Frühstückslisten sind im Speisesaal.«

Sie folgten der Rezeptionistin in den ersten Stock. Jessika führte sie durch den leeren Speisesaal in die Küche. In der hinteren Ecke gab es einen Turm aus Sortierfächern. Jessika musste zahlreiche Fächer probieren, bis sie die Liste entdeckte. Die Blätter waren nach Tagen zusammengeheftet. Sofi legte ihren Notizblock auf die Edelstahlplatte und notierte sich, an welchen Tagen Paola Tessaro gefrühstückt hatte. Am Morgen nach ihrer Ankunft und am Samstag war ihre Zimmernummer durchgestrichen, sonst nicht.

Sofi kratzte sich am Kopf. »Nur zwei Tage.«

»Wir könnten natürlich ihr Zimmer überprüfen«, schlug Jessika vor.

Theresa nickte und zog den Bund ihrer Hose hoch, damit sie besser marschieren konnte.

»Das darf ich ohne Anweisung des Voruntersuchungsleiters nicht«, sagte Sofi und seufzte. »Zumal wir befürchten, dass die Dame einen diplomatischen Status hat.«

»Wir können den Zimmerservice schicken.«

Sofi nickte nach kurzem Überlegen. Jessika durchschritt die Küche, nahm den Hörer eines Wandtelefons und wählte eine Nummer. Sie winkte Sofi zu sich.

»Die Zimmermädchen haben schnurlose Telefone«, flüsterte Jessika und reichte Sofi den Hörer.

Die Frauenstimme aus dem sechsten Stock sprach nur gebrochen Schwedisch. Sofi hörte, wie das Zimmermädchen seine Karte ins Schloss steckte und die Tür öffnete. Ein lautes Ratschen erklang.

»Was ist?«, fragte Sofi.

»Hab nur Gardine ordentlich gemacht. Ist Pflicht.«

»Kannst du das Zimmer beschreiben?«

Anscheinend war nach dem Zimmerservice am Vormittag

niemand darin gewesen. Der Kleiderschrank besaß keine Tür, und so konnte sich das Zimmermädchen über den prallgefüllten Kleiderschrank wundern und auch darüber, dass viele Kleidungsstücke in Folie gehüllt waren, als kämen sie aus der Reinigung. Vier Koffer gab es, die alle geschlossen waren.

»Hatte die Frau beim Einchecken vier Koffer bei sich?«, flüsterte Sofi zu Jessika.

Jessika nickte und hob den Daumen.

Wenn vier Koffer im Zimmer waren, dann konnte die Frau im Augenblick keine Koffer bei sich haben. Das sprach gegen die Annahme, dass sie in einem Hotel außerhalb der Stadt übernachtete.

31

Ein ungeübtes Auge hätte das Büro der Säpo-Analyseeinheit für Konterspionage nicht von einem Lehrerzimmer während der langen Mittagspause unterscheiden können. Bei den Damen hatte soeben der Nachmittagskaffee begonnen. Martina Lundström schenkte Barbro Kaffee in die Tasse. Sie sprach mit der souveränen Stimme einer Fünfzigjährigen und trug einen Strickpullover und eine Kurzhaarfrisur. Ihre sechs Kollegen sahen aus wie ihre gleichaltrigen Schwestern. Barbro hatte Martina vor einem Jahr kennengelernt. Seitdem kam sie als Ratsuchende immer wieder her, wenn es um Fragen ging, die es in sich hatten. Eine Viertelstunde in dieser Volksheim-Atmosphäre reichte, um Zweifel jeder Art abzuschütteln.

Allerdings durfte man sich von den Damen nicht täuschen lassen. Obwohl Martina ihren Schreibtisch mit den Bildern ihrer drei Enkeltöchter dekoriert hatte, die später wahrscheinlich auch mal bei der Konterspionage arbeiten würden, verbarg sich hinter der großmütterlichen Fassade ein perfider Geist.

»Das wäre natürlich möglich«, urteilte Martina, nachdem sie Barbro einige Minuten lang zugehört hatte. »Nimm einmal an, das Krypto gelangt als ordentliche diplomatische Sendung von Italien nach Stockholm. Vielleicht steckte noch etwas anderes in dem Kuvert. Nachdem die Sendung also hier angekommen war, wurden alle Kennzeichen entfernt, mit denen man das Krypto identifizieren könnte.«

»Hältst du das für möglich?«, fragte Barbro.

»Sogar für sehr wahrscheinlich. Denn ohne diese Merkmale hat das Kuvert keinen diplomatischen Schutz. Da hätte man auch ein ganz normales Briefkuvert nehmen können. Jemand hat also sowohl die Plombe als auch die Beschriftung entfernt.«

Martina tippte auf das durchsichtige Sichtfenster, das unter dem UN-Signet angebracht war.

Vielleicht konnte das sogar erst einer der Männer am Sveavägen getan haben, überlegte Barbro. »Was würdet ihr tun?«

Martina lächelte und biss in ihre Zimtschnecke. Sie überlegte, während sie kaute. »Euer Problem ist, dass seit Samstagabend alles ruhig ist. Wir sind die Konterspionage und haben mit Verbrechen nichts zu tun, aber wir würden in so einem Fall neues Öl in die Glut gießen, damit die Flammen wieder lodern.«

Barbro nickte. »Soll ich die Botschaft benachrichtigen?«

»Auf keinen Fall. Niemals die Botschaft. Du schickst deine Anfrage direkt nach Rom. Falls man dort mit der Sache nichts zu tun hat, werden sie dir helfen. Wenn aber doch, dann kann die Gegenseite nicht einschätzen, wie viel du begriffen hast und was deine Absichten sind.«

32

Kjell entdeckte Sofi und Theresa vor der Rezeption und Per ein wenig abseits mit seinem Aluminiumkoffer, den er sich zwischen die Beine geklemmt hatte. Er bahnte sich seinen Weg durch die Menge gutgekleideter Menschen. Die ausländischen Hotelgäste blickten verwundert umher, weil sie die Vorliebe der Stockholmer noch nicht kannten, sich abends in Hotelbars zu amüsieren.

»Ein Kofferträger wollte Per seinen Koffer abnehmen und aufs Zimmer tragen«, sagte Theresa zur Begrüßung und lachte. »Seitdem lässt er ihn nicht mehr los.«

Per blickte starr auf die Gruppe. Menschenmassen mochte er überhaupt nicht.

»Sind wir so weit?«, fragte Kjell. »Wie ist der Plan?«

»Die Frau hat sich bisher nicht gemeldet«, sagte Sofi. »Leider hat sie bei der Anmeldung ihre Telefonnummer nicht angegeben. Unser Plan ist, dass Per sich im Zimmer die Fingerabdrücke holt. Wir warten nur noch auf die Antwort vom Gericht.«

»Wieso das denn? Du hast doch nicht etwa einen Beschluss beantragt?«

Sofi nickte und machte Knopfaugen.

»Welche Zimmernummer hat sie?«

»6068«

Kjell blickte zu Per. »Warum hast du nichts gesagt?«

Per hielt immer noch seinen Koffer fest. »Interessiert mich doch nicht!«

»Wir brauchen keinen Beschluss. Die Frau ist Ausländerin. Für sie gilt das Ausländergesetz.«

Während der Fahrt im Aufzug schwiegen alle. Oben mussten sie eine lange Strecke über den Teppich zurücklegen, der alle Geräusche dämpfte. Das Zimmer lag ganz am Ende des Ganges.

»Wenn du dir beim nächsten Mal unsicher bist, hältst du dich an das Proportionalitätsprinzip« flüsterte Kjell seiner Kollegin ins Ohr.

»Erklär lieber Theresa mal das Proportionalitätsprinzip«, rutschte es Sofi heraus.

Sie erreichten das Zimmer. Per öffnete die Tür, kniete sich auf den Boden und suchte mit dem Scanner am Koffergriff nach Abdrücken.

»Soll ich ihr eine Nachricht hinlegen, dass sie sich bei uns melden soll?«, fragte Theresa, die ungehemmt im Zimmer umherstreifte.

Inzwischen kam sich Kjell wie ein Verwaltungsbürokrat vor. »Das geht nicht. Du hinterlässt die Nachricht an der Rezeption und lässt ihre Zimmerkarte sperren.«

Theresa sah auf. »Warum?«

»Wenn du den Zettel hier hinlegst, hast du offiziell eine Vorladung überbracht. Dann hättest du doch einen Gerichtsbeschluss gebraucht, um in diesem Raum zu stehen.«

»Man kann den Zettel ja auch draußen an die Tür stecken«, beschwerte sich Theresa.

Per stemmte sich hoch und ging ins Badezimmer. Kjell wies ihn an, auch DNA-Proben zu nehmen.

»Also hätten wir doch einen Beschluss gebraucht«, sagte Theresa.

»Ausländergesetz, § 15. Die Polizei darf DNA-Proben von Ausländern nehmen, um ihre familiäre Herkunft zu klären.«

Theresa grinste. »Ganz schön raffiniert, das hier anzuwenden.«

»Geh lieber runter zur Rezeption und schreib die Nachricht«, erwiderte Kjell. »Wenn sie sich bis morgen Mittag nicht meldet, suchen wir sie.«

Theresa nickte, verließ ohne Widerworte den Raum und verkündete, dass sie dann unten warte.

Kjell gesellte sich zu Sofi. »Sie ist beim Einstecken genauso großzügig wie beim Austeilen. Das musst du zugeben.«

Sofi gab überhaupt nichts zu, sondern untersuchte lieber den Schrank. Er war voll mit Kleidungsstücken, die in Plastikfolie gehüllt waren. Sofi nahm einen der Bügel heraus, krempelte die Folie hoch und suchte den Stoff nach einem Etikett ab. Als sie nichts fand, wurden ihre Bewegungen schneller. Sie nahm weitere Bügel aus dem Schrank und befreite sie aus der Folie.

»Das passt, oder? Die Sachen sehen alle vornehm aus und haben keine Etiketten.«

Kjell wusste keine Antwort, weil er noch keine Erklärung gefunden hatte, warum die Frau so viel Kleidung mit sich führte und sie in Folie verpackte. »Handelt sie mit der Kleidung?«

»Als Vertreterin. Dann wären das alles Modellstücke.« Sofi sank vor dem Koffer auf die Knie und versuchte, einen Blick hineinzuwerfen. Als sich das Schloss nicht öffnen ließ, schüttelte sie den Koffer ein wenig »Er ist gefüllt, aber es rumpelt nichts.«

Sofi versuchte es bei den beiden anderen Koffern, kam jedoch auch dort nicht weiter.

Per trat aus dem Badezimmer und knipste das Licht aus. »Das Zimmermädchen hat ganze Arbeit geleistet. Ich finde keinen einzigen Abdruck, außer einem Fragment auf dem Griff der Bürste.«

Sofi wuchtete den letzten Koffer zurück unter die Kommode.

Per packte seine Sachen zusammen. »Ich muss ins Labor, um die Spuren zu untersuchen.«

»Sag Theresa, sie kann für heute Feierabend machen und soll morgen um neun Uhr ins Büro kommen.«

Per nickte und vergaß beim Rausgehen zu grüßen.

Sofi zog alle Schubladen heraus und suchte nach persönlichen Dokumenten, die ein Foto der Frau enthielten.

»Ich habe mit Flodström vom Abendblatt gesprochen«, erzählte Kjell. »Rat mal, was ich ihm erzählt habe.«

Sofi hielt inne und überlegte einige Sekunden lang. »Alles? Du hast ihm alles gesagt, oder?«

Kjell grinste breit. »Das mit dem Krypto habe ich natürlich nicht verraten, aber er hat die Porträts und den genauen Tathergang.«

»Und das wollen sie alles bringen?«

»Sie machen in der Frühausgabe eine Doppelseite frei und die Hälfte des Titels.«

Sofi strich noch die Bettdecke glatt und nickte zufrieden. Kjell wusste auf Anhieb nicht, womit sie zufrieden war.

33

Sofi hatte sich den alten Audi von der Fahrbereitschaft andrehen lassen und auf dem Bürgersteig vor dem Hotel geparkt. Kjell nahm hinter dem Steuer Platz und wartete, bis sie ihre Unterlagen durchgeblättert hatte. Sie nahm das Telefon und rief beim Kriminaldienst an, um nachzufragen, ob sich bei der Suche in den anderen Hotels neue Hinweise ergeben hatten. Nach einer halben Minute legte sie auf und betrachtete ungläubig ihr Telefon.

»Da hebt niemand ab.«

Sofi versuchte es ein weiteres Mal ohne Erfolg und ließ das Telefon danach in ihre Tasche fallen, die auf der Fußmatte stand. Sie schaltete das Funkgerät ein, aber auch das gab keinen Laut von sich. Sofi beugte sich vor und drehte an den Knöpfen, konnte dem Gerät jedoch nicht mehr als leeres Rauschen entlocken.

»Ist es kaputt?«, fragte Kjell.

Sofi schüttelte den Kopf und ließ sich in die Lehne sinken. »Die werden immer überprüft, bevor ein Wagen verliehen wird.« Sie zog wieder ihr Telefon hervor. »Sie haben auf einen chiffrierten Kanal gewechselt. Dann bekommen wir auf so einem alten Ding nur Rauschen.«

»Wen rufst du an?«

»Per. Er muss noch im Wagen sein und hat Digitalfunk.«

Sie kam gar nicht dazu, Per das Problem zu schildern. Nach drei Wörtern verstummte sie und legte kurz danach auf.

»Etwas Größeres?«, fragte Kjell. Die Stille im analogen Funknetz der Polizei ließ sich nur mit einem Großeinsatz erklären. Auch der Kriminaldienst war sonst immer erreichbar.

»Oakhill. Die italienische Botschaft.«

Kjell startete den Wagen und schoss auf den Ringvägen.

»Nicht abbiegen!«, rief Sofi, die mit dem Oberkörper zwischen den beiden Lehnen steckte, um auf der Rückbank nach dem Blaulicht zu suchen. »Fahr über die Renstiernas Gatan und dann den Katarinavägen.«

Kjell fuhr über die Kreuzung und befolgte Sofis Anweisung. Die Götgatan würde um diese Zeit überfüllt sein, und dann fiel Kjell auf, dass man vom Katarinavägen aus die Botschaft am anderen Ufer des Fjords sehen konnte.

Sofi kurbelte die Scheibe herunter und montierte das Licht aufs Dach.

Als sie das Ende der Renstiernas Gatan erreichten, konnten sie sehen, wie ernst die Lage war. Trotz der Entfernung erkannten sie am anderen Ufer des Fjords ein Gewirr aus Blaulichtern auf Höhe der Botschaft. Sofi deutete auf ein Polizeiboot. Es steuerte mit hoher Geschwindigkeit vom Slussen aus auf die Stelle zu und passierte gerade Kastellholmen. Über dem Wald von Djurgården schwebten zwei Hubschrauber.

34

Die Eichen hatten dem Ort den Namen Oakhill gegeben. Von der Villa ragten nur einige Ecken zwischen den Wipfeln hervor. Aus der Winterzeit wusste Kjell, dass das Gebäude auf einem felsigen Hügel stand. In Form und Farbe glich es einer Sandburg. Er versuchte, sich zu erinnern, wann die Botschaft in die Villa eingezogen war, aber es konnte nicht lange nach der Erbauung vor einem Jahrhundert gewesen sein.

Sie näherten sich dem Ende vom Djurgårdsvägen. Die Straße wand sich wie die Schlinge eines Schiffanlegetaus um das runde Gelände der Botschaft, so dass man wieder zurück zur Stadt fahren konnte, ohne wenden zu müssen. Der Garten war riesig, bestand aber vor allem aus Felsengrund, der von der Straße steil zum Haus hin anstieg.

Sogar die Fahrbahn war zugeparkt, beginnend mit einer Kolonne aus sieben Streifenwagen. Um die Einfahrt standen ein gutes Dutzend dunkler Limousinen, unter denen Pers weißer Transit wie ein schwarzes Schaf herausragte.

»Es sind gar keine Ambulanzfahrzeuge da«, wunderte sich Sofi.

Wegen der Hubschrauber hatten sie Verletzte erwartet, und auch Panik und Durcheinander. Mehr als eine Schar uniformierter Polizisten war jedoch nicht zu sehen.

Sie mussten den Wagen mitten auf der Straße abstellen und legten die letzten Meter zu Fuß zurück. Im ersten Moment konnte Kjell gar nicht sagen, was für Menschen sich hier versammelt hatten, denn die Uniformierten machten nur einen kleinen Teil von ihnen aus. Er entdeckte Lindegren vom Einsatzkommando. Er schien in mehrere Gespräche zugleich verwickelt zu sein. Bei den meisten Personen musste es sich um Gäste des Sommerfests handeln, auch wenn niemand von ihnen festlich gekleidet war. Kjell legte Lindegren die Hand auf die Schulter, worauf sich der Kommandant umwandte. Sein besorgtes Gesicht heiterte sich sogleich auf. Er löste sich von der Gruppe und folgte Kjell und Sofi einige Schritte an den Rand des Geschehens. Sofi zog ihren Notizblock hervor.

»Das da sind die verbliebenen Diplomaten vom Fest«, sagte Lindegren. »Einige sind noch in der Botschaft, andere schon abgefahren. Bisher wissen wir nur, dass während des Fests auf einmal ein Trupp von Männern an der Einfahrt auftauchte. Die Schätzungen liegen zwischen zehn und zwanzig Mann. Alle waren in weiße Tücher gehüllt.«

Damit hatten sie sofort die Aufmerksamkeit aller Gäste auf sich gezogen. Die Gewänder glichen römischen Togen, und auch die übrige Erscheinung der Männer ließ sie wie eine Gruppe römischer Senatoren aussehen.

»So gut wie alle haben den Auftritt für eine Inszenierung mit engagierten Schauspielern gehalten, erst recht, als der Anführer etwas in einer Sprache zu rezitieren begann, die keiner verstand. Einige hielten es für Latein, aber es sind viele unter den Botschaftern, die sehr gut Latein sprechen, und die behaupten, dass sie kein Wort verstanden haben.«

Lindegren machte eine Pause, bis Sofi von ihrem Schreibblock aufsah.

»Und dann?«

»Der Anführer hielt einen Speer in der Hand.«

»Einen Speer?«, fragte Sofi.

Kjell vermochte nicht zu sagen, ob Sofi der Speer selbst überraschte oder ob sie unsicher war, ob sie Lindegren richtig verstanden hatte. Sein Schonisch war kaum zu verstehen.

»Einen Speer, ja. Er ist noch hier. Steckt im Rasen. Das war nämlich das Ende des Besuchs. Der Botschafter stand bei den Zuschauern, die sich im Laufe des Auftritts hier auf dem Rasen zwischen Einfahrt und Haus versammelten. Am Ende des Gebrabbels hat der Mann den Speer in die Höh gerissen und ihn auf den Botschafter geschleudert. Maero musste einige Schritte zurückweichen. Erst da ging den Leuten auf, dass das alles kein inszenierter Scherz war. Der Botschafter soll ganz schön schockiert gewesen sein. Von da an hielten die meisten Gäste die Männer für militante Demonstranten.«

»Und die Männer?«, fragte Kjell.

»Die haben sich zurückgezogen. Über die Straße und dann in die Büsche. Da vorne beim Bellman-Denkmal. Ich habe zwei Trupps in den Wald geschickt. Bisher ohne Erfolg. Auch die Hubschrauber haben nichts gefunden.«

»Steckt der Speer noch im Rasen?«, fragte Sofi.

Lindegren nickte. »Er steckt auf italienischem Territorium, deshalb konnten wir ihn nicht holen.«

»Es ist ganz und gar schwedisches Territorium«, erklärte Sofi dem Kommandoführer. »Das Wiener Abkommen schützt nur die Kanzlei und die Residenz.«

»Also dürfen wir in den Garten?«

Sofi schüttelte zaghaft den Kopf. »Ich glaube nicht. Das umgebende Land gehört nach dem Wiener Abkommen zur Botschaftseinrichtung. Aber der Grund ist ganz und gar schwedischer Grund.«

Lindegren verschränkte vor Ungeduld die Arme vor der Brust. »Vom Wiener Abkommen weiß ich nur, dass ich den Auftrag habe, die Botschaft zu schützen, ohne sie zu betreten. Der Rest ist eure Sache.«

»Es ist eine Frage der Höflichkeit und nicht des Rechts«, kommentierte Kjell. »Wo ist der Botschafter jetzt?«

»Streunt auf dem Gelände herum. Einige Diplomaten sind herausgekommen und haben angeboten, eine Aussage zu machen.«

»Aus eigenem Antrieb?«, fragte Sofi.

»Ja. Es sind die Botschafter von England und Deutschland

und die Protokollchefin aus Frankreich. Der Engländer und der Deutsche wollen hierbleiben, um zu erfahren, wie ihre Wette ausgeht. Bei den Gästen, die sich noch im Garten aufhalten, weiß ich es nicht, aber alle sind sehr kooperativ.«

»Also habt ihr keinen Druck ausgeübt?«, versicherte sich Sofi. »Wenn es Diplomaten sind, muss niemand eine Aussage machen.«

»Idioten sind wir ja nun auch nicht.«

Lindegren wollte wieder zu seinen Männern zurück, um die Suchaktion im Wald voranzutreiben.

»Ich gehe mal den Botschafter suchen«, sagte Kjell. Er stellte sich mitten in die Ansammlung vor der Einfahrt und ergriff das Wort. Wer etwas aussagen wolle, solle sich an seine Kollegin wenden. Sogleich bildete sich ein Kreis um Sofi. Kjell stellte sich auf die Schwelle der Einfahrt und sah tatsächlich den Speer im Rasen stecken.

»Entschuldigung!«, rief er in die Menge. »Haben die Männer hier gestanden, wo ich jetzt stehe?«

Er erhielt einmütiges Kopfnicken zur Antwort.

»Keiner von ihnen hat das Gelände betreten, ja?«

Es wurde erneut genickt.

Kjell wandte sich noch einmal dem Garten zu. Sehr erstaunlich. Die Distanz von hier bis zur Einschlagstelle des Speers betrug auf jeden Fall dreißig Meter. Der Speer machte einen sehr stabilen Eindruck, und offenbar hatte der Werfer genau den Punkt getroffen, wo der Botschafter zum Zeitpunkt des Wurfes gestanden hatte.

Er gesellte sich zur Gruppe und erkundigte sich, ob der Mann Anlauf genommen hatte.

Ein Mann mit englischem Akzent war deutlich beeindruckt von dieser sportlichen Leistung. Tatsächlich hatte der *beared olde man* einfach nur den Arm gehoben und ordentlich durchgezogen. Der Speer war über die gesamte Distanz *extraordi-*

nary waagerecht durch die Luft geschossen. Dass er zudem direkt vor Mister Maeros Füße auftraf, hielt der britische Botschafter für sensationell.

»*Beared*?«, fragte Sofi und tippte sich ans Kinn. »Ein Bart?«

Viele nickten.

»Am besten holst du die Mappe mit den Bildern aus dem Wagen«, flüsterte Kjell.

Sofi lief gleich los. In diesem Moment schlenderten fünf Personen über den Rasen der Botschaft auf die Einfahrt zu.Offenbar handelte es sich bei ihnen auch um diplomatische Gäste. Sie zogen grüßend an der Ansammlung vorbei und steuerten auf die Limousinen zu. Nur ein Mann und eine etwa dreißigjährige Frau blieben unschlüssig in der Einfahrt stehen. Kjell sah dem Mann und seinem wunderbaren blauen Anzug an, dass er der *chief of the mission* war. Die Frau war auf jeden Fall auch Italienerin und stand wie seine rechte Hand an seiner Seite.

»Botschafter Maero?«

Der Mann kam näher und die Frau mit ihm. Er nickte.

Kjell stellte sich vor und drückte sein Bedauern aus. »Warum haben Sie keinen Polizeischutz bestellt?«

Die Antwort kam von der Frau. »Das ist ja normalerweise nicht notwendig. In zwanzig Jahren hatten wir noch keinen Zwischenfall. Es gibt eigene Wachleute in der Botschaft.«

»Das ist Lorenza Ferrante, die Protokollchefin«, stellte Maero seine Begleiterin vor und zeigte auf die Straße. »Hier war ja auch alles vollgeparkt. Die Gäste hatten eigene Fahrer und Sicherheitsleute, die während des Festes hier draußen bei den Fahrzeugen warteten.«

Allerdings hatte niemand den heranmarschierenden Trupp von togatragenden Männern als Bedrohung eingeschätzt, ergänzte Sofi aus ihren Notizen. Sie stellte sich vor und gab Maero und der Frau die Hand.

»Können wir unseren Techniker zu dem Speer schicken?«, fragte Kjell.

»Natürlich. Sie können auch hereinkommen. Hinten sitzen noch einige Gäste, die gerne behilflich sein wollen. Gehen Sie nur.«

Während Sofi zu Per lief, betrat Kjell mit dem Botschafter und seiner Protokollchefin den Garten. Die Tische und das Büffet waren an der Westseite des Gebäudes aufgestellt, wo die Sonne am längsten schien. Der Rasen war wegen des felsigen Untergrunds nicht im besten Zustand, aber an der Innenseite der Grundstücksmauer zog sich ein Streifen aus üppig blühenden Rosen entlang.

Kjell erfuhr, dass etwa zweihundert Gäste der Einladung gefolgt waren. Diese Menge umfasste beinahe das gesamte diplomatische Korps in Stockholm sowie eine Reihe von schwedischen Diplomaten aus dem Außenministerium und auch einige einheimische Politiker. Die Politiker und die schwedischen Diplomaten würden sich nicht um eine Aussage drücken können, aber im Augenblick konnte Kjell nur an den Speerwerfer mit dem Bart denken. Charun war wieder in Erscheinung getreten. Diese Gleichung ließ sich nicht aus seinen Gedanken verdrängen. Aber was hat der mit der Botschaft zu tun, fragte er sich. Doch die Antwort war offensichtlich. Kjell griff in die Innentasche seiner Jacke. Er faltete das Papier auf.

»Kennen sie diese Person? Wir glauben, dass sie in einem Zusammenhang mit der Botschaft stehen könnte.«

Die Reaktion der beiden fiel ganz und gar entgegengesetzt aus. Das Gesicht von Lorenza Ferrante veränderte sich überhaupt nicht. Massimo Maeros Augen weiteten sich vor Entsetzen.

Er verharrte in seiner Mimik, bis er nach einigen Augenblicken den Kopf hob. Erst jetzt bemerkte er, dass Kjell seine Reaktion genau verfolgt hatte. Dann nickte er wieder und starrte auf das Bild mit der Computerrekonstruktion der Frau vom Sveavägen.

Der Botschafter nickte steif. »Das ist Fabia Terni.«

35

Die junge Frau stand die ganze Zeit schon vor der Tür des Hauses und starrte herüber. Sofi löste sich aus der Gruppe. Zunächst war sie unsicher, ob der Blick wirklich ihr galt. Deshalb blieb sie vor der Einfahrt stehen und erwiderte den Blick. Verglichen mit der Eingangstür der Botschaft wirkte die Frau klein und zierlich.

Der Augenblick schien sich auszuweiten, ohne dass sich eine der beiden rührte. Auf einmal ging die Frau los, als handelte es sich um eine schwere Entscheidung oder als wäre dem Entschluss ein quälendes Zögern vorausgegangen. Wahrscheinlich hatte sie aber nur eingesehen, dass Sofi als Polizistin nicht den Anfang machen und das Gelände ohne Genehmigung betreten würde. Beim Gehen sah sich die Frau nicht um und hielt den Blick auf Sofi gerichtet. Als sie Sofi erreichte, sah Sofi die Anspannung in den Augen der Frau.

»Frau Johansson? Sie sind die Kollegin, oder?«

Sofi nickte. Die Frau war aus dem Haus gekommen. Wahrscheinlich waren ihr Kjell und der Botschafter auf dem Weg begegnet.

»Carla Angelotti. Ich bin der Konsularattaché. Darf ich Ihnen etwas zeigen?«

Sofi folgte der einladenden Geste von Carla Angelotti und übertrat die Schwelle zum Gelände der Botschaft. Sie gingen nach Westen an der Umfassungsmauer entlang. Carla schwieg, und als es Sofi unbehaglich wurde, fragte sie, was ein Konsularattaché so tat.

»Konsularische Angelegenheiten. Visa, Erbscheine, Wahlunterlagen und Aire. Das ist ein Meldesystem für Italiener, die im Ausland leben.«

»Aha«, sagte Sofi. Ihr waren die Fragen ausgegangen. »So etwas gibt es bei uns nicht.«

»Ich weiß.«

Carla sprach wirklich ganz ausgezeichnet Schwedisch, dachte Sofi. Sie musste auch in ihrem Alter sein.

An der Innenseite der Mauer war ein Rosenbeet angelegt, das ungleichmäßig weit in den Garten hineinreichte und den Eindruck vermittelte, als hätten sich die Rosen hier aus eigenem Antrieb und ohne die eingreifende Hand eines Gärtners niedergelassen. Carla blieb abrupt an einer Stelle stehen. Die Rosen dufteten ihnen entgegen. Anscheinend waren sie auch das Ziel. Sofi rätselte, warum sich Carla ausgerechnet diese Stelle ausgesucht hatte. Jeder Meter der Mauer glich dem anderen.

»Die Rosen hat unser Gärtner Baldarelli angelegt. Ein alter Kauz. Er stammt aus der Gegend von Udine und ist in Italien eine Legende.«

Carla verriet ihr feines Schwedisch nur, als sie Namen ihres Heimatlandes aussprach. Das A war zu lang und das E zu kurz. Sofi lächelte.

»Zum einen ist er dafür berühmt, in jeder ungeeigneten Umgebung so eine Blumenpracht zaubern zu können. Zum anderen, weil er seine Gärtnerkarriere unter Mussolini begann.«

»So alt ist er schon?«

Carla zögerte. »Damit meinte ich nicht nur die Ära von Mussolini. Er war Mussolinis Privat- und Palastgärtner.«

Sofi ließ sich vor den Blüten auf die Knie sinken. Die meisten waren blutrot, andere hellrosa bis weiß. Mit dem Blattgrün ergab das die italienische Trikolore.

»Signore Maero hat ihn im Winter überredet, zu uns nach

Schweden zu kommen. Es hat uns alle erstaunt, als er wirklich kam.«

Warum erzählt sie mir das, fragte sich Sofi. »Die Rosen sind wunderbar.«

Carla überging die Bemerkung. Sie war auf ganz ein bestimmtes Ziel ausgerichtet und wirkte am ganzen Körper angespannt. »Es ist nicht das erste Mal, dass so etwas passiert ist.«

Sofi stellte sich wieder hin. Der Augenblick für Rosen war vorüber.

»Der Alte hat ganz früh begonnen mit dem Anpflanzen. Im Mai waren schon die Triebe da. Er hat alles mit Holzrahmen eingesäumt und hauchdünne Glasscheiben darübergelegt. Vor vier Wochen in der Walpurgisnacht sind hier wie üblich die Autos vorbeigerast. Die Leute feiern weiter vorn beim Tivoli, und wenn sie dann betrunken sind, fahren sie in ihren Chevrolets die Straße entlang und nehmen mit quietschenden Reifen die Schlaufe um das Gelände. So ist es jedes Jahr. Aber diesmal hat jemand eine Bierdose über die Mauer geworfen und eine der Glasscheiben getroffen. Baldarelli hat das gehört und ist gleich hinausgelaufen, um die Scheibe auszutauschen. Damals fror es noch hin und wieder in der Nacht, und er wollte kein Risiko eingehen. Nach einigen Minuten kehrte er zurück. Sein Gesicht war vor Schreck ganz verzerrt. Er behauptete, ihm sei auf einmal eine Gruppe von Gespenstern in weißen Tüchern gegenübergestanden und hätte etwas gemurmelt, was er nicht verstehen konnte.«

»Hier in der Botschaft? Auf dem Gelände?«

»Ja, es war genau hier an dieser Stelle. Ich hatte Bereitschaftsdienst und saß unten bei Romano im Wachraum. Wir haben uns das Endspiel angesehen. AC gegen Madrid. Der Alte hat nur wirre Dinge von sich gegeben. Romano hat sofort den Garten inspiziert, konnte jedoch nichts entdecken.«

»Wie viele waren es?«

»Baldarelli sprach von zwanzig Männern. Das schien uns völlig aberwitzig. Es war Walpurgisnacht, und da kann so ein Scherz ja vorkommen. Baldarelli kannte das nicht aus Italien.«

»Kann man denn so leicht über die Mauer gelangen?«

»Es gibt Kameras, allerdings nur vier Stück. Daran kann man unbemerkt vorbeikommen. Die eigentlichen Sicherheitsschranken sind am Haus.«

Sofi notierte sich den Namen des Gärtners und das Datum auf ihrem Notizblock. Obwohl ihr die Stelle an der Mauer ein wenig willkürlich vorkam, zeichnete sie das Gelände als Kreis und markierte die Stelle darauf. Sie war günstig, wenn man an die dichten Büsche an der Außenseite dachte, aber sie war auch ungünstig, denn jenseits der Mauer fiel der Boden hier steiler ab als im Osten oder im Süden bei der Bushaltestelle.

Sofi schloss ihre Notizen ab. Etwas sträubte sich in ihr. Das lag wohl daran, dass sie mit Carla kein Verhör führen konnte, wie sie es gewohnt war. Eigentlich hätte sie sich nun ausgiebig darum kümmern müssen, wo das Motiv für so ein Eindringen liegen könnte.

»Warst du es, die vorhin die Polizei gerufen hat?«

»Ich habe die Gruppe ja sogleich wiedererkannt, auch wenn ich sie nur aus Baldarellis Erzählung kannte. Das ist natürlich kein Spaß mehr, wenn …« Sie hob die Hände und ließ sie dann seitlich auf ihre Beine klatschen.

Kein Spaß mehr, wiederholte Sofi in ihrem Kopf. Carla machte eher den Eindruck, als bebte sie innerlich vor Angst, auch wenn sie es einigermaßen geschickt verbarg. Hatte sie sich mit Maero abgesprochen, oder handelte sie aus eigenem Antrieb?

»Was hat denn der Botschafter damals dazu gesagt?«

»Er hatte denselben Eindruck wie wir. Ein Walpurgisnachtsscherz, Baldarelli hat sich in die Hose gemacht. Gestaunt haben wir erst, als er am Tag darauf seine Koffer packte. Aber das haben wir nicht so sehr auf das Ereignis selbst bezogen, sondern eher darauf, dass er schon ein Zittergreis war.«

36

Kjell fiel der Rotschimmer im braunen Haar des Botschafters auf, als er ihm in den ersten Stock folgte. Im Nacken stand das Haar ab, so dass sich eine ausgeprägte horizontale Linie bildete, als hätte ein ungeschickter Friseur sich mit einem einzigen Schnitt begnügt.

Die Treppe führte an drei Seiten der Halle entlang zum oberen Stockwerk. Maero ging schweigend voran. Ohne die geringste Geste oder ein Wort, wie man es wohl vom Gastgeber erwarten konnte, wenn er gemeinsam mit einen Besucher einen so langen Weg durch das Haus zurücklegt, setzte er einfach voraus, dass Kjell ihm folgte. Kjell malte sich aus, welches Schreckens es wohl bedurfte, bis ein Spitzendiplomat alle Umsicht für seine Umgebung verlor.

Im Arbeitszimmer des Botschafters wanderte sein Blick an den Wänden hinauf. Der Raum musste mindestens sieben Meter hoch sein. Die Winkel zwischen Wänden und Decke waren abgerundet, wahrscheinlich schon seit der Erbauung des Hauses in der Jugendstilzeit. Er konnte Blumenverzierungen darauf entdecken, allerdings hatte man sich beim letzten Anstrich keine Mühe gegeben, sie hervorzuheben. An einer Wand blickten Kjell drei alte Herren aus schweren Ölbildern an.

Er hatte noch nicht ganz begriffen, über wie viele Arbeits-, Repräsentations- und Privaträume der Botschafter tatsächlich verfügte. Aus den Unterlagen vom Außenministerium ging nur hervor, dass es eine Privatwohnung für repräsentative Zwecke hier in Oakhill gab und eine weitere in Östermalm, wo Maero keine Besucher empfing. Dieses Zimmer hier erweckte den Anschein einer Arbeitskanzlei, dennoch waren deutliche Züge von Repräsentation vorhanden. Der riesige Schreibtisch musste aus einer Epoche stammen, die dem Jugendstil weit vorausging, Empire vielleicht. Dahinter hing die Flagge Italiens. Doch sie wäre gar nicht nötig gewesen. Die Kargheit einer italienischen Amtsstube prägte den gesamten Raum. An der Decke hing sogar eine Neonröhre.

»Fabia Terni ist in der Nacht von Samstag auf Sonntag in der Innenstadt bei einem Autounfall gestorben«, begann Kjell, nachdem sie sich beide gesetzt hatten.

Er wunderte sich ein wenig, dass der Botschafter nicht längst danach gefragt hatte. Immerhin enthielt das Foto neben der Identität der Frau nur eine einzige weitere Information: dass sie tot war.

»Am Samstag?« Maero schlug seinen Kalender auf und blätterte, bis er den Samstag fand. »Sie war am vergangenen Freitag hier, um siebzehn Uhr. Sie kam vom Flughafen direkt zu mir und ist gleich danach zurückgefahren. Soviel ich weiß, musste sie weiter nach London.«

In den Jahren seiner Mission in Stockholm hatte er es zu einem wendigen Schwedisch gebracht, den starken Akzent hatte er jedoch nicht abstreifen können.

»Kam sie aus Rom?«

Der Botschafter nickte und stülpte dabei seine Lippen hervor, was deutlich zum Ausdruck brachte, dass er es nicht mit Gewissheit wusste, aber für wahrscheinlich hielt.

Kjell nickte und machte sich einige Notizen. Er hatte die Beine übereinandergeschlagen und seinen Schreibblock daraufgelegt. Es gab nur einen täglichen Direktflug aus Rom, Flug ET 702 mit Ethiopian Airlines, und der kam bereits um zehn

Uhr am Vormittag an. Von Arlanda bis hierher brauchte man höchstens zwei Stunden.

»Sie war also nur für kurze Zeit bei Ihnen, habe ich das recht verstanden?«

»Nicht länger als eine Viertelstunde«, antwortete Maero und schlug den Kalender zu.

»Können Sie mir etwas über den Grund verraten, warum Frau Terni herkam?«

Nach kurzem Überlegen nickte Maero schließlich. »Angesichts dieses Unglücks, natürlich. Ihr Besuch ist nur eine Formalität. Fabia Terni ist Sonderkurier des Außenministeriums und überbringt neue Chiffrierschlüssel, die wir für die elektronische Kommunikation mit Rom verwenden.«

Kjell war auf dem Lederbezug seines Sessels schon ein wenig hinabgerutscht und musste sich hochziehen.

»Werden solche Kuriere dem Gastgeberland nicht angekündigt? Ich frage, weil wir natürlich versucht haben, sie in unseren Akten zu finden.«

»Nein. Aus Sicherheitsgründen wussten nicht einmal wir von ihrer Ankunft. Auch die Abstände solcher Besuche variieren.«

»Ich verstehe. War Frau Terni zuvor schon einmal in Schweden?«

»Warum fragen Sie das?«

»Weil wir glauben, dass ihr Tod kein Unfall war, sondern vielleicht ein Überfall.«

Maero starrte vor sich hin und schielte zum Telefon. Dann schüttelte er den Kopf. »Ein solcher Überfall würde nichts bringen. Frau Terni überbringt nur eine Teilsequenz, mit der allein man nicht viel anfangen kann. Sie müssen sich irren.«

Kjell zwang sich zu einem einsichtigen Nicken. »Wir können also davon ausgehen, dass Frau Terni unbeschadet hier ankam und ihr Dokument übergab?«

»Natürlich.«

»Danach aber verlor sie wie üblich ihren diplomatischen Schutz.«

Maero schüttelte den Kopf. »So ist es nur, wenn sie als akkreditierter Sonderkurier reist. Dann ist ihr Schutz an den Auftrag gekoppelt und erlischt, sobald sie die Sendung abgibt. Frau Terni nimmt jedoch auch Bestätigungsschlüssel entgegen. Sie hat permanent die höchste Immunitätsstufe. Ihre Immunität entspricht der eines Missionschefs.«

Schöne Scheiße, dachte Kjell.

37

Kühler Wind zog auf. Die Luft duftete nach feuchtem Wald. Hier auf der Nordseite ragten die Kronen der Bäume über die Straße. Es war beinahe dunkel.

Kjell schlurfte erschöpft über den Rasen. Vor der Ausfahrt sah er Sofi mit Barbro und Henning stehen. Die beiden waren also endlich eingetroffen.

Botschafter Maero sah keine Verbindung zwischen den beiden Ereignissen. Während der Tod von Fabia Terni ihn sichtlich aus der Fassung gebracht hatte, schien ihn beim Auftauchen der verkleideten Männer nur die Störung des Sommerfestes beunruhigt zu haben, und er hätte es vorgezogen, wenn seine Konsularsekretärin die Polizei gar nicht erst gerufen hätte. Keinem der Gäste wäre dann aufgefallen, dass der Vorfall kein arrangiertes Spektakel gewesen war.

Allerdings war dieser letzte Gedanke nicht ganz richtig, dachte Kjell beim Schlurfen. Es war durchaus ein arrangiertes Spektakel gewesen, nur war Maero offenbar nicht der Auftraggeber.

»Irgendetwas Neues?«, fragte Kjell, als er seine Kollegen erreichte. Inzwischen waren nur noch sie übrig sowie ein halbes Dutzend uniformierter Polizisten.

Sofi schüttelte den Kopf. »Die Suchtrupps haben nichts gefunden. Aber Per müsste bald fertig sein.«

Zu viert steuerten sie auf den Transit zu. Nachdem die Limousinen abgefahren waren, stand er einsam ein ganzes Stück die Straße hinab.

»Etwas stimmt mit dem Botschafter nicht«, murmelte Kjell. Er wollte es eigentlich nur zu sich selbst sagen. Drinnen hatte er nicht mehr als eine gewisse Irritation gespürt, und es war ihm schwergefallen, einen plausiblen Verdacht zu konstruieren. Er berichtete vom Verlauf des Gesprächs. »Er muss nun zuerst Rom verständigen und bittet uns, die Sache diskret zu behandeln. Vor allem, was den Verdacht angeht, dass Fabia Ternis Unfall in Wahrheit ein Überfall war.«

»Ein Überfall?«, wunderte sich Henning. »Auf den Gedanken bin ich bisher gar nicht gekommen. Ich habe die ganze Zeit an ein Attentat gedacht, das sich gegen das Leben dieser Frau richtet.«

»Bei einem Kurier mit so brisantem Auftrag ist ihr Gepäck wichtiger als die Person selbst. Und die Zeugenaussagen deuten ja auch in diese Richtung.«

Barbro blieb abrupt stehen. »Moment, du hast doch gerade gesagt, Flavia wollte noch am Freitag nach London weiterreisen.«

»Fabia«, korrigierte Sofi. »Sie heißt Fabia. Fabia Terni.«

Kjell nickte. »Sie konnte an diesem Abend weder nach Rom noch nach London fliegen. Nicht von Stockholm aus. Es ging kein Flug mehr.«

Barbro hob abwehrend die Hände, als wollte sie verhindern, dass die anderen mit ihren Kommentaren ihren Gedankengang störten. »Hat Maero ausdrücklich gesagt, dass sie der Botschaft in London auch einen Code zu überbringen hatte?«

»Das natürlich nicht. Sie hat ihm wohl nur beiläufig von London als ihrem nächsten Ziel erzählt. Von der Botschaft dort war gar nicht die Rede.«

»Das Krypto kann jedenfalls kein Schlüssel für die Londoner Botschaft sein«, sagte Sofi. »Es ist eine Nachricht, die sich auf das Gewitter am Samstag in Stockholm bezieht.«

Kjell seufzte vor Erleichterung. Daran hatte er gar nicht gedacht, als Maero ihm von Fabia Ternis Auftrag berichtete. »Wieso hatte sie von der Botschaft in London erzählt, wenn sie gar nicht dorthin wollte? Sie hat ihn angelogen.«

Henning zündete sich eine Prince an. »Ich halte die andere Möglichkeit für viel wahrscheinlicher. Maero hat dich angelogen.«

Da flog die Tür des Transits auf. Per sprang auf den Asphalt und sah sich erstaunt um. Als er sich vor einer halben Stunde in den Laderaum verkrochen hatte, war die Straße noch voller Leben gewesen.

»Wir haben eine T2-Übereinstimmung.«

»Auf dem Speer?«, fragte Sofi.

»Der Speerwerfer hat seine Abdrücke auch auf dem Krypto hinterlassen.«

Das war die Bestätigung. Dieser Bartträger war ebenfalls Charun.

Per lächelte erschöpft. Und glücklich. Als Techniker liebte er glatte Beweisketten. Für ihn war die Sache erledigt.

»Das ist es«, glaubte Barbro. »Die Verbindung zwischen den beiden Ereignissen. Charun ist die Verbindung.«

Sofi wies darauf hin, dass Fabia Terni die Ereignisse ebenfalls miteinander verknüpfte, aber Kjell hörte nur mit halbem Ohr hin. Barbro hatte recht. Die Fabia-Verbindung hatte Maero sogleich zugegeben, den Überfall jedoch abgetan. Kjell verstand sogar den Grund: Der Überfall auf die Botschaft hatte mit den Ereignissen am Sveavägen zu tun. Maero musste die

Verbindung kennen, wollte aber nicht, dass sie auch die Polizei erfuhr.

Kjell wollte den Speer sehen und kletterte in den Laderaum. Der Schaft war so lang, dass sich die Tür gerade noch schließen ließ. Er maß an die drei Meter und war so dick wie Sofis Unterarm.

»Der Schaft ist bis auf die Abdrücke nicht so interessant«, sagte Per. »Es ist frisch geschnittenes Birkenholz.«

Der Schaft verjüngte sich zur Spitze hin und war ein wenig krumm, insgesamt aber für einen natürlich gewachsenen Ast ziemlich gerade. Die Rinde war nicht abgeschält. Tatsächlich war die aufgesteckte Spitze interessanter. In ihrer Form erinnerte sie an die Stahlfeder eines Füllers oder an einen Indianerspeer. Die Farbe war sonderbar, ganz stumpfes Schwarz. Nur die Kanten glänzten.

»Die Spitze selbst ist aus Kupfer«, sagte Per und deutete auf eine Stelle, wo er den schwarzen Belag abgekratzt hatte. »Sie wurde wohl zuerst aufgesteckt und dann mit dem Speer in die Flüssigkeit getaucht oder überstrichen.«

»Ist das Gummi?«, wollte Barbro wissen.

»Riech mal!« Per hielt ihr die Spitze vor die Nase.

Sie tippte auf Schwefel.

Per grinste teuflisch. »Es ist Pech. Also nicht das Gegenteil von Glück, sondern die Flüssigkeit, die man durch Schwelen aus harzigem Holz herstellen kann.«

»Bist du dir da sicher?«, fragte Sofi.

»Wenn du die Spitze ein wenig in der Hand hältst, wird es weich. Anscheinend wurde Ruß beigemischt, deshalb ist es so tiefschwarz. Es muss ziemlich frisch sein, wie auch der Schaft des Speeres. Das Holz ist erst heute oder gestern geschnitten worden. Hier unten am Ende sieht man es. Wahrscheinlich ist das Pech aus demselben Holz gewonnen.«

»Sie haben sich also viel Mühe gegeben«, sagte Kjell. »Aber

wozu das alles? Warum kommen die hierher und werfen dem Botschafter einen Speer vor die Füße?«

Sofi erzählte von ihrem Gespräch mit Carla. Kjell sah dies als Bestätigung. Wenn die Männer hier nicht zum ersten Mal aufkreuzten, waren tatsächlich die Botschaft und Maero das Ziel.

»Mir geht es eher um Carla«, sagte Sofi. »Ich bin mir nicht sicher, ob sie sich mit Maeros Wissen oder gar in seinem Auftrag an mich gewandt hat. Ich glaube es jedoch nicht. Die Sache scheint ihr ziemlich viel Angst einzujagen. Dabei hat sie eigentlich keinen Grund, verängstigt zu sein. Das waren die anderen Augenzeugen doch auch nicht.«

Kjell nickte vor sich hin. »Gut, aber was soll die Inszenierung?«

»Inszenierung?«

»Das Etruskische. Die Kostümierung.«

»Na ja«, sagte Sofi. »Fabia Terni stammt von den Etruskern ab.«

Kjell schüttelte den Kopf. »Das lässt sich erklären, aber die Sprache des Kryptos ist kein echtes Etruskisch.«

Henning pflichtete ihm bei. »Das alles ist nur Attrappe. Nimm mal an, Fabia wäre Schwedin. Dann würden sich ihre Cousins als Wikinger verkleiden.«

»Mich interessiert der Konflikt dahinter«, sagte Kjell. »Was soll das alles?«

Sofi setzte auf Rache. »Der Bärtige ist Etrusker und Fabia auch. Fabia ist tot, also wird der Bärtige sehr wütend und will Rache nehmen.«

Das reichte Kjell als Erklärung nicht. »Erstens war es heute Abend nicht der erste Auftritt. Der liegt genau einen Monat zurück. Zweitens sind es keine Etrusker, sondern bestenfalls Leute aus der Toskana, die alte Traditionen aufleben lassen.«

»Nicht mal das«, fügte Barbro noch hinzu. »Es gibt keine

lebendigen Traditionen der alten Etrusker im heutigen Italien. Sie haben es aus Büchern oder selbst erfunden, weil die Etrusker im ersten Jahrhundert nach Christus einfach verschwunden sind. Die genetische Studie beweist das.«

»Drittens ist Rache kein elementares Mordmotiv, Sofi.«

Damit meinte Kjell die Ermittlerweisheit, dass sich alle Motive auf ein einziges Grundmotiv reduzieren ließen: Und das war Gier. Gier war sicher kein besonders differenzierter Begriff, aber ein sehr produktiver bei einer Mordermittlung. Jedes Motiv ließ sich auf Gier reduzieren, auch die Rache. Gier steckte als elementarer Impuls in jedem noch so individuellen Grund für ein Verbrechen. Und wenn es gelang, diesen Grund auf Gier zu reduzieren, konnte man die Gier meist messen und somit beurteilen, ob das Motiv stark genug für die Tat war. Gier richtete sich zudem immer auf ein Objekt, das sich identifizieren ließ. Es musste kein Gegenstand sein wie ein goldener Kelch. Auch abstrakte Dinge wie Erkenntnis oder eine Person kamen als Objekt vor. Die schematische Gleichung ›Gier auf ein Objekt‹ war immer dann von Nutzen, wenn man ganz und gar im Dunkeln tappte oder sich nicht mehr auf seine Intuition verlassen konnte. Man musste dann die beiden Variablen ›Gier‹ und ›das Objekt‹ identifizieren. Der bärtige Etrusker war bestimmt wütend gewesen, aber er war nicht zweimal hergekommen, um vergeblich Rache zu nehmen. Er war hergekommen, um zu drohen. Er wollte etwas. Leider konnte das alles sein.

»Wir können kein Motiv für den Mord erkennen«, sagte Kjell. »Und das wird wegen der diplomatischen Immunität so bleiben. Deshalb gehen wir davon aus, dass es um Gier geht. Gier richtet sich auf ein Objekt. Wir suchen das Objekt.«

»Das Krypto?«

Henning ermahnte Barbro, nicht so voreilig zu sein. »Das Objekt kann abstrakt sein.«

»Das musst ausgerechnet du sagen.«

»Wenn wir das Objekt nicht aus dieser Richtung ermitteln können, postulieren wir es einfach«, schlug Kjell vor. »Jedes Objekt, auf das sich Gier richtet, lässt sich auf Macht reduzieren. Wir nehmen Gier und Macht als universale Variabeln und suchen nach etwas, was sich in die Gleichung einsetzen lässt.«

Sofi hasste Deduktion so sehr wie Bettenbeziehen und Zitroneneis. Sie wandte sich ab und starrte lieber in das Dunkel des Waldes.

Kjell trat auf sie zu. »Es klingt nur kompliziert. Ist aber ein todsicherer Workaround, Sofi.«

Sie schlenderte ein wenig auf und ab. »Ich finde es trotzdem nicht gut, dass du die etruskische Kulisse einfach übergehen willst. Auch wenn es nur Kulisse ist, kann es uns am Ende den nötigen Hinweis geben.«

»Und was schlägst du vor?«

»Ich habe Pauline Breston angerufen. Sie hätte heute Abend Zeit.«

»Du meinst, diesmal ist sie genau die Richtige, weil sie Ethnologin und das andere ist?«

»Sozialanthropologin. Deshalb.«

Ihre Kollegen einigten sich auf ein Nicken. Kjell sah auf die Uhr. Es war schon nach zehn. »Heute Abend noch? Musst du nicht morgen schon wieder nach Norden und die Mutter der armen Lovisa am Flughafen abholen?«

»Ja, leider.«

»Dann kann sie früher zum Flughafen fahren und sich die Videobänder vom vergangenen Freitag abholen«, schlug Henning vor.

»Am besten bleibst du über Nacht in Uppsala und schläfst im Linné. Dann hast du es morgen nicht weit nach Arlanda.«

Sofi nickte und ging zum Wagen. Die Zurückbleibenden verteilten die Aufgaben unter sich. Da Theresa auf ihrem Telefon nicht zu erreichen war, sollte Barbro bei ihr zu Hause vorbeifahren, damit sie gemeinsam die Reisedaten von Fabia Terni überprüfen konnten. Henning würde sich um Fabia selbst kümmern.

»Und wie bist du mit Maero verblieben?«, wollte Henning wissen.

»Wir haben ein Treffen mit einem Vertreter des Außenministeriums auf neutralem Boden vereinbart. Villa Källhagen, morgen Mittag. Das ist ein beliebtes Restaurant bei Diplomaten.«

Dreißig Meter entfernt an der Endstation ließ der stehende Bus den Motor an. Kjell verabschiedete sich und rannte los.

38

Barbro parkte ihren Mercedes am Beginn des Drakens Gränd und legte den Rest der Gasse zu Fuß zurück. In ihrem privaten Notizbuch gab es ein Dutzend Adressen aus der Altstadt. Ein Anwaltsbüro war darunter, das auf Scheidungen spezialisiert war. Barbro hielt den Kontakt für den Fall, dass sie einmal heiraten würde. Zwei Freundinnen aus der Schulzeit hatten mit dem Geld der Eltern ihren Traum von einem Dachwohnungsidyll wahr werden lassen. Außerdem hatte Barbro schon einmal eine Nacht bei einem Mann verbracht, der seit seiner Geburt hier wohnte und die mittelalterliche Enge der Gassen in den ersten Jahren seines Lebens für die ganze Welt gehalten hatte. Das hatte er ihr dann beim Frühstück erzählt. Er war hier in den Kindergarten gegangen und eine Gasse weiter eingeschult worden.

Aus der Altstadtadresse konnte man also unmöglich vorhersagen, was einen erwartete, zumal auch Theresa selbst in ihrem Verhalten so schroffe Widersprüche zeigte.

Sie fand das Haus an der Ecke, wo der Drakens Gränd auf die Österlånggatan traf. Ihr Blick wanderte an der bellmangelben Fassade hinauf. Drei Fenster waren beleuchtet. An der Tür stand der Name Julander auf einem trüben Messingschild. Für das ganze dreistöckige Haus gab es nur einen einzigen Klingelknopf. Barbro zögerte nicht.

Nach einer halben Minute wurde sie ins Treppenhaus gelassen, in dem der Geruch nach vertrocknetem Holz hing. Die Treppe knarrte so heftig, dass die Tür im ersten Stock im richtigen Moment geöffnet wurde.

Es fiel ihr schwer, das Alter des Mannes zu schätzen. Sein graues Haar schien streng nach hinten gekämmt zu sein, doch da entdeckte Barbro den Zopf. Er reichte weit den Rücken hinab.

»Schön, dass du da bist«, sagte der Mann gelassen, obwohl er nie und nimmer wusste, wer sie war.

Er konnte nur Theresas Vater sein. Eine Frau mit langen blonden Locken gesellte sich in den Flur. Sie konnte nur Theresas Mutter sein.

»Das ist Anneli«, sagte der Mann. »Ich bin Kennet.«

Barbro stand der Mund offen. »Barbro Setterlind. Ich suche Theresa.«

»Bist du eine Kollegin von ihr?«, fragte Anneli.

»Äh, ja.«

Das Bild war so stark. Ihr entfiel, was sie erwartet hatte. Aber diese Möglichkeit hatte sie ganz sicher außer Acht gelassen.

»Entschuldigung. Ihr erstaunt mich nur ein wenig. Ich hatte nicht damit gerechnet, dass ausgerechnet Theresas Eltern Blumenkinder sein könnten.«

Anneli und Kennet tauschten einen erstaunten Blick. Barbro wusste nicht, ob der Ausdruck Blumenkinder vielleicht beleidigend war.

»Wir sind Deadheads«, antwortete Kennet.

Anneli bekräftigte es mit einem Nicken. »Komm so lange zu uns in die Küche. Theresa hat eine eigene Wohnung im zweiten Stock. Kennet läuft hinauf und sieht nach, ob sie da ist.«

Obwohl die Wohnung wirkte, als wäre alles bei Indiska gekauft, war sie maßvoll eingerichtet und aufgeräumt.

»Was sind denn Deadheads, wenn man fragen darf?«

Anneli goss Barbro ungefragt ein Glas Weißwein ein. »Das sind Anhänger der Band Grateful Dead. Sie reisen ihr bei ihrer ganzen Konzerttour hinterher.«

»Wow, wie lange dauert so eine Tour?«

»Es gab im Grunde nur eine, von 1965 bis 1995«, rief Kennet aus dem Flur. Dann erschien er in der Küche. »Ich glaube, Theresa ist ausgegangen. Aber ein Glas kannst du mit uns trinken, oder?«

Nichts wollte Barbro lieber als das. Sie stießen miteinander an. Das Paar Kennet und Anneli Julander verbreitete eine sehr entspannte und einladende Stimmung.

»Aber ihr seid nicht dreißig Jahre lang dabei gewesen, oder?«

»Nein, nein«, sagte Kennet, und es klang, als bereute er das. »Erst seit 1972. Nach dem Abitur wollten wir mit dem Zug einen Sommer lang durch Europa reisen. In Kopenhagen war dann das Konzert im Tivoli, am 17. April 1972.«

»Bei dem Lied ›Tomorrow is forever‹ haben wir uns zum ersten Mal geküsst.«

»Das ist völlig unmöglich, Anneli. ›Tomorrow is forever‹ haben sie erst im Herbst gespielt.«

Anneli nickte.

»Hast du etwa im Kopf, welche Lieder auf welchen Konzerten gespielt wurden?«, fragte Barbro.

»Er irrt sich so gut wie nie«, sagte Anneli.

»Auf dem Konzert haben wir Deadheads aus den Vereinigten Staaten kennengelernt. Als wir danach zum Bahnhof aufbrachen, lachten sie und fragten, wo wir denn hinwollten. Der Bus stehe da vorne vor dem Tivoli.«

»Und wir sind dann eingestiegen. Im VW-Bus ging es weiter nach Hamburg, Düsseldorf, und dann über den Atlantik.«

Barbro kam ein schlimmer Verdacht. Nach ihrer Akte war Theresa in Birmingham, Alabama geboren, und zwar 1984, also zwölf Jahre, nachdem Kennet und Anneli in den VW-Bus gestiegen waren.

»Wollt ihr damit sagen, dass ihr den Grateful Deads hinterhergefahren seid, bis Theresa in Birmingham auf die Welt kam?«

»Bitte sag einfach nur Deads«, empfahl Kennet. »Das klingt nicht so förmlich.«

»Birmingham war eine Stadt! Mein lieber Mann! Die Farbigen lebten wie in einem Ghetto im Stadtkern und die Weißen in den Vororten. So schlimm war es nirgendwo sonst.«

Barbro wurde einiges klar.

»Aber wir sind ja nicht lange dort geblieben«, fuhr Anneli fort.

»Ihr habt damit weitergemacht? Nach Theresas Geburt?«

»Klar, unter den Deadheads wimmelte es von Kindern. Witzig, dass Theresa als Deadhead jetzt Todesermittlerin wird.«

»Wie lange wart ihr denn nun mit Theresa auf Tour?«

»Bis die Deads alle nach Hause geschickt haben. Das war 1996.«

Barbro hatte ihr Glas schon zur Hälfte geleert. Auf eine so gute Erklärung für alles, was an Theresa unerklärlich war, hatte sie nicht zu hoffen gewagt. Wie intensiv das Leben bei den Julanders gewesen sein musste, war Barbro noch nicht ganz klar, aber im Büro würde sie erzählen, dass Theresa die ersten elf Jahre ihres Lebens in einem VW-Bus durch Nordamerika gefahren war. Bestimmt hatte man darin wegen des Grasqualms die Hand vor Augen nicht gesehen.

Barbro erkundigte sich, wie es die Julanders hierher zum Drakens Gränd verschlagen hatte.

Keiner der Deadheads hatte Pläne für den Fall gemacht, dass sich die Deads einmal auflösen sollten. Das geschah auch nur, weil ein wichtiges Bandmitglied starb. Der formelle Eigentümer des VW-Busses, der in einem Vorort von Birmingham aufgewachsen und Theresas Taufpate war, war sich bei der Auflösung der Band wie der Boogieman bei der Abschaffung der Sklaverei vorgekommen und hatte nicht gewusst, wohin er gehen sollte. Wie die meisten war den Julanders nichts Besseres eingefallen, als dahin zurückzukehren, wo sie herkamen. Den ersten Sommer nach ihrer Rückkehr verbrachten sie in einem Sommerhaus in Dalarö. Der Herbst spielte den Julanders eine Erbschaft von drei Häusern im Drakens Gränd zu.

»Als hätte meine Tante nur darauf gewartet, bis die Deads sich auflösen, damit sie endlich sterben kann«, überlegte sich Kennet.

Zwei der Häuser verschlang noch im Winter die Erbschaftssteuer. Kennet und Anneli begannen mit der Verspätung von einem Vierteljahrhundert ihr Studium und arbeiteten nun als Lehrer am Fryshuset, einem freigeistigen Musikgymnasium in Hammarby, das von allen Schulen des Landes der Dead-Philosophie am nächsten stand.

Barbro fand, dass man sich zu Recht Musiklehrer nennen dürfe, wenn man ein Vierteljahrhundert lang auf Tournee gewesen ist.

»Mein Unterricht besteht vor allem aus Anekdoten und Meditationstechniken, mit denen ich und meine Schüler versuchen, noch tiefer in die Texte der Deads einzusteigen.«

Ihre Freizeit verbrachten Theresas Eltern damit, die alten Platten und Konzertmitschnitte noch einmal durchzuhören. Da die Deads Tonbänder auf ihren Konzerten erlaubt hatten, dauerten die Aufnahmen fast so lange wie die Tournee.

Barbro hatte jede Hemmung verloren und fragte einfach drauflos. »Bereut ihr es jetzt nicht, so lange einer Band hinterhergefahren zu sein? Ich kann mir das überhaupt nicht vorstellen.«

»Das verwundert dich nur, weil du noch nie den Sound der Deads gehört hast, Barbro.«

Kennet verschwand in den Flur und kehrte mit einer Schallplatte zurück.

»Spiel ihr ›Big River‹ vor. Das ist ein guter Einstieg.«

»Was glaubst du, was ich vorhabe, Anneli?«

»Schade, dass du nicht dabei sein konntest, Barbro«, sagte Anneli und wartete aufgeregt auf die ersten Takte.

39

Theresa Julander stemmte die Tür des 7-Eleven in der Kungsgatan auf. Heute herrschte hier nicht so ein Andrang wie am Samstagabend. Theresa und Fayid kauften sich Kaffee und drei Riesenkekse mit Schokolade und stellten sich an einen der Stehtische. Wie vermutet hatte Fayid seine Flapsigkeit im Laufe des Abends immer mehr abgelegt. Nach dem Kino waren sie noch eine Stunde im Blue Moon gewesen und hatten so viel geredet, dass sie jetzt erschöpft schwiegen und ihren Kaffee tranken.

Die Tür schwang auf. Ein Bote vom Abendblatt sprang herein und lieferte die frische Auflage ab. Der Junge hinter der Kasse legte die Zeitungen in den Verkaufsständer. Theresa nahm sich eine Ausgabe und bezahlte sie.

Fayid betrachtete interessiert die erste Seite. »Warum schreiben sie denn erst heute darüber?«

»Das ist oft so. Wenn die Polizei darum bittet, eine Story für einige Tage zurückzuhalten, dann machen sie das. Ist selten wie im Film, wo Polizei und Presse sich bekämpfen und die Polizisten zusätzlich noch von ihrem Chef unter Druck gesetzt werden.«

Fayid reagierte nicht. Er starrte auf das Foto, das die Seite füllte. Das brachte auch Theresa dazu, genauer hinzusehen. Der Fotograf musste auf der Terrasse der Bibliothek gestanden haben, die über den Restaurants lag. Im Vordergrund sah man eine Menschentraube, dahinter erkannte Theresa den Sveavägen an den Lichtern der darauf fahrenden Autos.

Als sie Samstagnacht aus der U-Bahn gerannt kam, war auf diesem Abschnitt des Sveavägens kein einziges Auto mehr gefahren. Da hatte an der Kreuzung schon ein Riesendurcheinander geherrscht.

Theresa und Fayid sahen sich irritiert an.

»Vielleicht haben sie das an einem anderen Tag aufgenommen?«

Theresa schüttelte den Kopf. »Kann nicht sein. Sieh mal die ganzen Leute vor der Bibliothek. Die war nur am Freitagabend geöffnet. Und auf dem Bild ist es schon dunkel.«

»Dann muss das Bild kurz vor dem Unfall entstanden sein.«

Theresa schwieg eine ganze Weile. »Ich kenne eigentlich alle Bilder, die an jenem Abend entstanden. Wir haben auch das ganze Material von dem Reporter bekommen, aber all diese Aufnahmen wurden erst einige Zeit nach dem Unfall gemacht. Da war die Polizei längst da. Woher haben sie dieses Bild?«

Fayid deutete auf den kleinen Hinweis darunter: »›Foto: TT‹. Dann kommt es von der Presseagentur.«

Wenn es ein solches Bild gab, musste es viele davon geben. Pressefotografen schossen immer ganze Serien.

»Tut mir leid, Fayid. Ich muss los.«

40

Barbro wartete ungeduldig, bis das Faxgerät auch die zweite Seite ausspuckte. Die Stimmen ihrer Kollegen drangen aus dem Besprechungszimmer zu ihr herüber. Ohne auf die Uhr zu blicken, hätte sie die bisherige Dauer der Besprechung nicht einmal schätzen können. Auf dem Weg zurück zu den anderen begann sie, die Antwort des italienischen Außenministeriums in Rom zu überfliegen. Sie blieb zwischendurch stehen, um beim Lesen nicht zwischen den Zeilen hin und her zurutschen.

Henning stand rauchend am offenen Fenster. Kjell saß mit Bertil Löfgren am Tisch. Der Ankläger war inzwischen aufgebrochen. Alle starrten sie erwartungsvoll an.

»Unser Problem hat sich soeben in Luft aufgelöst«, begann sie. »Dafür haben wir nun ein anderes. Aufgrund der Zeichnung vermuten sie, dass es sich um ihre Mitarbeiterin Fabia Terni handelt. Da vermuten sie richtig.«

»Das verschlimmert unser Problem doch eher«, fand Kjell.

Barbro schüttelte mechanisch den Kopf und versuchte, die richtige Zeile zu finden. »Fabia Terni könne gar nicht dienstlich in Stockholm gewesen sein. Sie hat nämlich Urlaub.«

Alle schwiegen.

»Ist sie immun, während sie Urlaub hat?«, fragte Henning den Fachmann des Außenministeriums vom Fenster aus.

»Das kommt darauf an«, antwortete Bertil.

»So redest du schon den ganzen Abend«, ermahnte ihn Barbro.

»Es kommt nun mal darauf an. Ihr Schutz gilt, solange ihre Mission besteht, auch wenn Wochenende oder Urlaub dazwischenfallen, was ich in der Praxis allerdings noch nicht erlebt habe. Es wäre schlechte Planung. Eine Mission ihrer Art ist wie bei einem Botschafter zeitlich unbegrenzt. Auf der anderen Seite wird immer wieder betont, dass der Schutz nur für dienstliche Belange in Anspruch genommen werden darf. Sie darf sich zum Beispiel keinen Rotwein aus Italien in der Diplomatenpost nach Schweden schicken lassen. Sie darf auch keine Drogen durch den Zoll schmuggeln.«

»Das ist wichtig«, sagte Barbro. »Sie schreiben nämlich, dass Fabia Ternis Aufgabengebiet Skandinavien überhaupt nicht berührt. Auch wenn sie keinen Urlaub hat, führt sie ihre Arbeit als Diplomatin auf keinen Fall nach Schweden. Deshalb ist sie hier gar nicht akkreditiert.«

Bertils Augenbrauen zuckten interessiert und zugleich verwundert, ohne dass sich dabei der Rest seines Gesichts regte. Barbro kam es so vor, als könnte Bertil mit seinen Brauen ganze Gedichte rezitieren.

»Damit wendet sich also wieder alles«, sagte Kjell.

»Das ist in der Diplomatie immer so«, erwiderte Bertil tonlos. »Steht eine Telefonnummer dabei?«

Barbro reichte ihm das Papier.

»Es stammt vom Ständigen Dienst. Am besten rufen wir an.«

Die anderen im Raum stimmten durch Schweigen zu. Bertil griff nach dem Tischtelefon.

Das Einschalten des Lautsprechers erhöhte die Spannung nur. Bertil wählte eine ausschweifende Eröffnung in fließendem Italienisch. Daran schloss sich etwas an, was Barbro als Dank für die Hilfe deutete. Das Gespräch dauerte fast eine Viertelstunde, und Bertil machte dabei kurze Notizen.

»Das hatte ich schon erwartet«, sagte er nach dem Auflegen und seufzte. »Botschafter Maero hat auf jeden Fall gelogen.«

»Ein hartes Wort aus deinem Munde«, kommentierte Kjell.

»Man muss die Dinge durchaus beim Namen nennen. Solange man unter sich ist. Vermutlich weiß man in Rom von all dem nichts und glaubt, dass Fabia Terni hier nur Urlaub gemacht hat. Sie würden Maero nie als Lügner dastehen lassen.«

»Vielleicht ist Fabia ja die Lügnerin«, sagte Sofi. »Sie kann Maero getäuscht haben.«

»Du unterschätzt die Rolle eines Botschafters. Er ist der direkte Vertreter des Staatsoberhauptes. Da kann nicht einfach jemand zu ihm kommen und sich für jemand anderen ausgeben. Fabia Terni ist Revisorin und prüft die Haushaltsführung aller italienischen Botschaften in Afrika. Weil sie in dieser Funktion mit Dokumenten reist, hat sie eine hohe Immunitätsstufe. Darin hat Maero durchaus die Wahrheit gesagt. Aber nur darin.«

»Sie kann also nicht zur Botschaft in Stockholm gereist sein, um kryptografische Unterlagen abzugeben?«, fragte Kjell.

»Das halte ich für ausgeschlossen. Das sind ja zwei völlig verschiedene Tätigkeiten. Und in der Regel überlässt man so etwas einem speziell geschulten Agenten in diplomatischem Dienst. Bei uns übernimmt das die Säpo.«

»Hallo!«, rief die atemlose Stimme von Theresa Julander in den Raum hinein. Sie kam gleich zum Tisch und nahm Platz. »Seht euch mal dieses Foto an!«

Während die anderen auf die Zeitung blickten, behielt Barbro Theresa im Auge. Sie hatte einen Scherz vorbereitet und sich auf diesen Augenblick gefreut. Theresa hatte wie üblich keinerlei Hemmungen gezeigt, hereinzuplatzen und das Thema an sich zu reißen. Doch irgendwie provozierte ihr Verhalten Barbro auf einmal nicht mehr. Ihr war, als sähe sie in einem Puppentheater auf einmal die Fäden.

41

»Das klingt wie ein *bellum privatum.*«

Pauline Breston und schlang ihre Strickjacke enger um sich. Sie reichte ihr bis zu den Fußgelenken und erinnerte Sofi an den Morgenmantel von Sherlock Holmes. »So etwas hat es in der Frühzeit Roms gegeben. Zu Beginn des fünften Jahrhunderts haben die Fabier, eine Patrizierfamilie aus Rom, gegen die etruskische Stadt Veii gekämpft.«

»Eine Familie gegen eine Stadt?«, wunderte sich Sofi.

»Dabei ging es um Landansprüche.«

Sofi dachte an Gier. »Und warum klingt es nach einem bellum privatum?«

»Weil es eine Kriegserklärung nach römischer Art ist. Und wohl auch nach etruskischer, aber das ist nicht so gut belegt.«

Sofi stellte die Teetasse auf dem Tisch ab. »Moment bitte. Was für eine Kriegserklärung?«

»Das Auftauchen der Männer. Sie sind Fetialen.«

Sofi war nun vollkommen verdutzt, weil ihre Geschichte für Pauline anscheinend gar kein unlösbares Geheimnis darstellte. Sie entdeckte ihren Schreibblock auf dem Tisch und griff reflexartig danach.

»Fetialen?«

»Wenn das alte Rom einem Land den Krieg erklären wollte, lief das so ab: Man sandte ein Kollegium. Dieses Kollegium war eigentlich eine Priesterschaft, die nur aus Patriziern bestand. Sie trugen weiße Tücher und hatten sie stets über den Kopf gezogen. Diese Fetialen gingen bis zur Grenze des Landes und blieben davor stehen. Sobald sie den ersten Einwohner entdeckten, der zufällig vorbeikam, richteten sie ihr Wort stellvertretend an ihn. Das konnte irgendjemand sein, ein Bauer oder ein Wachmann. Der Anführer der Fetialen trug die Vorwürfe Roms gegen dieses Land vor und verlangte Wiedergutmachung innerhalb einer Frist. Der Angesprochene verstand natürlich die Sprache der Fetialen gar nicht. Es geht hier nur um das Ritual. Die Frist verstrich dann nach dreißig Tagen, wenn die Wiedergutmachung bis dahin nicht geschehen war. Genau wie in deinem Fall, da sind es ebenfalls genau dreißig Tage. Dann kehrten die Fetialen zum Gegner zurück. Diesmal machten sie nicht an der Grenze Halt. Sie riefen die Götter des Gegners auf, sich auf die Seite Roms zu stellen. Deshalb gab es in Rom auch so viele Kulte fremder Götter. Mit dem Werfen des Speeres ist der Krieg begonnen. Es ist die erste Kriegshandlung.«

»Also ein religiöses Ritual, aber der wahre Kriegsgrund ist etwas Handfestes?«

»Natürlich. Mir fällt noch etwas auf. Darf ich mal deinen Block haben?«

»Ja, bitte.«

»Hier hast du einen Kreis gezeichnet.«

»Das ist die Mauer um die Botschaft. Der Umriss ist rund wie ein Kreis. Und das da ist die Stelle, wo sie wohl bei ihrem ersten Besuch die Mauer überwunden haben.«

»Wo liegt die Einfahrt?«

»Hier im Norden.«

»Nachdem in dem Text neulich so viele religiöse Begriffe steckten, halte ich das nicht für einen Zufall. Ich zeige dir etwas.«

Pauline ging ins Nebenzimmer und kehrte mit einem aufgeschlagenen Buch zurück. Darin war ein Kreis abgedruckt, der wie Sofis Kreis von einer Nord-Süd- und einer Ost-West-Achse durchschnitten wurde.

»In eurem Text tauchte ja der Begriff der Blitzschau auf. Und das hier ist ein Himmelsschema, ein *templum augurale.* Für die Blitzschau haben die Etrusker den Himmel mit den beiden Achsen in diese vier Abschnitte unterteilt und jeden dieser Abschnitte dann noch weiter in vier Sektoren. Deshalb besteht der Kreis aus sechzehn Sektoren. Jeder ist einem Gott zugeteilt, der Blitze schleudern konnte. Bei einem Gewitter hat man diesen Kreis um den Betrachtungspunkt gezogen. Der Eintrittspunkt des Blitzes in den Kreis gibt also Aufschluss darüber, welcher Gott den Blitz geschleudert hat. Und hier geschah das Eindringen im Nordwesten. Und diese Richtung ist äußerst unheilverheißend.«

Sofi sank in die Lehne ihres Stuhls. »Ist das nicht ein wenig zwanghaft?«

»Diese Dinge waren bei den Etruskern noch viel bestimmender, als wir uns vorstellen können.«

42

Die Nachrichtenagentur TT hatte ihre Büros in dem riesigen Glaskomplex, den man am Slussen zwischen das Ufer und die steil aufragende Klippe von Stadshagen gezwängt hatte.

Oben stellten sich Kjell, Barbro, Henning und Theresa vor die Empfangstheke und ließen ihren Blick über die Schreibtische des Großraumbüros schweifen. Durch die breite Fensterfront sah man auf das Wasser und die Altstadt. Die Deckenleuchten brannten, und einige Geräte gaben klickende oder summende Geräusche von sich. Doch als hätte jemand alle Angestellten weggezaubert, war die ganze Etage menschenleer. Auf der Wanduhr war es halb drei.

Die vier warfen einander fragende Blicke zu. Sie waren ohne Schwierigkeiten ins Haus gekommen. Kjell hatte auf die Klingel gedrückt, und der Türöffner hatte sogleich gesummt.

»Hallo?«, rief Theresa in die Weite des Raums. »Ist hier jemand?«

Es blieb still.

»Könnte vielleicht mal jemand kommen!«

Theresa wurde langsam ungeduldig. Henning und Kjell grinsten einander zu.

Auf einmal hörten sie ein dumpfes Rumpeln. Alle fuhren herum und sahen auf die Tür neben dem Eingang. Sie führte in eine kleine Kammer, deren Ausmaße man abschätzen konnte, weil die Wände nachträglich aus Gips in die Ecke des Großraumbüros eingezogen worden waren. Nach drei Sekunden öffnete sich die Tür. Eine Frau mit stoppschildroten Haaren trat aus der Dunkelheit.

»Ja, bitte?«

Keiner kam auf die Idee, etwas zu sagen. Jeder fragte sich, was die Frau in der finsteren Kammer wohl getan hatte. Vielleicht hatte sie vor dem Öffnen der Tür das Licht ausgeschaltet.

»Wir sind von der Polizei und kommen wegen dieses Bildes.« Kjell hielt sich die Zeitung vor die Brust.

Die Frau war ein wenig korpulent und an die fünfzig. Sie stellte sich hinter den Empfangstisch und räusperte sich.

»Bist du die Empfangsdame?«, fragte Kjell.

»Das bin ich.«

»Ist jemand von der Redaktion hier?«

»Einen Moment.« Die Frau legte denselben Weg zurück, auf dem sie gekommen war, öffnete wieder die Tür der Kammer und rief in die höchstens dreißig Kubikmeter große Finsternis. »Ulf, kommst du mal?«

Ulf trug einen Schnauzbart in Form eines breiten Grinsens und war im selben Alter wie die Herrin der Finsternis. Kjell warf einen Blick zu Barbro, die im Deuten obskurer Situationen allen anderen Menschen um eine Nasenlänge voraus war. Ihr ausdrucksloses Steingesicht verriet ihm, wie köstlich sie sich amüsierte.

Ulf Österstrand stellte sich als Chef des Nachtdesks vor, wobei das Wort Chef vielleicht ein wenig hochgegriffen war, wenn man bedachte, dass er hier mit der Rezeptionistin Lillemor ganz allein war.

»Es geht um das Abendblatt«, erklärte Kjell. »Unter dem Titelbild steht ›TT‹, also stammt es von euch.«

»Nein, von Scanpix. Wir machen nur Text.«

»Warum steht dann dort ›TT‹?«

»Wir sind eine Nachrichtenagentur und gehören dem Abendblatt. Scanpix ist eine Bildagentur und gehört dem Express. So hat jeder sein Auskommen. Obwohl Express und Abendblatt Konkurrenten sind, arbeiten wir mit Scanpix zusammen. Aber wenn das Abendblatt ein Scanpix-Bild kauft, macht es das über uns. Kleine Gemeinheit.«

»Ist Scanpix auch hier im Haus?«

»Nein, du, die sitzen im DN-Haus, drüben in Marieberg.«

Ein Raunen zog durch Kjells Mannschaft.

Ulf hob die Hände zur Beschwichtigung. »Keine Sorge. Scanpix macht erst um sieben auf, aber vielleicht kann ich euch weiterhelfen.«

Kjell hielt sich wieder die Zeitung vor die Brust. »Eigentlich dachten wir, alle Pressebilder zu kennen. Das hier war uns jedoch gänzlich unbekannt. Es kann nicht von dem Reporter vom Abendblatt stammen.«

»Das ist sehr wahrscheinlich, wenn das Bild von außen gekauft wurde. Habt ihr den Reporter gefragt?«

»Der ist nicht zu erreichen«, log Kjell. Er wollte Flodström nicht auf etwas aufmerksam machen, was er selbst noch nicht kannte. »Wir dachten, dass der Fotograf bestimmt mehr als diese eine Aufnahme aufbewahrt.«

Ulf strich sich über die Glatze, eine routinierte Geste, die er sich wohl angewöhnt hatte, wenn es während seiner Nachtschicht hoch herging. »Wenn es in der heutigen Ausgabe ist, müssen die Bilder noch auf dem Server sein. Zumindest kann ich euch sagen, wer der Fotograf ist. Lillemor, gehst du mal Kaffee aufsetzen?«

Lillemor schoss aus ihrer Rezeption und durchquerte den Raum. Am anderen Ende befand sich eine weitere Tür. Barbro und Theresa blickten ihr mit feministischer Fassungslosigkeit hinterher.

Ulf führte sie zum Tisch in der Mitte des Raumes, der wohl der Desk war, an dem die Arbeit aller Redakteure zusammenlief. Henning bat auf dem Weg dorthin um die Erlaubnis, seinen alten Holzschreibtisch von nun an auch Desk nennen zu dürfen, bekam aber eine schroffe Absage.

Theresa blieb an der Rezeption zurück. Ulf entging als Einzigem, wie sie zur Kammer schlich, ganz kurz das Licht ein- und wieder ausschaltete und dann zum Desk hinübereilte.

»Wir müssen die Menschen auf den Bildern im Detail studieren«, sagte Kjell, während Ulf seine Datenbank aufrief.

»Nehmt euch Stühle. Dann schauen wir mal.«

Die Mitglieder der Reichsmord formierten sich wie die Zuschauer in einem Amphitheater um den Bildschirm. Eine lange Liste erschien.

»Der Fotograf heißt … Nadja Ericsson. Eine Frau.«

»Vielleicht hat ihr mangelndes Talent zum Kaffeekochen sie zu dieser Berufswahl gezwungen«, säuselte Theresa.

Ulf brummte. Er fühlte sich missverstanden. »Pressefotograf, das ist etwas völlig anderes als ein Fotograf. Da kommt man oft mit Prellungen nach Hause.«

»Das stimmt«, gab Theresa zu. »Im Herbst musste ich die Finanzministerin begleiten, als sie ihren Haushaltsentwurf zu Fuß vom Ministerium zum Reichstag brachte. Da haben sie mich an den Haaren gezogen, weil mein Kopf vor der Linse war.«

»Da hast du es«, sagte Ulf.

»Erinnert mich an die Zeit, als Frauen noch kein passives Wahlrecht hatten«, sagte Henning. »Damals behauptete der Präsident des Reichstags, er würde Frauen als Abgeordnete auf jeden Fall begrüßen, aber leider seien ihre Röcke so breit, dass sie damit nicht durch den Eingang in den Plenarsaal passten.«

Barbro stöhnte auf. »Das hast du jetzt erfunden.«

Statt zu antworten, schwieg Henning nur, bis Barbro einsah, dass es nicht anders gewesen sein konnte.

Auf dem Bildschirm tat sich etwas. Eine Tabelle erschien.

Henning beugte sich vor und deutete auf eine Zahlenkolonne. »Sind das die Uhrzeiten?«

»Ja, das sind alle Metadaten der Bilder.«

Henning studierte angestrengt die Angaben. »Das erste Bild hat sie um 21 Uhr 04 gemacht, das letzte drei Minuten vor dem Unfall.«

»Dann war sie wohl wegen des Ereignisses in der Bibliothek dort«, vermutete Barbro.

»Und ist drei Minuten vor dem Knall nach Hause gegangen«, kicherte Ulf. »Vielleicht wollte sie ein Bad nehmen nach einem anstrengenden Abend als Pressefotografin.«

Auf dem Bildschirm reihten sich nun die Vorschaubilder der gesamten Serie auf. Tatsächlich hatte Nadja, die Pressefotografin ohne Riecher, die meiste Zeit im Lesesaal fotografiert. Aber das war wahrscheinlich auch ihr Auftrag gewesen.

»Am besten lade ich alle Rohbilder herunter«, schlug Ulf vor, weil sich die Polizisten über die winzigen Bilder beschwerten. »Es dauert ein wenig, weil jedes Bild zehn Megabyte hat. In der Zwischenzeit hole ich den Kaffee.«

Sobald Ulf außer Hörweite war, starrten alle erwartungsvoll auf Theresa.

»Nun sag schon!«, befahl Kjell.

Sie zuckte mit den Schultern. »Anscheinend ist es der Serverraum. Alle Wände sind voll mit Apparaten. Es gab nicht mal einen Stuhl. Wahrscheinlich hat sie sich hingekniet.«

»Kannst du nicht wenigstens mal versuchen, etwas dezent zu sein?«

Theresa sah Kjell erstaunt an. »Wieso? Ihr wolltet doch wissen, was da drin ist.«

»Aber mehr auch nicht.«

Ulf und Lillemor kehrten mit einem Tablett voll Plastikbechern zurück und servierten. Eine Minute später waren alle Daten überspielt. Eine Serie schwarzer Bilder mit bunten Streifen erwies sich als missratene Langzeitaufnahmen der Lichtshow im Lesesaal. Danach hatte Nadja die Besucher porträtiert. Darunter entdeckten sie einige Prominente, aber keine einzige von den Personen, nach denen sie suchten.

»Wir suchen einen Mann mit Bart«, sagte Kjell. »Und einen ohne Bart.«

Ulf klickte einige Bilder weiter. Auf einmal hatten sie eine Aufnahme vor sich, die dem Foto auf der Titelseite in fast allen Punkten ähnelte. Allerdings sah man schnell, warum es nicht ausgewählt worden war. Mitten im Bild hatte eine Frau ein Sektglas in der Hand, und das Bild war in dem Augenblick entstanden, als die Frau ihre Augen beim Zwinkern halb geschlossen hatte. Das machte den Eindruck, als wäre sie betrunken, aber auf den anderen Bildern sah man, dass sie nüchtern war. Die nächsten Bilder hatten ähnliche Schwächen. Und auf vielen war alles außerhalb des Bildzentrums unscharf.

Barbro lehnt sich vor und legte Ulf die Hand auf die Schulter. Seit sie mit Tomas Liljemark zu tun hatten, breitete sich diese unschwedische Geste wie eine Seuche in der Gruppe aus.

»Ulf«, sagte Barbro. »Ist der Hintergrund bei allen Bildern so verschwommen?«

Ulf zuckte mit den Schultern. »Sie hat ein Tele benutzt, damit das Bild nicht so flach wirkt. Ich kann die Bilder mal nach

Brennweite sortieren. Hier gibt es einige mit 28 Millimetern. Da ist mehr Tiefenschärfe.«

Als Ulf das erste Bild öffnete, ging wieder mal ein Raunen durch die Reihe der Hinterbänkler. Nadja hatte sich an die Außenwand der Bibliothek gelehnt und die ganze Terrasse im Bild. Mindestens zwei Dutzend Menschen standen dort, und man konnte sogar die Leuchtschriften jenseits des Sveavägens lesen.

Kjell und Henning warfen sich einen Blick zu wie zwei Angler, die übereinkamen, am Abend nicht ohne einen Fisch heimzukehren.

Es wurde ganz still. Jeder suchte das Bild ab.

»Nächstes Bild«, rief Theresa, die anscheinend schon sämtliche Gesichter geprüft hatte.

Ulf klickte. Das nächste Bild war um 23 Uhr 32 entstanden. Das war immer noch eine knappe halbe Stunde vor dem Unfall. Die Menschen waren dieselben wie auf der letzten Aufnahme, aber viele hatten sich ein Stück weiterbewegt oder ihre Haltung verändert.

»Nächstes Bild«, sagte Theresa wieder nach einer Weile. Diesmal klang ihr Tonfall schon routinierter.

»Nein, warte!«, rief Kjell. Der Blick war auf diesem Bild frei bis zur hinteren Ecke der Terrassenmauer. »Der Mann da! Kannst du hinzoomen?«

»Den da?« Ulf deutete mit dem Zeiger auf die Person, die der Kamera den Rücken zugewandt hatte.

»Ja.«

Barbro und Theresa drehten sich erstaunt zu Kjell.

»Wer soll das sein?«, fragte Barbro.

Oberkörper und Kopf des Mannes reichten über den ganzen Bildschirm und lösten sich schon in kleine Quadrate auf.

»Das da ist Maero.«

DIENSTAG

3. JUNI

43

Kjell drückte sich vom Steg ab und sank in das Wasser des Långholmskanals. Ida war schon drin. In protestantischer Schmerzverachtung war sie an der Leiter hinabgestiegen, ohne sich den Übergang von der Luft ins Wasser anmerken zu lassen. Er tat einige kräftige Züge auf sie zu. Ida lachte laut und tauchte. Sie zog ihr Haar wie einen langen weißen Schleier durch die schwarzgrüne Tiefe.

Kjell begegnete keinem Menschen, als er eine Stunde später im Polizeigebäude ankam und in den Aufzug stieg. Es war erst sieben Uhr. Mit dem anbrechenden Sommer verschob sich der allgemeine Arbeitsbeginn immer weiter nach hinten. Er blieb abrupt stehen, als er Henning am Schreibtisch sitzen sah. Henning sah auf und machte eine ertappte Miene, die Kjell noch nie an ihm gesehen hatte. Wenn Henning so früh herkam, musste auch er etwas wittern. Sie grüßten sich mit einem knappen Nicken. Kjell ging zügig zu seinem Büro und schloss die Tür hinter sich. Solange sie geschlossen war, würde niemand hereinkommen.

In der Eingangspost entdeckte er ein verschlossenes Kuvert. Es trug den Hauspoststempel und enthielt ein Schreiben, in dem seiner Abteilung die achttägige Weiterbildung von Sofi Johansson in Rechnung gestellt wurde. Erst jetzt fiel ihm auf, dass die mikroskopisch kleinen Veränderungen an Sofis Verhalten erst seit diesem Seminar vor vier Wochen aufgetreten waren. Er überflog den Text und stutzte. Im Dezember hatte sie Barbro im Keller eines Hauses in Nacka das Leben gerettet, als der Mörder Jon Ola Sundman kurz davor war, auch noch Barbro zu töten. Sofi war in letzter Sekunde hinter Sundman aufgetaucht und hatte nach gefährlich langem Zögern abgedrückt und … getroffen. Sundman war nur 169 Zentimeter groß gewesen. Sofi hatte sich ausgerechnet den 169. Zentimeter ausgesucht und Sundman die Schädeldecke weggeschossen. Wäre der Kerl nur einen Zentimeter kleiner gewesen, hätte die Kugel statt Sundman Barbro getroffen. Nach diesem Ereignis hatte Kjell eingesehen, dass Sofi der vierzehntägliche Besuch auf dem Schießstand nicht reichte, und sie für ein Seminar gegen Schussangst angemeldet. Jetzt las er auf der Rechnung allerdings ›Geländetraining‹, im Wert von 62 000 Kronen. Kjells Großzügigkeit endete jedoch bereits bei 50 000 Kronen. Er griff zum Telefon und wählte die Nummer des Ausbilders.

»Savinskij.«

»Hallo Viktor. Ich bin's, Kjell Cederström. Warum stellst du mir ›Geländetraining‹ in Rechnung? Du solltest Sofi von ihrer Schussangst befreien. Hat sie dir bei der Heuernte helfen müssen?«

Viktor lachte ein russisches Lachen. »Ich habe den Brief gelesen, den du Sofi Johansson beigelegt hast. Schießen ist nicht ihr Problem.«

»Und was dann?«

»Ich habe sie mit Ermin und seinen Leuten ins Gelände geschickt. Verschwinden und Erscheinen, das hat sie dort geübt.«

Mit einer halblegalen Sturmtruppe, die im Falle einer Katastrophe wie einer Flugzeugentführung aus dem Nichts auftauchte, ohne klare Befehle handelte und wieder verschwand.

»Das konnte sie vorher schon«, klagte Kjell.

»Es ist eine Frage der inneren Haltung, weißt du. Wenn du in einer Menschenmenge oder in einem Wald unsichtbar sein willst, brauchst du dazu kein Kostüm oder einen Hut aus Tannenzweigen. Es funktioniert anders. Und irgendwann kommt der Moment, seine Tarnung aufzugeben und zu handeln. Diesen Moment musste sie üben.«

Kjell ahnte etwas.

Bei seiner Diagnose verfiel Viktor in die Sprache seiner Herkunft als russischer Söldner: Innen Zweifel an sich selbst, außen Schießerei. Schlecht!

»Sie hat geübt, sich im rechten Augenblick aus der Unsichtbarkeit zu lösen, die Aufmerksamkeit auf sich zu ziehen und zu handeln.«

»Aha. Und wie macht man das?«

»Der Blick, die Bewegung und die Gedanken. Metakognition. Wenn du dich tarnst, musst du einschätzen können, was der andere sieht und was nicht. Das ist am schwierigsten.«

Wenn der Moment zum Handeln gekommen war, hatte Sofi sich aus ihrer Tarnung lösen, eine lange Distanz auf die Person zugehen und sie dann überwältigen müssen. Geschossen hatte sie in den acht Tagen kein einziges Mal. Viktor war schließlich kein Barbar.

Dass Sofi Talent zur Tarnung besaß, hatte Kjell früh an ihr bemerkt. Er versprach Viktor, die Rechnung bald zu bezahlen. Obwohl Viktor seit Jahren die Waffenausbildung der schwedischen Polizei leitete, benahm er sich immer noch russisch genug, dass ihm niemand etwas schuldig bleiben wollte.

Nach dem Telefonat überflog Kjell zuerst Sofis Bericht von ihrem Besuch bei Pauline Breston. Sie hatte ihn um 2 Uhr 45 an das Faxgerät im Büro gesandt, wahrscheinlich von ihrem Hotelzimmer in Uppsala aus.

Ein Privatkrieg. Hatte er je im Leben schon einmal davon gehört? Ein Krieg zwischen Privatleuten, nicht zwischen Staaten. Das war leicht zu verstehen. Wenn es um einen Privatkrieg ging, dann konnte Kjell nur darin sicher sein, dass sich

Maero und der Bärtige gegenüberstanden. Das war keine geringe Erkenntnis, aber auf die entscheidende Frage gab sie keine Antwort: Auf wessen Seite hatte die ermordete Fabia Terni gestanden?

Er öffnete das braune Kuvert, das auch in der Hauspost lag. Es enthielt farbige Ausdrucke aller TT-Bilder, die Kjell sich genauer ansehen wollte, weil Maero darauf war. Als er in der Nachrichtenagentur das erste Bild gesehen hatte, war er sich sofort sicher gewesen, obwohl man ihn ja nur von hinten sah. Aber auf der Treppe in der Botschaft hatte Kjell erst kurz davor viel Zeit gehabt, sich den Botschafter von hinten und die auffällig gerade Linie seines Haaransatzes einzuprägen. Bei den meisten Menschen bildete die Haarkontur im Nacken ein Oval oder eine geschwungene Linie. Nur nicht bei Massimo Maero. Anscheinend hatte er zwei hartnäckige Wirbel an den äußeren Enden.

Die frühesten Bilder dieser Serie, die alle die Terrasse zeigten, waren um kurz nach elf entstanden. Auf ihnen tauchte Maero noch nicht auf, sondern erst eine Viertelstunde später um zwanzig nach elf. Die folgenden Bilder bewiesen, dass er bis um Viertel vor zwölf geblieben war. Nur auf dreien der Bilder aus diesem Zeitraum war er nicht zu sehen. Entweder hatte er da die Bibliothek betreten oder war auf der Treppe hinab zur Straße gegangen. Immerhin hatte er sich die ganze Zeit bewegt.

Kjell glaubte nicht daran, dass Maero die Veranstaltung um ihretwillen besucht hatte. Das hatte auch Henning in der Nacht sogleich gesagt: Bei Zufällen müsse man immer zuerst Absicht unterstellen, oft sogar Dummheit oder Dreistigkeit. Das war das Geheimnis hinter Hennings Fähigkeit, stets den Haken an einer Sache zu finden.

Kjell stellte sich dennoch vor, dass Maero wegen der Lichtshow gekommen war. In diesem Fall wäre es Fabia gewesen, die ihm gefolgt war. Gegen diese Annahme sprach allerdings Maeros legere Kleidung. Ein Botschafter, und noch dazu ein italienischer, hätte sich für einen Auftritt in der Öffentlichkeit angemessener gekleidet als mit einem Anorak. Man konnte geradezu von einer Verkleidung sprechen, dachte Kjell und legte das Bild aus der Hand. Und der Inhalt des Kryptos sprach eher dafür, dass Fabia Terni dort einen Termin gehabt hatte.

Fabia konnte die Veranstaltung besucht haben, aber wieso hätte sie das tun sollen? Kjell tippte eher darauf, dass die Veranstaltung als Ort für ein Treffen unter vielen Menschen gedient hatte.

In diesem Szenario gab es nur einen Haken: Fabia Terni tauchte auf keinem einzigen Bild auf. Das Treffen musste also im Inneren der Bibliothek stattgefunden haben. Das fügte sich auch gut in die Tatsache, dass alle Zeugen im Park, auf dem Sveavägen, in der Odengatan und in den Lokalen ausschlossen, die Frau gesehen zu haben. Wenn Maero um Viertel vor zwölf von der Terrasse verschwand und Fabia Terni nur eine Viertelstunde später überfahren wurde, dann konnte man das ein sehr kurzes Treffen nennen.

Eine Übergabe.

Kjell sprang auf und stellte sich vor die Wandtafel. Darauf hatte er gestern das Behelfskonstrukt skizziert. Nun unterstrich er den Begriff »Objekt« mit einem gelben Stift. Unter den Begriff »Gier« schrieb er die Namen Maero und Terni. Doch den zweiten Namen strich er wieder durch. War Fabia Terni ein Geheimkurier, der für Maero etwas nach Stockholm bringen sollte?

Oder etwas von Stockholm wegbringen, dachte Kjell. Er hatte noch Maeros Entsetzen im Kopf, nachdem er ihm das Bild der toten Fabia gezeigt hatte.

Er sah ein, dass er nur spekulieren konnte. Er musste die Sache anders angehen. Wenn Maero sich auf der Terrasse so vor aller Augen präsentiert hatte, dann legte das nur einen Schluss nahe: Er hatte den Unfall nicht vorhergesehen. Allerdings … Kjell blätterte noch einmal alle Bilder durch. Maero wanderte an der Vorderkante der Terrasse auf und ab, aber auf keinem Bild konnte man sein Gesicht erkennen. Er blickte immerzu auf den Bürgersteig. Oder anders ausgedrückt, er wandte der Fotografin beharrlich den Rücken zu.

Nein, nicht der Fotografin. Dem Eingang zum Lesesaal.

Das war nie und nimmer Zufall.

Kjell nahm sich das Maero-Dossier aus dem Außenministerium vor. Es enthielt neben den Ernennungsurkunden auch das sieben Jahre alte Gesuch des italienischen Staatspräsidenten, Dottore Massimo Maero als Chef der italienischen Mission in Stockholm gutzuheißen. Ein sehr ausgiebiger Lebenslauf begleitete dieses Schreiben. Maero war am 27. August 1954 in Triest geboren. Das erklärte auch, weshalb er ein wenig kroatisch aussah. Maero hatte in Bologna, Rom und Madrid Recht und Staatslehre studiert, bevor er 1980 in den diplomatischen Dienst eintrat. Vor seiner Mission in Stockholm hatte er die Botschaften in Tunis und Buenos Aires geleitet. Er war seit seinem vierundzwanzigsten Lebensjahr verheiratet und hatte zwei Töchter, die spät geboren worden und jetzt 10 und 14 Jahre alt waren.

Nur sein Sommerhaus in Aguillara am Südufer des Lago di Bracciano brachte ihn ein wenig mit der Toskana und den Etruskern in Verbindung. Es lag etwa dreißig Kilometer nördlich von Rom und damit durchaus auf ehemaligem etruskischem Herrschaftsgebiet. Kjell konnte sich allerdings vorstellen, dass die Gegend bei wohlhabenden Römern ähnlich beliebt war wie die Schären oder Roslagen bei den Stockholmern.

Kjell grübelte darüber nach, was bei dem Treffen übergeben worden sein könnte, gab aber rasch auf. Fabia Terni konnte tatsächlich sein, was Maero behauptete: ein Kurier für jemanden aus Italien oder für Maero selbst. Kjell sah aus dem Fenster. Über den Dächern im Osten trieben Schwaden von Morgennebel.

44

Kjell wusste nicht, wie lange er gelesen hatte, als es an der Tür klopfte.

Henning steckte den Kopf herein. »Tomas und Außenministerium.«

Die Tür schwang auf. Reichspolizeichef Tomas Liljemark trat ein und nickte. Mit dieser Geste konnte er zugleich grüßen und verhindern, dass sein Kopf gegen dem Türsturz stieß. Den Mann hinter ihm hatte Kjell noch nie gesehen. Das schien ihm Tomas anzusehen.

»Staatsrat Amberg war so freundlich, selbst herzukommen«, erklärte Tomas. »Brynolf, nimm doch bitte hier Platz. Gleich kommt Kaffee, und dann machen wir es uns schön gemütlich.«

Kjell und Brynolf gaben sich die Hand, während Tomas die Tür schloss.

»Kann ich davon ausgehen, dass nichts nach außen dringt, wenn die Akte heimlichgestempelt ist?«, lautete Brynolfs erste Frage.

»Du kannst es auf jeden Fall hoffen«, sagte Kjell.

Die Tür schwang erneut auf und Henning trippelte mit einem Tablett herein. Die kleinen Tassen mit den Untertellern konnte er nur bei Ragnar ausgeliehen haben. Nach dem Einschenken verschwand Henning wieder.

»Streng genommen dürft ihr gar nicht mehr ermitteln«, sagte Brynolf nach einem Anstandsschluck aus seiner Tasse. Er hob anerkennend die linke Augenbraue, wie in einem Kaffeewerbefilm, wenn der Hauptdarsteller vom Aroma überrascht wird. »Ist euch das klar?«

»Etwas Milch dazu?«, lautete Kjells Gegenfrage.

Brynolf Amberg hob die Hand, um die Lage zu beschwichtigen und die Milch abzulehnen. »Die Regierung muss Möglichkeiten ersinnen, was bald folgen kann.«

»Was kann denn folgen?«, fragte Kjell.

»Wenn du Maero eine Beteiligung am Tod der Frau nachweist, werden wir ihn nach Hause schicken.«

Kjell runzelte die Stirn. »Ich habe Zweifel, ob sich das je beweisen lässt.«

»Es reicht, wenn wir uns sicher sind. Um dem Botschafter das Vertrauen zu entziehen, benötigen wir keine gerichtsfesten Beweise. Wir müssen es der italienischen Regierung jedoch erklären können, damit unsere Entscheidung nicht willkürlich erscheint.«

Kjell hatte nicht mit einer solchen Entschiedenheit beim Außenministerium gerechnet. »Und das wollt ihr wirklich tun?«

»Natürlich. Die Zusammenarbeit mit dem Botschafter ist für Schweden sehr wichtig. Wenn das Vertrauen belastet ist, muss Maero ersetzt werden.«

»Darf ich ganz ehrlich sein? Maero hat mit der Sache zu tun, aber ob ihm etwas vorzuwerfen ist, weiß ich noch gar nicht.«

»Wenn wir uns auf eine diplomatische Krise einstellen müssen, sollten wir rechtzeitig davon erfahren.«

»Du glaubst, dass Spionage oder etwas Ähnliches auf staatlicher Ebene hinter der Sache stecken könnte?«

»Ja.«

Kjell entdeckte Sofis Bericht auf der Tischplatte. Darin hatte er den Begriff ›bellum privatum‹ gelb angestrichen. »Meiner Erfahrung nach, Brynolf, haben wir es mit einer persönlichen

Angelegenheit Maeros zu tun. Zumindest, was den Besuch Fabias in Stockholm angeht und ebenso die Vorkommnisse bei der Botschaft. Das nehme ich bei Fabias Tod ebenfalls an. Selbst wenn Maero sich nur in der Bibliothek mit ihr treffen wollte und mit ihrem Tod nichts zu tun hat, verbirgt sich die Lösung eher in Italien als hier in Stockholm. Vielleicht war es Fabia, die in etwas verstrickt ist. Der offizielle Charakter kommt nur zustande, weil beide Diplomaten sind. Das kann auch einfach Zufall sein.«

Brynolf nickte unzufrieden.

»Auch wenn dieser Zufall sich kompliziert ereignet, so ist doch jeder Mord am Ende banal«, fügte Kjell hinzu. »Es gibt bei jeder Ermittlung den Punkt, wo man in der Fassade einen Riss entdeckt. Da muss man Geduld haben und weitermachen. Aber der Riss kommt, das kann ich dir versprechen.«

»Italien hat den dringenden Wunsch geäußert, den Grund für Fabia Ternis eigenartigen Besuch in Stockholm zu ermitteln.«

»Was heißt das?«

»Sie schicken Maero einen Internermittler. Wir vermuten jedoch, dass es ihnen gar nicht um die Botschaft geht. Sie befürchten wohl eher, Fabia könnte hierhergereist sein, um Staatsgeheimnisse zu verraten.«

»Da können sie durchaus recht haben.«

»Rom äußert die Bitte, dass wir einen Ermittler nach Rom schicken.«

»Ermittler? Meinst du damit einen Diplomaten oder einen Polizisten?«

»Ums Diplomatische kümmert sich unsere Botschaft in Rom. Ihnen geht es eher um ganz konkrete Details der Aufklärung von Fabia Ternis Tod. Diese Bitte wirkt harmlos, aber sie verrät uns einiges. Die Italiener haben anscheinend keinen Schimmer, was Fabia Terni veruntreut oder verraten haben könnte.«

45

Fabia Terni lief nervös vor dem Gepäckband auf und ab. Es hatte sich noch nicht in Bewegung gesetzt. Sofi hielt ihr Gesicht so nah vor den Bildschirm, dass ihre Nasenspitze kitzelte. Es war ganz leicht gewesen, sie zu entdecken. Fabia hatte tatsächlich in der Maschine gesessen, die am Freitagmorgen um zehn Uhr aus Rom gekommen war. Sie trug nicht dieselbe Kleidung wie bei ihrem Tod. Trotz des Schwarzweißbildes hätte Sofi darauf gewettet, dass der knielange Rock dunkelblau war. Die Bluse war weiß. Mit Fabia warteten ein Dutzend weiterer Reisender, die alle italienisch aussahen. Auch sie gingen nervös auf und ab.

»Das ist immer so«, sagte Obawa neben ihr. »Das Gepäck kommt bei Flughäfen im Ausland viel schneller. Unser Band macht Ausländer nervös.«

Sofi ließ Fabia nicht aus den Augen. Die meisten Passagiere um sie herum nutzten die Wartepause, um ihre Telefone wieder einzuschalten. Fabia tat das nicht.

»Wird sie dann durch einen Diplomatenausgang gehen?«

»Nicht bei EU-Flügen. Da wird bei der Ankunft gar nicht kontrolliert.«

Fabia wandte sich ab und verschwand.

»Entweder wechselt sie Geld oder geht zur Toilette«, kommentierte Obawa. »Etwas anderes kann sie nicht machen.«

Drei Minuten vergingen, bis Fabia zurückkehrte.

»Die Toilette«, entschied Obawa. »Geldwechseln dauert nie länger als dreißig Sekunden.«

Das Band setzte sich in Bewegung. Fabias Tasche kam als erstes Gepäckstück, da es nur eine kleine Tasche war. Die hatte im Laderaum bestimmt ganz oben gelegen. Fabia verließ das Band und sah sich nach allen Seiten um.

Sofi zuckte zusammen. Fabia Terni richtete ihren Blick direkt in die Kamera und löste ihn erst, als sie hinaus in den Gang verschwand.

Sofi spulte zurück und sah sich die Sequenz noch einmal an.

»Ist die Kamera gut zu sehen?«

Obawas Augen fixierten den Monitor. Anscheinend fand auch er Fabia Ternis Verhalten ungewöhnlich. »Ich weiß nicht. Ich kenne zwar jeden Fleck in dieser Halle, bin selbst aber noch nie darin gewesen.«

Fünf Minuten später erschien Sofi Johansson auf der Live-Überwachung. Vor dem Gepäckband stehend sah sie sich suchend um. Es vergingen weitere fünf Minuten, bis sie zu Obawa zurückkehrte.

»Man sieht nichts!«, sagte Sofi erstaunt. »Ich habe sie erst nach einiger Zeit entdeckt, oder besser, vermutet.«

»Ich glaube, die Kameras sind mit Absicht versteckt, damit man sich nicht wegdrehen kann. Jedenfalls hat mir noch nie jemand in die Augen geschaut.«

Sie nahmen sich das nächste Band vor. Es stammte von der Kamera, die den langen Korridor und die Drehtüren ins Freie überwachten.

»Geh ins Freie!«, feuerte Sofi sie an. »Geh ins Freie!«

Aber Fabia ging nicht ins Freie. Sie lief zielsicher den Korridor entlang und verschwand auf der Rolltreppe hinab zum Expresszug in die Stadt.

»Warum sollte sie ins Freie gehen?«, wollte Obawa wissen.

»Dann hätte sie ein Taxi genommen, und ich könnte herausfinden, wo es sie abgesetzt hat.«

46

Nachdem Brynolf gegangen war, trafen sich alle Mitglieder im Besprechungsraum, um die Verabredung mit Botschafter Maero am Mittag vorzubereiten. Nur Sofi fehlte. Kjell hätte Brynolf als Vertreter des Außenministeriums gerne beim Treffen mit Maero dabeigehabt, weil er ihm forscher erschien als der Büroleiter Bertil Löfgren, der stets auf Ausgleich bedacht war und nur von Zeit zu Zeit seinen Zynismus durchblitzen ließ. Aber das hatte Brynolf abgelehnt. Er stand als Staatsrat in der Hierarchie zu weit oben. Das hätte Maero so deuten können, als befände man sich in einer Krise. Als Büroleiter war Bertil für die Betreuung der Botschaften verantwortlich, und die Betreuung schloss auch die Sicherheit der Botschaft ein.

Brynolf hatte eine Taktik vorgegeben, die Kjell gefiel: Unangenehme Fragen an Maero ergaben sich allein aus den Spuren, nicht aber aus einem Misstrauen, das man gegen Maero hegte. Maero durfte nicht den Eindruck bekommen, er gälte als Verdächtigter.

Kjell begann die Besprechung mit der Ankündigung, dass sie jemanden nach Rom schicken mussten.

»Ich weiß nur nicht, wen wir schicken sollen.«

»Nimm Sofi«, schlug Barbro vor. »Ich habe Emmi zu Hause und in den nächsten Tagen niemanden, der sie über Nacht nehmen kann.«

»Und du, Henning?«

»Warum fährst du nicht selbst?«, fragte Henning. »Ich kann nicht mal richtig Englisch.«

»Sag mal was auf Englisch«, forderte Kjell und verschränkte die Arme vor der Brust.

»Assumption is the mother of all fuckups.«

»Das läuft ja schon ganz gut. Du musst dir eben ein Wörterbuch kaufen. Ich kann bei einem so heiklen Fall nicht selbst weg. Und Sofi brauche ich an meiner Seite, jetzt, wo wir gerade einen Blick in den Abgrund bekommen.«

»Ich kann euch natürlich einen externen Ermittler zuteilen«, schlug Tomas vor.

Kjell und Henning schüttelten energisch den Kopf. »Sieh dir nur an, wie dick und kompliziert die Akte inzwischen ist. Wir können nur jemanden schicken, der sie in- und auswendig kennt.«

»Jemanden wie mich also!«

Alle starrten Theresa an.

»Du hast noch keine Ausbildung als Ermittlerin«, sagte Henning.

»Und du bist eine tickende Zeitbombe, Deadhead«, sagte Barbro.

»Sie ist eine explodierende Zeitbombe«, korrigierte Henning.

Der Reichspolizeichef legte seinen riesigen Kopf schräg. »Mir gefällt die Idee. Wenn sie wirklich all die Talente besitzt, die du als Begründung für ihre Beförderung in die Gruppe erwähnt hattest.«

In der allgemeinen Unruhe fixierte Kjell seine junge Kollegin. »Warum willst du fahren? Was befähigt dich dazu?«

Theresa nahm die Herausforderung mit einem Lächeln an. »Ich habe die beste Qualifikation. Ich kann ein wenig Italienisch, habe blonde Locken und größere Brüste als ihr alle zusammen.«

Stille entstand, niemand lachte.

»Das meine ich ganz ernst. Und ich kenne die Akte.«

Kjell suchte Blickkontakt mit Henning und dann mit Barbro. Sie wirkten ebenso zwiegespalten wie er. Theresa hatte einen guten Riecher, und dieser Instinkt war Gold wert, wenn man in ein Umfeld geriet, wo einem Sprache und Konvention nicht vertraut waren. Aber sie konnte sich nicht benehmen. Sollte er doch Sofi schicken? Er brauchte sie dringend, um die Arbeitstheorie weiterzuentwickeln. Auch wenn sie kein besonders theoretischer Mensch war und die Dinge nicht betrachtete, sondern immer gleich in die Hand nahm und kräftig schüttelte. Bei seiner Zusammenarbeit war sie stets für den praktischen Teil des Szenarios zuständig. Sie prüfte die Details und stellte unangenehme Fragen. Am liebsten ihm.

Theresa hingegen geriet ganz nach Henning und sollte in Zukunft mit ihm zusammenarbeiten. Sie besaßen beide das Vermögen, eine Situation nach ihrem Bauch einzuschätzen. Sofi und er waren in dieser Hinsicht immer Spätzünder.

»Es ist ja auch eine diplomatische Mission«, sagte er schließlich und seufzte unentschlossen.

»Das könnt ihr ja testen«, schlug Tomas vor. »Dann sehen wir, ob Theresa dafür taugt.«

Alle sahen Tomas fragend an.

»Wir machen den Einstellungstest für die diplomatische Laufbahn. Wer am besten abschneidet, fährt nach Rom.«

An der Spitze der schwedischen Polizei stand also ein Spieler. Henning, Barbro und Kjell wechselten eindeutige Blicke.

Nach kurzem Nachdenken sah Kjell ein, dass er sich damit aus der Affäre ziehen konnte. Er zuckte mit den Achseln.

Tomas verließ das Büro und kehrte eine Viertelstunde später mit einem Stapel Papier zurück. »Ich habe den Test gestern auf der Internetseite des Außenministeriums entdeckt, deshalb ist er mir eingefallen. Es sind hundert Ankreuzfragen zum Allgemeinwissen.«

Henning schlug vor, die Sache durch eine Runde Poker zu entscheiden. Jetzt sei genau die richtige Tageszeit dafür.

Kjell grinste zu Theresa hinüber, während Tomas die Bogen verteilte. Sie wirkte nicht mehr ganz so überzeugt von ihrer Berufung.

»Man hat dreißig Minuten«, sagte Tomas und sah auf die Uhr. »Wer die meisten Fragen richtig beantwortet, gewinnt.«

Eine halbe Stunde war sehr lang für hundert Fragen mit Antworten, die man nur anzukreuzen brauchte. Kjell hatte in den letzten Wochen mit Linda fürs Abitur geübt und nichts anderes getan. Das verriet er jetzt natürlich nicht.

Wer ist der europäische Bürgerbeauftragte? Jacob Söderman, Philippe Maystadt, Nikiforos Diamandouros oder Juan Manuel Fabra Vallés? Kjell fand es beruhigend zu erfahren, dass es Bürgerbeauftragte gab. Man muss nur logisch reduzieren, wenn man die Antwort nicht weiß. Nikiforos war ein schöner Name. Er bedeutete ›der Siegbringer‹. Aber für diesen Job nahm man bestimmt einen Schweden. Er kreuzte Antwort A an.

Welcher Künstler gewann 2003 den Grammy für das Album des Jahres? Norah Jones, Mary J. Blige, Bruce Springsteen, Eminem. Warum zum Teufel muss ein Diplomat das wissen, fragte sich Kjell. Für Stehempfänge vielleicht. Mary J. kannte er nicht, Bruce Springsteen war doch bestimmt schon an die siebzig. Eminem natürlich!

Kjell sah vom Blatt auf. Theresa war nicht in Panik geraten, sondern kreuzte munter an. Die Frage nach Eminem wusste sie bestimmt auch.

Die nächsten Fragen beschäftigten sich wieder mit vernünftigen Dingen.

Gemeinsam mit wem erhielt Henry Kissinger den Friedensnobelpreis für Bemühungen um eine Beendigung des Vietnam-Krieges? Der vietnamesische General Bui Tin, der vietnamesische Politiker Ho Chi Minh, der chinesische Politiker Chou Enlai, der vietnamesische Politiker Le Duc Tho.

»Tomas?«, fragte Henning. »Bist du sicher, dass das der Aufnahmetest ist? Es kommt mir ein bisschen wie der Abschlusstest vor.«

Welche der folgenden Rechtsquellen wendet der IGH nach

Artikel 38 seines Statuts als Hilfsmittel zur Feststellung von Rechtsnormen an: internationale Verträge, internationales Gewohnheitsrecht, die von den Kulturvölkern anerkannten allgemeinen Rechtsgrundsätze oder die Lehrmeinung der fähigsten Völkerrechtler der verschiedenen Nationen?

Da musste Kjell überlegen. IGH, das war doch der Internationale Gerichtshof.

»Die Zeit ist um«, sagte Tomas.

»Du hast von einer halben Stunde gesprochen«, pöbelte Barbro.

»Das war eine halbe Stunde.«

Um die Spannung ins Unerträgliche zu steigern, begann Tomas bei der Auswertung der Antworten mit Barbro und Henning. Barbro hatte zwanzig Fragen beantwortet und acht davon richtig. Henning hatte nur siebzehn Fragen geschafft, überraschte aber alle mit fünfzehn richtigen Antworten.

Dann kam Kjell an die Reihe. Er war froh, dass er fünfunddreißig Fragen geschafft hatte. Bei der Hälfte davon war er sich beim Ankreuzen unsicher gewesen.

»Du hast siebenundzwanzig richtige.«

Kjell nickte erleichtert und schob alles auf Eminem.

Tomas blätterte Theresas Bogen durch. »Du hast *alle* Fragen beantwortet?«

Theresa nickte ohne Triumph.

Die Auswertung zog sich in die Länge.

»Wie hast du das alles beantworten können?«, fragte Kjell interessiert, während Tomas noch verglich.

»Ich hab gleich am Anfang gemerkt, dass ich nichts beantworten kann, und einfach wild angekreuzt. Weil du bei jeder Frage genau überlegt hast und es unmöglich schaffen konntest. Die Zufallsquote liegt bei fünfundzwanzig richtigen Antworten.«

Während Barbro und Henning aufstanden, um Tomas beim Finale über die Schulter zu blicken, betrachtete Kjell seine junge Kollegin. Selbst Henning hatte sich vom Spiel vereinnahmen lassen und die Fragen brav beantwortet, ohne sich eine Taktik zu überlegen. Als Ermittler durfte man sich nicht vereinnahmen lassen. Das war die wichtigste Regel.

»Zweiunddreißig«, rief Tomas. »Sie hat zweiunddreißig.«

47

Um die Mittagszeit herrschte in der Markthalle am Östermalmstorg immer der größte Andrang. Barbro war wegen des Tests schon zehn Minuten zu spät, als sie durch den Seiteneingang eintrat. In den Gängen zwischen den Verkaufsständen strömten Menschen auf der Suche nach einem Platz an den Feinkostimbissständen. Barbro durchquerte die Halle und sah Hermine auf einem Hocker bei Elmquists Fischdelikatessen sitzen.

»Entschuldige, dass ich zu spät bin.«

Hermine lachte und umarmte sie. Durch ihre Gesichtszüge strahlte echte Freude. Das war eigentlich immer so. Barbro hatte Hermine noch nie in schlechter Laune erlebt, als blickte sie immerzu in eine strahlende Gegenwart. Und genauso war es auch. Selbst wenn es wirklich Grund zu seufzen gab, klang Hermine dabei nicht wirklich unglücklich.

Und das war die wichtigste Voraussetzung für den Beruf, den Hermine sich bereits als kleines Mädchen ausgesucht hatte. Seit dieser Entscheidung nahm der Berufswunsch so viel von ihrem Wesen ein, dass Barbro ihn gleich bei ihrer ersten Begegnung im Gymnasium erfahren hatte. Mit sechzehn sollte man reifere Pläne haben, hatte sie damals gedacht. Doch Hermine war tatsächlich königliche Hofdame geworden.

»Königliches Hoffräulein!«, korrigierte sie stets und seufzte dann ein ›Leider‹ hinterher.

Ihre Arbeit bestand darin, den Terminkalender der Kronprinzessin zu führen und zu entscheiden, an welchen Anlässen Ihre Königliche Hoheit teilnahm und an welchen eher nicht.

Man sollte dem Schicksal nie das Gefühl geben, bei der Mitsprache zu kurz gekommen zu sein. Hermine war jetzt als erstes Hoffräulein die Nummer zwei am Hofstaat der Nummer zwei im Königreich. Das hatte sie nicht planen können. Die Konstellation würde dafür sorgen, dass Hermine ihrem geliebten Titel irgendwann Adieu sagen und sich neue Visitenkarten bestellen musste. Mit der Thronbesteigung der Kronprinzessin würde sie Hofmarschall Ihrer Königlichen Majestät, der Königin von Schweden, werden.

Sie bestellten beide den Lachs.

»Das ist für dich! Zu deiner Beförderung.«

Barbro nahm die winzige Schachtel und öffnete die Verpackung. Dann strahlte sie.

Es hatte in den letzten zwanzig Jahren Freundinnen in Barbros Leben gegeben, mit denen sie viel mehr Zeit verbracht und verrücktere Dinge angestellt hatte als mit Hermine. Und für jeden Mann in Barbros Leben stand im Kungsträdgården ein Baum. Doch während all diese Freundschaften nach einer gewissen Zeit und die Liebschaften nach einer noch viel kürzeren Zeit scheiterten, war Hermines Hundetreue und Barbros Antwort darauf eine ewige Konstante. Auch wenn ihr entgegengesetztes Wesen einen intensiven Umgang verbot, hatten sich beide einander immer als beste Freundinnen angesehen.

»Und hier ist die Mappe«, sagte Hermine.

»Ist es das Original?«

»Nein nein, eine Kopie.«

Barbro hätte den Stapel einfach mit einer Büroklammer zusammengeheftet, Hermine aber hatte sie binden und prägen lassen.

»Vielen Dank. Hattest du große Mühe?« Barbro bemerkte,

dass sie schon in den Östermalmer Dialekt zurückgefallen war.

»Gar nicht. Es ist ja ein öffentliches Dokument.«

Barbro öffnete den Deckel. Obwohl die Mappe nur das Audienzprotokoll eines einzigen Tages enthielt, war sie ganz schön dick. Bei einem ersten Blick hinein erkannte sie die Ursache. Sie war voller Fotos.

»So ist es üblich«, erklärte Hermine auf Barbros Nachfrage. »Jede Station des Besuchs wird dokumentiert.«

An jenem Tag, einem Novembermorgen vor sieben Jahren, hatten vier neue Botschafter dem König den Kreditbrief ihres Staatschefs überbracht. Ihre Mission begann offiziell in dem Augenblick, wo sie das Schloss wieder verließen. Botschafter Maero war als Zweiter an der Reihe. Davor traf um zehn Uhr der Botschafter von Japan ein. Das erste Bild zeigte ihn mit einem Frack bekleidet im Morgennebel des Schlosshofs stehen. Die Bildbeischrift nannte die Uhrzeit und kennzeichnete die beiden Begleiterinnen in japanischer Festtracht neben dem Botschafter als Gattin und Tochter. Die weiteren Bilder dokumentierten seinen Gang zwischen den Ehrengarden hindurch bis hinauf zu dem Raum, wo der König ihn empfing. Beim Händeschütteln hielt der Botschafter ein Kuvert in der linken Hand.

»Das Gespräch ist vertraulich und dauert eine halbe Stunde«, kommentierte Hermine. »Wie Seine Majestät wählt auch der Botschafter ein Motto oder Ziel für sein Amt, das er mit dem König bespricht.«

»Aber das ist nur Gerede, oder?«

Hermine zog die Brauen hoch. »Nein! Der Wahlspruch ist Programm. Seine Majestät wollte ein modernes Schweden, und wir haben ein modernes Schweden!«

Barbro lächelte und blätterte weiter. Auf den nächsten Bildern verließ der japanische Botschafter das Schloss wieder.

Um 11 Uhr 32 notierte das Protokoll die Ankunft von Dr. Massimo Maero. Neben ihm stand eine junge Frau, die die Beischrift als »Familie« bezeichnete. Barbro beugte sich vor, um das Alter der Frau zu schätzen. Sie sah noch sehr jung aus.

»Kann man herausbekommen, wer das ist? Ich meine diese Frau.«

Hermine betrachtete das Bild. »Ich glaube nicht. Es wird seine Tochter sein.«

Irgendetwas störte Barbro. Maero stammte aus Istrien. Wenn das seine Tochter war, dann musste seine Frau sehr südländisch aussehen, um das schwarze Haar und den dunkleren Teint des Mädchens zu erklären. Barbro zog das Maero-Dossier aus ihrer Tasche und blätterte darin. Von seiner Frau besaß das Außenministerium kein Bild. Es gab auch keinen Hinweis darauf, dass sie jemals bei einem offiziellen oder privaten Anlass in Stockholm an seiner Seite aufgetreten war. Aber der Akte nach war sie ebenfalls in Triest geboren.

»Das kann nicht seine Tochter sein, Hermine. Hier steht, dass die beiden Töchter bei Maeros Antritt drei und sieben Jahre alt waren.«

Auf Hermines Gesicht machte sich die typische Betretenheit breit, die bei Menschen wie ihr kurzzeitig auftritt, wenn das feine Porzellan einen Sprung bekommt. »Also, die hier ist mindestens sechzehn. Da hast du recht.«

Barbro blätterte weiter. Maero ging denselben Gang wie sein japanischer Kollege. Um 11 Uhr 41 schüttelte er dem König die Hand.

Und wieder war das Mädchen auf dem Bild. Leider sah man sie nur von hinten. Barbro blätterte neunzehn Seiten zurück.

»Wo waren die beiden Japanerinnen beim Händeschütteln?«

»Das Gespräch ist vertraulich. Meist empfängt eine andere der Königlichen Hoheiten die Begleitung, während der Botschafter bei Seiner Majestät ist. Das ist jedoch nicht Teil der Audienz und wird daher auch nicht protokolliert.«

»Aber die Italienerin ist mit im Raum. Sieh nur!«

Hermine wusste keine Antwort und starrte auf das Bild. In Fragen des Protokolls wusste sie sonst immer eine Antwort. »Vielleicht ist sie bei der Begrüßung mit hineingegangen und dann wieder hinaus.«

Barbro warf ihrer Freundin einen Blick zu, den sie in langen Jahren nur für sie eingeübt hatte. Hermine zuckte ertappt mit den Achseln. Barbro nahm ihr Telefon und schrieb eine Nachricht an Kjell. Sie schrieb, dass Maero den König in Begleitung einer jungen Frau besucht hatte, die dem Alter und dem Aussehen nach Fabia Terni sein konnte.

48

»Was soll ich ihnen eigentlich erzählen?«

Theresa ließ sich auf Kjells Besucherstuhl nieder. Bis zu ihrer Abiturprüfung war Linda immer zwei- bis dreimal in der Woche nach der Schule hergekommen und hatte einen Kaffee lang auf diesem Stuhl gelümmelt. Sonst benutzte Kjell ihn nur zum Stapeln neuer Akten, die er schnell loswerden wollte.

»Das ist eigentlich nicht so wichtig«, sagte Henning. Er lehnte am liebsten im Türrahmen. »Du bekommst von uns eine Aufgabe mit auf den Weg.«

Kjell nickte wie der Elternteil, der den anderen bei einer erzieherischen Maßnahme unterstützt. »Hast du etwa gedacht, du dürftest da unten irgendetwas allein entscheiden?«

Theresa regte sich nicht. Sie wartete ab.

»Ich habe mir heute in aller Frühe sämtliche Mafia-Dossiers kommen lassen«, begann Henning. »Ich habe versucht, mich in die Bildsprache einzuarbeiten. Etruskisches habe ich bisher nicht entdeckt, aber das ist verständlich. Die Toskana ist nun mal keine typische Gegend.«

»Genau das ist dein Auftrag«, sagte Kjell.

Theresas Stuhl stand so, dass sie wie beim Tennis immer den Kopf hin- und herdrehen musste, wenn Kjell und Henning sich bei ihrer Ansprache abwechselten.

Nun war wieder Henning an der Reihe. »Dein Besuch läuft so ab: Im Außenministerium wirst du zwei Ermittler treffen.«

»Carabinieri oder Staatspolizei?«

»Warum ist das so wichtig?«, wollte Kjell wissen.

»Wegen der Uniformen. Die Carabinieri haben schönes Dunkelblau, lehnen immer am Auto und halten das Gesicht in die Sonne.«

Henning musste auf das Telefax schauen, das er in den Händen hielt. Er hob den Daumen.

Kjell lehnte sich mahnend vor. »Hör zu, Theresa. Das ist sehr wichtig. Diese beiden Ermittler gehören zu einer Gruppe mit dem Namen NOCO.«

»Nucleo operativo criminalità organizzzzzzata«, las Henning vor. »Gehört zur DIA.«

»Wir haben schon einmal mit ihnen zusammengearbeitet. NOCO ist der innerste Kern der Antimafia und beschäftigt sich nur mit Attentaten auf Richter und Politiker. Du wirst diesen Leuten alles erzählen, was sich hier ereignet hat. Und dann hörst du zu, was sie dazu sagen.«

Theresa nickte. Das hatte Eindruck auf sie gemacht, und dieser Eindruck würde sich bei ihrer Ankunft noch verstärken. Viele Mitglieder der NOCO waren enttarnte Infiltrateure auf höchster Ebene und auf unerfindliche Weise mit dem Leben davongekommen. Ihre Befugnisse gingen weit über das hinaus, was sich ein schwedischer Polizist erträumte.

»Ihr glaubt also wirklich, dass wir es mit einer Mafiageschichte zu tun haben?«, fragte Theresa.

»Henning und ich, uns beiden kam die Idee unabhängig voneinander. Mir, als ich gestern bei Maero war. Und bei Henning war es die bildhafte Inszenierung. Die können wir uns nicht anders erklären.«

»Und das deutet auf die Mafia hin?«

»Es deutet auf strenge Verhaltenskonventionen hin, wie sie bei Clan-Strukturen auftreten. Ein normaler Krimineller ohne jede Ideologie oder einen Kodex würde sich diese Mühe nicht machen.«

49

Anna-Lena Sjölin hatte noch nie eine sanfte Landung in Arlanda erlebt. Sie vermutete, dass es an schwierigen Winden lag. Beim Anflug, wenn die Wipfel schon zum Greifen nah waren, kam ihr die Zeit bis zum Aufsetzen jedes Mal ewig vor. Immer hopste das Flugzeug minutenlang im Tiefflug auf und ab. Nachdem sie ihren Koffer vom Band gezogen hatte, öffnete sie ihn an Ort und Stelle, um zu prüfen, ob die Objektive unbeschadet waren. Sogar diesmal tat sie es, wenn auch fahrig, denn im Koffer mit seinen setzkastenartigen Stoffkammern lagen Objektive im Wert von einer halben Million Kronen. Das war ihr gesamtes Betriebsvermögen.

Alles schien heil zu sein. Sie schloss den Deckel und eilte zum Ausgang. Sie liebte das schäbige Arlanda, nur diesmal kam es ihr seltsam fremd vor, als hätte während ihrer Abwesenheit eine neue Ära in Schweden begonnen. Hinter dem Ausgang ließ sie ihren Blick nicht über die Wartenden schweifen, wie es andere Menschen getan hätten. Sie richtete ihn stur geradeaus auf ein stilles Zentrum und nahm alle Bewegungen drumherum auf. Diese Art der Wahrnehmung war ihr in Fleisch und Blut übergegangen.

Es war die Schwarzhaarige. Anna-Lena Sjölin war sich sofort sicher. Die Frau wandte ihr das Profil zu. Nicht nur ihr Haar schluckte alles Licht, auch ihre Kleidung war schwarz. Anna-Lena glaubte es bereits ihrer Stimme angehört zu haben, oder besser der Art, wie sie sprach.

Auf dem Weg schräg durch den Korridor drückte Anna-Lena dreimal auf den Auslöser.

»Sofi Johansson?«

Die Frau fuhr herum und rümpfte die Brauen. Ihre Augen glänzten ebenso schwarz. Ihre Haut war nur um eine Nuance dunkler als die anderer Schweden, wirkte aber dennoch eingerahmt in all das Dunkle ein wenig blass.

Sofi Johansson nickte, ohne jedoch die Frage zu stellen, die sich ihr bestimmt aufdrängte. Sie stellte überhaupt keine Frage, sondern deutete einfach durch die Glaswand auf den grauen Volvo, der neben dem Gepäckwagenständer parkte.

»Gibt es irgendeine Veränderung?«, erkundigte sich Anna-Lena, nachdem Sofi Johansson losgefahren war und durch die kurvige Ausfahrt steuerte.

»Nein. Sie muss einfach ruhen wegen der Gehirnerschütterung.«

»Hast du schon mit ihr gesprochen?«

»Eine Kollegin war neulich bei ihr, aber nur, um ihr zu sagen, dass du auf dem Weg bist. Wenn der Arzt es zulässt, müsste ich sie heute befragen. Sie wird bestimmt wissen wollen, was mit der Frau ist.«

»War sie sofort tot?«

»Ja. Augenblicklich.«

Ohne einen Gedanken gestorben, dachte Anna-Lena. Das war ihrem Vater auch so gegangen. Vielleicht wusste er gar nicht, dass er tot war, hatte sie damals immer gedacht.

»Ich habe mir das Leica-Magazin gekauft«, sagte Sofi Johansson auf einmal. Und dann schwieg sie für eine Weile, als gäbe es nicht mehr dazu zu sagen. »Im Internet stand, dass sie oft deine Bilder abdrucken.«

»Ja«, sagte Anna-Lena tonlos. »Manchmal machen sie das.«

»Das ist etwas Besonderes, oder?«

Anna-Lena nickte.

»Aber das Bild muss mit einer Leica fotografiert worden sein, wenn es dort abgedruckt wird.«

Anscheinend wollte sie über Fotografie reden.

»Hm. Mein Lieblingsfotograf benutzt eine alte Hasselblad. Die ist für ihn ideal. Er macht Nahporträts. Ich mache Momentaufnahmen, und das Leica-Magazin ist auf Reisereportage ausgerichtet. Das passt eben gut zusammen. Im Bekanntenkreis nennen mich alle Anna-Leica.«

Sofi Johansson lächelte, ohne den Blick von der Straße zu lösen.

»Ich arbeite nicht mit Spiegelreflexkameras, sondern nur mit Messsuchern. Da ist die Auswahl sehr begrenzt.«

Sofi Johansson schwieg eine Erklärung herbei.

Anna-Lena fuhr mit den Händen den Rahmen der Windschutzscheibe nach. »Wenn du bei einer Spiegelreflexkamera durch den Sucher schaust, siehst du genau das, was später auf dem Bild sein wird. Und die Objekte erscheinen dir so groß, als würdest du dir schon das entwickelte Foto vor Augen halten. Eine Messsucherkamera funktioniert anders. Du siehst viel mehr, als eigentlich auf die Mattscheibe kommt. Und mitten in diesem Suchbild siehst du ein kleines Rechteck. Das zeigt dir, was später auf dem Bild sein wird. Alles außerhalb des Rechtecks ist nicht darauf. Manchmal wird das Rechteck so klein, dass du kaum etwas erkennst. Du kannst auch beim Abdrücken nicht feststellen, ob Belichtung und Schärfe stimmen. Bei manchen Modellen steht das Bild sogar auf dem Kopf.«

Normalerweise fanden die Leute das komisch, und sie musste erklären, warum es für die Wahrnehmung und Abstraktion eher ein Vorteil als ein Nachteil war, wenn das Bild auf dem Kopf stand.

Sofi Johansson schwieg. Als würde sie das verstehen.

»Ich habe mich nämlich gewundert, wie du es nur schaffst, dass auf deinen Bildern alles passt« sagte sie nach einiger Zeit. »Eine Frau sitzt vor dem Haus, ein Junge läuft vorbei und ein Vogel landet auf dem Fensterbrett. Und alle drei sehen sich in diesem Moment an. Das dauert ja nur einen Wimpernschlag lang. Erst dachte ich, das muss gestellt oder manipuliert sein.«

»Das ist der Vorteil des Messsuchers. Alles außerhalb des Rechtecks ist *vor* dem Abdrücken. Du sitzt stundenlang da und wartest. Von links siehst du einen Jungen auf das Rechteck zurasen. Von rechts oben kommt ein Vogel und sucht einen Platz zum Landen. Alles in dir spannt sich an, du machst dich bereit. Du wartest, bis sich alle im Bild auf ihrer Position versammelt haben. Und da drückst du ab. Wenn man das lange geübt hat, dann kommt es dir vor, als wäre dieser Moment vorherbestimmt, als liefe alles darauf zu. Und wenn du noch länger übst, dann kannst du diese Momente vorausahnen. Diesen Vorteil hast du bei einer Spiegelreflexkamera nicht. Da siehst du nur das hier und jetzt. Du stellst scharf, drückst gerade ab, und dabei rast unerwartet ein Auto ins Bild und verwischt dir alles.«

50

Sanfter Wind strich durch die Bucht, als Kjell vom Wagen zum Eingang der Villa Källhagen lief. Sie lag am Rand der Diplomatenstadt, einem Viertel westlich von Östermalm. Hier drängten sich die meisten Botschaften in Stockholm aneinander. Nur die Botschaft von Italien und wenige andere lagen außerhalb dieser Ansammlung auf der anderen Seite der Bucht in Djurgården.

Es ging auf ein Uhr zu. Er hatte soeben einen Anruf von Per bekommen, der nur seine Vermutungen vom gestrigen Tag bestätigen konnte. Die Spitze des Speeres bestand aus handelsüblichem Kupfer, und die dunkle Beschichtung hatte sich tatsächlich als Birkenpech erwiesen.

Auf dem Parkplatz reihte sich eine dunkle Limousine neben die andere. Das Restaurant lag nicht nur günstig für die Diplomaten. Es war fein genug, um ein beliebter Treffpunkt zu sein. Auf der anderen Seite war es aber auch nicht so fein, dass sich die Angestellten der Botschaften das Mittagsbüffet nicht hätten nicht leisten können.

Innen herrschte Unruhe, wie sie entsteht, wenn alle Gäste nur eine halbe Stunde am Mittag haben. Kjell ging in den hinteren Raum, wo man bedient wurde und es etwas ruhiger war. Bertil wartete an einem Tisch für vier Personen gleich neben der geöffneten Schiebetür, die in den Garten hinausführte.

»Wir bewachen die Botschaft jetzt rund um die Uhr«, sagte Bertil. »Sechs Posten von der Schutzpolizei, ein Zweierteam vom nationalen Einsatzkommando und ein Säpo-Mann als intelligentes Zentrum.«

Die Pointe betonte er mit einem Lächeln, das kurz vor Ende des Satzes erstarb. Mit Stimme und Mimik konnte Bertil seinem Gegenüber weismachen, dass er ein wenig über den Dingen schwebte.

Es wurde ein Uhr. Kjell und Bertil bestellten Getränke und blickten hin und wieder zum Eingang. Lorenza Ferrante, die Protokollchefin der Botschaft, kam auf die Minute, was Bertil vor ihrer Ankunft am Tisch mit der Bemerkung quittierte, dass sich alle Diplomaten in der Stadt auf das schwedische Verständnis von Pünktlichkeit geeinigt hätten.

Sie erhoben sich und begrüßten Lorenza Ferrante. Ihr dunkelbraunes Haar reichte bis zu den Schultern und wippte beim Händeschütteln.

»Der Botschafter muss jeden Moment eintreffen«, sagte sie. »Er hat den Morgen in seiner Privatwohnung verbracht, um seine Sommerferien vorzubereiten.«

In der nächsten Viertelstunde plauderte Lorenza ein wenig belanglos über das Ende des Festes am gestrigen Abend. Kjell bemerkte, dass Bertils Lächeln immer angestrengter wurde. Eine Viertelstunde Verspätung war ein Affront bei einem Treffen dieser Art. Lorenza gingen langsam die Floskeln zur Neige. Nun konnte auch sie ihre Unruhe nicht mehr verbergen. Sie nahm ihr Telefon aus der Handtasche und wählte eine Nummer. Nach einer Minute gab sie auf und blinzelte.

»Haben wir Bewachung vor seiner Wohnung?«, fragte Kjell geradeheraus.

Bertil schüttelte den Kopf. Lorenza schluckte laut und griff nach ihrem Wasserglas.

Kjell rief beim internen Notdienst der Säpo an. Hochgehen und Klingeln war sein Kommando.

»Hatten Sie heute schon mit dem Botschafter Kontakt, Frau Ferrante?«

»Äh, nein. Wir haben Ausschlafen vereinbart.«

»Hätten Sie Zugang zur Wohnung? Wir kommen nicht weiter als bis zur Klingel.«

Sie verzog die Lippen. »Wir bewahren einen Schlüssel in der Botschaft auf.«

Es war halb zwei. Kjell ließ sich über die Zentrale mit dem Säpo-Mann verbinden, der die Wache vor der Botschaft leitete. Die Aufräumarbeiten waren gegen zwei Uhr in der Nacht beendet gewesen. Daraufhin hatten vierzehn Angestellte einer Bewirtungsfirma das Gelände verlassen und waren namentlich registriert worden. Lorenza Ferrante, Carla Angelotti und sieben weitere Angehörige aus dem diplomatischen und technischen Stab der Botschaft seien kurz darauf in bestellte Taxis gestiegen. Danach hatte Ruhe geherrscht, bis um 4 Uhr 22 ein schwarzer Mercedes mit konsularischem Kennzeichen vom Gelände fuhr.

Lorenza führte ein dreiminütiges Telefonat in aufgeregtem Italienisch. Carla Angelotti, der Konsularattaché, war seit neun Uhr in der Botschaft und konnte immerhin sagen, dass Massimo Maero sich dort den ganzen Tag nicht gemeldet hatte.

»Wir gehen«, sagte Kjell.

51

Sofi hatte sich Anna-Lena Sjölin ganz anders vorgestellt und war von dem altmodisch im Nacken zusammengebunden dunkelblonden Haar überrascht. Auch sonst wirkte sie weich und fließend. Beim Anblick ihrer Fotografien hatte sie Schärfe und Kontrast erwartet.

Im Krankenhaus ließ sie Anna-Lena den abgedunkelten Raum zunächst allein betreten. Eine leere Zeit lang saß Sofi auf der Bank im Korridor, bis sich die Tür zu Lovisa Zimmer öffnete und Anna-Lena wieder heraustrat.

»Sie weiß es. Die Ärzte haben es ihr gesagt.«

Vor den beiden Fenstern waren die Rolläden so weit zugezogen, dass die Nachmittagssonne nur ein Streifenmuster auf die gegenüberliegende Wand werfen konnte. Lovisa saß mit aufgerichteter Rückenlehne in ihrem Bett. Im Gegensatz zu ihrer Mutter war ihr Haar glatt und klebte vom tagelangen Liegen am Kopf, der von einer Halsmanschette gestützt wurde. Ihre linke Schulter lag vom Handgelenk bis hinauf zum Hals in einer Stützkonstruktion.

Sofi stellte eine belanglose Genesungsfrage, die Lovisa mit einem leichten Lallen beantwortete.

»Kannst du dich an den Abend erinnern?«

»Ja. Mir ist schwindelig geworden. Die Frau hat mir geholfen. Sie wollte mich hochziehen.«

»Ihr habt euch aber schon in dem Geschäft gesehen, oder? Hat sie etwas zu dir gesagt?«

»Ich weiß nicht, was sie gesagt hat. Sie hat Englisch geredet.«

»Weißt du, wo sie hergekommen ist?«

»Wir waren im 7-Eleven.«

Sofi sah ein, dass nicht mehr herauszuholen war. Lovisa hatte zu dieser Zeit schon eine starke Alkoholvergiftung gehabt. Da war es nach dem Unfall sogar erstaunlich, dass sie sich überhaupt an etwas erinnerte. Zum Abschluss fragte Sofi noch nach Gegenständen, die die Frau vielleicht bei sich gehabt hatte. Ein Telefon vielleicht oder ein Portemonnaie. Aber Lovisa konnte sich nicht daran erinnern.

52

Der Karlavägen war eine breite Achse, die Östermalm in gerader Bahn durchschnitt und einen weiten Blick erlaubte. Zwischen den Fahrbahnen lief eine Promenade mit Baumreihen. Dort stand Kjell und betrachtete den Eingang des Hauses, wo Lorenza, Bertil und zwei Streifenpolizisten auf die Ankunft von Carla Angelotti warteten. Sie sollte den Schlüssel bringen.

Kjell hatte sich hierhergestellt, um aus dem Geschehen herauszutreten und es mit Abstand zu betrachten.

Maero schien nicht zu Hause zu sein. Er ging nicht mal ans Telefon. Sein Wagen stand nicht wie üblich im Hof. Das alles hätte noch keine Besorgnis erregt, aber er hatte seinen Kolleginnen nicht Bescheid gesagt und war auch nicht zum verabredeten Treffen erschienen.

Kjells Zweifel und sein Verdacht gegen den Botschafter waren jetzt wie weggeblasen. Maero hatte sich an der Bibliothek mit Fabia Terni treffen wollen. Vielleicht hatte sie sich zuerst mit Charun getroffen und wollte etwas an Maero übergeben. Kjell war sich auf einmal ganz sicher, dass Maero nicht hinter dem Unfall stand.

Zwei Streifenwagen kamen mit hohem Tempo aus Osten angerast und hielten vor dem Haus. Kjell überquerte die Straße und öffnete Carla Angelotti die Wagentür. Sie blickte sich aufgelöst um.

»Carla, ich möchte, dass Sie mit Lorenza hinaufgehen und nachsehen. Das müssen Sie leider allein tun. Prüfen Sie, ob er verreist sein könnte.«

»Wieso denn verreist?«

»Wir müssen nur sichergehen. Wenn er nicht oben ist, und wir ihn nicht umgehend finden, muss ich Reichsalarm auslösen.«

»Gut. Okay.«

»Wenn Sie nichts finden, hinterlassen Sie bitte eine Nachricht.«

Carla nickte und suchte Blickkontakt mit ihrer Kollegin. Sie nickten sich zu. Die beiden verschwanden im Haus. Hinter ihnen fiel die Tür mit unendlicher Langsamkeit wieder zu.

»Schnell!«

Kjell fuhr herum. Der Fahrer des zweiten Streifenwagens saß noch hinter dem Lenkrad, hatte aber den linken Fuß auf den Bordstein gestellt. Er winkte.

Kjell öffnete die Beifahrertür und sank auf den Sitz. Der Schutzpolizist spielte am Funkgerät.

»*...bestätigen.*« Es rauschte.

»Sie haben jemanden in der Nähe der Botschaft gefunden«, erklärte der Fahrer. »Sie prüfen, ob er noch lebt.«

»Zentrale an alle. Alle Einheiten wechseln auf Kanal D4.«

»Scheiße. Wir können keine verschlüsselten Kanäle empfangen. Ist analog, die Dreckskiste.«

»Haben sie gesagt, wo es ist?«

»Waldemarsudde.«

Kjell warf einen Blick durch die Vorderscheibe an der Fassade des Hauses hinauf. Drei Minuten waren vergangen.

»Fahr los!«

53

Hinter der Wohnungstür offenbarte sich ein riesiger Flur, wie Sofi ihn aus Barbros Wohnung am Strandvägen kannte. Anna-Lena schritt sofort alle Zimmer ab. Auf dem nicht unbeträchtlichen Rückweg lächelte sie erleichtert. Anscheinend war sie mit dem Zustand der Wohnung zufrieden.

»Das hat meine Mutter auch immer gemacht, wenn sie von einer Reise zurückkehrte«, stöhnte sie und verschwand lachend in die Küche.

Sofi hörte den Wasserhahn, schlüpfte aus ihren Schuhen und folgte hinterher. In Anna-Lena war seit dem Besuch im Krankenhaus heftiger Tatendrang erwacht. Wahrscheinlich hatte sie vor und während ihres Fluges nur starr dasitzen können und sich dabei Vorwürfe gemacht. Sie entzündete das Gas und stellte den Kessel auf den Herd.

»War das mal die Wohnung deiner Eltern?«

Anna-Lena nickte und nahm zwei Tassen aus dem Schrank. »Wir würden sicher nicht hier wohnen, wenn ich sie nicht geerbt hätte. Als meine Eltern starben, war ich mitten im Studium. Da habe ich hier einfach weitergewohnt.«

Sie stellte die Tassen ab und griff nach dem Beutel aus grünem Plastik, den ihr im Krankenhaus eine Schwester in die Hand gedrückt hatte. Sie nahm eine zerknitterte Hose heraus und faltete sie auf. Am linken Knie gab es schwarze Flecken und einen Riss.

»Oje! Ihre Lieblingshose. Das wird sie treffen.«

Sie fuhr mit dem Zeigefinger über den Riss, um zu prüfen, ob er sich flicken ließ. Auf dem Weg zur Waschmaschine krempelte sie die Hose auf links und legte sie hinein. Sie goss Waschmittel ins Fach und startete die Maschine. Der Teekessel pfiff.

Schweigend nahm Sofi am Tisch Platz und beobachtete Lovisas Mutter. Sie selbst versuchte zum Beispiel immer, Schicksalsschläge durch Staubsaugen zu überwinden und Orientierungslosigkeit durch Schreibtischaufräumen.

Anna-Lena schenkte den Kaffee in die Tassen. Nach einem Schluck hievte sie ihren Koffer auf den freien Stuhl und begann, ihre Ausrüstung Stück für Stück auf dem Tisch zu arrangieren. Am anderen Ende der Küche gab die Waschmaschine blubbernde Geräusche von sich. Die Trommel begann sich zu drehen.

Anna-Lena erklärte Sofi die Namen der Objektive. Sie hatten nicht nur komplizierte Fachbezeichnungen, sondern trugen auch einen Männervornamen, während die Kameras für Anna-Lena weibliche Geschöpfe waren.

»Das ist meine erste Kamera. Sie ist über fünfzig Jahre alt und heißt Nora. Leica M3. Ich habe sie bei meinem Großvater auf dem Speicher gefunden, als das Haus nach seinem Tod aufgelöst wurde. Die benutze ich immer noch.«

»So hast du mit dem Fotografieren angefangen?«

Sie nickte. »Ich war so alt wie Lovisa, gerade vierzehn. Mein Leben hat sich schon am nächsten Tag völlig verändert. Ich zog los und war bis zum Einbruch des Winters Tag und Nacht auf der Straße und knipste. Davor habe ich das übliche Leben eines Mädchens aus dem unteren Östermalm gelebt. Mit Nora fand ich endlich etwas, was mich aus dieser Müdigkeit herauszog.«

Sofi nickte, obwohl sie selbst noch nie Müdigkeit gespürt hatte, die das Leben als Ganzes betraf.

»Und wie lange hast du gebraucht, bis du so fotografieren konntest?« Sofi deutete auf die Bilder an der Wand.

Anna-Lena betrachtete alle sechs Bilder eines nach dem anderen. Statt zu antworten, zog sie eine Schublade auf, die sich gleich vor ihr unter der Tischplatte verbarg.

»Magst du?«

Nach kurzem Zögern nahm Sofi eine Zigarette aus der Packung. Sofi sagte grundsätzlich zu jeder Versuchung ja. Das war ihre wichtigste Regel.

»Die Grenze zum richtigen Fotografieren erreicht man eigentlich schnell. Von da an ist es egal, wie gut man schon ist. Als Anfänger oder Tourist will man immer alles auf dem Bild haben. Meine ersten Bilder waren nur Panoramen und Straßenfluchten. Aber richtiges Fotografieren heißt, sich zu nähern und auf die Dinge zuzugehen. Das Motiv bekommt plötzlich eine Bedeutung. Und das spürst du sofort beim Entwickeln, wenn du diese Grenze überschritten hast. Die Bilder besitzen auf einmal Struktur, ein wahres Zentrum. Alles fügt sich. Hier!«

Anna-Lena schob Sofi die Kamera Nora hin. »Probier es. Dann erlebst du auch, was ein Messsucher ist.«

Sofi schaute durch den Sucher und suchte nach einer Inspiration.

»Versuch zu erkennen, was nicht in das Bild gehört. Nicht umgekehrt.«

Sofi blickte sich unschlüssig um. Anna-Lena räusperte sich. Sie schien zu spüren, dass Sofi überfordert war.

»Dreh dich um. Die Motive liegen immer hinter dir.«

Sofi vollführte eine Drehung auf dem Stuhl, entdeckte die laufende Waschmaschine und drückte auf den Auslöser. Im selben Augenblick blieb die Waschmaschine stehen. Das war Zufall, aber dennoch lachten sie beide nach einer Sekunde des Erstaunens los.

»Genau! Warten, antizipieren, abdrücken und verschwinden.«

Sofi legte die Kamera ab und zog ihr Notizbuch aus der Tasche. Sie begann zu schreiben.

»Was machst du?«

»Ich schreibe mir das auf.«

Anna-Lena starrte sie an. Am Ende grinste sie breit. »Ach so, du bist ja auch auf Motivsuche.«

»Ja«, sagte Sofi, ohne aufzublicken.

Du musst dich umdrehen. Die Motive liegen immer hinter dir.

Die Trommel der Waschmaschine begann sich wieder zu drehen. Sofis Notizbucheintrag zog sich in die Länge. Anna-Lena wurde neugierig.

»Ein Meisterwerk erkennt man immer daran, dass es ein besonderes Detail im Bild gibt. The details makes the shot, sagen die Fotografen.«

Erst klimperte es, dann wurde ein Scheppern daraus. Während Sofi zu Ende schrieb, erhob sich Anna-Lena, ging zur Waschmaschine und kniete sich vor die Scheibe.

»Hoffentlich ist das nicht ihr Telefon«, sagte sie.

»Sie hatte keines bei sich«, rief Sofi und schraubte den Füller zu. Sie gesellte sich zu Anna-Lena. »Das wird ein Zehn-Kronen-Stück sein, so wie es scheppert.«

Anna-Lena drückte auf Stop und ließ die Maschine dann das Wasser abpumpen. »Haben die ihre Taschen denn nicht geleert?«

»Bestimmt haben sie die Sanitäter auf der Fahrt zum Krankenhaus entkleidet. Oder im Krankenhaus. Das stopfen sie dann in die Tüte.«

Nach drei Minuten klickte es, und Anna-Lena konnte die Tür öffnen. Sie zog die Hose heraus und tastete in der Trommel herum.

»Ein Schlüssel!« Anna-Lena hielt ihn hoch und sah ihn verwundert an. »Also, das ist kein Wohnungsschlüssel«, sagte Anna-Lena. »Und auch nicht der vom Schulspint.«

Der Griff war mit gelbem Kunststoff überzogen. Stockholm – Centralbahnhof – Schließfach, fuhr es Sofi durch den Kopf.

54

Der Kiesweg begann an der Bushaltestelle und folgte dem Ufer bis Waldemarsudde. Das Ufer krümmte sich wie eine Sichel, so dass man die Landspitze mit der gelben Villa, die heute ein Kunstmuseum war, schon von hier aus sehen konnte. Kjell sah keinen Grund zur Eile. Er wusste schon, was ihn dort erwartete.

Botschafter Maero lag reglos auf der Terrasse der Villa im Licht der Abendsonne.

Ein uniformierter Polizist kam ums Haus gelaufen.

»Die Kuratorin hat ihn entdeckt«, rief er. »Sie ist drinnen, in ihrem Büro.«

Kjell hob beide Hände. Der Polizist verstand und kehrte um.

Nur sehr selten hatte er das Glück, vor allen anderen am Tatort zu sein. Als sähe man einem Bild beim Trocknen zu. Er ging richtungslos einige Schritte auf und ab und betrachtete den toten Körper aus verschiedenen Perspektiven.

Wie auf einer Theaterbühne lag er da. Der Vorhang hatte sich soeben für den zweiten Akt geöffnet.

Warum ausgerechnet hier, überlegte er.

Kein Baum und Busch stand zufällig herum, alles in diesem Garten wirkte sorgsam arrangiert. Zwischen den Gewächsen glitzerten kleine Statuen im Abendlicht.

Einst hatte Prinz Eugen die Villa auf dieser weit in den Fjord ragenden Klippe erbaut. Aus seiner Zeit stammten auch die Gemälde im Haus und die Statuen hier draußen. Nach seinem Tod vor sechzig Jahren war aus Waldemarsudde ein beliebter Ort zum Baden sowie ein weniger beliebtes Museum geworden. Aber warum war es heute so leer?

Maero war auf keinen Fall hier ermordet worden. Sein Mörder hatte den Körper mit einer gewissen Absicht hier platziert.

Kjell drehte sich um und lief über den Kies bis zur Mauer, hinter der die Klippen steil abfielen. Unten raute der Wind das Wasser des Fjords auf. Dort drehte er sich wieder um und betrachtete die Stelle aus einer Entfernung von fünfzehn Metern.

Von hier sah er es. Der riesige Bronzenegel neben der Terrasse. Von hier sah es aus, als breitete er seine Flügel über Maero. Die Zeit hatte dem Engel den Kopf geraubt, und an vielen Stellen war die Bronze blaugrün angelaufen.

Ein kopfloser Engel, dachte Kjell.

Er ging wieder auf die Terrasse zu. Diesmal richtete er seine Aufmerksamkeit ganz auf die Statue.

Der Engel war eine Frau.

55

Am äußersten Rand der Klippe hatte Prinz Eugen einen kleinen Holzpavillon errichtet. Korinthische Säulen trugen das Dach, unter dem Kjell und Henning nun schon seit einer Stunde saßen und darauf warteten, dass die Techniker endlich fertig wurden. Per war vor einer halben Stunde mit allen neun Mitgliedern seiner Abteilung angerückt und arbeitete auf der Terrasse. Kjell konnte die grönländische Rechtsmedizinerin Suunaat Kjærgaard von hier aus auf der Terrasse neben Maeros Kopf kauern sehen.

Henning bot Kjell noch eine von seinen Zigaretten an. Wie immer hatte er sich auch eine frische Zeitung mit zum Tatort gebracht, um die Warterei zu überstehen. Doch diesmal blieb sie wegen der Aussicht ungelesen auf der Holzbank liegen.

Kjell öffnete sein Notizbuch und überflog die letzten Einträge. Da gab es eine Gegenüberstellung zu der Frage, welche von den vier Figuren dieses Falls miteinander verbündet oder Gegner waren. Fabia, Maero, der Bärtige und der zweite Mann am Sveavägen.

»Fabia Terni und Massimo Maero«, sagte Kjell zu Henning. »Bisher glaubten wir, die beiden gehörten zusammen, weil Maero so offenkundig vor der Bibliothek auf sie gewartet hat. Wenn er sich dort so präsentiert hat, kann er sie nicht verfolgt haben und deshalb nicht der Hinweisgeber des Mörders gewesen sein.«

Kjell sah Hennings Gesicht nur als schwarze Fläche, weil er die Sonne im Rücken hatte.

»Vielleicht hat Fabia ja auch Maero verfolgt«, überlegte Henning. »Da waren wir uns ja nicht sicher.«

»Möglich, aber jetzt gibt es noch mehr Gemeinsamkeiten. Sie sind beide Diplomaten.«

»Und sie sind beide tot.«

»Und sie haben sich am Freitag getroffen und miteinander gesprochen. Lauter Gemeinsamkeiten.«

»Wenn die Gemeinsamkeiten hervorstechen, dann musst du nach den Unterschieden suchen.«

Kjell nickte. »Die Mordmethode. Bei Fabia ein geschickt getarnter Verkehrsunfall und hier ein offener Mord von archaischer Grausamkeit.«

»Ein ritueller gar. Eine Hinrichtung.«

»Es gibt noch eine Gemeinsamkeit, Henning. Beide Morde waren angekündigt.« Kjell deutete mit dem Daumen über seine Schulter, wo am anderen Ende der Bucht die Botschaft lag. »Maero bekam seine Warnung gestern. Ich meine den Speer.«

»Und Fabia Terni?«

»Fabia Terni bekam sie in dem diplomatischen Kuvert.«

»Wie kommst du denn darauf? Das Krypto soll eine Drohung sein?«

»Weil die Bildsprache stimmt. Das Kunstetruskisch sollte vermitteln, dass die Botschaft aus der Heimat stammt. Und dasselbe hat es mit den Besuchen in der Botschaft auf sich. Die Verkleidung dient demselben Zweck wie die Sprache des Kryptos. Dadurch gibt sich der Absender den beiden zu erkennen.«

Henning nickte vor sich hin. »Die Lösung liegt also in Rom.«

»Darauf wird es hinauslaufen.«

»Zum Glück haben wir unseren besten Mann dorthin geschickt.«

»Lass uns abwarten, was die Italiener Theresa als Lösung anbieten«, schlug Kjell vor, nachdem sie beide gelacht hatten. »Es …«

Das Klingeln des Telefons unterbrach ihn.

»Ich bin auf etwas gestoßen«, sagte die Anruferin Sofi Johansson. »In Lovisas Hosentasche steckt ein Schließfachschlüssel vom Centralbahnhof.«

»Weißt du schon von Maero?«

»Barbro hat es mir erzählt. Sollen wir wirklich nicht kommen?«

»Das bringt nichts, Sofi. Wir warten hier nur. Was ist mit dem Schlüssel?«

»Lovisa kann sich an kaum etwas erinnern. Sie sagt, dass sie im Laufe des Abends ihr Telefon verloren haben muss. Sie weiß nicht, wie sie an den Schlüssel gekommen ist.«

»Kann es sein, dass sich Lovisa ein Schließfach genommen hat, um ihre Sachen dort zu verstauen? Sie hatte ja nicht mal eine Jacke bei sich.«

»Das ist nicht unmöglich, aber auch nicht sehr plausibel. Dann müsste sie eine Amnesie haben. Theoretisch kann sie den Schlüssel irgendwann auf der Straße gefunden haben.«

»Hast du herausgefunden, wie lange sie mit Fabia gesprochen hat?«

»Nein. Ich muss nachsehen, ob sich das Objekt in dem Schließfach befindet.«

Sie meinte das Objekt der Gier.

»Tut mir leid, aber du kannst heute Abend keinen von den Technikern haben. Per braucht hier jeden Mann.«

Sofi fluchte.

»Barbro und Theresa sollen dir helfen und eine Ausrüstung mitbringen.«

Sofi legte grußlos auf.

Henning deutete zum Wasser. »Sieh mal! Da kommt Ida!«

Kjell drehte den Kopf. Unten am Steg legte ein Boot an, das genauso aussah wie sein Motorboot. Und die blonde Frau darin sah genauso aus wie Ida.

Eine Minute verging, bis sie in ihren Sandalen angeschlendert kam. Sie trug ihr helles Sommerkleid mit den roten Blümchen.

»Hallo!«, sagte sie, setzte sich zwischen die beiden Männer und schwieg.

»Ida«, sagte Kjell nach einem Weilchen. »Ich will nicht aufdringlich sein, aber was machst du hier? Woher weißt du überhaupt, dass ich hier bin?«

»Habt ihr vorhin den Hubschrauber bemerkt?«

Die Männer nickten einhellig. Vor einer halben Stunde war ein Hubschrauber über Djurgården gekreist.

»Sie haben es direkt auf Kanal 7 übertragen«, sagte Ida. »Alle konnten sehen, wie ihr beiden hier sitzt und raucht.«

»Herrgott«, murmelte Henning.

»Und da dachtest du, du könntest mit dem Boot herkommen und ein bisschen mit uns hier sitzen.«

»Nein«, sagte sie und stand auf. »Kommt mit.«

Sie folgten ihr bis zum unteren Absatz der Terrassentreppe. Alle Männer von der Technischen ließen für eine Sekunde von ihrer Arbeit ab und freuten sich über Idas Anblick.

»Hallo Ida!«, rief Per und winkte wie ein Idiot. »Ihr könnt euch bereit machen. Wir sind fertig.«

Ida griff in ihre Stofftüte und zog ein Buch hervor. Sie hielt es weit ausgestreckt von sich, damit Kjell und Henning das Bild auf dem Umschlag mit dem Anblick der Terrasse vergleichen konnten.

»Im Fernsehen wirkte der Engel noch viel auffälliger als jetzt«, sagte sie.

Die beiden starrten stumm auf Idas Gleichung.

»Es ist Vanth, die Künderin des Todes und Gefährtin von Charun. Sie tritt geflügelt auf und trägt als Attribute eine Fackel oder einen Schlüssel.«

»Einen Schlüssel?«, fragte Henning »Hast du Schlüssel gesagt?«

»Ja, wahrscheinlich der Zugang zur Unterwelt.« Ida schlug das Buch auf. »Hier ein antiker Fries als Beispiel. Das ist Vanth, die vom Himmel herabschwebt, und das da ist Charun. Er trägt einen Bart und schwingt seinen Hammer.«

»Wo du Hammer sagst«, rief Per von oben und streckte ein durchsichtiges Biopack in die Höh. »Ich hab hier einen für euch!«

Kjell fuhr sich ums Kinn. Der im Buch abgebildete Hammer glich einem Krocket-Schläger, der in Pers Tüte eher einer Axt.

Per war aufgestanden und kam die Treppe herab. »Die Sache ist einfach. Der Hammer ist ähnlich hergestellt wie der Speer. Und die gleichen Fingerabdrücke. Die Schädeldecke ist zertrümmert. Das ist auf keinen Fall hier geschehen, weil auf der Terrasse kein Blut klebt.«

»Wie lange ist er schon tot?«, fragte Kjell die Gerichtsmedizinerin.

Suunaat hörte auf, ihre Sachen einzusammeln und kam auch die Treppe herab. »Kommt darauf an, wie lange er hier in der Sonne lag. Die Starre ist voll ausgeprägt. Eher am Morgen gestorben als später.«

Das Museum hatte heute Ruhetag. Die Kuratorin war erst am Nachmittag zu einem Kontrollbesuch vorbeigekommen. Maero konnte also seit gestern Nacht dort liegen.

Henning zog Ida sanft das Buch aus der Hand und hielt sich die aufgeschlagene Seite vor Augen. »Mal von der Tatsache abgesehen, dass auf diesem Fries Charun einen Bart trägt und einem Mann mit dem Hammer den Kopf einschlägt! Ist euch aufgefallen, dass dieser Fries hier aus einem etruskischen Grab stammt, das in derselben Stadt liegt, aus der auch Fabia Terni stammt?«

Kjell warf einen Blick auf die Bilderklärung. Tatsächlich, das Grab lag in Tarquinia.

»Die Italiener haben uns heute bestätigt, dass Fabia Terni von dort stammt«, sagte Henning.

»Wo lag denn der Hammer?«, wollte Kjell von Per wissen.

»Er wurde neben den Kopf gelegt.«

Mit dem Buch in der Hand stieg Henning auf die Terrasse und verschwand durch die Tür ins Haus. Nach einigen Augenblicken folgte Kjell ihm hinterher und fand ihn im Salon am Fenster.

»Siehst du es?«, fragte Henning.

Vom Fenster aus blickte man direkt auf die Botschaft. Die Blicklinie traf dabei jedoch auf ein Hindernis. Vor dem Haus stand eine weitere Bronzestatue. Sie war viel kleiner als der Engel und stellte einen Bogenschützen dar, der die Sehne bis zum Anschlag spannte. Der Blick zur Botschaft fiel genau zwischen Bogen und Sehne hindurch.

»Prinz Eugen hatte eine wirklich aufreibende Liebe zu Skulpturen.«

»Das ist sicher kein Zufall, Henning. Er hat die Statue so aufgestellt, dass sie in Blickrichtung zur Botschaft steht. Aus rein optischen Gründen, die nichts mit dem Fall zu tun haben. Die steht schon seit einem Jahrhundert da.«

»Das ist es nicht. Die Statue ist Charun.«

»Charun?«

»Ich glaube schon.«

Sie starrten schweigend aus dem Fenster.

»Das kann nicht stimmen«, sagte Kjell nach einer Weile. »Die Statuen sind alle griechisch. Auch der Engel ist ja kein Engel sondern die Siegesgöttin Nike.«

»Bist du dir da sicher?«

»Der Engel hat den Körper einer Frau. In vielen Städten auf der Welt steht eine Siegessäule mit einer goldenen Nike-Statue darauf. Aber heute wird sie oft für einen Friedensengel gehalten. Dabei steht sie für Krieg und Sieg.«

»Die Zeiten ändern sich eben«, sagte Henning. »Und wir uns mit ihnen.«

Nur in Stockholm änderten sich die Zeiten anscheinend nicht. Sie sahen weiter durchs Fenster.

»Ich glaube, du meinst Cheiron«, sagte Kjell.

»Kann sein.«

»Das ist nicht dasselbe. Der etruskische Charun hängt mit dem griechischen Charon zusammen. Das ist der Fährmann über den Totenfluss. Cheiron aber hat damit nichts zu tun. Er ist ein Kentaur, der von Herakles mit einem Pfeil getötet wurde. Die beiden Namen klingen nur ähnlich.«

»Du weisst ja, dass ich nur neunte Klasse habe.«

»Gehen wir nachschauen.«

Sie umrundeten das Haus. Ida gesellte sich zu ihnen. Am Sockel der Statue war ein Schild angebracht. Sie stammte von Antoine Bourdelle, und Prinz Eugen hatte sie im Jahre 1909 dort aufstellen lassen.

»Es ist auch nicht Cheiron«, sagte Kjell. »Es ist Herakles! Das ist ja auch logisch. Herakles ist ja der Sage nach der Schütze und Cheiron der Getroffene.«

Henning kratzte sich am Kopf. »Ich war mir gerade noch ganz sicher, dass es dieser Cheiron ist.«

56

Am Ende der Rolltreppe schlug Sofi den Weg durch den Verbindungsgang zu den Pendelzügen ein. Wegen des Feierabendverkehrs hatte sie den Polizeivolvo vor Anna-Lenas Haus stehengelassen und die U-Bahn genommen.

In beide Richtungen drängten Menschen durch den Gang. Sofi versuchte, die tiefe Decke nicht zu beachten. Sie musste immer wieder ausweichen, um nicht angerempelt zu werden.

Beinahe stieß sie mit einer Frau zusammen, die aus der Gegenrichtung kam und beim Laufen in ihre Einkaufstüte blickte.

Und dann geschah es. Sie hatte den rennenden Mann schon aus den Augenwinkeln bemerkt, bevor sie die Säule passierte. Einen Augenblick später musste er die Richtung gewechselt haben, denn er schoss hinter der Säule hervor und rammte Sofi von der Seite. Sie schlug mit dem Hintern auf den Boden. Einige Meter weiter schepperte ihr Telefon über die Fliesen.

Eine Weile nahm Sofi nichts als Schwärze um sich herum wahr. Als die Benommenheit abklang, hatte sich der Mann über sie gebeugt. Der Kopfhörer seines Telefons war ihm vom Zusammenprall aus dem Ohr gerutscht und baumelte über dem Boden. Er reichte ihr seine Hand, zog sie in den Stand und manövrierte sie zur Säule, damit sie sich dagegenlehnen konnte. Sie spürte Übelkeit. Der Mann sagte etwas, aber sie war noch damit beschäftigt, ihre Sinne zu ordnen. Auf einmal stand eine alte Frau bei ihr.

»Du hast dein Telefon verloren!«

Sofi griff mechanisch danach und steckte es in ihre Tasche. Der Mann bot ihr Hilfe an, aber sie schüttelte den Kopf. Sie wollte nur ein bisschen hier stehen und sich erholen. Er blieb fünf Minuten bei ihr, bevor sie ihn wegschickte und sich von der Säule abdrückte. Die letzten Meter legte sie schwankend zurück. Im Pressbyrå neben dem Fahrkartenschalter kaufte sie kalte Limonade.

Das Telefon klingelte. Es war Barbro. Sie war gerade mit Theresa in der Schalterhalle eingetroffen.

»Könnt ihr die Fächer oben nehmen?«, fragte sie. »Ich schaue hier unten. Da sind auch noch welche. Nummer 609.«

Gegenüber vom Schalter führte ein enger Durchgang zu den Toiletten, einem Schusterladen und fünf Korridoren mit langen Reihen aus Schließfächern. Sofi warf einen Blick in den ersten Korridor und erkannte, dass sie hier unten gar nicht so falsch war, aber die Nummern waren zu niedrig. Korridor für Korridor lief sie an den Fächerreihen entlang. Der dritte begann mit der Nummer 592. Sofis Blick wanderte an den Fächern auf und ab. Es lagen immer drei übereinander.

Dann entdeckte sie es: Nummer 609 befand sich unten am Boden. Sofi sank auf die Knie. Es steckte kein Schlüssel im Schloss. Die Anzeige verlangte achtzig Kronen Nachzahlung. Am Eingang des Korridors hing eine Preistafel. Vierundzwanzig Stunden kosteten vierzig Kronen. Man konnte auch für mehrere Tage vorauszahlen, aber anscheinend hatte Fabia das nicht gemacht. Vorausgesetzt, sie hatte das Fach überhaupt gemietet. Wenn sie jetzt achtzig Kronen nachzahlen musste, dann musste die Miete seit über vierundzwanzig Stunden erschöpft sein. Da Sofi jedoch nicht wusste, für wie viele Tage Fabia vorausbezahlt hatte, ließ sich der Zeitpunkt nicht bestimmen.

Sie griff in ihre Hosentasche und förderte nur vier Zehnkronenmünzen zutage. Sie verständigte Barbro, ging dann zum Wechselautomat und schob zwei Zwanzigkronenscheine in den Schlitz.

Nach einer Minute trafen Barbro und Theresa ein. Barbro legte den Spurenkoffer auf den Boden und klappte ihn auf.

»Da muss ein Lackstift drin sein«, sagte Sofi und zählte acht Zehnkronenmünzen ab.

»Geht's dir nicht gut?«, fragte Barbro.

»Wieso?«

»Du lallst ein bisschen und bist ganz blass im Gesicht.«

Barbro konnte Menschen Liebeskummer, Glück und Krankheiten immer gleich ansehen.

»Es geht schon. Ich bin vorhin mit einem Mann zusammengestoßen.«

Barbro kramte im Koffer und reichte Sofi den Stift. Damit malte sie auf jede Münze ein schwarzes Kreuz.

»Warum machst du das?«, wollte Theresa wissen.

Sofi wollte jetzt nichts erklären. Sie fischte einen Notizzettel aus der Tasche, auf den Anna-Lena vorhin die Abdrücke ihres Daumens und ihres Zeigefingers gesetzt hatte. Zum Glück besaß sie als Fotografin zahlreiche Stempelkissen. Sofi reichte Barbro den Zettel und den Schlüssel in einer Frischhaltefolie.

»Alle Abdrücke auf dem Schlüssel außer diesem sind wichtig«, sagte Sofi.

Barbro nahm den Scanner aus dem Koffer.

»Nur diese Abdrücke sind darauf«, teilte Barbro nach einer Weile mit. »Willst du die Folie benutzen?«

Sofi überlegte. Wenn das Fach schon vor einigen Tagen gefüllt worden war, musste der Boden inzwischen gewischt worden sein. Sie nickte dennoch. Gemeinsam zogen sie zwei lange Streifen von der Rolle und klebten sie auf den Boden vor dem Schließfach.

»Wie lange muss die Folie draufbleiben?«, fragte Sofi.

»Zwanzig Sekunden, wenn du ganz sicher gehen willst. Aber dafür reicht ein einziger Durchgang.«

Nach einer halben Minute ließ sich die Folie nur mit viel Kraft und einem lauten Ratschen von den Fliesen lösen. Während Barbro die Klebefläche der Folien versiegelte, sprühte Sofi den Indikator auf Tür und Rahmen des Faches.

»Soll ich jemanden von der Bahnhofswache holen?«, fragte Theresa, die tatenlos zusehen musste. »Die können das Fach dann bewachen, bis einer von den Technikern kommt.«

Sofi meditierte einige Sekunden vor der geschlossenen Schließfachtür und schüttelte dann den Kopf. »Da vorne gibt es einen Hinweis, dass die Fächer videoüberwacht sind, und eine Telefonnummer von der Boxgruppe ist auch angegeben. Ruf mal an. Wir brauchen die Videos der vergangenen zehn Tage. Und sie sollen weiter überwachen.«

Theresa sprang auf. Sofi machte den Scanner bereit und wartete, bis Barbro den Strahler auf den Griff des Faches richtete.

Das ganze Fach war übersäht mit Abdrücken. Anscheinend wurden sie nie abgewischt.

Nach einer Viertelstunde hatte der Scanner alle verwertbaren Abdrücke erkannt und gespeichert. Sofi streifte sich Handschuhe über. Inzwischen war Theresa zurückgekehrt und machte sich mit der Kamera aus dem Spurenkoffer hinter Sofis Rücken bereit.

Sofi warf eine Münze nach der anderen ein. Als der Zähler bei null stand, steckte sie den Schlüssel ins Schloss und drehte ihn um. Die Tür quietschte beim Öffnen.

»Ein Koffer!«, rief Theresa unnötigerweise.

Er war bis an die Rückwand hineingeschoben. Sofi leuchtete mit der Taschenlampe hinein, um sicherzugehen, dass das Fach wirklich nur den Koffer enthielt.

»Sieht eher wie ein Aktenkoffer aus«, vermutete Theresa.

Warum musste Theresa immerzu ihre Gedanken aussprechen, ärgerte sich Sofi. Sie ließ dadurch die Eindrücke und Überlegungen der anderen nie zum Ende kommen. Mit beiden Händen griff sie in das dunkle Fach. Der Koffer war aus einem dünnen Metall und war weder schwer noch leicht.

»Es gibt ein Problem«, sagte Sofi, als der Koffer halb aus dem Fach ragte. »Nur Fabia kann den Schlüssel in Lovisas Tasche gesteckt haben, aber auf den Bändern vom Flughafen hatte sie diesen Koffer nicht dabei.«

Barbro wusste keine Erklärung und starrte auf den Koffer. Sofi zog ihn ganz heraus und prüfte an allen Seiten, ob es einen diplomatischen Vermerk darauf gab. Aber er war einfach nur schwarz.

»Hast du eine Tüte?«

Barbro nickte und wühlte im Spurenkoffer, bis sie eine Tüte von ausreichender Größe fand. Sofi besprühte den Griff und einige andere Stellen mit Fixiermittel und wickelte den Koffer dann ein. Barbro verstaute alle Utensilien.

Sofi leuchtete zum letzten Mal in das leere Fach und schloss dann die Tür. Sie hatte noch vier Münzen und warf sie ein.

»Ah!«, rief Theresa, die jeden von Sofis Handgriffen genau verfolgte. »Ich verstehe.«

Mit ihren Kolleginnen zu beiden Seiten machte sich Sofi auf den Weg. Der Koffer konnte nicht nur Kleidung enthalten. Dafür war er etwas zu schwer. Sie wagte nicht, ihn zu schütteln, und öffnen wollte sie ihn auch noch nicht.

Nebeneinander liefen sie durch den Gang in die Richtung, aus der Sofi vorhin gekommen war. Unterwegs zeigte Sofi ihren Kolleginnen die Stelle, wo es sie erwischt hatte. Von nun an sagte keine von ihnen mehr ein Wort. Als sie die Schranken vor der Rolltreppe hinab zur U-Bahn erreichten, blieb Sofi ohne einen klaren Gedanken stehen.

»Was ist?«, fragte Barbro.

Sofi drehte sich um und blickte in den Gang zurück. Wie auf dem Hinweg war er voll von hastenden Menschen. »Wir sind gar nicht angerempelt worden. Obwohl wir nebeneinander liefen. Es war nicht mal eng.«

Ihre Kolleginnen sahen einander besorgt an. Sie steckten ihre Monatskarten durch den Schlitz und passierten die Fahrkartenschranken. Auch unten auf dem Bahnsteig der blauen Linie drängten sich die Menschen. Viele telefonierten. Es dauerte fast zehn Minuten, bis endlich die nächste Elf nach Akalla kam. Nach dem Einsteigen blieben die drei in der Mitte zwischen den Türen stehen. Die Bahn fuhr ruckelnd los. Obwohl sich die Leute im ganzen Wagon dicht aneinanderdrängen mussten, gab es um die drei herum ein wenig Freiraum. Sofi erklärte es sich mit den beiden Koffern, die sie in den Händen hielten.

Bei der nächsten Station kam schon das Rathaus. Die meisten wollten weiter bis zum Fridhemsplan. Sofi bahnte sich den Weg zur Tür und schaffte es hinaus auf den Bahnsteig, ohne angerempelt zu werden.

»Das war doch jetzt komisch, oder?«, sagte Theresa, nachdem sich die Türen hinter ihrem Rücken geschlossen hatten.

»Was war komisch?«, fragte Sofi.

»Was glaubst du, was in dem Koffer ist?«

Sofi zuckte mit den Schultern. Sie hatte wirklich keine Ahnung.

»Kommt weiter«, sagte Barbro. »Theresa muss um halb zehn am Flughafen sein.«

Sie erreichten das Freie. Der Himmel hatte sich dunkelblau verfärbt, und die Straßen waren düster. Sie umrundeten das Rathaus und liefen auf der Bergsgatan hinauf zum Polizeigebäude.

An der Ecke zur Polhemsgatan blieb Sofi wieder stehen. Diesmal hatte sie einen klaren Gedanken. »Was haltet ihr davon, wenn wir erst in den Park gehen und dort den Koffer öffnen?«

Theresa nickte. Es erstaunte Sofi, dass ausgerechnet Theresa es auch spürte. Barbro schaute ihre Kolleginnen fassungslos an.

»Ich bin mir nicht sicher, aber irgendetwas stimmt nicht«, sagte Sofi. »Ich habe ein eigenartiges Gefühl im Bauch.«

»Darauf solltest du nicht hören«, fand Barbro.

»Ich meine das nicht im übertragenen Sinn.«

Barbro sah auf Sofis Bauch. »Vielleicht kommt es von dem Zusammenstoß. Ist dir übel?«

»Es ist eher ein taubes Gefühl.«

»Dann bist du schwanger.«

»Ich will nur nicht mit dem Koffer ins Gebäude und ihn einfach bei Per abstellen. Es kann noch Stunden dauern, bis er zurückkommt. Wenn etwas Gefährliches drin ist?«

Theresa nickte. Das gab Sofi die Bestätigung, dass ihr Gefühl doch mit dem Koffer zu tun hatte und nicht mit ihrem Zusammenprall im Gang.

»Na gut«, sagte Barbro.

Sie überquerten die Straße und liefen über die Treppe hinauf in den Park. Im Polizeigebäude auf der anderen Straßenseite waren viele Fenster erleuchtet. Erst wollten sie eine Bank suchen, aber dann ließen sie sich auf der Wiese nieder. Der Koffer hatte vier Schnappverschlüsse, wie sie keine von ihnen bisher an Koffern gesehen hatte. Auch sonst wirkte er eher wie eine besondere Anfertigung oder ein Koffer, der für einen ganz bestimmten Zweck verwendet wird, den sie nicht kannten.

Ein Schloss gab es nicht. Sofi ließ die Bügel aufschnappen und hob den Deckel. Ein intensiver Geruch schlug ihnen entgegen. Erst wollte Sofi sich abwenden, aber dann erkannte sie den Duft. Er war ihr gut vertraut und nichts, wovor sie sich fürchten musste.

»Riecht nach Birkenrinde, glaube ich.«

Theresa nickte.

Sofi hob eine Decke aus schwarzem Filz ab. Sie war nur locker über den Inhalt gebreitet worden. Alle drei starrten sie auf das, was darunter zum Vorschein kam.

»Holz«, sagte Barbro. »Das sind Zweige.«

Die Zweige waren alle auf dieselbe Länge geschnitten und dick wie ein Finger. Sofi beugte sich vor und schnupperte. Da war noch ein anderer Duft, ebenso natürlich, allerdings nicht identisch mit dem Birkenduft. Sie griff hinein, um einen der Zweige herauszunehmen, aber es ging nicht. Sie waren miteinander verschnürt.

»Leuchte mal mit der Lampe.«

Barbro öffnete hastig ihren Spurenkoffer und kramte nach der Lampe.

»Wow!«, sagte Theresa.

Im Lampenschein konnte Sofi die Stoffbänder sehen. Die Bänder fassten die Zweige zu drei Bündeln zusammen und waren aus grobem Leinen, das am Saum ausfranste. Sofi griff nach dem mittleren Bündel und zog es heraus. Beim Anheben kippte es ihr beinahe aus den Händen, weil das Gewicht entgegen ihrer Erwartung ungleichmäßig verteilt war.

Theresa deutete auf das schwere Ende. »Da ist Metall an der Spitze.«

Sofi betastete die beiden Streifen, die in entgegengesetzte Richtungen aus dem Holzbündel herausragten. Es war wirklich Metall. Sofi hielt sie sich dicht vor die Nase und schnupperte wieder.

»Das ist es, was so komisch riecht.«

»Ich weiß, was das ist«, sagte Barbro.

Sofi nickte. »Birkenpech, wie gestern.«

»Nein, ich meine das Ganze.« Barbro hob ihren Hintern von den Fersen und zog den Dienstausweis aus der Gesäßtasche. Sie tippte mit dem Zeigefinger auf das Wappen der schwedischen Polizei. »Hier hinter dem Wappen sind zwei solcher Bündel. Es sind Fasces.«

Weil Sofi das Bündel noch gegen ihre Brust drückte, musste Barbro ihr den Ausweis dicht vor die Augen halten.

»Das waren die Machtinsignien hoher Beamter im alten Rom. Prätoren, Konsuln und was weiß ich. Ihre Leibwächter trugen sie vornweg, wenn sie draußen herumliefen. Daher kommt auch das Wort Faschismus. Heute werden sie oft als Symbol für Staatsgewalt verwendet.«

»Zeichen oder Bild«, korrigierte Sofi. »Wir dürfen nicht Symbol sagen.«

Da konnte Kjell Cederström wirklich wild werden.

»Da pfeife ich drauf. Ich weiß nie, wann etwas Zeichen oder Bild ist.«

»Es ist ein Zeichen«, sagte Sofi. »So wie der Speer. Und so wie der Hammer. Ein Zeichen ist es, wenn es auf etwas zeigt.«

DRITTER TEIL

FATUM FULMINE MUTARI NON POTEST.
QUIDNI ? NAM FULMEN IPSUM FATI PARS EST.

DURCH DEN BLITZ KANN SICH DAS SCHICKSAL
NICHT ÄNDERN. UND WARUM NICHT?
WEIL AUCH DER BLITZ ZUM SCHICKSAL
GEHÖRT.

MITTWOCH

4. JUNI

57

Verloren stand Kjell inmitten der Morgenroutine. Barbro traf wie so oft mit ihrem fahlen Aufwachgesicht, das einem verhangenen Fenster glich, im Büro ein, zog nach einem knappen Gruß ihre Jacke aus und überflog dann die eingetroffenen Nachrichten im Stehen. Auch Henning saß als Teil dieser gespenstischen Normalität an seinem Schreibtisch und kümmerte sich um die Ermittlungsakte. Immer wenn sein Blick zufällig die Kaffeetasse streifte, geriet er vor gespielter Freude ganz aus dem Häuschen und genoss einen Schluck, weil er wusste, wie wütend diese Albernheiten Barbro am Morgen machten.

Es gab weder Anrufe noch andere Nachrichten. Dabei hatte Kjell erwartet, dass am Morgen ein Sturm losbrach. Er setzte im Besprechungsraum den zweiten Kaffee auf und verbrachte die Wartezeit am Fenster, wo er den Autos in der Polhemsgatan beim Parken zusah. Der Himmel war trüb und vogellos.

»Jaha, du! Stehst du schön am Fenster und schaust hinaus!«

Kjell fuhr herum. Sofi war von oben bis unten schwarz gekleidet, aber an ihr bedeutete diese Farbe immer das Gegenteil. Ein Grinsen huschte über ihr Gesicht. Sie öffnete eine Tüte aus der Bäckerei und schüttete ein Dutzend Mazariner auf einen Teller.

»Wie ist die Lage? Alles bestens?«

»Ungewiss«, antwortete Kjell. »Wir warten auf Per.«

Inzwischen arbeiteten sie über ein Jahr zusammen, und Kjell konnte sagen, dass Sofis Leben im Wesentlichen nur aus Warten auf den nächsten Ausnahmezustand bestand. Das waren für sie Momente zum Glücklichsein.

Per Arrelöv traf pünktlich um acht Uhr ein. Das brachte auch Barbro und Henning dazu, in den Besprechungsraum herüberzukommen und sich an den Tisch zu setzen. Per erweckte nicht den Anschein, als hätte er in der letzten Nacht geschlafen. Sein schütteres Haar flimmerte statisch aufgeladen in alle Richtungen.

Erschöpft musterte er die dampfende Tasse vor sich, nahm sich dann eines der Mazariner vom Teller und biss hinein. »Die Zweige im Koffer stammen von derselben Birke wie der Speerschaft. Der Koffer selbst ist aus schwarzlackiertem Aluminium. Offenkundig industriell gefertigt, aber wir haben noch nicht herausgefunden, woher er kommt. Vermutlich aus Italien.«

Interessant waren also nur die Fingerabdrücke. Per hatte dazu eine übersichtliche Tabelle gezeichnet. Der Speerwerfer hatte den Speer angefasst, aber keine Spuren auf dem Fund aus dem Schließfach hinterlassen. Auf Speer und Koffer fanden sich zudem Abdrücke anderer Personen, ohne dass Per auch nur einen dieser Abdrücke zuordnen konnte. Sicher war nur eines: die von Fabia Terni und Massimo Maero waren nicht darunter.

»Und auf den Fasces?«, wollte Sofi wissen.

»Auf den Zweigen ist kaum etwas. Das Metall ist mit Pech überzogen. So wie die Speerspitze. Darauf haben wir ja ebenfalls nichts gefunden. Anscheinend wurde es poliert. Ich habe jetzt alles ins Labor geschickt, aber ihr könnt davon ausgehen, dass die Beile auch aus Kupfer gegossen sind. Blatt und Stiel, beides ist aus einem Guss.« Per schlug seine Mappe auf. »Und nun zum Tatort. Wenn ihr dem Spuk nicht schnell ein Ende macht, gibt es in Schweden bald keine Birken mehr. Der

Hammer ist eindeutig die Tatwaffe und nicht nur eine Dekoration des Tatorts.«

Kjell prüfte Sofis Augen auf Anzeichen von Enttäuschung. Sie hatte sich mehr von dem Koffer erhofft.

Sie verstand seinen Blick. »Der Koffer kann ohnehin nicht das Objekt sein, auf das sich die Gier richtet.«

»Und warum nicht?«

Sofi sah auf ihre Notizen. Offenkundig hatte sie darüber bereits in Form einer Liste nachgedacht. »Weil das Objekt an jenem Abend in der Bibliothek übergeben wurde oder werden sollte. Wenn Fabia sich dort mit Maero getroffen hat, warum hat er ihr den Schlüssel dann nicht schon früher in der Botschaft gegeben?«

»Wenn ihr mich fragt«, sagte Henning. »Dann ist die Sache so ähnlich wie mit dem Speer gelaufen. Maero und Fabia haben den Schlüssel in einem Brief bekommen. Er kann zum Beispiel ursprünglich in dem Kuvert gesteckt haben. Maero fährt zum Bahnhof, öffnet das Schließfach und erhält die Botschaft.«

Sofi nickte eifrig. »Da hast du recht. Nur dass Maero und Fabia den Schlüssel zwar erhalten haben, jedoch nicht mehr dazu gekommen sind, einen Blick ins Schließfach zu werfen. Denn das Fach wurde ja schon vor dem Treffen der beiden in der Botschaft gemietet. Maero hat Fabia vielleicht hingeschickt. Und weil es dazu nicht kam, inszenierten ihre Gegner den Vorfall mit dem Speer. Als Ersatz sozusagen.«

»Gutes Szenario«, fand Kjell. »Die Sache hat nur einen Haken. Warum hat Fabia den Schlüssel der armen Lovisa zugesteckt?«

»Fabia wusste noch gar nicht, was in dem Schließfach auf sie wartete. Sie ging davon aus, dass das Objekt der Gier darin sein würde.«

»Jetzt hast du den Haken nur vergrößert, Sofi. Fabia kann kaum gewollt haben, dass Lovisa das Objekt bekommt.«

»Doch. Sie hat nicht vorhergesehen, dass das Auto sie töten würde. Anscheinend hat sie nur die Verfolgung bemerkt. Ihr Plan war also, sich den Schlüssel später wiederzubeschaffen.«

»Hoffentlich kommen die Videobänder vom Bahnhof bald«, sagte Kjell. »Wenn wir wissen, wer das Schließfach gemietet hat, wird die Sache vielleicht klarer.«

»Wahrscheinlich werden wir wieder den Bärtigen sehen«, vermutete Sofi und schaukelte mit ihrem Stuhl. »Der taucht überall auf.«

Inzwischen konnte Suunaat die Todeszeit Maeros auf die frühen Morgenstunden zwischen fünf und acht Uhr eingrenzen. Unter der Voraussetzung, dass Maero bald nach seinem Tod auf die Terrasse in Waldemarsudde gelegt worden war. Die Suche nach Tätern und Spuren in der Umgebung hatte bis jetzt nichts ergeben. Pers Stimme riss Kjell aus seinen Gedanken.

»Der Bärtige hat Maero erschlagen. Seine Fingerabdrücke sind auf dem Hammer. Und nur seine.«

»Warum sagst du das erst jetzt?«

»Na ja, ich wollte mir den Höhepunkt bis zum Schluss aufheben. Ist doch menschlich, oder?«

»Fügt sich ganz gut zu dem Vorfall in der Botschaft«, fand Barbro und zuckte mit den Schultern.

Sofis Stuhl wippte mit einem dumpfen Knall nach vorn. »Fügt sich nicht! Charun hat zwar Maero umgebracht, aber nicht Fabia. Er war ja kurz nach dem Knall bei der Leiche und hat sie durchsucht.«

Henning räusperte sich. »Ich frage mich nur warum. Seine Fingerabdrücke waren ja auf dem Kuvert. Also hatte er es schon früher einmal in der Hand.«

»Er hat nicht nach dem Kuvert gesucht«, sagte Kjell. »Kannst du dich noch an Idas Idee erinnern? Charun und Vanth?«

Draußen klopfte jemand mit Wucht gegen die Glastür. Das

konnte nur Tomas sein. Nachdem Barbro aufgesprungen und zur Tür gegangen war, erschien tatsächlich Tomas, doch ohne die übliche Jovialität.

»Ich komme gerade aus Rosenbad«, sagte er grußlos. »Die Regierung hat angeordnet, dass wir unsere Ermittlung einstellen.«

Alle schwiegen. Tomas nutzte die Stille, um sich einen Stuhl unter dem Tisch hervorzuziehen und Platz zu nehmen. Wahrscheinlich wollte er damit seine Solidarität demonstrieren.

»Ich kann nichts machen. Die Anordnung kommt direkt vom Staatsminister.«

»Warum denn ausgerechnet jetzt?«, jammerte Kjell. »Als Maero noch am Leben war, hätte ich es ja verstanden, wenn die Regierung Rücksicht auf Italien genommen hätte. Aber jetzt ist Maero tot.«

»Ich glaube nicht, dass die Rücksicht den Italienern gilt. Die sind nach wie vor sehr interessiert an der Auflösung, unabhängig von den möglichen Konsequenzen. Das kommt nicht von dort.«

»Vielleicht hat der Staatsminister sein Urteil ohne fremden Einfluss gefällt?«

Alle starrten Sofi an.

»Nein, nein«, erklärte Tomas. »So weit wollen wir nicht gehen! Sein Einblick in die Details reicht nicht. Er würde dieses Urteil nicht fällen, ohne sich vorher mit mir zu beraten. Normalerweise gebe ich eine Empfehlung ab, und in diesem Fall habe ich empfohlen, die Ermittlung ohne Rücksicht fortzuführen. Das ist bei heiklen Fällen immer am besten.«

Henning stand abrupt auf. »Also nimmt jemand Einfluss, den wir noch gar nicht auf der Rechnung haben?«

Tomas nickte mit ehrlicher Ratlosigkeit.

58

An dem langen Tisch saßen neun Herren in Anzügen. Von den Anzügen hatte sie sich mehr erwartet. Theresa versuchte der Unterhaltung zu folgen, doch mit ihrem Italienisch hatte sie lange gebraucht, um das Thema des Gesprächs zu erfassen. Der Mann am Ende des Tisches hatte viel zu sagen. Er hieß Codognotto und musste eine Art Staatsrat oder gar Minister sein. Denn inzwischen stand er nun schon eine Viertelstunde über den Tisch gebeugt da und schimpfte vor sich hin, als wäre er allein im Raum. Die anderen mussten es sich schweigend anhören.

Theresa entnahm den Worten, dass die Botschaft in Stockholm von der italienischen Polizei oder der Anklägerschaft stillgelegt und versiegelt worden war. Die schwedische Regierung hatte ihre Ermittlung eingestellt und überließ alles dem Internermittler aus Rom.

Das Außenministerium hätte dem in Stockholm nicht unähnlicher sein können. Ein riesiger Klotz war das, ersonnen in faschistischer Architektur. Nach der Vision Mussolinis, welche Bedeutung Italien einmal in der Welt haben sollte.

Aber nie erreicht hatte.

Rigacci, der Ranghöchste der Staatspolizei, sagte etwas Höfliches, wobei die Höflichkeit darin bestand, die zwanzigminütige Erregung Codognottos nicht einfach an sich abprallen zu lassen, wie es seiner Natur wohl entsprochen hätte. Codognotto setzte sich endlich und öffnete dabei den unteren Knopf seines Sakkos.

Theresa war immer noch sprachlos, wie ein Mann seines Ranges sich bei einer Konferenz so gehen lassen konnte. In Schweden wäre er erledigt gewesen. Vielleicht war alles für sie inszeniert.

Rigacci trug eine himmelblaue Uniform und warf seine Mütze auf die Tischplatte.

»Signora Julander«, sagte er und beugte sich vor. »Gibt es etwas, was Sie fragen möchten?«

Signora Julander wollte gerne fragen, wie man es angemessen finden konnte, in solch einem Kolossalgebäude zu residieren, wenn man die eher jämmerliche Bedeutung Italiens in der Welt in Betracht zog. Sie ahnte jedoch, dass die Italiener vielleicht nicht so viel Gefühl für Bescheidenheit besaßen wie sie.

»Ich möchte gerne wissen«, setzte Signora Julander an. »Ob Fabia Terni für den Geheimdienst tätig war.«

59

Im Flur setzte Ida die beiden Einkaufstüten ab und staunte. Kjell saß im Morgenmantel am Küchentisch und widmete sich einem dicken Buch. Zwei Zeitungen lagen zerlesen auf dem Tisch.

»Bist du schon länger zu Hause?«, fragte sie und warf demonstrativ einen Blick auf ihre Uhr, obwohl sie wusste, dass es erst halb vier war.

Kjell stand auf und begrüßte sie. Dann vertiefte er sich wieder in sein Buch. Ida ließ sich in den freien Sessel sinken. An die tiefen Sessel in der Küche hatte sie sich nach ihrem Einzug erst gewöhnen müssen. Aber wenn man erst einmal wusste, wie viel Zeit Kjell und Linda in der Küche verbrachten, erschien einem die Idee gar nicht übel.

Ida griff nach der Kaffeekanne und schüttelte sie. Der Inhalt reichte noch für eine Tasse.

Anscheinend hatte Kjell die Seite zu Ende gelesen, denn er sah erstaunt auf.

»Mittwochnachmittags ist Vendela im Laden«, erklärte sie. »Da habe ich frei.«

Kjell lächelte milde. »Soll ich frischen Kaffee machen?«

»Du hast Ärger.«

»Der Regierung ist die Sache zu heiß geworden. Jetzt liegt alles auf Eis.«

Kjell blickte aus dem Fenster.

Bestimmt will er wieder joggen gehen, dachte Ida. Bei Ungerechtigkeiten und Blockaden konnte man fest damit rechnen. Sonst nicht.

»Aber das ist doch schön«, sagte sie. »Da hast du freie Tage und kannst dich hier nützlich machen. Musst du gar nicht im Büro sein?«

Er grinste. »Die anderen habe ich auch nach Hause geschickt.«

»Ihr spielt beleidigt? Du willst die Regierung spüren lassen, was für einen Riesenfehler sie begangen hat.«

»Ich beabsichtige, das gesamte Programm durchzuziehen. Falls jemand anruft, verleugnest du mich bitte und machst vage Andeutungen.«

»Ich will dir etwas zeigen.« Ida holte ihre Tasche aus dem Flur. Der Zettel hatte ein wenig gelitten. Ida faltete ihn auf und strich das Papier glatt. Es war die Abschrift des Kryptos. Seitdem Kjell es ihr am Sonntagmorgen überlassen hatte, betrachtete sie es gelegentlich. Über den Buchstabenreihen hatte der Kryptograf Bogen eingezeichnet, die an Phrasierungsbogen in einer Partitur erinnerten. Je mehr ein Laut ein Vokal war, desto höher stieg der Bogen, wo er endete und ein neuer begann, lag die vermutliche Grenze zwischen zwei Wörtern.

»Sie dir mal das an«, sagte Ida. »In der dritten Zeile steht die Buchstabenfolge TSNRAXS. Da diese Zeile von rechts nach links zu lesen ist, muss diese Folge also eigentlich SXARNST gelesen werden. Der vorangehende Bogen endet nach dem S, der übernächste beginnt vor dem T. Die Zeichen dazwischen ergeben also ein Wort. XARNS.«

Kjell beugte sich interessiert vor.

»Kannst du dich erinnern, was ich gestern über Charun und Vanth gesagt habe?« Kjell nickte brav.

»Das X steht für ein griechisches Chi. Kurzum, XARNS ist der etruskische Genitiv des Namens Charun.«

»Sicher?«

»Ich war selbst erstaunt, weil ich die Assoziation mit Charun und Vanth auch eher für bildlich gehalten habe. Aber der Name taucht tatsächlich wörtlich hierin auf. Auf dem Krypto waren doch die Fingerabdrücke von Charun, oder?«

»Ehrlich gesagt haben unsere beiden Experten den Namen bereits entdeckt. So sind wir ja überhaupt erst auf den Namen Charun gekommen.«

»Oh!«, sagte Ida.

»Allerdings haben wir ihn bisher für einen harmlosen Personennamen gehalten. Wenn eine Frau Maria heißt, ist sie ja deshalb nicht die Muttergottes. Aber anscheinend ist der Name doch bewusst gewählt. Charun benennt also nicht nur die Person, sondern spricht auch für die Mission.«

»Ein sprechender Codename. Ein Kampfname. Und dann taucht er am Ende des Textes im Genitiv auf.«

»Du willst darauf hinaus, dass er der Verfasser und Absender ist?«

Ida nickte erwartungsvoll.

»Der Absender könnte auch Maero sein«, fand Kjell. »Wahrscheinlich ist nur, dass Fabia die Empfängerin ist.«

»Der Name Charun taucht aber sehr weit hinten auf. Er könnte Teil einer Abschiedsformel sein. Ein Kolophon.«

Kjell stand auf und streckte sich. Ida deutete es als Zeichen, dass ein Einfall an die Oberfläche seines Bewusstseins getrieben war.

»Du könntest recht haben. Charun war bei der Leiche, aber er hat nicht nach dem Kuvert gesucht. Sonst hätte er es vermutlich auch gefunden. Er wollte den Schlüssel.«

»Dem Inhalt des Koffers nach stammt der Schlüssel auch von ihm.«

»Das mag sein. Beim Kuvert konnte er hoffen, dass die Polizei ein diplomatisches Kuvert vielleicht nicht öffnen würde. Und wenn sie es doch tat, dann war der Text für sie nicht zu entziffern. Beim Koffer aber ist es anders. Sein Inhalt ist ein verräterisches Bild, dessen Bedeutung wir schnell erkannt haben. Weißt du was, Ida? Ich gehe joggen.«

»Das ist eine gute Idee.«

60

Der Lift war eng. Theresa, Luca und Valentina mussten dicht beieinanderstehen. Zuerst hatte sie befürchtet, dass man ihr sorgloses Italienisch nicht verstehen würde, aber im Ministerium war sie unerwartet gut zurechtgekommen. Wahrscheinlich schwiegen Valentina und Luca einfach nur gerne.

Sie befanden sich in einem Bürohaus irgendwo in der Nähe des Capitols. Der Lift hielt im vierten Stock. Soweit Theresa wusste, arbeitete die Antimafia über das ganze Land verteilt in lauter kleinen Büros. Dieses hier hatte die Größe einer Arztpraxis und konnte kaum die Zentrale sein. Als Luca die Eingangstür mit einem Nummerncode öffnete, verstummte im Inneren eine mechanische Schreibmaschine, die man davor bis hinaus in den Flur gehört hatte. Ein älterer Mann sah von seinem Schreibtisch auf und schob seine Brille mit pfirsichgroßen Gläsern hinauf zur Nasenwurzel. Das Neonlicht von der Decke spiegelte sich in den Gläsern und auch auf seinem Kopf, wo das Haar bis auf einen Kranz mit weißen Stoppeln verschwunden war. Er staunte nicht schlecht bei Theresas Anblick, aber so war es ihr seit ihrer Ankunft ergangen. Sie hatte deutliche Anzeichen von Entsetzen an Valentina bemerkt, als sie zum ersten Mal am Gepäckband im Flughafen aufeinandertrafen. Und Valentina war nicht die Letzte gewesen. Auch die Leute im Ministerium hatten sich gefragt, wieso Schweden eine junge Blondine schickte, um nur einige Gedankenschritte später auf die einzig mögliche Antwort zu stoßen. Wen sollte ein Land, wo es nur Blondinen gab, sonst schicken! Während der Konferenz hatte Valentina sie mehrmals gemustert und erst am Ende der Konferenz begriffen, dass es ein Fehler gewesen war, Theresa nach ihrem Äußeren zu beurteilen.

Sie schätzte Valentina auf Ende dreißig und Luca einige Jahre älter.

»Theresa Julander?«, fragte der Glatzkopf. »Das ist schön. Sie sehen genauso aus, wie ich Sie mir vorgestellt habe.«

Sie trat auf ihn zu und streckte ihre Hand aus. Vielleicht war er hier der Chef, auch wenn er wie ein gealterter Dichter aussah, der in seiner Wohnung nur noch auf den rollenden Mittagstisch und den Nobelpreis wartete. Die Unordnung in diesem Raum hatte wirklich Größe, innerlich und vor allem äußerlich. Wo immer man etwas abstellen konnte, wuchsen wackelige Stapel aus Akten, einzelnen Papieren und Büchern. Die schräg hereinfallende Nachmittagssonne ließ den Staub durch die Luft tanzen.

Der Mann erhob sich mit einiger Mühe und brachte das Händeschütteln hinter sich. »Willkommen bei der Analyseeinheit. Fabiano.«

Valentina führte Theresa weiter. Es gab noch zwei weitere Räume, die mehr Ähnlichkeit mit einem echten Büro aufwiesen. Theresa hatte schon befürchtet, dass sich die technische Ausstattung der Antimafia in der klappernden Schreibmaschine auf Fabianos Schreibtisch erschöpfte.

Valentina schwang ihre Jacke über die Lehne und lotse sie wieder hinüber zu Fabiano.

Luca, der die Statur eines südamerikanischen Diktators besaß, hatte Kaffee gekocht und Stühle um Fabianos Schreibtisch gestellt. Es verging eine ganze Weile, bis jemand etwas sagte. Fabiano, der als Zentrum des Geschehens auf seinem Platz saß, zog ein Papier hervor und betrachtete es.

»Ihre Kollegen in Schweden haben mir dieses interessante Bild geschickt.«

Theresa wunderte sich, wie er in diesem antiquierten Büro an einen Farbausdruck gekommen war. Das Bild stammte aus dem Hofprotokoll, das Barbro gestern aufgetrieben hatte. Es zeigte Maero beim König. Am rechten Bildrand sah man das Profil der jungen Frau.

»Die Signorina bereitet mir Sorgen.«

Fabiano nahm ein langes Biskuit vom Teller. Valentina nutzte die Pause, um Fabiano von Theresas Heldenfrage an den Staatssekretär und den Capito der Staatspolizei zu erzählen.

Fabiano knabberte zaghaft, aber schnell. Er lächelte. »Eine tüchtige und kluge Frage, aber die Antwort …!«

»… bereitet Ihnen auch Sorgen?«

»Bereitet mir auch Sorgen, ja. Die Vorfälle haben die italienischen und schwedischen Behörden in Aufregung versetzt. Nun erfahre ich heute Morgen, dass in Schweden die Ermittlungen eingestellt wurden. Was soll das bedeuten?«

»Eingestellt?«

»Ist das nicht interessant? Allerdings nicht auf Wunsch der italienischen Regierung. Für die würde ich natürlich jederzeit meine Hand ins Feuer legen.«

»Was bedeutet das?«

»Sie haben sich an uns gewandt, weil Sie glauben, dass die Lösung dieses wunderbaren Rätsels hier bei uns liegt.«

»Alle Beteiligten sind schließlich Italiener.«

»Dennoch!« Fabiano spreizte mahnend seinen Zeigefinger ab. Man sah ihm die Freude am gemeinsamen Grübeln deutlich an. »Die Beteiligten, wie Sie all die Leichen nennen, sind Italiener, aber nicht der Ort. Und vor allem, auch nicht der Anlass!«

Theresa richtete sich auf ihrem Stuhl auf. »Es geht also nicht um eine Mafiasache? Kann ich einen Keks haben?«

»Ja, bitte. Mit der Mafia ist es so eine Sache. Ich verstehe, worauf Sie hinauswollen. Diese etwas theatralischen Symbole und Rituale, mit der sie ihrer Schäbigkeit das Air von Kultur geben möchten.«

Fabiano wartet ganz sicher auf den Nobelpreis, dachte Theresa und begann mit ihrem Keks.

»Was die bedeutenden Organisationen angeht, bei ihnen hat nichts Ähnlichkeit mit diesem Fall. Und das andere, na ja, das sind oft Vendettas zwischen Familien. Solche Streitigkeiten sind weder in Fabia Ternis noch in Botschafter Maeros Heimat in irgendeiner Form belegt. Sie sind dort unüblich. Die Menschen in der Toskana lösen alles pragmatisch, meist mit einem Schraubenschlüssel, das Ritual ist nicht ihre Natur. Mein ganzer Kummer rührt daher, dass ich noch von keinem einzigen Detail dieser Sache je gehört habe. Und auch die Personen scheinen völlig unverdächtig.«

»Sie meinen den Botschafter und Fabia Terni?« Theresa deutete auf das Bild.

»Das ist nicht Fabia Terni. Sie kann es nicht sein. Fabia Terni war bereits zweiundzwanzig Jahre alt, als dieses Bild entstand, und sie befand sich damals in der italienischen Botschaft in Kenia.«

»Haben Sie das nachgeprüft?«

Valentina räusperte sich. »Auf die Minute genau.«

Fabiano vertiefte sich für die Länge zweier Biskuits noch einmal in das Bild. »Dennoch, die Ähnlichkeit verblüfft, und niemand im Ministerium hat eine Erklärung, wer diese Frau auf dem Bild nur sein könnte.«

»Weiß der schwedische Geheimdienst denn nicht, wen er zum König vorgelassen hat?«, wunderte sich Valentina.

Theresa schüttelte den Kopf. »Nein, sie wissen es nicht. Sie ist einfach mitgekommen. Wenn sie Fabia so ähnlich sieht, dann ist das vielleicht kein Zufall.«

»Fabia Terni stammt aus einem kleinen Dort auf den Hügeln hinter Tarquinia. Sie ist ein Einzelkind. Ob sie eine Cousine hat, wissen wir nicht.«

»Vielleicht sollten wir es herausfinden.«

»Das können Sie gerne tun«, sagte Fabiano. »Valentina und Luca bringen Sie dorthin. Aber erwarten Sie sich nicht zuviel davon. Fabia Terni ist bei ihrem Eintritt in den diplomatischen Dienst genau überprüft worden, ebenso wie Massimo Maero.«

Theresa hatte eine letzte Trumpfkarte mit auf den Weg bekommen. Für den Fall der Fälle. »Fabia Terni trug dies hier bei ihrem Tod bei sich. In einem gefälschten diplomatischen Kuvert.«

Fabiano nahm das Faksimile des Kryptos entgegen und studierte es. Theresa berichtete, was man in Stockholm über das Krypto herausgefunden hatte.

Fabiano reagierte gelassen. »Ich kümmere mich darum.«

»Was haben Sie vor?«

»Na ja, vielleicht kenne ich jemanden. Man weiß nie.«

61

»Ida, bitte hilf mir. Ich liege hier irgendwo.«

Zuerst dachte Ida an einen Herzinfarkt. Sie fragte, was geschehen war.

»Ich bin ausgerutscht, verdammt noch mal!«

Ida atmete auf. »Und wo liegst du?«

»An der Nordspitze hinter der Wiese. Wo der Pfad ansteigt.«

»Ich komme.«

»Du musst den Wagen nehmen. Mein Fußgelenk ist schon so dick, dass ich nicht mehr laufen kann.«

Ida warf den Hörer aufs Telefon und stürmte aus der Wohnung. In der Dämmerung noch zu laufen, konnte einem auf Långholmen ja nur den Hals brechen! Der Uferpfad war ein ständiges Auf und Ab.

Unten vor dem Haus schritt sie die lange Reihe aus parkenden Autos ab, bis sie endlich Kjells alten Renault entdeckte. Hinter der Brücke nach Söder bog sie nach links ab und kam schnell zur nächsten Brücke, die hinüber nach Långholmen führte. Der Sofiebergsvägen war nur mit Streusand bedeckt und endete an der Nordspitze. Sie ließ den Wagen auf der von Wald umkränzten Wiese stehen und folgte dem Rundweg. Nach wenigen Metern sah sie Kjell am Hang sitzen.

»Wie ist das denn passiert?«

»Ich bin darauf ausgerutscht, umgeknickt und dann den Hang hinuntergerollt.«

Er hielt einen Golfball hoch.

»Wo kommt der denn her?«

»Da vorne liegt noch einer! Und da hinten auch. Die wurden doch mit Absicht hier ausgestreut!«

»Diesen Anschlag kannst du ja später aufklären. Ich schaffe dich erst mal ins Auto.«

Kjell konnte den rechten Fuß überhaupt nicht aufsetzen. Ida beugte sich hinab und betastete das Gelenk. Die Schwellung war enorm und verhinderte eine genauere Diagnose.

»Du musst ins Krankenhaus. Wenn es noch ein wenig weiter schwillt, kannst du bald im Stehen schlafen wie ein Elefant.«

62

Böen rüttelten am offenen Fenster. Das Klappern und Quietschen wurde immer stärker. Sofi erwachte. Im dunklen Zimmer duftete es nach Wind. Ihr Kopf war klar, aber ihre Glieder fühlten sich schwer an.

Sie lag da und lauschte dem Rascheln der Ulme vor dem Fenster. Dabei überlegte sie, wieso der Geruch wirbelnder Luft immer etwas Tröstendes hatte, obwohl doch das Gegenteil viel näher lag. Vielleicht ließ einen erst der Wind spüren, dass man eigentlich in einer Substanz lebte, ohne sie wahrzunehmen.

Sie versuchte zu erraten, wie spät es war. Ihr Schlafzimmer lag nach Osten, aber draußen gab es kein Anzeichen der Dämmerung.

Den Nachmittag hatte sie mit Barbro im Schwimmbad verbracht und dann mit Karl-Emil und seinen Freunden eine Partie Poker in der Meerjungfrau gespielt. Tagelanger Regen im nördlichen Uppland hatte das Wasser des Mälarfjords stark steigen lassen. Die Schleusen im Hammarbyhafen und in der Altstadt mussten geöffnet werden. Das waren Neuigkeiten, wie Karl-Emil und Janne sie liebten.

Sofi stellte sich ans Fenster und betrachtete die schnell über den Himmel ziehenden Wolken. An Schlaf war nicht mehr zu denken. Irgendwo musste auch ihr Notizblock liegen. Sie ging in die Küche, öffnete den Wasserhahn und nahm ein Glas aus dem Schrank. Durch das Küchenfenster sah sie, wie sich die Bäume wiegten. Hinter dem Haus begann gleich der Hügel von Vita Bergen, so dass Sofi sich beim Kochen wie eine Bergbäuerin aus Jämtland fühlte. Ihr Blick blieb an etwas haften, was sich am Weg hinauf auf den Hügel befand, nur zehn Meter von ihrem Fenster entfernt.

Das war nicht Wirklichkeit.

Sofi spürte ihre Knie nachgeben. Sie fiel zu Boden und atmete heftig. Das hatten ihre Beine ganz allein getan, aus reinem Reflex, so wie man die Hand von der Herdplatte zieht, ohne sich dazu entschließen zu müssen. Mit der Erkenntnis wuchs der Schrecken. Sie saß steif da und versuchte zu denken. Hatte ihr das Gehirn nur einen Streich gespielt? Zugleich war das Bild in allen Einzelheiten ausgeprägt. Sie hätte aufstehen und sich durch einen zweiten Blick vergewissern können, aber dazu brachte sie nicht den Mut auf.

Nein, das war keine Einbildung.

Sofi krabbelte in den Flur hinaus zu ihrem Telefon. Sie drückte auf die vier.

»Einsatzzentrale Bezirk Stockholm.«

»Inspektorin Sofi Johansson. Haupteinheit Reichsmord. Ich brauche dringend Hilfe.«

»Authentifizierung bitte.«

»4177.«

»Wo bist du?«

»Ich bin zu Hause in meiner Wohnung. Tengdahlsgatan 18 in Södermalm. Vor meinem Küchenfenster steht ein Mädchen.«

Sofi merkte, wie blöd das klang. Aber sie traute sich nicht, das Bild in ihrem Kopf noch einmal ganz zu entwickeln. Und es war nicht nur ein Bild, sondern ein kurzer Film. Das Mädchen glich Fabia Terni vollkommen. Sie musste es sein, und konnte es auch wieder nicht sein. Das Mädchen da draußen war höchstens sechzehn Jahre alt. Sie hatte schon zum Fenster hinaufgestarrt, als Sofi in die Küche kam. Das lange dunkle Haar hatte im Wind geweht.

»Es geht um Akte 3981/4/17-K. Sie ist versiegelt.«

Das ersparte ihr jede Begründung.

»Verstehe. Geht von dem Mädchen Gefahr aus?«

Ja, dachte Sofi. Sie war der reine Schrecken. »Sie steht nicht zufällig da. Wahrscheinlich ist sie nicht allein. Kannst du jemanden von hinten schicken?«

»Moment … 9012 fährt auf der Renstiernas Gatan Richtung Süden. 9012, bitte kommen. Polizist in Gefahr. Tengdahlsgatan 18. Kommen.«

Eine blechern klingelnde Männerstimme antwortete. »9012. Sind am nächsten. Kommen.«

Sofi lauschte dem Funkverkehr. »Sie sollen an der Sofia-Kirche halten und den Weg zum Freilichttheater nehmen. Von dort führt ein Weg hinab aus dem Park. Dort steht sie. Vor dem gelben Haus.«

»9030. Sind am zweitnächsten am Viking-Fährterminal in Fåfängen. Nähern uns frontal. Kommen.«

»Zentrale an 9030. Grünschaltung installiert für Eilfahrt über Folkungagatan und Tegelviksgatan. Anfahrt Tengdahls von Süden. Nummer 18 liegt frontal in der Straßenbiegung. Kommen.«

Sofi überprüfte die Haustür, nahm ihre Pistole aus der Schublade und entsicherte. Geduckt lief sie zum Schlafzimmerfenster und schloss es. Langsam überkam sie Ruhe, jedenfalls schlug ihr das Herz nicht mehr bis zur Kehle.

Sie setzte sich wieder auf den Küchenboden. Nach sechs Minuten sah sie Lichter über die Baumkronen huschen und hörte schnelle Schritte auf dem Kiesweg. Weiter geschah nichts. Bis es klingelte.

DONNERSTAG
5. JUNI

63

Der nächtliche Sturm hatte die letzten Blüten von den Bäumen gerissen, dafür aber den Himmel freigefegt. Die Blattgoldfassade des Königlichen Theaters glitzerte in der Morgensonne. Auf der anderen Seite des Strandvägens bildeten sich Menschentrauben vor den Landebrücken der Ausflugsschiffe. Niemand hatte einen blauen Himmel erwartet. Ein älteres Ehepaar stapelte Reisetaschen für einen längeren Aufenthalt in den Schären. Eine Gruppe nicht mehr ganz junger Männer beglückwünschte sich durch lautes Abklatschen dafür, dass es nach dem ausschweifenden Abend alle pünktlich hierhergeschafft hatten. Es war zwanzig Minuten nach neun.

Ein Taxi kam von Blasieholmen angerast und bremste vor der Anlegestelle. Die nicht mehr ganz so jungen Männer musterten die blonde Frau, die aus der hinteren Tür ausstieg. Sie wäre ein weiterer Grund für lautstarkes Abklatschen gewesen. Aber leider kam sie nicht allein.

Ida half dem Taxifahrer dabei, den Rollstuhl aus dem Kofferraum zu heben und aufzuklappen. Inzwischen hatte Kjell einige Routine darin, seinen Körper in den Rollstuhl zu hieven. Die Schiene an seinem rechten Fuß fühlte sich an wie ein Skischuh. Seine Hüfte bereitete ihm noch größere Beschwerden. Beim Ausrutschen war er damit auf den flachen Fels aufgeschlagen. Das hatte ihm rechts eine Prellung beschert, die symmetrisches Sitzen unmöglich machte.

»Schau, wie schön das Wetter ist.«

Kjell schwieg wie ein Kriegsveteran, der das Leben aufgegeben hatte. Zum Glück hatte Linda angerufen. Die Schmierölpumpe tropfte. Linda war nach eigenen Angaben wie der Teufel gesegelt und vorgestern in Sandhamn eingelaufen.

Drei je zwanzig Meter lange Ausflugsschiffe lagen da, und vor jedem hatte sich eine Schlange gebildet. Das erste Schiff fuhr nach Mojö, das zweite nur bis Vaxholm.

»Ich frag mal«, sagte Ida.

»Es muss das dritte sein, Ida. Da musst du nicht fragen.«

»Lass mich doch fragen. Zur Sicherheit. Am Ende hält es beim Golfplatz in Nacka.«

Kjell hob resignierend die Hand. Da sie sich nicht ansehen konnten, während sie ihn schob, hatte er sich seit dem gestrigen Abend ein ausgereiftes System aus theatralischen Handgesten aus der italienischen Oper abgeschaut.

Die Frau mit der weißen Uniform nickte. »Sandhamn? Rein mit euch!«

Kjell erwähnte noch einmal, dass er es ja gleich gesagt hatte.

Ida warf einen Blick ins Innere des Schiffes. Die Tische waren längst belegt. Auf dem Sonnendeck am Heck sah man Passagiere um Stühle zanken.

»Die meisten steigen in Vaxholm aus«, sagte Kjell. »Lass uns so lange hier vorne bleiben. Ich will ohnehin lieber draußen sein.«

Sie warteten, bis alle ins Innere verschwunden waren und sie das Vorderdeck für sich allein hatten. Das Schiff legte ab und wendete in der Bucht. Ida rollte Kjell mit dem Rücken zur Kabinenwand.

»Du musst die Bremse fixieren.«

»So schnell wird das Schiff schon nicht fahren«, erwiderte Ida. »Es ist ein Ausflugsschiff.«

»Wieso stellst du Vermutungen an, wenn du noch nie mit so einem Schiff gefahren bist? Was meinst du, warum wir hier vorne ganz allein sind?«

Ida seufzte und drückte auf die Bremse. Das Schiff fuhr in sanfter Geschwindigkeit am Strandvägen entlang und passierte schließlich den Tivoli mit der schlafenden Achterbahn und danach Beckholmen. Dort hing ein Mann in einer Schaukel an einem trockengelegten Schiffsbug und winkte dem vorbeifahrenden Schiff mit seiner Farbrolle zu. Ida winkte zurück.

»Ich gehe mal rein und kaufe Kaffee und Zimtschnecken, ja? Dann machen wir es uns gemütlich.«

Sie musste lange anstehen. Natürlich fanden auch alle anderen Passagiere, dass das Glück nicht vollkommen sein konnte, wenn man dabei nicht eine Tasse Kaffee in der Hand hielt.

Durch die Fenster sah Ida die Tanksilos von Nacka vorbeiziehen. Als sie an die Reihe kam, machte das Schiff einen kräftigen Ruck. Die Küste zog jetzt nur noch unscharf vorbei. Ida warf einen Blick zum Sonnendeck und sah hinter dem Heck zwei riesige Wasserfontänen in die Luft schießen. Sie wankte mit zwei Bechern in der Hand zurück zum Vorderdeck. Dort bekam sie die Tür nicht auf, obwohl sie mit ihrem ganzen Gewicht dagegen drückte. Anscheinend hatte der Fahrtwind zugenommen. Die Frau in der Uniform kam ihr zur Hilfe.

Das ganze Deck war nass. Kjell saß vornübergebeugt da und drückte Wasser aus seinem Haar.

Ida musste gegen die Zugluft anschreien. »Was ist passiert?«

Die Frau in der Uniform entschuldigte sich und rannte los, um ein Handtuch zu holen. Kjell warf Ida einen Es-ist-nur-ein-Ausflugsschiff-Blick zu.

»Warte, ich schiebe dich rein.«

Er schüttelte den Kopf. »Das war nur ein unglücklicher Zufall. Die Bugwellen dreier Schiffe haben sich gegen mich vereint.«

»Willst du deinen Kaffee?«

Er streckte die Hand aus. Ida lehnte sich gegen die schräge Vorderwand und fischte die beiden Zimtschnecken aus den Taschen ihrer Jacke. Der Wind wehte so stark, dass Idas Haar waagerecht in der Luft stand. Kjell holte sein Telefon aus der Tasche und wählte eine Nummer.

»Wen willst du denn jetzt anrufen?«, schrie Ida.

»Ich weiß jetzt, wie sie sich jedes Mal so schnell aus dem Staub machen konnten.«

64

Barbro saß auf der Tischplatte und ließ die Beine baumeln. Henning stand da wie eine Säule. Sie betrachteten Sofi. Die kauerte vor ihren Kollegen auf dem Stuhl und wartete auf eine Reaktion.

»Jetzt bist du dir also nicht mehr ganz so sicher, heute Nacht warst du aber sicher«, resümierte Henning. »Habe ich das richtig verstanden?«

Sofi nickte. Sie hatte sich auf Zweifel und Kritik gefasst gemacht, konnte jedoch nichts davon bei ihren beiden Kollegen entdecken.

»Willst du zum Zeichner?«, fragte Barbro.

»Das muss ich nicht. Sie glich Fabia Terni aufs Haar. Sie sah nur wilder aus, aber das kam vom Wind.«

»Und jünger, hast du vorhin gesagt.«

»Viel jünger! Sie hatte die Größe und Statur von Linda. Und sie trug etwas Schwarzes oder Dunkles. Der Stoff hat auch geweht, wie ein Kleid.«

Henning rückte seine Hose zurecht und ging einige Schritte auf und ab. »Bei einer Sinnestäuschung hättest du wohl eher Ähnlichkeiten gesehen als Unterschiede.«

»Umgekehrt«, behauptete Barbro. »Objekte werden immer

in ihrer Umgebung wahrgenommen. Die Bäume lassen die Frau klein erscheinen. Alles weht, deshalb auch der Stoff. Ein Kleid.«

»Geh trotzdem mal davon aus, dass da jemand stand« sagte Henning. »Nur warum?«

Barbro überlegte mit hängendem Kopf und schüttelte ihn dann. »Es muss mit dem Koffer zu tun haben.«

»Wir waren doch zu dritt«, sagte Sofi. »Bis ihr beim Schließfach angekommen seid, konnte niemand in den Korridor mit den Schließfächern sehen. Das Mädchen hätte genauso gut vor deiner Tür stehen können. Oder bei Theresa.«

»Bei Anna-Lena Sjölin warst du allerdings allein und bist von dort mit dem Schlüssel losgezogen.«

»In dem Koffer war doch nichts außer dem Holz und den Beilen.«

»Das wissen wir«, erwiderte Barbro. »Andere vielleicht nicht.«

Henning beendete sein Aufundabgehen. »Sofi hat das Gelände der Botschaft betreten und mit der Angestellten gesprochen.«

»Kjell war auch dort«, sagte Sofi.

»Ja, aber die Golfbälle passen nicht ins Konzept.«

Sie lachten. Barbro hatte die Nachricht von Ida bekommen.

»Mich hat mehr beunruhigt, dass das Mädchen dort schon so stand, als ich zum Fenster kam. Sonst stehe ich nachts nie auf. Ich bin nur erwacht, weil ich ausnahmsweise bereits um neun Uhr ins Bett gegangen bin. Damit konnte sie doch nicht rechnen!«

»Konnte sie dich überhaupt sehen?«, fragte Henning.

Da musste Sofi überlegen. Währenddessen war es ihr durchaus so vorgekommen. »Es gibt Laternen am Weg. Das Mädchen stand also im Licht. Und die Küche war dunkel.«

»Dann kann sie dich nicht gesehen haben.«

»Sie hat mich aber angeschaut. Ich habe ihre Augen ganz deutlich gesehen.«

Barbro sprang von der Tischplatte und kniete sich vor ihre Kollegin. »Das musst du dir eingebildet haben. Das ist unmöglich!«

65

Im Gesicht des Beamten der Stadtverwaltung von Tarquinia hatte sich bei Theresas Ankunft eine leichte aber anhaltende Röte ausgebreitet. Antonio war noch ganz jung und hatte bisher keine Besucherin gehabt, die mit Theresa vergleichbar gewesen wäre.

Mit ausgebreiteten Armen schleppte er ein Buch herbei, das beinahe seinen gesamten Oberkörper verdeckte. In den Einband aus Kalbsleder war die Jahreszahl 1973 geprägt. Antonio ließ sich in respektvollem Abstand zu Theresa am Tisch nieder und schlug das Geburtsverzeichnis auf. Sie schluckte ihre Ungeduld hinunter. Sie hätte lieber selbst darin geblättert, wollte aber nicht unhöflich sein. So weit weg von Rom haftete den Leuten hier noch die Anständigkeit der fünfziger Jahre an.

»Da haben wir es«, sagte Antonio in gebrochenem Englisch und schob das Buch zu ihr herüber. Er wollte die einzige Gelegenheit in seinem Leben, Englisch zu sprechen, nicht verstreichen lassen.

Unter der laufenden Nummer 137 war der Name Fabia Valeria Terni verzeichnet. Geboren am 18. Juni.

Luca und Valentina hatten bisher am Nebentisch Dokumente studiert und kamen nun zu Theresa und Antonio herüber.

»Was bedeutet das Kreuz hinter dem Datum?«, fragte Theresa.

»Sie wurde am Tag der Geburt getauft.«

»Katholisch?«

Antonio lächelte. »Bestimmt.«

Anscheinend war es üblich, dass die Taufe gleich nach der Geburt stattfand, denn nur bei zwei Namen auf der Seite gab es ein Taufdatum, das einige Tage hinter der Geburt lag. Wahrscheinlich war der Priester bei diesen Geburten krank gewesen. Die Eltern von Fabia trugen die Vornamen Valeria und Fabio.

»Seht mal«, sagte Theresa. »Die Adresse.«

Dieselbe Adresse tauchte auch in den Unterlagen des italienischen Außenministeriums auf. Fabia besaß zwar eine Wohnung in der Innenstadt von Rom, aber dort hatte die Polizei nichts gefunden, was auf Stockholm hinwies.

»Vielleicht wohnen die Eltern ja noch dort.«

»Das liegt etwas östlich der Stadt«, sagte Antonio. »Hinter der Via Ripagretta.«

Wie das schonische Hinterland, dachte Theresa. Hügelige Felder mit langem Gras. Auf den Höhenkämmen reihten sich Pinien. Der Schotterweg zog sich ewig dahin. Dann tauchte das verschachtelte Steinhaus unerwartet hinter einer Biegung auf. Es besaß zwei Stockwerke und ein flaches Giebeldach mit verwitterten Ziegeln. Vor dem Eingang stand ein schwarzer Mercedes.

Luca bog vom Weg in die Einfahrt ein und legte die letzten Meter mit unerträglicher Langsamkeit zurück. Theresa stieg als Erste aus dem Wagen und blieb irritiert stehen, als sie das Nummernschild auf der Limousine sah. Der Wagen gehörte zum schwedischen diplomatischen Korps. Ein Mann mit blondem Haar trat um die Ecke des Hauses und kam ohne Zögern auf Theresa zu. Aus den Augenwinkeln bemerkte sie, wie Luca und Valentina hinter den geöffneten Türen des Wagens stehenblieben. Erst jetzt verwandelte sich Theresas Neugier in Vorsicht.

»Maurits Håkonsson«, stellte sich der Mann noch im Gehen vor und streckte Theresa die Hand entgegen. Er überragte sie um zwei Köpfe. Ihrem Gefolge schenkte er ein freundliches Nicken.

»Bleiben Sie stehen!«, rief Luca.

Theresa vernahm schnelle Schritte über den Kies. Luca sah mit seinen schwarzen Augen und den Narben auf den Wangen ohnehin bedrohlich aus. Jetzt trug er auch noch eine Sonnenbrille und hielt seine Pistole in der Hand. Das diplomatische Nummerschild und der schwedisch aussehende Mann hatten Theresa die Situation ganz anders einschätzen lassen.

»Die Carabinieri«, sagte Luca und präsentierte mit der Linken seinen Ausweis.

Maurits verstand, dass auch er sich ausweisen musste und öffnete das Revers seines Anzugs, um einen Pass und ein mehrfach gefaltetes Schriftstück hervorzuziehen. Luca würdigte den Pass nur eines kurzen Blicks, faltete dann das Papier auf und überflog den Inhalt. Am Ende nickte er knapp und gab Maurits die beiden Dokumente zurück.

»Bist du die Rendezvous-Polizistin von der Reichskrim?«

Theresa nickte. »Was tust du hier?«

»Ich soll ein Dokument überbringen. An die Familie. Der Staatschef schickt mich.«

»Der Staatsminister schickt dich?«

»Nun ja, dem Grundgesetz nach ist Carl XVI Gustav unser Staatschef, der Staatsminister nur der Chef der Regierung.«

»Bin ich dumm!«

»Ich fürchte, hier ist niemand. Hinter dem Haus war ich auch schon.«

Luca und Valentina gingen an der Fassade entlang und spähten durch die Fenster.

Theresa gab die Hoffnung noch nicht auf. Nur weil ein Haus leblos wirkte, bedeutete es in Italien nicht, dass es kein Leben gab. Sie hatte sich Italien immer lebendig vorgestellt, seit ihrer Ankunft aber nichts anderes als verriegelte Fensterläden und leere Straßen gesehen. Abends öffneten sich die Läden, und durch die Fenster flimmerte Fernsehlicht.

Dabei sah das Gebäude nicht wirklich aufgegeben aus. Der Garten war auf einheimische Weise verwildert. Man konnte kaum sagen, seit wann niemand mehr hier gewesen war. Es konnten Minuten oder Jahre sein.

»Ich glaube nicht, dass bald jemand kommt«, vermutete Theresa nach einer Panoramapirouette. »Wenn sie nur beim Einkaufen wären, müsste man doch irgendwelche Spuren von Alltag sehen.«

»Ich kann jedenfalls nicht warten. Ich muss noch zur Familie des Botschafters.«

»Was ist in dem Umschlag?«

»Das weiß ich natürlich nicht, aber wahrscheinlich ein Kondolenzschreiben.«

»Ob die Familie darauf Wert legt?«

»Seine Majestät ist ein Meister der Kondolenz. Und es geht auch um Geld.«

»Glaubst du, ich könnte ebenfalls zur Maeros Familie fahren?«

»Das solltest du lieber mit deinem Chef besprechen. Aber ich schreibe dir gern die Adresse auf. Es liegt am Lago di Bracciano, zwischen Vigna Grande und Vicarello.« Maurits zückte eine Visitenkarte aus seiner Jackentasche und schrieb die Anschrift auf die Rückseite. »Also dann, viel Erfolg!«

Er setze sich in den Wagen und fuhr davon. Luca kehrte von seiner Runde ums Haus zurück.

»Vielleicht sind sie in die Ferien gefahren. Dem Register nach wohnen sie immer noch hier.«

Theresa hatte eine Idee. »Kann man irgendwie an ein Bild von Fabia und ihren Eltern kommen?«

Luca griff in seine Jackentasche und holte ein Päckchen Zigaretten heraus. Er rauchte erst die halbe Zigarette und musterte Theresa dabei. »Du bist nicht dumm.«

66

Die Boxgruppe des Centralbahnhofs hatte 1997 eine neue Videoanlage bekommen und dabei ganz auf die Beständigkeit von Magnetbändern mit einem Sonderformat gesetzt. Nachdem Sofi den Schock überwunden hatte, rief sie bei der Boxgruppe an, um ihrem Ärger durch Schimpfen Luft zu machen, aber der Chef rechnete ihr vor, wie viele Kameras im Bahnhofsgebäude rund um die Uhr filmten. Die Aufzeichnungen mussten lange aufbewahrt werden, zum Beispiel für Fälle wie diesen. Außerdem mussten sich die Magnetbänder erst amortisieren, bis im Jahre 2020 das digitale Zeitalter in der Boxgruppe einziehen würde.

Sofi lief durch das Polizeigebäude. In der Personalabteilung hatte sie schließlich Glück. Die Archivarin gestattete ihr, das alte Bandlesegerät aus ihrem Computer auszubauen und für einige Stunden mitzunehmen.

Zuerst musste Sofi den gesamten Inhalt auf ihren Computer überspielen und die riesige Archivdatei umwandeln. Drei Stunden und vierzehn Minuten lang surrte das Gerät vor sich hin. Das Umwandeln selbst dauerte nur eine halbe Stunde. Sie rief Henning und Barbro herbei und trug den Computer von ihrem Büro in den Besprechungsraum, wo sie schon den Projektor aufgebaut hatte.

Sofi suchte in der Datei nach der richtigen Stelle. Das Schließfach war um 10 Uhr 08 gemietet worden. Zu ihrem

Erstaunen war das Bild in sechs Felder unterteilt. Jedes davon zeigte die Aufzeichnung einer anderen Kamera. Die unteren drei Felder zeigten die Gänge mit den Schließfächern. Oben sah man die Umgebung, auf dem ersten Bild den Korridor, auf dem zweiten die nahe Toilette und den Schuhservice. Die dritte Kamera blickte durch den Korridor hinaus zu dem langen Verbindungsgang und zeigte einen ständigen Strom von Menschen zwischen der U-Bahn und den Pendelzügen hin und her eilen.

Sofi zog den Zeitzeiger vorwärts und erwischte eine nahe Stelle um 9 Uhr 52. Sie drückte auf langsamen Vorlauf.

»Halt!«, rief Barbro. »Warte mal.«

Sofi hielt das Band an.

»Seht mal« sagte Barbro. »Bei Fach 609 leuchtet die rote Lampe. Und es steckt kein Schlüssel im Schloss. Also ist das Fach besetzt. Wenn das Fach jetzt nicht frei ist, wie kann dann jemand in einer Viertelstunde das Fach mieten?«

»Wahrscheinlich kommt der jetzige Mieter erst noch und räumt es«, vermutete Henning und gab zu viel Milch in seinen Kaffee.

Barbro schnalzte mit der Zunge. »Fast alle anderen Fächer sind frei. Das wäre doch ein riesiger Zufall.«

»Am besten warten wir einfach«, schlug Sofi vor.

Die Zeit verging langsam. Sofi wagte nicht vorzuspulen, weil ja noch vor dem Zeitpunkt um 10 Uhr 08 jemand kommen musste, um das Fach zu leeren.

Niemand kam.

Um 10 Uhr 07 trat eine Frau ins Bild. Die drei beugten sich alarmiert vor. Die Frau kniete sich auf den Boden und steckte den Schlüssel ins Schloss. Henning fluchte. Die Klappe öffnete sich in Richtung Kamera und verdeckte die Öffnung.

Sofi seufzte. »Der Koffer muss längst drin sein. Sie hat ihn nicht mitgebracht.«

»Das ist Fabia«, sagte Barbro knapp.

Bisher hatte man die Frau nur von hinten gesehen. Jetzt kniete sie vor dem Schließfach, aber man sah nur ihr Profil. Henning und Sofi schwiegen.

»Sie ist es, glaubt mir.«

»Wir müssen nur weiterschauen«, schlug Sofi vor. »Auf dem Rückweg sehen wir sie von vorne.«

»Es kann nicht Fabia sein«, brummte Henning. »Sie kommt erst einen Tag später in Stockholm an.«

Die Frau zog etwas Schweres aus dem Fach. Das konnte der Koffer sein, aber leider ragte der Gegenstand nicht weit genug heraus.

Sofi drückte auf Pause und ging zur Wand. Sie musste sich strecken, um auf die Stelle in der Projektion deuten zu können. »Hier! Der Schatten auf dem Boden. Der muss vom Koffer stammen.«

Henning nickte. »Wahrscheinlich hat sie ihn geöffnet. Lass es weiterlaufen.«

Die Frau drückte den Gegenstand wieder ins Fach und schloss die Tür. Sie warf fünf Münzen ein.

»Das können nur drei Zehner und zwei Fünfer sein«, kommentierte Sofi und machte sich eine Notiz. »Die Miete beträgt vierzig.«

»Verdammte Scheiße!« Henning sprang auf und machte einen Satz. »Barbro, du hattest recht! Sie ist es!«

Barbro und Sofi zuckten zusammen. Henning drehte kleine Runden neben dem Tisch.

»Moment mal«, sagte Barbro mit betonter Ruhe. »Du hast doch behauptet, sie könne es nicht sein, weil das hier am Donnerstag passiert und Fabia Terni erst vierundzwanzig Stunden später aus Rom eintrifft. Lass uns ganz ruhig überlegen.«

Statt ruhig zu überlegen, wies Henning Sofi an, in das rechte obere Bild hineinzuzoomen, wo man im Hintergrund den Zeitschriftenkiosk leuchten sah.

»Nicht durchs Schaufenster«, schimpfte Henning. »Die Tafel mit den Laufzetteln außen. Ich will die Schlagzeile sehen.«

Sie brauchten einige Minuten, bis sie endlich den Aufreißer vom Abendblatt entziffert hatten: ›Student erschummelt sich Studienplatz‹.

»Den daneben auch noch«, befahl Henning.

Barbro seufzte. »Warum das?«

»Vielleicht haben sie den ersten nicht ausgetauscht.«

Im Express versprach der Staatsminister mehr Jobs im öffentlichen Dienst.

Henning lief hinüber ins Büro. Kurz darauf hörten sie ihn telefonieren. Barbro und Sofi grinsten einander zu. Sie hatten noch nie erlebt, dass Henning so aus dem Gleichgewicht geriet.

Henning kehrte zurück. »Es sind die Laufzettel vom Donnerstag.«

»Es ist ja auch das Donnerstagsband«, sagte Sofi und duckte sich lieber.

»Ja, aber die können sich vertan haben.«

»Dann stimmt unsere Theorie«, glaubte Barbro. »Fabia und Maero bekommen den Schlüssel zugeschickt. Maero schickt Fabia zum Schließfach. Und darin wartet die Botschaft.«

Henning hörte zu und schüttelte dann den Kopf, als wollte er den Gedanken nicht wahrhaben. »Das kann nicht Fabia sein. Wir haben die Kamera am Gate überprüft. Sie ist wirklich am Freitag in diesem Flugzeug gewesen.«

Zehn Minuten später stürmten die drei durch die Tür der Tatorttechnik. Alle neun Techniker sahen von ihren Mikroskopen auf und drehten den Kopf.

Henning stand wie ein Cowboy in der Tür. »Wo ist Per?«

»Außentermin«, sagte Pers Assistent Lasse.

»Das macht nichts. Habt ihr die Münzen aus dem Schließfach gesichert?«

»Wir sitzen noch an den Partikelfolien. Wisst ihr, wie viel Arbeit das ist?«

Sofi drängte sich an Henning vorbei und lief zu den blauen Plastikkästen, die in einer langen Reihe am Fenstertisch warteten. Sie entdeckte den Beutel mit den Münzen und legte ihn in Lasses Schoß.

»Ihr müsst alle Münzen auf T1-Übereinstimmungen prüfen. Fang mit den Fünfern an. Die sind größer.«

Zurück im Büro musste Sofi ein wenig herumprobieren, bis sie herausfand, wie man den Film rückwärtslaufen lassen konnte. Sie vergrößerte den Ausschnitt und erhöhte die Geschwindigkeit. Das Ereignis trat viel früher ein, als sie erwartet hatten. Der Schlüssel musste übergeben worden sein, ein Versenden kam nicht in Frage. Denn um 8 Uhr 17, gerade mal zwei Stunden, bevor die Frau ans Schließfach trat, kam ein Mann in den Gang. Er trug den Koffer bei sich und entschied sich erst nach einigem Zögern für das Fach 609. Er drehte sich mehrmals um die eigene Achse und war dabei gut zu erkennen. Sofi notierte sich, dass er die Nummern nicht prüfte, das Fach 609 also nur nach seiner Lage auswählte.

Das Gesicht des Mannes sagte keinem der drei etwas. Er hatte kurzes schwarzes Haar und war bestimmt Italiener. Nachdem er den Koffer verstaut hatte und aus dem Bild verschwunden war, erhob sich Henning von seinem Stuhl. Er war wieder in seine gewohnte Gemächlichkeit zurückgefallen und trottete hinüber ins Büro.

Von dort kehrte er mit der aufgeschlagenen Ermittlungsakte zurück. »Die Beschreibung des Todesfahrers ist zwar nur grob, stimmt aber mit diesem Mann hier überein.«

Sofi zuckte mit den Achseln. »Immerhin können wir jetzt Fahndungsfotos machen.«

Henning rief bei der Technischen an. Er wollte gerade losreden, hielt jedoch inne. Am Ende hob er den Daumen und gab Lasse vor dem Auflegen die Anweisung, alle anderen Abdrücke auf den restlichen Münzen zu sichern und mit der Datenbank zu vergleichen.

Die Abdrücke auf den Münzen stammten von Fabia Terni.

Sie schwiegen. Jeder dachte vor sich hin.

»Vielleicht sollten wir in Rom anrufen« schlug Sofi vor. »Sichergehen, dass sie dort eingestiegen ist.«

»Sie muss noch am Donnerstag nach Rom geflogen sein und dann am Freitag wieder zurück«, sagte Barbro.

»Das ergibt keinen Sinn«, behauptete Sofi. »Wir wissen aus den Passagierlisten, dass sie das nicht getan hat. Am Donnerstag taucht ihr Name nicht auf. Wenn sie sich bereits vorher in Stockholm aufgehalten hat, muss sie irgendwann mit einem anderen Namen eingereist und am Donnerstag mit diesem falschen Namen wieder ausgereist sein. Einen Tag später kehrt sie als Fabia Terni zurück, ihre wahre Identität. Und vor allem: Mit ihrem diplomatischen Status. Das ist das Wichtige daran.«

Henning hob erneut den Daumen. Diese Theorie behagte ihm. »Vielleicht hat sich in ihrer Tasche Geld befunden. Das konnte sie nur als Diplomatin durch den Zoll bringen.«

Er hob den Telefonhörer ab und setzte seine Lesebrille auf, bevor er die Nummer der Antimafia wählte.

»Antimafia. Julander am Apparat.«

Barbro stöhnte laut. Der Deadhead hatte also schon das Kommando übernommen und sich an die Spitze der italienischen Antimafia gesetzt.

»Hallo Theresa«, kicherte Henning. »Schön, deine Stimme zu hören.«

Theresa wechselte ins Schwedische. »Hallo Henning. Wie geht's euch?«

»Kannst du etwas für uns tun? Wir brauchen einen Videobeweis dafür, dass Fabia Terni am vergangenen Freitag in Rom ins Flugzeug gestiegen ist.«

»Sie ist es«, sagte Theresa knapp. »Das haben wir schon überprüft. Sie stieg hier mit derselben Tasche und in derselben Kleidung ein, mit der sie in Arlanda angekommen ist.«

»Wieso habt ihr das überprüft?«, rief Barbro hinüber zum Hörer.

»Es gibt Unstimmigkeiten. Wir suchen hier nach Kollegen oder Bekannten, die Fabia kennen und identifizieren können.«

»Warum?«, fragte Henning.

»Das Außenministerium speichert die Fingerabdrücke seiner Diplomaten. Und da sie für Afrika medizinisch besonders betreut werden muss, gibt es auch ein Karyogramm. Wir haben ein Problem. Beides ist nicht mit unserer Toten identisch.«

67

Tomas Liljemark betrat den Reichstag durch den öffentlichen Eingang. Er war zu Fuß hergekommen, und der lange Marsch von Kungsholmen nach Norrmalm hatte seine Entschlossenheit mit jedem Schritt gesteigert. Er trat an die Rezeption.

»Guten Abend. Tomas Liljemark. Ist der Staatsminister schon eingetroffen?«

Die Frau musterte den Riesen alarmiert.

»Ich bin der Chef der schwedischen Polizei. Ich muss dringend zum Staatsminister. Er ist doch hier, oder?«

»Moment bitte.« Die Empfangsdame griff zum Hörer und

telefonierte mit der Sicherheitsabteilung. »Der Staatsminister ist bereits eingetroffen.«

Sie öffnete eine Schublade im Tresen und nahm einen Bogen mit grünen runden Aufklebern heraus. Dann reckte sie sich zu dem um drei Köpfe größeren Mann hinauf, zog das Revers seiner Jacke zu sich und klebte den Aufkleber darauf.

»Willkommen im Reichstag! Harald bringt dich durch die Schleuse.«

»Das ist sehr nett. Vielen Dank.«

Noch ein wenig elektrisiert von der zärtlichen Rezeptionistin ging Tomas zur Sicherheitstür und folgte dem Wächter hinauf zur alten Schalterhalle, die daran erinnerte, dass das Gebäude vor langer Zeit die Reichsbank gewesen war. Als Tomas in den Sechzigern als Jurist begonnen hatte, kamen die Abgeordneten noch her, um sich bei der Telefonistin ein Gespräch vermitteln zu lassen, doch heute wirkte die Halle wie ausgestorben. Nur der Postschalter war den Abgeordneten geblieben.

Tomas behagte es nicht, sich als Chef der schwedischen Polizei von einem unwachsamen Wachmann von Securitas bewachen zu lassen. Deswegen legte er ihm für einen Augenblick die Hand auf die Schulter und sagte Adieu, bevor er die Rolltreppe allein betrat. Sie lag ein wenig versteckt und führte hinauf zu den Sitzungssälen. Oben folgte er einfach dem Gedränge und fand den Staatsminister im Korridor zwischen den alten Plenarsälen aus der Zeit, als Schweden noch ein Zweikammernsystem gehabt hatte. Damals diente der Korridor als Ort der Begegnung zwischen den Abgeordneten des Ober- und Unterhauses und war wie ein Herrenclub eingerichtet. Und nichts anderes war das schwedische Parlament vor einem Jahrhundert ja gewesen.

Er wagte einen Blick durch die Tür in den alten Plenarsaal, wo heute nur noch die Fraktionen tagten. Was Barbro ihm in der Kantine erzählt hatte, stimmte tatsächlich. Frauen mit breiten Röcken passten auf keinen Fall durch diese Tür.

Deswegen trugen die weiblichen Abgeordneten, die Tomas auf seinem Weg zum Staatsminister sporadisch begrüßten, allesamt enge Hosenanzüge. Der gesamte Reichstag war zum Empfang am Vorabend des Nationalfeiertags versammelt. Einige der älteren Herren trugen sogar Frack. Soweit Tomas die Gespräche mitbekam, erwartete man das Eintreffen des Königshauses durch den Osteingang. Den Staatsminister zu finden, war im Reichstag nicht schwer. Tomas vermutete ihn im Zentrum der größten Menschentraube und drängelte sich durch die Reihen. Der Staatsminister fuhr mit kaltem Unbehagen herum, als er Tomas' Hand auf seiner Schulter spürte.

Die Geste genügte. Er nickte knapp und löste sich mit Tomas aus der Menge. Im Verbindungsgang zum Westflügel fanden sie ein ruhiges Plätzchen.

»Fredrik, du musst das Ermittlungsverbot zurückziehen. Es gibt von allen Seiten neue Erkenntnisse.«

»Können wir nicht bis übermorgen warten?«

Tomas verstand. Die Regierung wollte verhindern, dass es morgen während des Nationalfeiertags zu Komplikationen kommen konnte. Oder wollte die Sache einfach aussitzen.

»Bist du über die Reaktion aus Rom informiert? Das kann sehr heikel für dich werden. Du verhinderst die Komplikationen nicht, du schürst sie.«

Wie immer, fügte Tomas in Gedanken hinzu. Der Staatsminister dachte bestimmt dasselbe. Er war ja nicht dumm.

Der Staatsminister nickte zaghaft. Tomas wartete auf Anzeichen von Einsicht. Es gab keine Anzeichen.

»Wenn herauskommt, dass du eine Polizeiermittlung unterbunden hast, und keine sehr zwingenden Gründe für das Wohl unseres Landes vorbringen kannst, dann gerätst du in Bedrängnis.«

In heftige Bedrängnis, hätte man wohl sagen sollen. Aber Tomas wollte die Regierung ja nicht unter Druck setzen.

»Wie ist denn so der Stand?«

»Die Reichsmord hat das Video vom Centralbahnhof ausgewertet und einen Tatverdächtigen. Die Italiener kennen seine Fingerabdrücke aus Neapel. Er gehört zu einem Mafiaclan. Alles weist jetzt in Richtung organisierte Kriminalität. Wir müssen ihn dringend fassen, um herauszufinden, worum es bei der Geschichte überhaupt geht.«

»Ihr habt also noch keine Ahnung, worin das Motiv liegt?«

»Wir müssen bedenken, dass die Ereignisse in Stockholm stattfanden. Vielleicht sind sogar schwedische Interessen betroffen. Die Reichsmord glaubt an einen Gegenstand oder brisante Informationen.«

Der Staatsminister sah ihn entsetzt an.

Tomas zog seine Trumpfkarte. »Ich habe mit Hansson gesprochen. Der KSI hat keine Hinweise darauf, dass wir es mit Agenten zu tun haben.«

»Wie schätzt Hansson die Lage ein?«

»Ich spreche sozusagen für uns beide.« Hansson, der Leiter der innersten Sicherheitsabteilung des schwedischen Militärs kam ungern selbst aus seiner Deckung. »An der Sache stimmt irgendetwas nicht. Sie ist mir ein wenig zu professionell für organisierte Kriminalität. Die Vorgehensweise ist eher geheimdienstlich, das vermuten auch Hansson sowie Kullgren von der Säpo. Deshalb müssen wir schnell herausfinden, worum es überhaupt geht.«

»Ihr geht also von einer Transaktion zwischen Italien und Schweden aus?«

»Der Internermittler aus Rom hat in der Botschaft und in Maeros Wohnung nichts gefunden, aber die Spuren deuten darauf hin.«

Eine Frau trat an den Staatsminister heran und informierte

ihn über die baldige Ankunft des Königs. Er laufe mit strammen Schritten auf den Osteingang zu.

Der Staatsminister hob sein Kinn, das zuvor immer weiter zur Brust gesunken war.

»Dann los.«

68

Kjell hievte seinen lädierten Fuß auf das Balkongeländer und lehnte sich auf dem Stuhl zurück. Das Hotel lag auf der Anhöhe. Über die Dächer der Häuser hinweg konnte man auf den Hafen und die Bucht blicken. Auf Sandön waren so gut wie alle Häuser aus falurot lackiertem Holz. Nur das Hotel gehörte zu den wenigen Steinbauten. Er trank einen Schluck Bier und entspannte sich.

Idas Stimme drang aus dem Zimmer. »Hast du Henning schon erreicht?«

»Ja, und es ist einiges passiert auf dem Festland.«

»Bereust du schon, dass du herwolltest?«

»Du weißt ja, wie das Leben zu mir ist. Bleibt man, ist nichts los, fährt man, geschieht sofort etwas.«

Ida trat auf den Balkon. Sie duftete nach Frühling und geföntem Haar. »Zu allen anderen ist das Leben auch so.«

Sie trug ein schlichtes weißes Kleid aus Leinen. Er strich über ihren Bauch, der sich nun schon deutlich wölbte. Ida ließ ihren Blick über die Gegend wandern. »Der Name der Insel ist keine Übertreibung. Es ist wirklich ein riesiger Sandhaufen mitten im Meer.«

»Und sogar das Hotel heißt ›Hotel Sand‹. Wie einfallsreich!«

»Das ist das Witzige daran: Es heißt nach seinem Gründer. Herrn Sand.«

Kjell blickte treuherzig zu ihr hinauf. Ida konnte solche Lügen mit einem Fingerschnippen aus dem Hut zaubern.

»Es stimmt! Ich habe es vorhin im Prospekt gelesen. Wann müssen wir zurück?«

»Ich muss das Frühboot erreichen. Das Staatsminister hat das Ermittlungsverbot aufgehoben.«

»Schade.«

»Du kannst doch bis Sonntag bleiben. Ich schaffe es allein zurück.«

Der Vorschlag gefiel Ida.

Die Schwellung und der Schmerz waren so weit zurückgegangen, dass er auf den Rollstuhl verzichtete. Auf dem Weg hinab zum Hafen berichtete er Ida die Neuigkeiten aus Stockholm und Rom.

Die Einwohner von Sandhamn waren alle aus ihren Häusern gekommen. Den toupierten und zerzausten Haaren der Frauen sah man an, dass so gut wie alle Sommerhausbesitzer auf Sandön Stockholmer waren. Seine Tochter Linda war die Einzige, deren Haare ohne Aufwand immer wie die einer Stockholmerin aussahen. Sie winkte schon, als sie sich dem verabredeten Lokal am Hafen näherten. Kjell war erleichtert, dass Lindas neunköpfige Reisegruppe nur aus Mädchen bestand. Sie stellte eine nach der anderen vor. Alle trugen ihre Abiturientinnenmützen, mit denen man wie ein Kapitän aussah. Sie waren in Booten unterschiedlicher Größe hergekommen und belegten einen ganzen Steg.

»Linda hat erst da vorne angelegt«, erzählte Cissi, und die anderen Mädchen lachten. »Weil es da schön leer war. Zehn Minuten später kam der Hubschrauber der Küstenwache und konnte nicht landen, weil unser Boot an der Plattform lag.«

Der Hubschrauber hatte eine Ewigkeit in der Luft stehen müssen, weil es Linda wegen der Schmierölpumpe erst nach einigen Minuten gelang, den Motor anzulassen und das Boot wegzufahren. Später war der Pilot zum Steg marschiert und hatte Linda nach Strich und Faden ausgeschimpft.

69

Kjell erwachte von einem harten Stoß gegen seine Schulter.

»Wach auf!«, flüsterte Ida.

Er öffnete die Augen. Es war dunkel im Zimmer. Ida saß aufrecht neben ihm im Bett und starrte ihn mit funkelnden Augen an.

»Da ist jemand an der Tür! Es klopft.«

Kjell hob den Kopf, konnte aber nichts hören. Ein Augenblick verstrich. Da klopfte es wieder. Er richtete sich auf und krabbelte zum Bettrand. Er griff nach seiner Unterhose. Es bereitete ihm einige Schwierigkeiten, sie über seine Fußschiene zu ziehen. Das Hemd fand er in der Dunkelheit nicht. Er humpelte zur Tür und hielt sein Ohr gegen das Holz. Weil er nichts hörte, drückte er die Klinke und öffnete die Tür einen Spalt weit.

Im Flur brannte Licht. Vor ihm stand ein Mann in Pilotenuniform. Kjell blinzelte. Wollte er ihn jetzt etwa auch noch ausschimpfen?

Er zog die Tür weiter auf. »Ja, bitte?«

Im Hintergrund hörte er Ida kichern. Sie musste denselben Gedanken haben.

»Bist du Kjell Cederström?«

Erst jetzt kam ihm der Gedanke, dass etwas geschehen sein könnte. Der Mann war ja von der Küstenwache. Er nickte.

»Ich habe Befehl bekommen, dich nach Stockholm zu bringen.«

»Jetzt?«

»Ja.«

Er reichte Kjell einen Zettel. Es war ein Telegramm. Der Inhalt bestand nur aus drei Wörtern. Sie stammten von Henning.

»Objekt gefunden. Eilt.«

»Einen Augenblick, bitte.« Nachdem Kjell die Tür angelehnt hatte, sprang Ida sofort aus dem Bett. Sie war nackt und hatte alles mit angehört.

»Soll ich nicht lieber doch mitkommen?«, fragte sie.

»Bleib nur. Mit deinem Bauch wirst du dich in einem Hubschrauber nicht wohlfühlen.«

Ida steckte schon mit dem linken Bein in ihrer Hose. »Ja, gut.«

Fünf Minuten später verließ Kjell das Zimmer. Der Pilot, der Jerker hieß, musste ihn beim Gehen stützen. So eilten sie den Hügel hinab zum Hafen. Dort lag alles still. Es war halb drei. Der Hubschrauber wartete in der Nähe des Restaurants, wo sie am Abend gesessen hatten. An Größe übertraf er die Polizeihubschrauber, mit denen Kjell sonst flog, um das Doppelte. Jerker half Kjell beim Einsteigen und Anschnallen. Danach konnte er ohne weitere Vorbereitungen selbst einsteigen und den Motor anlassen, als säßen sie in einem Kleinwagen. Die Rotorblätter reichten über die Plattform hinaus und kamen nur langsam in Fahrt. Das Wasser um die Plattform herum begann sich zu kräuseln, und bald darauf wiegten sich auch die nahen Bäume.

Jerker ließ den Hubschrauber weit aufsteigen, bevor er Geschwindigkeit aufnahm. Kjell vermisste das typische Schmettern der Rotorblätter. Es klang eher nach einer riesigen Dampfmaschine mit Zweitaktmotor. Auf jeden Takt folgte eine ewige Stille, während der Kjell befürchtete, dass sie in freiem Fall ins Meer stürzten. Das lag an den riesigen Rotorblättern und dem Motor, erklärte Jerker.

Der Flug zur Stadt hatte überhaupt keine Ähnlichkeit mit

der Schiffsroute. Kjell gab schnell den Versuch auf, die dunklen Flächen in Wasser und Wald zu trennen. Bald überflogen sie Värmdö, und Kjell versuchte herauszufinden, ob bei seiner Jugendliebe Jonna das Licht brannte. Über Lidingö schwenkte Jerker zu Kjells Erstaunen nach Norden ab.

»Fliegst du nicht zum Polizeigebäude?«, fragte Kjell.

»Da kann ich nirgendwo landen.«

»Wir haben einen Landeplatz auf dem Dach.«

»Kann das Dach sechzehn Tonnen tragen?«

»Da müsste ich erst beim Portier nachfragen«, antwortete Kjell.

Jerker lachte. »Ich soll beim Karolinska landen.«

Als die runde Plattform des Karolinska-Krankenhauses in Solna in Sicht kam, standen dort bereits drei Personen und spähten zum Himmel. Jerker fluchte, dass die drei lieber woanders stehen sollten, wenn er zur Landung ansetzte.

»Das sind die Notärzte«, brüllte Jerker. »Die kommen immer herausgelaufen, sobald sich ein Hubschrauber nähert.«

Er schaltete eine Batterie von Scheinwerfern ein, und sofort ergriffen die drei Gestalten die Flucht.

Nach dem Aufsetzen musste Kjell abwarten, bis die Rotorenblätter stillstanden. Dann hangelte er sich ins Freie. Niemand kam, um ihm zu helfen. Im Flur empfingen ihn zwei uniformierte Polizisten. Mit ihrer Hilfe humpelte er durch den langen Gang bis zum Haupteingang des Krankenhauses und bereute, sich so früh von seinem Rollstuhl getrennt zu haben. Erschöpft sank er auf die Rückbank des Streifenwagens.

Der Wagen fuhr sofort los und bog bald auf den Solnavägen ab.

»Fahren wir zur Rechtsmedizin?«, fragte er von seinem Platz auf der Rückbank.

»Nein. Wir sollen dich zur KTH bringen.«

Mit der Technischen Hochschule hatte Kjell noch nie in seinem Leben zu tun gehabt, und wenn er mit dem Bus mal daran vorbeifuhr, schaute er aus Langeweile vor der Fassade und aus Langeweile vor der Physik im Allgemeinen immer weg. Über die KTH wusste er nicht mehr als eine Anekdote. Nach dem Krieg wollte Schweden den Anschluss an das Atomzeitalter nicht verpassen und hatte dort mitten in der Stadt fünfzehn Jahre lang im Keller einen Reaktor betrieben, bis den Verantwortlichen 1970 ihr Wahnsinn klar wurde. Im selben Zeitraum hatte der Staat Kjells Vater viermal wegen illegalen Schnapsbrennens im Keller verurteilt und ihn beim letzten Urteil wegen seiner fortgesetzten Verantwortungslosigkeit ein halbes Jahr aufgebrummt.

Als sie am Roslagstull auf den Valhallavägen einbogen, lag die Allee verlassen da. Das Gebäude der KTH war ein Ziegelbau aus drei Flügeln in Form eines Hufeisens. Der Fahrer wendete vor der Aufgangstreppe und bremste scharf. Kjell sah Henning, Barbro und Tomas auf den Stufen stehen. Sofi wartete ein wenig abseits und starrte vor sich hin.

Er eilte die vier Stufen hinauf. »Geht es um etwas Radioaktives?«

Die Gruppe sah ihn fassungslos an. Anscheinend wussten sie nichts über die Geschichte dieser Hochschule. Henning schüttelte den Kopf.

»Du solltest es dir selbst ansehen«, sagte Sofi. Sie hatte sich in ihre Jacke gehüllt. Ihre Stimme zitterte in der Morgenkühle. Im Osten dämmerte es.

»Ja, du musst es selbst sehen«, fand auch Henning und machte eine einladende Geste. Er half Kjell, den Weg über den Vorhof zurückzulegen.

Am Eingang warteten Per und Lasse. Per warf seine Zigarette weg und ging voraus. Er führte den Trupp auf einer Seitentreppe hinab und durch einen langen Gang.

»Es war unmöglich, es sofort zu bemerken«, murmelte Per auf den letzten Metern. »Es sind die Beile.«

»Die Fasces?«

»Sie haben dem Speer äußerlich so sehr geglichen. Den Unterschied ergab erst die genauere technische Prüfung.«

»Worin liegt denn der Unterschied?«, fragte Kjell gereizt davon, dass er es nur noch mit langen Gängen zu tun bekam, seit er seine Schiene trug.

Der Gang mündete in einen größeren Raum, der sich als Labor erwies. Hier warteten weitere Personen, eine Frau in weißem Kittel und zwei ältere Männer. Per stellte die Frau als Erna vor. Sie war die Leiterin des Labors.

»Professor Jonathan Högström von der Universität. Er leitet das archäologische Institut.«

Kjell nickte und gab Högström die Hand. Högström nickte länger vor sich hin, als das Händeschütteln dauerte.

»Doktor Lippmann leitete das Bergbaumuseum in … irgendwo in Deutschland. Er war so freundlich, zu uns zu kommen.«

Offenkundig verstand Doktor Lippmann kein Wort Schwedisch, nickte aber freundlich, als sein Name fiel. Er war einige Jahre jünger als Högström.

»Wie ich höre, bist du ja vom Fach«, sagte Högström und machte eine einladende Geste in den Raum. Beim Eintreten blieb Sofi ihm dicht auf den Fersen. Um die vier Wände des Laborraums liefen Arbeitsbänke, auf denen Messgeräte standen. Über dem Tisch in der Mitte des Raumes schwebte eine Leiste mit Neonleuchten.

Die Holzzweige fehlten. Die Beile lagen nackt und in einigem Abstand zueinander auf dem Tisch. Ihre dunkle Oberfläche reflektierte kein Licht. Die Schäfte waren ebenfalls aus Metall und hatten die Länge eines Unterarms, der Kopf der Beile besaß zwei symmetrische Blätter, die aber eher wie ein Hammer anmuteten.

Kjell beugte sich über die linke Axt. »Da ist etwas eingeritzt.«

»Ja«, erwiderte Sofi knapp. »Lies es.«

Die Buchstaben waren klar zu lesen.

M LIC COS stand da.

»Soll das Latein sein?«, fragte Kjell in die Weite des Raumes. »Marcus Licius oder Licinius?« Er kam darauf, weil COS eine gängige Abkürzung für das Wort ›Konsul‹ war.

»Das heißt es. Mach beim rechten weiter.«

Kjell humpelte zur rechten Axt und las die Inschrift.

CN POMP IMP III COS.

»Gnaeus Pompeius. Ist das etwa *der* Pompeius?«

Barbro tauchte neben ihm auf. »Jetzt kannst du die dritte Inschrift erraten, wenn du kein Versager bist.«

Beileibe, Kjell konnte es nicht. Sein Kopf war völlig leer und auf bloße Aufnahme ausgerichtet. Er las die dritte Inschrift.

C CAESARIS PONTIF MAX COS.

»Zum Glück sind die Meriten ebenfalls notiert«, sagte die zittrige Stimme Högströms im hinteren Teil des Raumes. »So konnten wir schnell eine relative Chronologie erstellen. Caesar war bereits einmal Konsul, Pompeius hat seine drei Triumphe gefeiert, aber Pompeius und Crassus haben ihr zweites gemeinsames Konsulat noch nicht angetreten.«

»Crassus?«

»Marcus Licius Crassus, ja. Dieser Chronologie nach müssen wir die Inschrift auf etwa 56 vor Christus datieren, zur Zeit der Erneuerung des Triumvirats in Luca.«

Kjell fuhr herum. »Wollt ihr sagen, dass das hier echt ist?«

Niemals, dachte Kjell. Das war nie und nimmer echt.

Aber die Laborleiterin beantwortete seine Frage mit einem naturwissenschaftlichen Nicken. »Inzwischen sind unsere Zweifel minimal. Zum Glück ist das Metall mit Birkenpech beschichtet. Dieses Material haben wir mit der Infrarot-Spektroskopie datiert.«

»Wie konnte es sich so ausgezeichnet halten?«

Die Laborleiterin winkte ab. »Das ist noch gar nichts! Es gibt Pechfunde, die zwanzig Mal so alt sind. Mich erstaunt weniger das Alter, als vielmehr die chemische Zusammensetzung. Sie weist auf höchstes Handwerk hin. Andere Peche werden schon weich, wenn man sie eine Weile anfasst. Bei diesem liegt die Grenze um siebzehn Grad über der menschlichen Körpertemperatur. Und zudem enthält es einen ungewöhnlich geringen Anteil an Säuren, so dass das Metall nicht angegriffen wurde.«

Kjell starrte auf den Tisch. »Entschuldigung, aber wisst ihr, wie Metall normalerweise aussieht, wenn es zwei Jahrtausende lang in der Erde gelegen hat? Nicht so!«

»Doktor Lippmanns archäometallurgisches Gutachten bestätigt das hohe Alter.«

Lippmann nickte, obwohl er wieder nicht mehr als seinen Namen aufgeschnappt haben konnte.

»Ich gebe dir recht«, sagte Högström. »Diese Artefakte können kaum in der Erde gelegen haben. Kein Wunder, dass ihr den Beilen ihr Alter nicht angesehen habt.«

»Aber die Inschriften. Die müssen ja nicht echt sein.«

Die Laborleiterin erhob sich von ihrem Drehstuhl und kam auf den Tisch zu. »Bisher kann ich das nicht ausschließen. Ich glaube jedoch eher, dass sie echt sind. Die Gravur liegt nicht nur im Metall sondern auch in der Pechschicht, und diese Schicht stammt aus der Mitte des ersten Jahrhunderts vor Christus. Es gibt zudem Hinweise, dass vor dem Auftragen eine noch ältere Beschichtung auf dem Metall gewesen ist.«

»Das wäre ja ein Beleg für das erste Triumvirat.« Kjells Kopf hatte wieder zu arbeiten begonnen.

»Das liegt jedenfalls nah«, bestätigte Högström.

»Welches der drei Fasces hast du im Park eigentlich aus dem Koffer genommen, Sofi?«

Sofi schwieg.

»Dreimal darfst du raten«, antwortete Barbro für ihre Kollegin.

Dass Sofi auf den Fund gestoßen war, wunderte Kjell überhaupt nicht. Das Schicksal machte seinen Knoten immer bei ihr. Aber die Fasces als Zeichen höchster Herrschaft passten nicht zu Sofi. Eigentlich hätte Theresa beherzt zugreifen müssen.

»Warum sollten Caesar, Pompeius und Crassus die Beile zu diesem Zweck geschmiedet haben?«, fragte er. Dabei lag es nicht so fern, denn das Triumvirat hatte zum Ziel gehabt, die Macht unter den drei Männern aufzuteilen. Und die Fasces standen für Macht.

»Das haben sie nicht«, erwiderte die Laborleitern. »Die Beile selbst wurden weit vor dieser Zeit geschmiedet.«

»… und von den dreien usurpiert«, fügte Högström hinzu.

»Was meint er mit ›usurpiert‹?«, fragte Per in rücksichtsloser Lautstärke.

Barbro erklärte es ihm. »Stell dir vor, jemand meißelt in den großen Jesus von Rio de Janeiro den Satz ›Ich bin Theresa Julander‹. Das wäre Usurpation.«

»Entschuldigung, wann wurden sie denn dann geschmiedet?«, fragte Kjell in das Gelächter der anderen.

»Etwa zu der Zeit, als Homer die Ilias schrieb«, antwortete die Laborleiterin. »Etwas zugespitzt ausgedrückt.«

Högström nickte. »Die unterste Schicht stammt aus dieser Zeit. Und es gibt eine erdrückende Bestätigung von Doktor Lippmann. Die metallurgische Feinanalyse zeigt, dass das Metall eine Legierung ist, die man als *korinthisches Erz* kennt. Der Anteil an Verschmutzung ist äußerst gering und identisch mit anderen Artefakten, die zu dieser Zeit im ägäischen Raum hergestellt wurden.«

»Es gibt auch eine Inschrift auf dieser ältesten Schicht«, sagte Sofi und deutete auf den Monitor am Schreibtisch der Laborleiterin. »Sie ist auf allen drei Äxten gleich. Aber man sieht sie nicht mit bloßem Auge.«

Kjell humpelte zum Schreibtisch. Auf dem Bildschirm sah man grob aneinandergefügte Bilder wie bei Satellitenaufnahmen.

Die Laborleiterin vergrößerte einen Ausschnitt. »Man muss den Kontrast deutlich verstärken, damit man es überhaupt lesen kann. Auf der Röntgenaufnahme erkennt man es viel deutlicher. Die späteren Inschriften sind grobe Einritzungen, diese hier dagegen kunstvolle Gravuren direkt auf dem Metall. Sie sitzen auf halber Höhe des Schaftes und laufen einmal rund herum, so dass wir noch nicht wissen, wo der Text beginnt und wo er endet.«

FREITAG
6. JUNI
NATIONALFEIERTAG

70

Kjell saß nun schon seit Stunden an seinem Schreibtisch und las alles, was er im Internet über das Triumvirat finden konnte. Er hatte keine Geduld gehabt, nach Hause zu fahren und sich Bücher herauszusuchen. Wenn die ältere Inschrift wirklich siebenhundert Jahre vor der jüngeren entstanden war, dann konnte sie natürlich nicht in lateinischer Sprache und Schrift verfasst sein, sondern bestenfalls in einer frühen Vorstufe.

Er betrachtete die Schriftzeichen. Die Äxte stammten aus der Ägäis. Dann könnte es Griechisch sein. Das war sein zweiter Gedanke. Aber die Annahme zerschlug sich rasch. Die Zeichen ähnelten zwar dem griechischen Alphabet jener Zeit, ergaben jedoch keinen Sinn und wichen zudem in einigen Einzelheiten ab. Högström tippte auf Etruskisch, eine Sprache, die er nur oberflächlich kannte und nicht entziffern konnte. Es war ihm nicht einmal gelungen, Anfang und Ende der Inschrift zu bestimmen.

Da die Zeichen in das Metall graviert waren, ließ sich bisher nicht sagen, ob die Inschrift bei der Herstellung der Beile oder erst später eingraviert worden war. In den Vertiefungen der Buchstaben hatte das Labor die Reste der früheren Beschichtung entdeckt, aber die Spuren reichten nicht für eine Analyse.

Vielleicht hatte einer der drei Triumvirn die Äxte von einem seiner Feldzüge aus dem Osten mitgebracht. Außer Högströms Datierung fand Kjell nichts, womit er sie in die bekannte Geschichte einordnen konnte. Im alten Rom waren Fasces die Insignien der Macht gewesen, sie bekundeten das Imperium der hohen Beamten. Ihre Leibwächter trugen sie vor ihnen her. Das wusste jeder Lateinschüler. Aber die Römer hatten die Fasces nicht selbst erfunden sondern wohl von den Etruskern übernommen, wie auch den Purpur und das gesamte religiöse Zeremoniell. Kjell konnte sich erinnern, dass nach der Römischen Geschichte von Livius der König Tarquinius Superbus all diese Gegenstände und Bräuche in Rom eingeführt hatte. Solche literarischen Erwähnungen und einige Darstellungen in Reliefs waren nach Högströms Auskunft auch der einzige Beleg für die Existenz der Fasces, wenn man von einem etruskischen Exemplar absah, das den Beilen aus dem Schließfach in seiner Form nicht unähnlich war. Allerdings hatte ihm die Zeit so übel mitgespielt, dass man seine Form gerade noch erahnen konnte. Aber selbst die Etrusker hatten die Beile als Zeichen der Herrschaft nicht selbst erfunden. Sie waren viel älter und stammten wohl aus dem Osten. Dazu passte Lippmanns Ansicht über die Metalllegierung und seine Herkunft.

Aus dem Flur drang ein Schrei ins Zimmer und riss Kjell aus seiner Lektüre. Er lief hinüber in den Archivraum, wo sich Sofi vor einigen Stunden hingelegt hatte. Henning und Barbro waren nach Hause gefahren.

Sie saß aufrecht auf der Liege und fuhr sich durch die Haare.

»Schlecht geträumt?«

Sie nickte und huschte an ihm vorbei. Er sah den Zeitpunkt für gekommen, frischen Kaffee aufzusetzen. Nach einer Viertelstunde betrat Sofi den Besprechungsraum und setzte sich stumm vor ihre Tasse.

»Hat Henning dir von dem Mädchen erzählt, das ich gesehen habe?«

Er nickte.

»Ich habe eben davon geträumt und bin mir jetzt überhaupt nicht mehr sicher, ob das wirklich passiert ist.«

»Du hast es dir wahrscheinlich nur eingebildet. Schematische Kognition nennt man das auf der Polizeischule.«

»Genau darauf will ich hinaus. Das Mädchen glich Fabia Terni, aber das Gesamtbild erinnerte eher an den Auftritt der Männer bei der Botschaft. Allerdings stand sie ganz allein da.«

»Du hast das Bild aus den Bestandteilen der realen Ereignisse zusammengesetzt.«

Sofi runzelte die Stirn. »Bild? Ich dachte, das ist ein Zeichen?«

Er hob den Daumen. Bald hatte sie den Dreh raus.

»Ich weiß jetzt auch, worauf es hinweist. Fabia gehört nicht zu Maero, Kjell. Da haben wir uns geirrt.«

»Sondern?«

»Sie gehört zu Charun! Darauf weist mich dieses Zeichen hin.«

Da konnte sie verdammt recht haben. »Sprich weiter.«

»Das war's schon.« Sie trank von ihrem Kaffee.

»Jedenfalls wissen wir endlich, was die theatralische Bildsprache soll. Ich habe dir doch gesagt, dass wir dahinterkommen.«

»Wohinter?«

»Die Fasces. Sie sind das reale Objekt, auf das sich die Gier richtet. Und die Verkleidung als Etrusker passt dazu.«

»Aha. Verstehe.«

Jemand hatte die Fasces aus Italien entwendet und nach Stockholm gebracht. Und Maero hing in dieser Sache mit drin. Und noch etwas anderes wusste Kjell: Die Fasces hatten nie in einem Museum gelegen. Die Welt wusste nichts von ihnen.

71

Henning seufzte vor Erleichterung, weil sich die Tür zur Cafeteria öffnen ließ. Der Feiertag sorgte für leere Tische und Stühle. Wie ein Amphibienfahrzeug steuerte er in erstaunlich gerader Bahn auf die Ausgabetheke zu und stieß dabei immer wieder gegen die Stühle. Kjell und Barbro folgten ihm durch den Mittelgang.

Eine Handvoll Menschen saß in größtmöglichem Abstand zueinander an den Tischen. Am Fenster entdeckte Sofi Nils Kullgren. Der Chef der schwedischen Geheimpolizei aß ein Croissant und blätterte in der Zeitung von gestern. Kullgren war bereits mit Anfang vierzig Chef der Säpo geworden. Die scharfen Gesichtszüge und seine schwarzen Maßanzüge hatten seinen Ruf als Hai niet- und nagelfest gemacht. In der Vergangenheit hatte es einige persönliche Momente zwischen Sofi und Kullgren gegeben, deshalb hätte sie es als unhöflich empfunden, ohne ein kurzes Gespräch an ihm vorbeizugehen.

»Der sechste Juni ist der schlimmste Tag des Jahres«, murmelte Kullgren, ohne auch nur den Blick von der Zeitung zu heben.

»Nur wenn man bei der falschen Polizeibehörde ist«, erklärte ihm Sofi und nahm dabei den Satz auf, den Kullgren bei jeder ihrer Begegnungen mindestens ein Mal fallenließ, um sein Interesse an einer feindlichen Übernahme zu bekunden. »Wie viele Leute hast du draußen?«

»Außer der Lohnbuchhaltung so gut wie alle. Die Königsfamilie winkt, der Staatsminister hält eine Rede, und allein in Stockholm gibt es sechs Demonstrationen, zwei davon faschistisch.«

»Mach's gut«, sagte Sofi und ging zur Theke. Sie versuchte immer, das Gespräch mit Kullgren unvorhergesehen zu verlassen.

Das war noch besser, als das letzte Wort zu haben. Die anderen saßen längst an ihrem üblichen Tisch am Fenster.

Die neue Personalrätin hatte sich mit dem Versprechen auf eine Caffè-Latte-Maschine zur Wahl gestellt und ihren Posten bei der nächsten Sitzung gleich wieder verloren, als allen klar geworden war, dass der Kaffee wegen dieser Anschaffung von nun an 29 Kronen kostete. Sofi schenkte sich schwarzen Kaffee aus der alten Warmhaltekanne ein und nahm einen Apfel aus dem Korb neben der Kasse.

»Wir müssen die Frage erörtern, wie, wann und warum die Fasces nach Stockholm gebracht wurden«, begann Kjell die Morgenbesprechung mit dem Mut eines Festredners, der weiß, dass die anderen die Arbeit erledigen würden.

Henning knurrte skeptisch. »Wem gehören sie eigentlich? Ich meine, wenn der Archäologe sie als Jahrhundertfund betrachtet, dann muss es doch einen Besitzer geben.«

Sofi versuchte, sich über die glänzende Oberfläche ihres Apfels selbst in die Augen zu schauen. »Sie haben nicht in der Erde gelegen, also müssen sie irgendwo gelagert worden sein.«

»Zumal niemand in der Fachwelt jemals von ihnen gehört hat«, fügte Barbro hinzu.

Henning knurrte erneut. »Ich bin mir nicht so sicher. Nehmen wir an, die Italiener wissen von den Fasces. Würden sie dann nicht besonders daran interessiert sein, dass die Ermittlungen vorankommen? Wie zum Beispiel genau jetzt?«

Barbro wollte den Grund wissen.

»Wenn sie römisch oder etruskisch sind, dann gehören sie als Fund dem italienischen Staat«, erklärte Henning. »Deswegen.«

»Eigentlich können wir die Existenz der Fasces bis zur Anklage geheim halten«, überlegte Kjell. »Mal sehen, ob Rom in der Zwischenzeit darauf zu sprechen kommt. Wir können ja nur vermuten, dass die diplomatische Immunität der Botschaft für den Transport der Fasces missbraucht wurde.«

Sofi zückte ihren Stift. »Wie lautete unsere Arbeitstheorie?«

»Fabia Terni, oder besser, die tote Frau, hat die Fasces nach Italien geschafft.«

»Mmm, nein.« Sofi schüttelte den Kopf. »Erstens reiste sie mit einer zu kleinen Tasche.«

Sie legte ihren Stift weg und biss in den Apfel, um Kjell zu signalisieren, dass sie das nicht als Arbeitstheorie aufschreiben würde.

»Ohne das Holz passen die Fasces vielleicht hinein.«

»Nein. Das Gewicht ihrer Tasche betrug nach den Angaben der Fluggesellschaft sechs Kilogramm. Eine Axt wiegt allein vier Kilo.«

»Sie ist vielleicht mehrmals gereist. Nur so wird ihr Gepäck nicht durchleuchtet.«

»Aber nur einmal ist sie als Diplomatin eingereist.«

»Warum fuhr sie nicht mit dem Auto?«, wollte Henning wissen.

»Zweitens!«, sagte Sofi. »Fabia Terni und Massimo Maero stehen nicht auf derselben Seite. Wenn Fabia die Fasces hierherbrachte, dann ergibt der Mord an Maero keinen Sinn.«

»Du glaubst, dass Maero sie transportiert hat?«, fragte Kjell.

Sie glaubte sogar, dass Fabia die Fasces nur einmal gesehen hatte, nämlich am Schließfach.

»Nicht nur das. Er hat sie gestohlen oder war zumindest an ihrem Raub beteiligt. Denn die Vorbesitzer sind ihm hierhergefolgt und haben ihn ermordet.«

»Moment mal!«, rief Barbro. »Das ist gut. Es erklärt nämlich auch Fabias Rolle und die Frage, warum die Vorbesitzer auf zwei Fronten aktiv waren. Ich erkläre euch mal, wie es war!«

»Gerne«, sagte Kjell.

»Nämlich so: Maero fliegt mit den Fasces hierher. Die Vorbesitzer kommen dahinter und senden Maero in der Walpurgisnacht einen bildgewaltigen Gruß in Form eines Überfalls auf die Botschaft. Vielleicht willigt Maero in eine Rückgabe ein, wenn auch nur zum Schein. Für die Übergabe sendet man jemanden nach Stockholm, der die Fasces unbehelligt vom Zoll wieder nach Italien bringen kann. Wenn es sich wirklich bewahrheitet, dass Fabia gar nicht Fabia ist, dann ergibt sogar das Ein- und Ausreisen einen Sinn. Fabia gehört zu den wahren Eigentümern der Fasces oder handelt in ihrem Auftrag. Sie ist bereits vorher in Stockholm. Als die Übergabe stattfinden soll, reist sie aus und mit der diplomatischen Immunität wieder ein. Sie trifft sich mit Maero, der ihr in der Bibliothek den Schlüssel zum Schließfach übergibt. Maero will auf die Fasces jedoch nicht verzichten und lässt Fabia überfahren.«

Beim letzten Satz bildeten sich Falten auf der Stirn aller Kollegen.

Sofi fand als Erste Worte. »Dann wäre alles nur eine Farce, Barbro. Dann hätte er sich gleich weigern können.«

Henning und Kjell äußerten weitere Vorbehalte. Das Szenario war viel zu riskant. Maero war ja selbst in der Bibliothek aufgetreten. Auch Charun war dort gewesen.

»Aber der zweite Überfall auf die Botschaft kurz darauf legt die Annahme doch nahe, dass es so war«, erwiderte Barbro. »Maero ging nur zum Schein auf die Rückgabeforderung ein.«

Henning rieb sich die Augen. »Im Prinzip hast du recht. Aber dein Szenario ist zu klein. Es gibt eine weitere Partei, die wir noch nicht kennen. Wer hat zum Beispiel die Frau überfahren? Wer war der erste Mann bei der Leiche? Wir müssen herausfinden, wer das ist und in welchem Verhältnis er zu Maero steht.«

»Und wie willst du das machen?«, fragte Sofi.

»Wir müssen den Mann vom Schließfach finden. Er steht auf der dritten Seite.«

Die anderen zweifelten daran, dass er sich jetzt noch in Schweden aufhielt.

Der dunkle Teint des Mannes vom Schließfach passte zu den unbekannten Männern vom Unfallort. Aber die Beschreibung der Zeugen war so vage, dass eine genaue Identifikation wohl nie gelingen würde. Er konnte sowohl im Unfallwagen gesessen als auch als erster Mann zur Leiche gegangen sein.

Wenn gleich mehrere Personen in Frage kamen, musste man von einer Gruppe ausgehen. Kjell bemerkte, dass an der Mafiaidee wirklich etwas dransein könnte.

Henning stand auf und klemmte sich seine Jacke unter den Arm. »Wie die Fasces nach Stockholm gekommen sind, ist immer noch offen. Es gibt eine Verbindung zwischen Maero und dem Fahrer des Unfallwagens, da bin ich mir sicher.«

»Was hast du vor?«, fragte Barbro.

»Ich fahre nach Arlanda und schaue mir wieder Videos an. Macht's gut!«

Barbro stand ebenfalls auf. Sie wollte ausgewählten Zeugen die Videobänder vom Schließfach vorführen. Vielleicht hatte sie doch Glück.

»Und was soll ich tun?«, fragte Sofi, als sie mit Kjell in den Aufzug stieg. Sie hatte wirklich nicht die geringste Ahnung.

»Der italienische Internermittler hat sich gemeldet. Nach Prüfung der Überwachungskamera der Botschaft bestätigt er, dass die vermeintliche Fabia Terni am Freitagnachmittag bei Maero war.«

»Dann hat er die Wahrheit gesagt.« Die Türen schlossen sich und der Aufzug setzte sich mit einem Ruck in Bewegung. »Warum sollte er das eigentlich tun?«

»Kannst du dich noch daran erinnern, wie sehr Maero erschrak, als wir ihm Fabias Foto zeigten? Der Schock war echt, aber ich habe ihn falsch gedeutet. Er galt nicht ihrem Tod, sondern der Tatsache, dass wir Fabia so schnell mit Maero in Verbindung gebracht haben. Darauf war er nicht vorbereitet. Er musste zugeben, sie zu kennen. Seine Augen hatten ihn längst verraten.«

72

Sofi hob den Arm. »Halt! Genau da! Dreh dich zur Straße.«

Sie warf einen letzten Kontrollblick auf das Foto und war zufrieden. Sie stieß sich von der Wand der Bibliothek ab und marschierte in Feldvermesserschritten zur Eingangstür. Heute am Feiertag hatte die Bibliothek geschlossen, deshalb musste sie hier starten. Sie drückte die Stoppuhr und ging los, allerdings ganz und gar unsicher, wie schnell sie auf der breiten Treppe hinab zum Gehsteig laufen sollte. Sie entschied sich für ein mittleres Tempo. Auf dem Sveavägen angekommen warf sie einen Blick hinauf zur Terrasse. Kjell war von hier unten nicht zu sehen. Sie wandte sich nach links und lief zwanzig Meter weit bis zur Kreuzung. Im 7-Eleven waren die Verhältnisse ideal. Wie an jenem Abend gab es eine Schlange von acht Menschen vor der Kasse.

Als Sofi drei Minuten später mit einem Kaffee in der Hand vor die Tür trat, blieb sie stehen, um die verbleibenden anderthalb Minuten bis zum Unfall zu überbrücken. Das war die Zeitspanne, wo Fabia der betrunkenen Lovisa geholfen hatte. Kurz vor dem Zeitpunkt des Unfalls näherte sich Sofi der Bordsteinkante und hielt die Stoppuhr an.

Bei ihrer Rückkehr auf die Terrasse hatte Kjell sich nicht von der Stelle gerührt.

»Begreifst du?«, fragte sie.

Er nickte gedankenversunken. »Du hättest mir auch einen Kaffee mitbringen können.«

»Dann wäre es nicht authentisch gewesen!«

Das letzte Foto aus der Reihe der Aufnahmen der Pressefotografin war sechs Minuten vor dem Unfall entstanden. Sofi hatte sich die Bilder im Büro noch einmal vorgenommen und sich gefragt, warum Maero dort so allein gestanden und dazu immer hinab zur Straße geblickt hatte.

Kjell strich sich die Haare aus dem Gesicht. »Du hast recht. Es gab an jenem Abend kein Treffen zwischen den beiden. Fabia hat Maero überhaupt nicht gesehen.«

»Aber er sie! Er hat sie verfolgt, und er selbst hat dem Fahrer das Signal gegeben. Und ich weiß auch, warum er selbst hier stand und kein anderer.«

Kjell nickte. Nur Maero wusste, wie Fabia aussah und was sie an jenem Tag trug. Er musste es selbst erledigen, um kein Risiko einzugehen. Und wenn er sich als Botschafter hierherwagte, dann war der Erfolg des Attentats von höchster Bedeutung gewesen.

»Fabia hatte den Schlüssel längst!«, sagte Sofi und lächelte in die Sonne.

»Was suchte sie also in der Bibliothek?«

»Den Schlüssel jedenfalls nicht. Den kann sie nicht erst am Samstagabend bekommen haben und auch nicht bei ihrem Besuch in der Botschaft, denn auf der Kameraaufzeichnung sehen wir, wie sie das Schließfach bereits am Donnerstag öffnet und wieder schließt. Also stimmt unsere Annahme von neulich nicht.«

»Aber was tat sie dann hier?«

»Es gibt noch einen weiteren Faktor. Es muss um die Bibliothek gehen.«

»Du wartest hier. Ich besorge dir ein paar Techniker und den Schlüssel zur Bibliothek. Und dann suchst du von oben nach unten.«

73

Reich bückte sich und strich das Gras zur Seite, um zu sehen, wie lang der Stein wirklich war. Der dreibeinige Zeichenhocker, auf dem er saß, begann zu wanken, und das Skizzenbrett rutschte ihm von den Knien. Sogleich wirbelte der Wind die Blätter durcheinander. Eines löste sich sogar aus der Klemme. Reich musste aufspringen und es einfangen. Nachdem er alles in Ordnung gebracht hatte, suchte er eine stabilere Unterlage für den Hocker und setzte die Skizze fort. Nach drei Strichen riss ihn schon wieder etwas aus seiner Ruhe. Unten am Fuß des Hügels fuhr ein Auto auf der Straße nach Tuscania entlang. Sein Blick folgte dem Fahrzeug einige Sekunden lang, bevor er sich wieder auf seine Skizze besann. Da bremste das Auto mit quietschenden Reifen, setzte gute dreißig Meter im Rückwärtsgang zurück und blieb stehen. Nichts rührte sich. Er kratzte sich mit dem Bleistift an der Schläfe. Hier gab es ja nichts außer Grashügeln bis zum Horizont und einigen Pinien.

Und ihm. Der Fahrer stieß die Tür auf. Reich konnte nur Umrisse ausmachen, weil die Sonne den Fahrer von hinten anstrahlte. Nach einigen Schritten gab es keinen Zweifel mehr, dass die Person den Hügel heraufstieg und in gerader Linie auf ihn zusteuerte. Ein langer Aufstieg, wenn man nur nach dem Weg fragen wollte. Hinter der Kurve kam schon das Dorf.

»Professor Reich?«

Reich nickte. Mehr konnte er nicht tun.

»Ich bin Theresa Julander«, sagte die blondgelockte Frau auf Englisch. Es war nicht ihre Muttersprache. Ihrem Aussehen nach stammte sie eher aus Nordeuropa. »Von der schwedischen Staatspolizei. Was machen Sie hier?«

Ein ganz schöner Zufall. Reich wollte gerade dasselbe fragen.

Stattdessen drückte er wieder das Gras flach, so dass ein Stück des langen Steinblocks mit der Inschrift zum Vorschein kam.

»Ist das Etruskisch?«

»Ja.«

»Es sieht langweilig aus.«

»Nun ja, es gibt aufregendere und langweilige Stücke. Das kann man sich nicht aussuchen.«

»Oh doch! Ich habe Ihnen etwas mitgebracht.«

»Woher wissen Sie denn, dass ich hier an dieser Stelle sitze?«

»Meine Kollegen haben sich an Ihr Institut in Deutschland gewandt, dort Ihre Telefonnummer bekommen und dazu die Adresse Ihrer Pension.«

Reich nickte. Es gab jedoch Einwände. »Ich will nicht pingelig sein, aber wie haben Sie mich hier im Nirgendwo gefunden?«

»Über Ihr Telefon. Ich und meine Kollegen von der Antimafia haben uns erlaubt, Sie zu triangulieren.« Sie formte mit ihren beiden Händen ein Dreieck. »Die italienische Gesetzgebung zum Schutz vor Terror hat dafür gesorgt, dass dabei alles mit Recht und Ordnung vor sich ging.«

»Entschuldigung. Ich hatte im Laufe meiner Professur Hunderte von weiblichen Studenten und falle auf dieses Grinsen schon lange nicht mehr herein.«

Er fummelte in seiner Schultertasche herum, bis er die Antwort darauf fand, warum sie nicht einfach angerufen hatte. Er schaltete sein Telefon immer stumm, um sich vor Anrufen von sprechstundenversessenen Studentinnen zu schützen, die nur kommen wollten, um zu grinsen. Er warf das Telefon zurück in die Tasche.

»Ich grinse aus reiner Vorfreude, Professor Reich. Wollen Sie mal etwas Aufregendes sehen?« Sie begann, sich umständlich aus den Trägern ihres Wanderrucksacks zu befreien.

»Was diesen Satz angeht, da bin ich auch immun.«

Sie runzelte die Stirn und öffnete ihren Rucksack.

»Verpflichten mich die Antiterrorgesetzte, mit der schwedischen Polizei zu kollaborieren?«

»Wahrscheinlich schon«, antwortete sie und kniete sich mit ihrem Rucksack auf den Boden.

Die Präsentation hätte sie besser vorbereiten können, fand Reich.

»Hier, bitte!«

Sie reichte ihm ein zusammengerolltes Papier. Er rollte es auseinander und betrachtete es.

»Wo haben Sie das her?«

»Es ist ein Beweismittel in einem Ermittlungsfall, bei dem es um organisierte und internationale Kriminalität geht.«

»Um Schmuggel, nehme ich an.«

»Woher wissen Sie das?«

»Die Inschrift muss von einem Gegenstand stammen.«

Sie kniff die Augen zusammen und musterte ihn. Er wandte sich wieder dem Blatt zu.

»Das ist keine bekannte Inschrift. Woher stammt das?«

»Das sage ich Ihnen, wenn Sie es übersetzen.«

»Das ist nicht so leicht. Ich müsste in die Pension, wo ich meine Bücher habe.«

Noch auf den Knien drehte sie sich schweigend um und zeigte zum Auto. Dann grinste sie wieder.

74

Da war sie. Ganz schön unvorsichtig, dachte Henning Larsson zuerst. Oder dreist. Aber weder das eine noch das andere traf zu. Fabia Terni war am Donnerstagabend, dem Abend vor ihrer Rückkehr nach Stockholm, von Arlanda aus abgeflogen.

Sie hatte keinen Grund gehabt, das zu verschleiern. Von ihrem Tod ahnte sie zu diesem Zeitpunkt noch nichts, auch die Polizei und die Kameras brauchte sie nicht zu fürchten.

Henning gab dem alten Bürostuhl einen Schubs. Obawa und Åke vom Zoll standen schon die ganze Zeit hinter ihm. Henning hielt die Passagierliste hoch. »Gibt es irgendeine Möglichkeit, an den Namen zu kommen, den sie für den Flug verwendet hat?«

»Die gibt es«, sagte Åke im hinterwäldlerischsten Småländisch. Die besten Zöllner kamen aus Småland. Es musste an der Landschaft dort liegen, die einem von Kindheit auf ein außerordentliches Bewusstsein für Begrenzungen vermittelte. »Du schickst für jeden weiblichen Passagier eine Anfrage an die Polizeibehörde seines Heimatlandes.«

Åke überflog die Liste und zählte die vorhandenen Nationalitäten auf. Es waren siebenundvierzig Frauen aus neun Staaten an Bord der Maschine nach Zürich gewesen.

»Die Schweiz, Algerien und die USA kann ich übernehmen. Das liegt außerhalb Europas, und an der Stelle, wo diese Frauen in der EU eingereist sind, gibt es ein Foto ihres Passes.«

»Wie lange dauert das?«

»Es geht in jedem Falle schneller als bei den anderen. Bei den neun aus Deutschland wird es mühselig, weil dort nicht die Polizei die Pässe ausstellt sondern eine Meldebehörde mit solipsistischen Öffnungszeiten. Ich fange am besten gleich an.«

Solipsistisch, dachte Henning. Åke verwendete ständig småländische Ausdrücke, die er nicht verstand. Er rief Kjell an. »Wie kann ich von einer größeren Menge ausländischer Passagiere Personenabfragen machen?«, lautete seine Frage. »Ich muss an die Passbilder kommen.«

»Bist du noch in Arlanda?«

Henning bejahte.

»Schick die Liste an Sofi ins Büro. Das machen wir über die Kreditkarten. Am besten kommst du her.«

»Ich rufe wieder an.« Henning drückte auf den roten Knopf, ohne eine Antwort abzuwarten, denn Åke war in den Raum hereingeeilt und fuchtelte mit den Händen. »Es geht viel einfacher! Über die Passagier-Historie. Wir machen das bei Flügen, deren Ziel oder Start außerhalb der EU liegt. Wenn der Pass bei der Einreisekontrolle auf den Scanner gelegt wird, zeigt der Monitor automatisch das Reisemuster des Passagiers und prüft, ob die Nummer des Passes abweicht.«

Åke rollte den Stuhl samt Henning darauf einfach ein Stück zur Seite, beugte sich über die Tastatur und drückte die F7-Taste. Die Passagierliste verwandelte sich in eine Folge von Blöcken unterschiedlicher Länge.

»Jetzt haben wir zu jedem Namen alle Ein- und Ausreisedaten seit Oktober 2001. Und allerlei Möglichkeiten, die Daten zu filtern.«

Henning grunzte vor Freude. »Wie schrecklich, dass so etwas möglich ist! Streich alle Männer und solche, die zum ersten Mal aus Schweden weggeflogen sind.«

75

Theresa blieb nichts anderes übrig, als sich auf die bunte Steppdecke zu setzen, die über das Bett gebreitet war. ›Bed & Breakfast‹ stand draußen über dem Eingang der Pension. Dass man im Bett frühstücken musste, weil das Zimmer so winzig war, hatte der Betreiber allerdings nicht auf das Schild geschrieben. Auf der Fahrt hatte Reich ihr von seiner Emeritierung erzählt. Den Ruhestand nutzt er dazu, rastlos in Italien umherzufahren, um sein zweibändiges Standardwerk »Nichtlateinische Schriftzeugen des antiken Italien« auf Vordermann zu bringen, und das bedeutete, dass er jede Abzeichnung, die man in der Forschung verwendete, persönlich in Augenschein nahm und auf seine Richtigkeit überprüfte. Man glaube gar nicht, wie viele Fehler sich da eingeschlichen hatten. Wie langweilig, hatte Theresa geantwortet, vor allem wenn einem nur noch fünfzehn oder zwanzig Jahre im Leben blieben.

Reich saß am Schreibtisch und kehrte ihr den Rücken zu. Dem Tisch sah man deutlich an, dass er erst auf Wunsch von Reich ins Zimmer gezwängt worden war.

Theresa wippte ein wenig auf den alten Stahlfedern der Matratze. »Ich gehe mal runter und kaufe mir ein Eis. Wollen Sie auch eins?«

»Warten Sie! Ich bin so weit.«

Theresa nutzte die Kraft der Matratzenfedern, um aufzuspringen. Sie stellte sich hinter den Professor.

»Der Anfang des Textes liegt an einer anderen Stelle. Er beginnt mit *mi*, wie bei vielen Weih- oder Eigentumsinschriften. *Mi* bedeutet ›ich‹. Der Gegenstand, auf dem die Inschrift steht, spricht also selbst und sagt, wem er gehört oder geweiht ist. Die Inschrift lautet: *Mi Lavci Tarch Rum Qvr Amce Mechl Rum Zil.*« Reich lehnte sich zurück und fixierte die Inschrift aus größerer Entfernung. »Das ist Kurzschreibung. Nur *mi lavci* ist ausgeschrieben. Es muss lauten: *Mi Lauvci Tarchas …* oder *Tarchuniies … Rumach. Ich gehöre Lucius Tarquinius Romanus.* Verdammt noch mal! Wo haben Sie die nur her?«

Theresa eilte zu ihrem Rucksack, den sie neben der Tür abgestellt hatte. Sie wühlte nach der Mappe. »Sie wurden in Stockholm in einem Schließfach gefunden. Wir wissen nur, dass sie sehr alt sind und vermutlich keine Fälschung. Außerdem müssen sie aus Italien nach Schweden geschmuggelt worden sein. Hier, bitte.«

Reich warf einen kurzen Blick auf das Bild und legte es auf den Tisch. »Da können Sie sicher sein.«

»Worin?« Theresa setzte sich wieder auf die Ecke der Matratze.

»Dass sie aus Italien stammen. Es sind die Insignien des alten Roms. Die Krone sozusagen. Die müssen vor kurzem ausgegraben worden sein. Sie sind völlig unbekannt.«

Therese seufzte. Sie hatte in der Schule Französisch und Italienisch gewählt und stand jetzt dumm da. »Wer ist dieser Lucius?«

Reich war mit seinen Gedanken davongeflogen. Es dauerte eine Weile, bis er reagierte. »Lucius Tarquinius Romanus. Ich müsste nach Rom fahren, um ganz sicher zu gehen. Sein Vater hieß Lucius Tarquinius Priscus, wenn ich mich recht erinnere. Wir haben es also mit seinem Sohn zu tun, Tarquinius Superbus.«

»Und wer war das?«

»Der letzte König von Rom. Die Römer haben ihn verjagt und die Republik gegründet.«

»Aber der Name Superbus steht da ja gar nicht. Sind Sie sicher, dass er es ist?«

»Diesen Beinamen hat er natürlich erst später erhalten für seine Vermessenheit. *Superbia* bedeutet ›Größenwahn‹.«

»Und warum jagten die Römer ihn aus der Stadt?«

»Sie hatten gar kein Latein, oder?«

»Nein. Woher sollte ich wissen, dass es mal so spannend wird?«

»Alles gehört natürlich ins Reich der Sage. Sicher ist nur, dass Rom in der Frühzeit von etruskischen Königen regiert wurde. Die Fasces und der Purpur als Insignien stammen von dort, ebenso wie die Dynastie der Tarquinier. Sie stammt aus Tarquinia und …«

»Aus Tarquinia?«

»Ja. Aus dieser Gegend hier. Der Legende nach wurde Tarquinius Priscus, der Vater von Tarquinius Suberbus, von einem gewissen Servius Tullius als König abgelöst. Superbus hatte eine ehrgeizige Frau, die ihn dazu antrieb, aus Tarquinia nach Rom zurückzukehren und die Herrschaft an sich zu reißen. Jetzt wird mir auch klar, wie er das geschafft hat.«

Reich hob das Bild von der Tischplatte auf und betrachtete es lange. »Romanus. Er gab sich den Beinamen Romanus, der Römer. Und dann geht die Inschrift mit *Qvr* weiter. *Qvr Amce Mechl Rvm,* König von Rom. Das ist wirklich erstaunlich. Wir zerbrechen uns seit langem den Kopf darüber, seit wann es den Ausdruck *rex* für ›König‹ schon gibt. Und er nennt sich *Qvr.* Das könnte vom griechischen Wort *Kyrios* kommen. Ursprünglich stammt die Familie der Tarquinier aus Korinth, müssen Sie wissen.«

Theresa entfaltete einen Zettel. »Also, hier steht, dass die Fasces aus korinthischem Erz bestehen. Was auch immer das ist.«

»Eine hochwertige Legierung, die man für Statuen und Ähnliches verwendet hat. Sind Sie sich sicher, dass das echt ist?«

»Haben Sie Zweifel?«

»Die Inschrift wirkt sehr echt. Es deutet meist auf eine Fälschung hin, wenn etwas sehr echt aussieht.«

»In Stockholm wurden mehrere Materialanalysen gemacht. Ich kann es nicht beurteilen.«

»*Zil* kann nur für *Zilath* stehen, das etruskische Wort für Prätor oder Konsul.«

»Können Sie noch etwas über Superbus erzählen?«

»All unser Wissen stammt von antiken Historikern. Von Tarquinius weiß man nur, dass er ein Tyrann gewesen sein soll. Er hat den Jupitertempel auf dem Kapitol erbaut und einige Kleinkriege mit dem Umland geführt. Als sein Sohn Sextus die tugendhafte Lucretia vergewaltigt hat, vertrieben die Römer die Königsfamilie aus Rom. Lucretias Vater besaß großen Einfluss.«

»Das ist alles?«

»Im Prinzip schon, aber nichts davon ist gesichert oder wahrscheinlich. Es gibt auch noch die Sage von der Sibylle aus Cumae. Sie bot Superbus neun Schriftrollen mit Prophezeiungen an und verlangte einen hohen Preis. Als er ablehnte, warf sie drei der neun Rollen ins Feuer. Bei ihrem zweiten Besuch wollte sie denselben Preis für die verbliebenen sechs Bücher. Wieder verbrannte sie drei. Erst beim dritten Besuch lenkte Superbus ein, kaufte die verbliebenen drei Rollen für den ursprünglichen Preis und lagerte sie im Jupitertempel. Solche Geschichten waren in der Antike beliebt.«

»Was geschah mit den Rollen?«

»In Krisenzeiten haben die Römer sie konsultiert. Später sind sie dann mit dem Tempel verbrannt.«

»Aber über die Fasces gibt es keine solchen Geschichten, oder?«

»Nein. Ich kenne keine einzige, die mit Fasces zu tun hat. Mussolini hatte sie in seinem Wappen. Er war ganz versessen darauf.«

76

Der riesige Leuchter unter der Decke leuchtete nur ihretwegen. Sofi hatte sich an einem der Lesetische niedergelassen und ihre Notizen ausgebreitet. Sie legte den Kopf in den Nacken. Es mussten dreißig Meter bis zur Decke der Rotunde sein. An der unteren Hälfte des zylinderförmigen Lesesaals war die Rundwand mit Regalen verkleidet. Man erreichte sie über Galerien, zu denen Treppen führten, die sich hinter den Regalen verbargen. Darüber war die Rundwand weiß verputzt.

Manchmal sah sie einen von Pers Technikern über die Galerien huschen. Alle Geländer, die Tische und vieles mehr hatten Pers Leute inzwischen untersucht. Nun konzentrierten sie sich auf die Nebentrakte.

Sofi hatte die Direktorin der Bibliothek bei ihrer Sonntagsbeschäftigung ausfindig gemacht, sie hergebeten und sich von ihr durch die verwinkelten Räume der Bibliothek führen lassen. Der Bau war so verwirrend, dass sie nach einigen Treppen hinauf und wieder hinab oft nicht mehr gewusst hatte, in welcher Etage sie sich eigentlich befand. Im Lesesaal hatten die Besucher der Veranstaltung an jenem Abend vor einer Woche auf der freien runden Fläche in der Mitte oder oben auf den Galerien gestanden. Eine Apparatur hatte mit Laserstrahlen eine Simulation in den dunklen Raum gezaubert, und die Zuschauer konnten erleben, wie die Bibliothek einst erbaut worden war und wie sie nach dem Umbau in fünf Jahren aussehen würde. In den angrenzenden Sälen hielt man Vorträge. Auch in diesen Räumen war es so dunkel gewesen, dass man die Gesichter der anderen kaum erkennen konnte. Es war auf jeden Fall ein idealer Ort für ein geheimes Treffen. Sofi konnte sich jedenfalls nicht vorstellen, dass Fabia wegen der Lasershow selbst gekommen war.

Sie studierte die Ermittlungsakte noch einmal von vorne bis hinten. Im Anhang gab es Skizzen über den Verlauf des Unfalls. Linien zeigten den vermutlichen Weg der Beteiligten zu der Stelle, wo sie sich im Augenblick des Knalls befunden hatten. Pfeile markierten die Blickrichtung der Zeugen. Der Unfallwagen war dreimal eingezeichnet, in unterschiedlichen Stadien des Anschlags.

Die Akte immer und immer wieder zu lesen, war eine der wichtigsten Tätigkeiten eines Ermittlers. Leider stieß Sofi auf keinen neuen Zusammenhang. Sie schob die Akte von sich und öffnete ihr Notizbuch. Auch darin hatte sie Skizzen gezeichnet, dabei aber eher auf die innere Folgerichtigkeit der Ereignisse geachtet und mit ihr gespielt. Sie blätterte und las alle Einfälle und Szenarien, die sie in der vergangenen Woche entwickelt hatte, noch einmal, als hätte sie nie von ihnen gehört. Auf Seite acht begannen ihre Aufzeichnungen aus Linköping. *Fabia Terni. Mitochondrien. Typus keine Ähnlichkeit zu europäischen Haplotypen. Fabia Terni blickt aus dem Fenster einer fliegenden Untertasse und winkt. 16126, 16193, 16228, 16229, 16278.* Das waren Stellen in der Gensequenz der Mitochondrien. Sofi wusste schon gar nicht mehr, wie das alles genau zusammenhing, aber plötzlich war sie sich wieder bewusst, dass Fabia Terni ja tatsächlich von den Etruskern abstammte. Diese Erkenntnis hatte sich im Laufe der Tage ziemlich abgeschwächt.

Sie blätterte um. *Stabby Allé 5.* Das war die Adresse von Pauline Breston, der Ethnologin aus Uppsala. *Bellum privatum* hatte Sofi später auf dieselbe Seite notiert und zweimal unterstrichen. *Du musst dich umdrehen. Die Motive liegen immer hinter dir.* Was war das? Anna-Lena Sjölins Worte. Sie hatte sie ihr in der Küche gesagt, während sie die Sucherkamera ausprobierte und die Waschmaschine lief.

Das Motiv liegt immer hinter dir.

Sofi löste den Blick von ihrem Notizbuch und drehte sich auf ihrem Stuhl, ganz langsam und erwartungsvoll. Der runde Lesesaal mit seinen Regalen bot eigentlich aus jeder Perspektive den gleichen Anblick. Aber dennoch stand genau in ihrer Blickrichtung eine Informationstafel. Sofi hatte der Tafel bisher noch nie Beachtung geschenkt. Sie stand auf und bewegte sich langsam darauf zu. Zu ihrer Verwunderung klebten keine Veranstaltungshinweise der Volkshochschule oder Konzertplakate darauf. Anscheinend stand die Tafel sogar schon einige Zeit hier, denn es ging um den Bürgerentscheid zum Umbau der Bibliothek. Der hatte bereits im letzten September stattgefunden und die Bürger unter den fünf Entwürfen der Endrunde den Sieger wählen lassen. Sie hatten sich für den Entwurf einer jungen deutschen Architektin entschieden, die das Platzproblem durch einen länglichen Kastenbau lösen wollte. Der Neubau würde hinter dem alten entstehen und mit der Nordwand des Oberservatoriumshügels verschmelzen.

Ein Teil des Neubaus *verschmolz* also mit dem Fels. Auch bei den anderen eingereichten Entwürfen wäre der Nordhang verändert worden.

Etwas klickte in Sofis Kopf. Es fühlte sich wie Scharfstellen an.

Eine Reihe aus Bildern dokumentierte das Schicksal der Bibliothek. Den alten Bau hatte Asplund entworfen, 1928 hatte die Einweihung stattgefunden. Auf einem Bild aus dieser Zeit entdeckte sie Bauarbeiter, die mit Schlappmützen auf Gerüsten standen. Das nächste Bild war zwei Jahre später entstanden und zeigte den Garten zwischen Bibliothek und Handelshochschule. Alles sah 1930 schon so aus wie heute. Das akkurate Wasserbassin, die frischgepflanzten Bäume drumherum. Nur eines stimmte nicht. Oben auf dem Berg gab es keine bewachsene Fläche, sondern lauter alte Holzhäuser, die dicht beieinander standen. Dicht vor dem Hang.

Das dritte Bild stammte aus dem Jahr 1942. In ganz Europa tobte der Luftkrieg, aber im Garten vor der Bibliothek blühten die Bäume und das Wasser im Bassin spiegelte die Schäfchenwolken am Himmel. Auf dem Sveavägen war kein Mensch zu sehen, allerdings gab es bereits damals kaum freie Parkplätze.

Das Plateau auf dem Berg hatte sich gewaltig verändert. Die Häuser waren verschwunden. Bestimmt hatte ihr Anblick die optische Gesamtwirkung von Bibliothek und Berg gestört.

Wieder klickte es in Sofis Kopf.

Aber wo sollte da ein Motiv liegen? Deshalb hatte sie sich ja umgedreht.

Das Motiv liegt immer hinter dir, erklang der Rat von Anna-

Lena noch einmal. Gerade hatte sie in die Vergangenheit geblickt, also lag das Motiv in der Zukunft.

Neben dem Bild hing ein Zeitplan, der über die Phasen von Planung, Ausschreibung und Bau Auskunft gab. 2013 sollte alles fertig sein. Sie fuhr mit der Spitze ihres Zeigefingers hinauf bis zur Gegenwart. Im Mai war nichts geschehen, jetzt im Juni sollte die Hauptuntersuchung beginnen: geologische Prüfung des Bergmassivs.

Leider gab es außer dem Modell des fertigen Neubaus keine Bilder aus der Zukunft. Sofi kehrte noch einmal zum letzten Foto zurück. 1942.

Du musst erkennen, was nicht in das Bild gehört.

An der Ecke, wo 1930 noch die Häuser auf dem Berg gestanden hatten, stand 1942 eine Statue.

The detail makes the shot.

Irgendetwas stimmte nicht mit der Statue. Sie kam Sofi bekannt vor. Stand sie heute noch da oben?

Sie lief zurück zu ihrem Tisch. Vorhin erst hatte sie die Statue gesehen. Aber in einem anderen Zusammenhang. Sie setzte sich nur halb auf den Stuhl und blätterte durch die Akte.

Waldemarsudde! Wenn man vom Fundort von Maeros Leiche zur Botschaft blickt, dann sah man eine ganz und gar ähnliche Statue. Ein Bogenschütze mit angewinkelten Beinen hatte die Sehne des Bogens bis zum Anschlag gedehnt. Jeden Augenblick musste der Pfeil losschnellen. Henning hatte etwas neben das Foto geschrieben, in seiner unleserlichen Handschrift, die merkwürdig unstetig war, wenn man bedachte, dass es seine Handschrift war.

Charon/Cheiron/Herakles? Verdammte Griechen! Prüfen!

Die Statue in Waldemarsudde hieß Herakles. Henning hatte den Namen später mit einem anderen Stift unterstrichen.

Sie nahm ihr Telefon aus der Tasche. Kjell hob nach dem zweiten Läuten ab.

»Hier ist Sofi. Ich habe eine Frage. Gibt es einen Zusammenhang zwischen Cheiron und Herakles?«

»Wegen Hennings Aktennotiz? Es gibt einen Zusammenhang. Herakles traf Cheiron mit einem Pfeil. Obwohl er unsterblich war, entschied er sich nach seiner Verletzung für den Tod.«

»Danke.«

Sie beendete das Telefonat ohne Gruß, zog ihre Jacke von der Stuhllehne und lief zum Ausgang.

Meine ersten Bilder waren nur Panoramen und Straßenfluchten.

Draußen stockte sie. Sie hatte nicht damit gerechnet, dass die Dunkelheit schon anbrach. Sie bog rechts ab. Statt die Treppe zur Straße hinab zu nehmen, folgte sie auf der Terrasse der Außenwand der Bibliothek.

Aber richtiges Fotografieren heißt, sich zu nähern und auf die Dinge zuzugehen. Das Motiv bekommt plötzlich eine Bedeutung.

Hinter der Ecke war der Blick frei auf den Berg. Oben an der Ecke stand die Statue noch immer da wie vor einem halben Jahrhundert. Nichts hatte sich seit 1942 verändert. Noch nicht. Die Statue stand an der äußersten Ecke und wurde von unten angestrahlt.

Und das spürst du sofort beim Entwickeln, wenn du diese Grenze überschritten hast.

Sofi verwarf den Fußweg, der schräg am Berg hinaufführte. Sie lief direkt auf den Steilhang zu und musste sich bald am spärlichen Gras festhalten. Die Erde löste sich und rieselte hinab. Keuchend erreichte sie die kleine Mauer und stieg darüber. Am Sockel war eine Tafel angebracht.

Die Bilder haben dann eine Struktur, ein wahres Zentrum. Alles fügt sich.

Es war Cheiron, der Kentaur.

77

Kjell hielt noch den Hörer in der Hand und betrachtete ihn verwundert. Was war das wieder für ein sonderbarer Anruf von Sofi Johansson? Er würde es auch diesmal nicht herausfinden und legte auf.

Um sich ein wenig zu bewegen, ging er zu Barbro hinüber. Sie saß an ihrem Schreibtisch und schichtete Papiere zu Stapeln. Anscheinend gab es keine neuen Meldungen. Er setzte sich auf den Besucherstuhl und wartete, bis einer von ihnen etwas Interessantes zu sagen hatte. Nach einer Viertelstunde klingelte das Telefon. Barbro nahm routiniert ab, lauschte und schaltete den Lautsprecher ein. Der Anrufer war Theresa.

»Besitzer war anscheinend Tarquinius Superbus, der letzte König von Rom.«

Kjell seufzte.

»Passt das zu unserer Datierung?«, fragte Barbro.

»Etwa 500 vor Christus. Ich fahre gerade nach Rom zurück und rufe noch einmal an, wenn ich angekommen bin. Was soll ich als Nächstes machen?«

»Bist du mit den Italienern zusammen?«

»Ja. Sie fahren vor mir.«

»Es gibt eine Nachfrage vom schwedischen Botschafter in Rom. Er hat einem Mitarbeiter vom Ministerium seinen Mercedes geliehen und nicht zurückbekommen.«

»Den habe ich gestern getroffen. Er wollte zu Maeros Ferienhaus und der Familie kondolieren.«

»Ist das in der Nähe?«

»Na ja. Sollen wir hinfahren?«

Kjell beugte sich vor. »Wie viele seid ihr?«, rief er zur Hörmuschel.

»Zu dritt in zwei Fahrzeugen.«

»Seid vorsichtig.«

Barbro drückte den Hörer wieder an ihr Ohr. »Der Botschafter hat die Telefonnummer des Mitarbeiters nicht. Es kann etwas völlig Harmloses sein.«

»Bevor ich es vergesse! Ich habe Professor Reich auch das Krypto gezeigt. Selbst er als größter Experte des Etruskischen kann es nicht lesen, aber er bezweifelt, dass es sich um Kunstetruskisch handelt.«

»Hält er es etwa für echt?«

»Ich habe mir nur das mit dem Chi gemerkt. Dass der *th*-Laut wie T geschrieben wird, hat nichts mit der Tastatur zu tun. Im späten Etruskischen sind TH und T zu einem einzigen Laut geworden. Alles in allem hält er es also für sehr spätes Etruskisch, in dem einige altmodische Dinge bewahrt wurden. So soll ich es dir ausrichten. Macht's gut.«

Theresa legte einfach auf. Kjell folgte Barbro in den Besprechungsraum und sah ihr dabei zu, wie sie den Namen Tarquinius auf die Wandtafel schrieb.

»Lass uns etwas essen gehen«, schlug er vor.

Sie hatten sich gerade einen Tisch in der Kantine ausgesucht, als jemand die Glastür aufstieß und umherblickte. Kjell winkte. Henning winkte zurück und machte auf dem Weg einen Abstecher zur Theke, wo er sich ausgiebig beraten ließ. Fünf Minuten später kam er mit einem vollen Tablett am Tisch an. Er trank das Glas Cider halb aus, bevor er zu essen begann.

»Du siehst müde aus, Henning«, murmelte Barbro und streichelte ihm über die Schulter.

Er nickte bloß. Computer raubten ihm immer schnell seine Kraft. Im Büro benutzte er sie nur, wenn es sich nicht vermeiden ließ. Heute war er acht Stunden in Arlanda geblieben und hatte mehrmals angerufen.

Sie aßen schweigend. Zwischendurch stand Henning auf, ging zu einem entfernten Tisch und holte sich die Abendzeitung, die dort jemand liegengelassen hatte. Er aß seinen Teller leer und studierte die Sportergebnisse.

»Ich hole Kaffee«, sagte Kjell und machte sich auf den Weg.

Nach dem ersten Schluck wurde Henning gesprächig. »Sveavägen 108. Im vierten Stock.«

Kjell und Barbro setzten ihre Tassen ab.

»Fabia Terni lebt seit dem 12. Januar 2003 unter dem Namen Laura Menotti im vierten Stock vom Sveavägen 108. Sie ist volksbuchgeführt und hat eine Personennummer.«

Henning nahm noch einen Schluck aus seiner Tasse.

Kjell zuckte und starrte seinen Kollegen an.

Barbro behielt ihre Ruhe. »Wo ist das, Nummer 108?«

»Etwa sechs Meter von der Stelle entfernt, wo sie aufgeschlagen ist. Sie fliegt seit 2003 gelegentlich nach Italien und hatte nie ein Einkommen in Schweden. Jedenfalls steht es so in ihren Steuererklärungen.«

»Wie hast du das herausbekommen?«

»Sie ist der einzige italienische Flugpassagier, der in Italien gar nicht existiert.«

»Es gibt keine Laura Menotti?«

»Ganz recht. Diese Identität ist auch falsch, völlig frei erfunden. Jetzt wissen wir wenigstens, warum sie ohne Jacke aus dem Haus gegangen ist.«

»Und du sitzt hier seelenruhig!«

»Wir warten auf die Unterschrift des Richters und das Einsatzkommando.«

78

Der Sog hierher war plötzlich abgerissen. Sofi stand neben der Statue und wartete auf eine neue Eingebung. Sie ließ ihren Blick über die Gegend unter ihr schweifen. Die Rotunde endete etwa auf ihrer Höhe der Terrasse und schien zum Greifen nah. Unten im Park konnte sie keinen Menschen entdecken. Die erleuchteten Fenster der Häuser auf der anderen Straßenseite spiegelten sich in der schwarzen Fläche des Wasserbassins.

Sie wandte sich um. Die Statue stand an der äußersten Ecke einer kleinen Terrasse, die man mit fünf Schritten durchschreiten konnte. An dieser Ecke trafen die Ost- und Nordseite des viereckigen Plateaus zusammen. Der Boden der Terrasse war mit grobem Granit gepflastert. Die Fugen zwischen den Platten wirkten intakt. Beim Durchblättern der Akte hatte sie vorhin auch die Bilder betrachtet, die Theresa kurz vor dem Gewitter von hier aus gemacht hatte. Wenn auf dem Plateau etwas geschehen wäre, hätte sie etwas merken müssen.

Sie war hier richtig, aber dennoch wusste sie nicht weiter. Sie verließ die Terrasse und lief den sanft ansteigenden Rasen hinauf, der das gesamte Plateau bedeckte. Das Licht der vereinzelten Laternen reichte nicht weit. Die Ulmen hielten alles in Dunkelheit. Als Sofi am Weg ankam, fiel ihr Blick auf das Gebäude am anderen Ende des Plateaus. Es war nur schlecht beleuchtet durch eine Glühbirne über dem Haupteingang, aber dennoch konnte Sofi aus der Entfernung erkennen, dass die Mauern gelb waren. Neben dem Haupttrakt ragte ein Turm in die Dunkelheit empor. Das alte Observatorium. Kam im Krypto nicht der Ausdruck ›Blitzdeuter‹ in einer grammatischen Form vor, die den Experten nichts sagte? Blitzdeuter schauten doch auch in den Himmel. Und *selvanax*, eine Ableitung des etruskischen Wortes für ›Wald‹, hatten Pauline und Finn als ›Schweden‹ gedeutet. Waldland. Wenn jemand auf diese Weise Ausdrücke für Dinge erfand, die es in seiner Sprache noch nicht gab, welchen Begriff würde er sich dann für ein neuzeitliches Observatorium ausdenken? Dabei war den Etruskern doch die Himmelschau sehr vertraut.

Sofi schlenderte über den Rasen. Der Turm war nicht gerade hoch. Eine Hecke umzäunte den gesamten Komplex, der neben dem Haupthaus und dem Turm aus kleineren Anbauten bestand.

Sie schlug den Weg links um das Gebäude ein. Er führte am Steilhang vorbei und schließlich zur Treppe, auf der man hinab in den Park steigen konnte. Auch am Seiteneingang brannte eine Lampe über der Tür. Sofi studierte die Anschläge auf der Tafel neben dem Gartentor. Anscheinend diente das Observatorium aus der Mitte des achtzehnten Jahrhunderts längst nicht mehr der Forschung sondern nur noch als Museum. Es gab Führungen und Sternennächte. Ein handgeschriebener Zettel klebte schräg über dem Programm: »Liebe Sternenfreunde! Wegen des Umbaus der Bibliothek muss das Trafohauschen von *Stockholms Lokaltrafik* in der Gyldéngatan versetzt werden. Wir freuen uns auf ein Wiedersehen am 10. Juni, wenn wir wieder Strom haben.«

Sofi sah sich erstaunt um. Es brannten doch überall Lampen, und sogar durch die Milchglasscheibe in der Tür sah man einen schwachen Schein. Vielleicht war das Trafohaus schon verlegt. Die SL konnte bestimmt nur nachts arbeiten, wenn die U-Bahn nicht fuhr, dachte sie sich. Vielleicht gab es mehrere Stromkreise, oder man hatte bei der Schließung nicht gewusst, wie lange die Arbeiten dauern würden. Aber hatte es am vergangenen Wochenende hier oben Strom gegeben? Seit wann hing der Zettel hier? Sie wusste nicht genau, wo die Gyldéngatan lag, bestimmt auf der anderen Seite des Hügels.

Die Gartenpforte war verschlossen, reichte ihr aber nur bis zur Hüfte. Sie kletterte darüber und legte ihre Hände und das Gesicht an die kleine Scheibe in der Haustür. Tatsächlich! Weit innen im Haus brannte eine Lampe. Sofi klopfte gegen die Scheibe, trat einen Schritt zurück und tastete nach ihrer Waffe. Die trug sie unentwegt bei sich, seit das Mädchen am Fenster erschienen war. Nach einer Minute legte sie ein Ohr an die Tür und horchte. Nichts rührte sich. Vielleicht gab es innen eine Nachtbeleuchtung. Sofi umrundete das Gebäude. Hinter den Fenstern an der Südseite war alles dunkel. Sie lief zurück, kletterte über das Tor und schrieb die Telefonnummer von der Tafel ab.

Am Beginn der Treppe hinab in den Park warf sie einen letzten Blick zurück, bevor sie die endlose Folge von Stufen in Angriff nahm. Wie eine Bergstraße wechselte die Treppe immer wieder die Richtung. Auf halber Höhe blieb sie stehen. Das Foto aus dem Jahr 1942, das sie vorhin auf der Tafel im Lesesaal entdeckt hatte, musste von hier aus aufgenommen worden sein. Außer der Leuchtreklame des Hamburgerladens und der Automodelle hatte sich nichts verändert.

Je weiter sie sich vom Plateau entfernte, desto mehr gerieten auch ihre Gedanken wieder in Bewegung. Das Plateau dort oben eignete sich gut für ein Treffen, viel besser noch als die Bibliothek. Die ganze Zeit war sie dort oben keinem Menschen begegnet, obwohl unten am Sveavägen längst das große Ausgehen am Freitagabend begonnen hatte. Sie sah auf die Uhr. Es war Mitternacht.

Als sie die letzte Kehre erreichte, huschte einige Meter vor ihr ein Tier über den Weg und verschwand im Gebüsch. War das eine Ratte? Sofi hielt kurz inne und eilte dann am Gebüsch vorbei. Sie drehte sich um. Da saß ein Hase mit aufgestellten Ohren am Hang. Nein, ein Kaninchen. Es schaute Sofi interessiert an. Sie trat einen Schritt näher, um es besser sehen zu können. Das Kaninchen hoppelte den Hügel hinauf. Sofi versuchte, es nicht aus den Augen zu verlieren. Als es oben am Grat ankam, erstarrte sie. Am Geländer stand ein Mensch. Sie ließ ihren Blick über den Hang schweifen, als hätte sie die Gestalt gar nicht bemerkt. Nach einigen Sekunden ging sie gelassen weiter. Ihr Abstieg hatte doch nur eine halbe oder ganze Minute gedauert. Wo war die Person so schnell hergekommen? Mit Sicherheit konnte sie Sofi von dort oben gut sehen. Überall auf der Treppe standen in regelmäßigen Abständen Laternen.

Sie durchquerte den Park, ohne sich umzudrehen. Als sie auf der Terrasse die Ecke der Bibliothek erreichte und aus dem Blick der Person verschwand, blieb sie stehen. Sie wagte nicht, um die Ecke zu schielen, ob die Person noch da war, also rannte sie an der Mauer und am Eingang zum Lesesaal vorbei und um die nächste Ecke. Eine kleine Treppe führte hinab zur Odengatan. Sie eilte die Straße hinauf, bis sie die Bibliothek hinter sich gelassen hatte. Gyldéngatan. Sofi bog in die kleine Querstraße ab, ohne das Trafohaus oder eine Baustelle zu entdecken. Nach dreißig Metern endete die Straße vor der Nordseite des Hügels. Eine Treppe führte hinauf. Feuchtes Laub lag auf den Stufen und ließ Sofi zweimal ins Rutschen kommen. Dann erreichte sie das Plateau. Aber diesmal stand sie an einer anderen Ecke, ganz im Nordosten. Sie zog den Reißverschluss ihrer Jacke zu und arrangierte ihr Haar so, dass es ihr Gesicht als schwarze Fläche verbarg. Sie näherte sich entschlossen dem Observatorium und verschmolz dabei mit der Finsternis, wie sie es in den acht Tagen mit Ermin gelernt hatte.

Die Person am Geländer vor dem Hang war verschwunden. Sofi warf einen Blick hinab, um zu prüfen, ob die Gestalt vielleicht auch die Treppe genommen hatte oder unten im Park herumlief. Es wunderte sie nicht, dass sie dort niemanden entdeckte. Das hatte sie erwartet. Sie schwang ein Bein über das

Geländer und kletterte darüber. Dahinter fiel der Hang nicht unmittelbar ab. Es gab einen ellenbreiten Streifen, auf dem sie sich bewegen und am Geländer entlanghangeln konnte, bis sie von Gebüschen getarnt den Eingang des Gebäudes direkt vor sich hatte.

Ihr stand der Mund offen. Das schwache Licht im Inneren war erloschen. Also musste zuvor jemand im Haus gewesen sein. Sie hatte es nicht mit einem zufälligen Spaziergänger zu tun. Sie wiederholte alles in ihrem Kopf: Vier Minuten lang hatte sie an der Tür gestanden und mehrmals geklopft. Die Person musste sie gehört haben, denn kurz darauf erschien sie draußen am Geländer und blickte hinab, ohne Sofi zurückzurufen. Jetzt brannte innen kein Licht mehr, und von der Gestalt war weit und breit nichts mehr zu sehen.

Von innen drang ein dumpfer Knall nach draußen. Sie duckte sich. Aber es war kein Schuss gewesen, sondern hatte eher danach geklungen, als fiele etwas Großes um. Kurz darauf folgte ein Quietschen.

Sofi musste sich mit der linken Hand am Geländer festhalten, um nicht rücklings den Hang hinabzurollen. Ihre Knie drückten gegen ihre Brust, sie bekam die Pistole kaum aus dem Halfter. Das blasse Licht im Inneren sprang wieder an. Sofi steckte die Pistole in ihre Jackentasche und machte den Fotoauslöser ihres Telefons bereit.

Sie hatte eine Entschcidung getroffen.

Es dauerte, bis etwas geschah. Nach einer Viertelstunde riss jemand die Tür auf. Sofi hatte die verräterisch leuchtende Anzeige ihres Telefons gegen ihre Brust gedrückt und machte vier Fotos. Der Mann sprang über das Gartentor. Dabei erkannte sie ihn. Der Mann vom Schließfach. Und der vermutliche Todesfahrer. Erst jetzt ging ihr auf, dass er sich vielleicht wieder ans Geländer stellen könnte. Dann würde er sie entdecken. Sie steckte das Telefon in die Tasche und griff nach ihrer Pistole, aber der Mann bog nur zwei Meter vor ihr in den Weg ein. In gebückter Haltung bewegte sie sich einen Meter weit nach rechts, damit das Gebüsch sie weiterhin verdeckte, falls er sich umdrehte. Der Kies auf dem Weg knirschte so laut, dass er sie bei ihren Bewegungen nicht hören konnte.

Sie richtete sich auf. Wenn er die Treppe nahm, musste sie zu einem bestimmten Zeitpunkt über das Geländer klettern, sonst konnte er sie von dort unten sehen. Sie machte sich bereit. Aber der Mann betrat die Treppe nicht. Stattdessen verklangen seine Schritte auf dem Kies. Er geht zur anderen Seite, dachte sie, zur Drottninggatan.

Sofi folgte hinterher. Wenn er dort parkte, dann musste sie ihn rechtzeitig einholen. Bald entdeckte sie ihn in der Ferne und verzichtete auf ihre Tarnung hinter Büschen und Sträuchern, um den Abstand zu verringern. Sie musste sich jetzt auf alles verlassen, was Ermin ihr beigebracht hatte. Sich wie ein Spiegel des anderen bewegen, beim Verfolgen ein eigenes Ziel haben.

Auf der anderen Seite des Plateaus gab es keinen Hang. Weil das Viertel dort viel höher lag als der Sveavägen, gelangte man über eine sanft abfallende Wiese zur Straße. Sofi suchte Schutz hinter dem letzten Busch und lauschte. Sie hörte keine Schritte und keinen startenden Motor. Die Situation war heikel, aber sie musste weiter. Die Drottninggatan fiel an diesem Ende mit ziemlichem Schwung wie eine sehr lange Schanze ab. Sie sah den Mann mit hundert Metern Vorsprung laufen. Er machte stramme Schritte. Sofi tat dasselbe und hielt sich dabei dicht an den Hauswänden. Als das Gefälle endete, war sie sich sicher, dass er nicht zu einem geparkten Wagen wollte. Die Drottninggatan war für Autos gesperrt, und so weit brauchte man selbst in Stockholm nicht zu seinem Wagen zu laufen. Sie tippte eine Nachricht für Kjell in ihr Telefon. Jemand musste das Observatorium unter die Lupe nehmen.

79

Die beiden Schützen vom Einsatzkommando legten ihre Gewehre an. Sogleich kehrte Ruhe ein. Kjell wartete mit Henning und Barbro auf der Treppe. Hinter ihnen stand Per mit seinen Leuten und dem Ankläger Ivenholt.

»Und los!«, befahl Kjell leise.

Die beiden Männer mit der Ramme stürmten voraus. Das Brechen des Holzes hinterließ ein lautes Echo im Treppenhaus. Die Schützen drängten wie Widerhaken an den Männern mit der Ramme vorbei ins Innere.

Kjell und die anderen mussten warten. Nichts als Getrampel und Rumpeln drang aus der Wohnung. Der Laserstrahl eines Gewehrs fiel auf die gegenüberliegende Wand des Treppenhauses. Kurz darauf trat der Anführer über die Schwelle und schulterte sein Gewehr.

»Alles klar.«

Kjell, Barbro und Henning stürmten die Treppe hinauf. Ein Schütze lief in der Wohnung herum und schaltete die Lampen ein. Kjell hatte zuvor die drei Zimmer der Wohnung auf einem Grundrissplan studiert und staunte, wie sehr der Anblick der Wohnung dem kargen Plan entsprach. Außer einem Bett und zwei Schränken gab es keine Möbel. Die weißen Wände und der helle Holzboden verstärkten die Leere noch. Henning deutete mit dem Daumen zum Badezimmer gleich neben der zerborstenen Wohnungstür. Auf der Ablage unter dem Spiegel standen durchaus persönliche Gegenstände, aber nur sehr wenige. Sie versuchten es mit der Küche. Henning öffnete alle Schränke. Lebensmittel und Geschirr.

»Kommt her!«

Das war Pers Stimme. Sie kam aus dem Zimmer, das dem Grundriss nach das Wohnzimmer sein sollte. Am Fenster stand ein einfacher Tisch. Per kniete vor einem Koffer auf dem Boden. Er hob ihn an und kam zu dem Ergebnis, dass er gefüllt war. Lasse half seinem Chef dabei, die Riemen zu lösen.

»Das hier könnte dir stehen, Lasse!«

Per zog einen schwarzen BH heraus und ließ ihn vor Lasses Gesicht baumeln.

»Solange ich dir darin gefalle, Chef.«

»Wird euch das nicht irgendwann langweilig?«, fragte Kjell, bekam aber keine Antwort.

Der Koffer schien nichts als Kleidungsstücke zu enthalten. Kjell stellte sich ans Fenster, bis die Techniker mit dem Inhalt durch waren. Mit halbem Ohr vernahm er, wie Jenna und Henning nach einer schnellen Prüfung mit dem Scanner zu dem Ergebnis kamen, dass die Wohnung bewohnt war.

Er seufzte. Von hier sah man direkt hinab auf die Unfallstelle. Gegenüber betraten zwei junge Männer den Hamburgerladen. Darüber war die Rotunde rundum angestrahlt und leuchtete ockerbraun. Oben am Berg ragte das Observatorium aus den Wipfeln der Bäume. An den Wegen auf dem Plateau und am Hang leuchteten Laternen.

In seiner Tasche piepste es. Kjell zog das Telefon heraus und öffnete die Nachricht.

»Es ist das Observatorium«, las er. »Ihr müsst drinnen nachsehen! Sofi.«

80

Sofi geriet ins Schwitzen. Der Mann lief immer weiter auf der Drottninggatan nach Süden. Idas Buchhandlung hatten sie längst passiert, die Olof Palmes Gatan auch und soeben die Kungsgatan. Er läuft zum Sergels Torg, sagte sie sich. Bisher hatte er sich kein einziges Mal umgedreht. Seit dem Heumarkt tauchten immer mehr Nachtschwärmer auf. Das verbesserte ihre Lage. Kurz bevor die Drottninggatan den riesigen Sergels Torg streifte, ließ sich Sofi wieder zurückfallen. Sie band ihr Haar zusammen und drehte ihre blaue Jacke auf links. Jetzt war sie hellbraun. Der Mann trat auf den Zebrastreifen, blieb jedoch jäh stehen und machte einen Schritt zurück auf den Bordstein. Ein Polizeiauto hielt. Anscheinend winkte der Fahrer, denn der Mann setzte sich in Bewegung, nickte dankend und überquerte die Straße. Das Polizeiauto fuhr weiter.

Das war wirklich erstaunlich, fand Sofi. Der Mann wurde mit Reichsalarm der höchsten Stufe in ganz Schweden und Europa gesucht und konnte ungehindert vor den Augen der Polizei den Sergels Torg überqueren. Dabei hatte er markante Gesichtszüge und dichtes schwarzes Haar, was man auch auf den Fahndungsfotos gut erkennen konnte.

Er ging so stur geradeaus, dass Sofi langsam wütend wurde. Die Drottninggatan führte noch ein Stück weiter hinab zum Reichstag und fand dort am Norrström ihr Ende. Als Sofi den Zebrasteifen erreichte, sprang die Fußgängerampel auf Rot. Sie musste zwei Autokolonnen vorbeilassen, behielt den Mann jedoch durch das Gewimmel hindurch im Blick. Als sie den Fuß auf die Straße setzte, wurde ihr Gesicht von einem Lichtkegel angestrahlt. Sie konnte gerade noch zurückspringen. Ein Lieferwagen schoss über den Zebrastreifen. Den hatte sie gar nicht kommen sehen. Sie musste sich beeilen, um aufzuholen. Auf dem Seminar hatte sie gelernt, dass man dabei nicht rennen darf. Die Schrittfrequenz muss mit dem Verfolgten übereinstimmen. Das galt sogar, wenn man aufeinander zuging. Will man aufholen, muss man doppelt so schnell gehen wie das Objekt. Ein Fuß muss immer den Boden berühren.

Auf dem letzten Abschnitt der Drottninggatan waren sie rasch wieder die einzigen Menschen. Der Mann überquerte die nächste Querstraße. Kurz bevor sie dort ankam, tauchte ein weißer Transit auf und rollte vorbei. Sofi blieb sofort stehen. Es war derselbe Wagen wie vorhin am Zebrastreifen.

War sie etwa nicht die Einzige?

Warum lief der Mann eine so lange Strecke zu Fuß?

Sie war es, die verfolgt wurde.

Sofi fuhr herum. Die Straße war leer. Sie blickte sorgsam nach links und rechts in die Querstraße und überquerte sie dann. Beim Weitergehen steckte sie ihr Kopfhörerkabel ins Telefon und suchte im Verzeichnis nach der Nummer.

»Ja?«

»Sofi Johansson. Verfolge gesuchte Person RKA-116 die Drottninggatan hinab. Bist du noch im Überwachungsraum?«

»Ich laufe hin«, antwortete Kullgren.

Er klang wie immer seelenruhig. Er gehörte zu den wenigen Menschen, die eine Situation sofort erfassten, ohne dass man etwas erklären musste. In der Not würde sie immer den Chef der Säpo anrufen.

»Kannst du ein Verfolgungsmuster erstellen?«, fragte sie.

Am anderen Ende hörte Sofi ihn eine Tür aufstoßen. »Wirst du selbst verfolgt?«

»Unklar. Weißer Lieferwagen schneidet auf der Klarabergsgatan nach Osten und zwei Minuten später in entgegengesetzter Richtung auf der Vattugatan.«

Sofi hörte Tastaturgeklimper. Kullgren rief sich den Stadtplan auf den Hauptbildschirm. »Es ist wahrscheinlich. Er fährt einen sinnlosen Kreis. Wir suchen den Wagen. Lauf weiter Richtung Reichstag. Du erreichst gleich den äußeren Kamera-ring.«

Sofi versuchte, ruhig durch die Nase zu atmen. Am anderen Ende der Leitung murmelten die Stimmen mehrerer Menschen. Sie blickte sich um. Der Mann und sie bewegten sich nun in das Regierungsviertel. Das gab Sofi neuen Mut.

»Wann kommt der Ring?«

»Du bist schon dran vorbei. Warte.«

»RKA-116-Identifizierung positiv«, rief ein anderer als Kullgren.

»Hast du gehört? Er ist es.«

»Wir sind bald am Wasser. Was soll ich tun?«

»Unsere Agenten sitzen schon zu Hause. Ich kann Schutzpolizei schicken.«

»Auf keinen Fall.«

»Wo ist deine Gruppe? Wir können sie nicht erreichen.«

»Ich weiß es nicht.«

»Ich schicke dir das mobile Team. Sie starten jetzt aus Süden und brauchen sechs Minuten.«

81

Bisher hatte Theresa Julander die Antimafia für einen bürokratischen Apparat gehalten, ein Netzwerk aus alten Schreibmaschinen.

Dieser Eindruck war falsch gewesen. Bis vor einigen Minuten hatte der Parkplatz des Einkaufszentrums verlassen dagelegen. Die schwer gepanzerten Geländefahrzeuge bildeten einen Kreis. Im hell erleuchteten Zentrum stand Luca vor zwanzig vermummten Männern und erklärte die Anfahrtsroute mit Hilfe einer Landkarte.

»Der Mann in Stockholm konnte bisher nicht identifiziert werden«, rief Luca. »Aber es handelt sich um Person 37 aus dem Bergonzi-Clan.«

Ein Grummeln ging durch die Reihen. Einige bewegten sich unruhig wie ein Rennpferd vor dem Start. Luca, der bisher immer so schweigsam gewesen war, brüllte einen Schlachtruf. Theresa verstand die Worte nicht, aber sie brüllte mit, als die anderen ihn im Chor erwiderten. Jeder hob die Faust.

»Was ist mit diesem Bergonzi?«, fragte Theresa, als sich die Kolonne der Fahrzeuge vom Parkplatz schlängelte.

Luca drehte den Kopf. Zu Theresas Erstaunen hatte er Valentina ans Steuer gelassen. »Heute ist ein großer Tag, Theresa.«

»Wenn ein Bergonzo mit drinhängt, hängen alle Bergonzi mit drin«, sagte Valentina. »Die Bergonzi sind ein riesiger und sehr gefährlicher Clan, der aus Tornino südlich von Neapel stammt.«

Theresa begriff. Die Ereignisse in Stockholm hatten der Antimafia eine riesige Chance verschafft. Sie konnte den Bergonzi die Beteiligung an einem schweren Verbrechen nachweisen. Ihr kam die Einweisung für ihre Reise in Kjells Büro in Erinnerung. Auf einmal empfand sie tiefe Bewunderung für Kjell und Henning. Sie selbst hatte die Mafiaidee damals für reine Verzweiflung gehalten.

82

»Wieso geht denn das Licht nicht?«, rief einer. »Die Türen sind auch alle abgeschlossen.«

Die vier Männer von der Spezialeinheit standen ratlos im Flur.

»Wir sollten es lieber hier probieren«, sagte der mit der Ramme in der Hand und richtete seine Taschenlampe auf die unscheinbare Tür neben der Toilette. »Ich war mal mit meinem Sohn hier. Da hinten ist nur ein Ausstellungsraum. Hier geht es ins Observatorium.«

»Wie heißt du?«, fragte Kjell.

»Torsten.«

Kjell griff nach dem anderen Griff der Ramme. »Dann los, Torsten.«

Die Tür war dick lackiert. Der erste Stoß ließ das vertrocknete Holz splittern und schuf ein riesiges Loch. Kjell verlangte die Taschenlampe und leuchtete hinein. Hinter der Tür war nicht mehr als ein verwinkelter Flur mit weiteren Türen. Torsten vergrößerte die Öffnung mit Fußtritten und schlüpfte hindurch. Kjell folgte hinterher.

Per kam als Dritter. »Das steht alles unter Denkmalschutz, damit ihr's nur wisst.«

Kjell leuchtete auf die Informationstafel neben der ersten Tür. »Alter Meridianraum. Vor Einführung der Zeitzonen lief der Nullmeridian der schwedischen Ortszeit durch diesen Raum.«

»Na, das waren Zeiten«, fand Barbro, sortierte ihr Haar und drückte dann die Klinke.

Nachdem sich alle in dem kleinen Raum versammelt hatten, blickten sie verwundert umher. Zwischen den antiken Teleskopen und Globen standen Schaufeln und einige andere Werkzeuge.

»Entschuldigung, darf ich mal?« Per schob Kjell beiseite und kniete sich vor einen blauen Metallkasten. Auf einmal ging das Licht an. Die Lampe war auf ein Stativ geschraubt. »Wir benutzen den gleichen Akkumulator.«

Kjell schnupperte. Es roch anders als im Flur. Nicht trocken und staubig sondern nach feuchtem Mörtel oder Erde. Das bemerkten anscheinend auch die anderen. Durch diesen Eindruck sah einer nach dem anderen zu Boden. In der Mitte war eine quadratische Fuge im Stein.

Per löste sich zuerst aus der Starre. Er lief hinaus, wo seine Untergebenen mit der Ausrüstung warteten, und kehrte mit einem Schraubenzieher zurück. Damit begann er, den Sand aus der Fuge zu kratzen.

Torsten räusperte sich. »Soweit ich weiß, steht das Gebäude auf einer dicken Steinplatte, um das Teleskop vor Erschütterungen zu schützen.«

Kjell und Barbro sahen sich an. Sie zuckte mit den Schultern. Er versuchte zum vierten Mal, Sofi anzurufen, aber bei ihr war die ganze Zeit besetzt.

»Das werden wir ja sehen.« Per griff nach den Stemmeisen, die in der Ecke standen, und verteilte sie an die Männer. Zu sechst setzten sie mit der Spitze an und hebelten. Die Platte hob sich um einen Zentimeter, schien jedoch dicker zu sein. Die Männer ächzten vor Anstrengung und Entsetzen über das Gewicht und ließen die Platte bald wieder in ihre Ausgangslage zurückfallen.

»Seid ihr euch da wirklich sicher?«, fragte Barbro.

»Sieh dich um!«, erwiderte Per. »Der Raum hat zehn Quadratmeter und ist voller Werkzeug. Und in der Mitte liegt eine Abdeckplatte.«

»Vielleicht lagern sie das Werkzeug hier ja nur.«

Per begutachtete, was das Anheben der Platte an seinen Handflächen angerichtet hatte.

»Lasst es uns lieber damit probieren«, schlug Henning vor und griff sich die Spitzhacke, die bei den Schaufeln stand.

Die anderen rückten an die Wände. Kjell hatte Henning einmal jemandem eine Ohrfeige geben sehen und wollte weit genug weg sein, wenn er jetzt mit einer Hacke ausholte. Henning schlug zu, als wünschte er sich in seinem Leben nichts sehnlicher, als mit einer Spitzhacke zu arbeiten. Der Stein barst beim zweiten Hieb in drei große und viele kleine Teile, aber sie fielen nicht in die Tiefe. Henning zog die Brocken heraus. Darunter kam ein Gitter zum Vorschein, das er wie einen Gullydeckel hochheben konnte.

»Hat jemand Lust, in ein dunkles Loch mit ungewisser Tiefe zu klettern? Es gibt eine Leiter.«

Zum Erstaunen aller trat Barbro mit entschlossenem Gesicht vor, als hätte sie schon Nächte mit viel ungewisserem Ausgang erlebt.

Kjell spähte über den Rand in die Tiefe. Die Standlampe war so aufgestellt, dass sie bis zum Grund leuchtete. Die Wände waren schroffe Flächen aus Stein, in den auch die Eisenleiter eingelassen war. Wie ein improvisiertes Loch sah es nicht aus.

»Alles klar«, rief Barbro von unten.

Kjell hatte mit Beschwerden beim Abstieg gerechnet, doch seine Fußschiene erleichterte das Klettern eher. Barbro leuchtete mit ihrer Taschenlampe in einen Schacht. Er ging waagerecht vom Grund des Loches ab. Man konnte aufrecht in ihm stehen, aber er war so schmal, dass man seinen Körper zur Seite drehen musste.

»Das hat wohl statische Gründe«, flüsterte Barbro.

»Und vielleicht auch noch andere.«

»Was meinst du?«

»Ich bin nicht sicher.«

Barbro wedelte mit der Lampe, aber es war unmöglich, die Länge des Schachtes einzuschätzen. Sie fuhr mit der Hand über den Stein. »Wie lange dauert es wohl, so einen Gang in den Fels zu schlagen?«

Kjell fuhr mit dem Finger darüber. »Ich wette einen Hunderter darauf, dass das hier Sandstein ist. Der Berg besteht nie und nimmer aus Sandstein.«

»Wieso bist du so skeptisch?«

Kjell fuhr mit der Hand über die Oberfläche und klopfte dagegen. »Warum steht das Observatorium wohl auf einer dicken Granitplatte? Weil der Berg nicht stabil ist. Der ganze Brunkeberg besteht aus dem Geröll der letzten Eiszeit.«

»Und wie kommt der Sandstein dann in diesen Berg?«

»Weißt du was, Barbro? Das sind Platten, die hierhergeschafft wurden, um diesen Gang abzustützen. Quarzsandstein ist noch härter als Granit.«

Barbro sah Kjell vielsagend an. Dann setzte sie den Fuß in

den Gang und schlüpfte hinein. Auch Kjell zögerte nicht. Gemeinsam trippelten sie seitlich voran wie beim Mittsommertanz. Es roch trocken und staubig. Sie hatten den Eindruck, dass der Schacht nicht genau geradeaus verlief, sondern in einer leichten Krümmung. Nach einer Weile blieben sie stehen und blickten zurück. Der Einsteig war nicht mehr zu sehen.

»Wie weit sind wir?«, fragte Barbro.

Ihrer Stimme war deutlich anzuhören, wie sie der Mut verließ.

»Zwanzig Meter, vielleicht mehr.«

Sie liefen weiter. Vom Anfang des Schachtes rief jemand nach ihnen. Die Stimme klang so verzerrt, dass sie nicht deuten konnten, wer da rief. Die Stimme wollte wissen, ob alles in Ordnung sei. Sie bejahten.

Barbro leuchtete voraus, aber es war immer noch kein Ende abzusehen. »Wenn uns die Luft ausgeht?«

Bisher gab es keine Anzeichen dafür.

»Die Luft müsste feucht riechen«, keuchte Barbro beim Weitergehen. »Oben ist doch ein Plateau, und es gibt viel Regen.«

»Sandstein ist witterungsbeständig. Und wenn der Rest des Berges aus Geröll und Schiefer besteht, fließt das Wasser weiter nach unten.«

Der Einstieg lag in fünf bis acht Metern Tiefe, und seitdem hatte Kjell kein Gefälle bemerkt. Sie konnten sich nicht sehr tief unter dem Rasen befinden.

Plötzlich blieb Barbro stehen und schwenkte die Lampe so lange auf und ab, bis sie beide begriffen, dass der Gang niedriger wurde. Dafür weitete er sich in der Breite. Barbro tappte weiter und musste sich immer tiefer ducken. Schließlich fiel sie auf die Knie und begann zu krabbeln. Kjell rührte sich nicht von der Stelle. Er konnte sein rechtes Knie nicht ohne Schmerzen belasten und musste warten.

Sehr weit kam Barbro nicht. Ihr Hintern füllte noch den halben Lichtkreis seiner Taschenlampe aus.

»Au!«, rief sie.

»Was ist?«, fragte Kjell nach einigen Sekunden halbherzig.

»Ich bin mit dem Knie gegen eine Kante gestoßen. Hier liegt etwas. Ein Grabstein.«

»Ein Grabstein? Mach keine Witze.«

»Es ist eher eine Abdeckplatte, die umgekippt ist. Dahinter liegt eine Art Kammer. Moment, auf der Platte steht etwas.«

Kjell sah Barbro mit der Taschenlampe den Boden ableuchten. Sie ächzte.

»Gustavus V. Neue Zeile. Rex, neue Zeile, Suecorum, neue Zeile, Gothorum, neue Zeile, Vandalorum.«

»Du brauchst nicht jedes Mal ›neue Zeile‹ zu sagen. Das nervt mich. Lies weiter.«

»Mom… Nein, warte. Es ist eine Jahreszahl. MCMCCC.«

»1930.«

»Ich komme zurück.«

Barbro kroch rückwärts, bis sie sich aufrichten konnte. Sie rubbelte ihr Haar und leuchtete sich mit ihrer Taschenlampe ins Gesicht, damit er ihre Miene sah. »Ich bin mir nicht sicher, aber das Ende des Schachtes sieht aus wie ein Schließfach. Weißt du, was ich glaube? Die Fasces sind nicht erst seit kurzem hier in Stockholm.«

»Was hat denn Gustav der Fünfte damit zu tun?«

»Wann lebte der überhaupt?«

»Er ist um 1950 gestorben. Mehr weiß ich nicht.«

»Hat der nicht Tennis gespielt, während in Europa der Krieg tobte?«

Zehn Minuten später erreichten sie das andere Ende des Schachtes. Per und Lasse waren hinabgestiegen und harrten schon ihrer Rückkehr.

»Und?«

»Was weißt du über Gustav den Fünften?«, fragte Barbro.

»Kungens Kurva ist nach ihm benannt.«

»Red keinen Unsinn«, sagte Kjell und klopfte den Staub von seiner Kleidung. Kungens Kurva war ein Knick in der Stadtautobahn im Süden, wo sich Einkaufszentren angesiedelt hatten.

»Doch«, bestätigte Lasse. »Der König ist dort mit dem Sportwagen in die Böschung gerast. Ikea und Heron gab es dort damals noch nicht.«

»Wir brauchen andere Informationen«, sagte Kjell zu Barbro. »Bessere!«

»Ich glaube nicht, dass von diesem Schacht etwas bekannt ist.«

»Beim Stadtbauamt müssen sie etwas darüber wissen. So etwas errichtet man doch nicht heimlich.«

»Ich habe eine Idee.« Barbro prüfte, ob ihr Telefon Empfang hatte, und kletterte dann die Leiter hinauf. Oben rief sie die Einsatzzentrale an.

»Ich habe eine Frage. Gibt es eine Notrufnummer für das Königshaus?« Barbro verstummte und lauschte. Kjell hob den Daumen. »Nein, das bringt mir nichts. Ich muss jetzt jemanden erreichen. Ja, ich warte gern.«

Kjell beschrieb Henning im Flüsterton das Ende des Ganges.

»Ja, Entschuldigung, dass ich störe. Mein Name …«

Barbro verstummte. Alle versuchten, etwas aus ihrer Miene abzulesen.

»Ja, gut.« Sie legte auf und blickte so ernst wie noch nie. »Wir werden erwartet. Riddarholms Kyrka.«

83

Der Reichstag und das Schloss lagen bereits hinter ihnen. Immer noch marschierte der Mann wie ein Roboter auf der Västerlånggatan nach Süden. Die Gasse verlief in engem Bogen durch die menschenleere Altstadt. Sofi verlor ihn aus der Sicht und musste sich bei jeder Quergasse vergewissern, dass er nach dem einstündigen Geradeauslaufen nicht doch plötzlich abgebogen war. Sie hörte seine Schritte auf dem Kopfsteinpflaster, aber in der mittelalterlichen Enge hallte es so sehr, dass Sofi die Quelle nicht orten konnte.

Inzwischen hatte sie ihn seit einer Minute nicht mehr gesehen und wurde unruhig. Sie huschte auf die rechte Seite der Gasse, um weiter in die Krümmung hineinblicken zu können.

»Ich habe ihn verloren, glaube ich.«

Am anderen Ende der Leitung seufzte Kullgren schwach. Sofi zog den Kopfhörer für einen Moment aus ihrem Ohr und horchte. Die Schritte waren verklungen.

»Sofi«, rief Kullgren. »Wir habend den Transit. Er fährt auf der Skeppsbron.«

Sie blickte in die Straßenflucht. Wenn der Mann nicht losgerannt war, müsste er noch zu sehen sein. Sie lief ein Stück zurück und bog in die Quergasse ein. Nach einigen Metern schielte sie um die Ecke. Die Prästgatan lief parallel zur Västerlånggatan, und es war leicht, dorthin zu wechseln.

Die Prästgatan war leer.

»Siehst du ihn?«

»Nein.«

»Sofi. Der Transit biegt in den Drakens Gränd ab. Du musst raus aus Gamla Stan. Lauf nach Süden.«

»Ja«, rief sie und lief los.

»Der Hubschrauber ist gestartet. Kennst du den Landesteg an der Centralbrücke?«

»Ja. Glaub schon.«

»Versuch, dorthin zu kommen. Das mobile Team sichert von Marieberg aus.«

Sie bog erneut ab, um weiter nach Westen zu gelangen und damit weg vom Drakens Gränd. Auf einmal stand sie vor der Kirche und musste überlegen, in welche Richtung es weiterging. Sie war seit zwei Jahren nicht mehr in der Altstadt gewesen. Etwas schepperte hinter ihrem Rücken. Sie fuhr herum, entdeckte jedoch nichts, was das Geräusch verursacht haben könnte. Sie zog den Kopfhörer aus ihrem Ohr, um ihre Sinne besser auf die Umgebung zu richten. Es war ohnehin alles gesagt. Sie erinnerte sich, was ihr Ermin für Situationen wie diese eingeschärft hatte: *Die Waffe anlegen und einen sicheren Platz suchen.* Bewegung hätte sie unbedingt vermeiden müssen, aber es war wichtiger, aus der Altstadt herauszukommen, solange sie noch konnte. Sie rannte. *Rechtzeitig entscheiden, ob man im Notfall schießen muss. Den Kopf nie ohne die Schultern drehen, sonst gerät man in Hektik. Vor dem Schuss den Schwerpunkt nach unten verlagern und dann abdrücken.*

Sofi Johansson antwortete nicht mehr. Nils Kullgren hatte alle Monitore im Blick. In den Gassen der Altstadt konnten sie dem Transit mit den Kameras nicht folgen.

»Ich will die Südseite von Gamla Stan auf dem Hauptbildschirm«, befahl Kullgren.

Der Koordinator schaltete auf Kamera eins um, die sich in der Stomatol-Leuchtreklame verbarg. Er fuhr das riesige Teleobjektiv aus, um vom Nordufer Södermalms über Slussen hinweg weit in jede Gasse der Altstadt hineinzublicken. Aus einer dieser Gassen musste Sofi Johansson jeden Moment kommen, aber eine nach der anderen erwies sich als leer.

»Fahr zurück«, befahl Kullgren. »Ich will alle zugleich im Blick haben.«

Der Koordinator zoomte zurück, bis die gesamte Altstadt von der Skeppsbron rechts bis zur Centralbrücke links ins Bild kam. Die Belegschaft des Säpo-Überwachungsraums starrte auf den Hauptbildschirm. Es war überhaupt nicht zu sagen, aus welcher Gasse Sofi Johansson kommen würde.

Wenn sie nur endlich auftauchte, dachte Kullgren.

»Mobiles Team hat Schützen am Mariaberget abgesetzt und fährt weiter«, meldete die Funkerin. »Treffpunkt ist gesichert.«

»Der Hubschrauber landet«, sagte der Koordinator und deutete auf Bildschirm drei.

»Da ist sie!«, rief Kullgren. »Am Kornhamnstorg.«

Sofi Johansson kam in vollem Lauf aus einer Gasse geschossen und rannte weiter, ohne sich umzuschauen.

»Was macht sie denn?«, schrie Kullgren und wiederholte die Frage noch dreimal.

Alle Personen im Raum standen mit einem Ruck auf. Sofi Johansson lief in die falsche Richtung.

»Sie nimmt die falsche Brücke«, sagte die Funkerin und rief hektisch nach dem Hubschrauberpiloten.

Kullgren starrte auf den Hauptbildschirm. Bald war klar, warum Sofi Johansson so schnell lief und dabei vergaß, sich zu orientieren. Drei Gestalten tauchten aus je einer Gasse auf und folgten Johansson über den Vorplatz. Sie war inzwischen an dem verdammten Denkmal von Carl Gustav vorbei.

»Hat der Schütze ein Ziel?«

Die Funkerin agierte heftig. »Negativ! Er muss den Standort wechseln.«

Kullgren schüttelte den Kopf. Das durfte nicht wahr sein. Sie lief direkt auf das Plateau über der Schleuse. Da oben konnte sie jeder Idiot sehen und abknallen.

»Was ist das?«, rief der Koordinator und stand mit ausgestrecktem Arm da. Aus den Gassen kamen weitere Männer. Die Funkerin meldete, dass der Schütze ein Ziel hatte. Aber was sollte das bringen? Noch mehr Männer erschienen. Sie trugen alle weiß. Nach drei Dutzend hörte Kullgren auf zu zählen.

Hinter ihm wurde die Tür aufgestoßen. »Vor zwei Minuten hat es einen Überfall auf die KTH im Valhallavägen gegeben. Interessiert euch das?«

Mist, dachte Kullgren. Sofi und er hatten sich in ein Ablenkungsmanöver verwickeln lassen.

Sie rannte auf das Geländer zu und nahm die Treppe in einem Sprung. Keuchend sah sie sich um. Sie hörte die Rotoren des Hubschraubers, aber wo war die verdammte Plattform? Da war nur ein Steg. Sie blickte nach Osten. Erst jetzt erkannte sie ihren Fehler.

Sie fuhr herum und sah die strömende Flut in der Unterführung verschwinden. Die Schleuse war geöffnet, wie Janne und Karl-Emil es ihr erzählt hatten. War sie unbewusst hierher gerannt, weil sie in den letzten Tagen so viel über die Schleuse gehört hatte? Von oben hörte sie laute Rufe.

Sie wollte nicht warten, bis sie eingeholt wurde. Es waren zu viele. Sie musste nur drei Schritte tun.

Das Wasser war grau und braun. Kälte und Druck umschlossen sie wie ein Stahlgehäuse. Ihr Gedanke stand klar und still in ihrem Kopf. Sie ließ sich sinken, so gut es die Strömung erlaubte. Solange sie Ruhe bewahrte, konnte ihr nichts geschehen. Noch nie war sie im Wasser in Panik geraten. Schwärze umfing sie, dann traf sie die Wucht des Stroms. Sofi gab sich ihr mit ausgestreckten Armen und Beinen hin. Die Masse des Mälarfjords drückte gegen ihren Rücken, dachte sie, als die Wände der Schleuse links und rechts vorbeizogen. Gegen den Druck des Wassers zwang sie ihren Kopf in den Nacken und sah die Deckenleuchten der Überdachung in rascher Folge vorbeiziehen wie den Mittelstreifen einer Autobahn. Zuversicht war ihr einziges Gefühl, und sie dachte nicht daran, wie viel Luft ihr noch blieb. Die Schleuse war ein hundert Meter langer, überdachter Kanal. Hundert Meter. Dann kam der Himmel zurück.

Wenn du Ruhe bewahrst und dich vom Hauptstrom erfassen lässt, trägt er dich durch den Tunnel und gibt dich zweihundert Meter später frei.

Janne hatte nicht gelogen. Sie würde nach links schwimmen und sich zwischen den Booten verbergen, bis Hilfe eintraf.

Plötzlich tauchte ein heller Streifen vor ihr in der Strömung auf. Noch war er weit entfernt. Zuerst hielt sie die Blasen für einen Schuss ins Wasser, aber dazu war der Streifen viel zu groß. Vor ihren Augen breitete sich Rot aus. Dann erkannte sie das tote Gesicht und den Rest des Körpers. Er schien still im Wasser zu stehen und auf sie zu warten. Sie strampelte mit Armen und Beinen, um dem Hindernis auszuweichen, doch die Strömung war so stark, dass sie ihre Bahn nicht beeinflussen konnte. Sie streckte die Arme aus, um den Körper wegzudrücken. Sie strampelte. Der Körper ließ sich nicht wegdrücken. Ihre rechte Hand griff nach etwas Hartem, und mechanisch klammerte sie sich daran fest. Sofort drückte das Wasser ihren Körper nach oben. Sie schluckte vor Schreck. Bald ragte ihr Kopf aus dem Wasser. Das harte Metall, an dem sie sich festhielt, war das geöffnete Schleusentor. Sofi hatte noch nie so lauten Krach gehört. Wände und Decke des Tunnels vervielfachten das Schmettern des Rotors. Der Hubschrauber musste ganz in der Nähe sein.

Der tote Körper trieb immer noch neben ihr, als gäbe es die Strömung gar nicht. Irgendwie hatte sich der Körper mit dem anderen Flügel des Schleusentors verhakt. Dann sah sie den Grund. Aus der Brust des Mannes ragte die Spitze eines Speers.

Die Bewegungen um sie herum brachen den Gedanken ab

wie einen trockenen Zweig. Wie bei einem Bahnsteig lief neben dem Strom ein Kai durch den Tunnel. Dort wimmelte es von Menschen. Sofi hatte keine Ahnung, woher sie auf einmal alle gekommen waren. Orientierungslos verfolgte sie das Treiben, bis ihr Blick an einem Mann haften blieb, der durch seinen stämmigen Körper und den Bart aus den anderen herausstach.

Es war Charun.

Woher kam er? Über ein Dutzend Menschen standen sich gegenüber, und sie konnte an der Kleidung und den Gesichtern erkennen, dass sich hier zwei Seiten gegenüberstanden. Sofis Verfolger hatte ein Stück weiter hinten im Tunnel hinter Plastiktonnen Deckung gesucht.

Dann schleuderte Charun seinen zweiten Speer. Bis zu seinem Ziel schraubte er sich waagerecht durch die Luft. Schüsse fielen, und neben Charun stürzten zwei Männer zu Boden. Hinter den Tonnen sprangen fünf Männer hervor und rannten auf Charun und seine Leute zu. Doch sie konnten nicht sehen, was sich ihnen von hinten näherte. Die heranstürmende Schar der weißen Gestalten war unerschöpflich.

Sie musste sofort weg von hier. Sofi wandte den Blick voraus zum Ausgang der Schleuse. Dort war ein Boot. Es schien in der Strömung zu stehen, doch der Motor musste so dagegen ankämpfen, dass der Bug weit aus dem Wasser ragte. Eine Gestalt stand aufrecht darin und streckte Sofi ihre Hand entgegen. Es war das Mädchen vom Fenster.

84

Der Karte nach war der Feldweg die einzige Zufahrt zur Villa der Maeros. Er zog sich schon drei Kilometer dahin und schien kein Ende zu nehmen. Theresa machte einen letzten Versuch, Maurits Håkonsson zu erreichen, aber er hob auch diesmal nicht ab. In der Villa der Maeros war seit einigen Stunden das Telefon belegt. Das Telegrafenamt hatte die Leitung geprüft und festgestellt, dass es kein Gespräch gab.

Theresa legte auf und seufzte. Luca verstand das als Zeichen und startete wieder den Motor. Die Fahrer der anderen Fahrzeuge hatten den Zwischenhalt genutzt, um sich Nachtsichtgeräte aufzusetzen und die Scheinwerfer auszuschalten. Luca ließ alle anderen Wagen überholen und folgte der Kolonne mit einigem Abstand. Nach einem Kilometer scherten drei Fahrzeuge aus und verschwanden im Wald. Einer hielt in einer Kurve, um den Weg zu sperren.

Als das Haus hinter einer Biegung auftauchte, bremste der erste Wagen. Überrascht trat auch Luca auf die Bremse. Sie hatten eine ganz andere Taktik vereinbart. Die Fahrer sollten dicht ans Haus fahren und sofort stürmen.

Theresa saß steif auf der Rückbank. Alle drei konzentrierten sich auf das Rauschen des Funkgeräts. Dann sagte jemand aus dem Leitwagen etwas.

»Ein Alfa von den Carabinieri steht vor dem Haus. Beide Türen sind geöffnet.«

Ohne Absprache begannen alle Wagen zugleich ein Rückwärtsmanöver. Es dauerte nur wenige Sekunden, dann hatten sich alle in die Biegung zurückgezogen.

Nichts geschah.

»Worauf warten Sie?«, fragte Theresa.

Luca drehte sich zu ihr nach hinten. »Sie müssen warten, bis ihre Thermoanzüge bereit sind.«

»Wie lange dauert das?«

Es bedurfte keiner Antwort. Zwanzig Türen öffneten sich lautlos. Schwarze Gestalten glitten heraus und tauchten in die Dunkelheit. Minuten verstrichen.

»Da kommt jemand!«, rief Theresa. »Hinter uns.«

Luca und Valentina drehten sich auch um. Ein Fahrzeug mit

Blaulicht näherte sich aus weiter Ferne. Nein, zwei Fahrzeuge. Sie fuhren in hoher Geschwindigkeit.

»Sind das Rettungswagen?«, fragte Theresa.

»Die Carabinieri müssen sie verständigt haben«, sagte Luca und gab per Funk den Befehl, das Haus zu stürmen. Von allen Seiten trat die Sturmeinheit aus der Dunkelheit und umzingelte das Haus. Die beiden Rettungswagen schossen an Theresa vorbei und hielten vor dem Hauseingang. Nun hielt es auch Luca, Valentina und Theresa nicht mehr im Wagen. Als sie das Haus erreichten, stand ein Carabiniere zu Tode erschrocken in der offenen Tür. Vom Rettungspersonal wagte keiner, aus dem Wagen zu steigen. Der Carabiniere hob die Hände.

»Kannst deine Hände runternehmen«, rief der Leiter der Sturmeinheit. »Wir sind von der DIA.«

Der Carabiniere nahm seine Hände nicht sehr weit hinunter. Er brauchte sie zum Schimpfen und zum Anrufen der Muttergottes. »Was schleicht ihr Hurenböcke euch hier an! Ich denke, die kommen zurück, rufe lieber die römischen Schwänze von der DIA an, und eine Minute später taucht ihr Arschgeigen hier auf!«

Theresa lernte noch zwei Dutzend weitere Schimpfwörter, bis der Carabiniere sich beruhigte. Die Rettungsleute sprangen aus dem Wagen.

»Es sind drei Frauen«, sagte der Carabiniere, als sie mit ihren Tragen ins Haus liefen. »Im Kaminzimmer. Und ein riesiger Schwede.«

»Du hast bei uns angerufen?«, fragte Luca.

»Gerade eben. Das Haus ist voll toter Hurenböcke. Seht es euch an.«

Alle strömten ins Haus. Innen war es so verwinkelt, dass sie wie in einem Ameisenbau steile Treppen zwischen den dicken Steinmauern hoch- und runterlaufen mussten, bis sie das Kaminzimmer erreichten. Dort saß Maurits Håkonsson, deutlich mitgenommen, zusammen mit drei Frauen. Die ältere musste Maeros Frau sein und die beiden anderen seine Töchter. Keiner der vier war verletzt, aber die Frauen wirkten sehr mitgenommen. Luca bat Theresa, mit Maurits hinunter zur Küche zu gehen und ihn auf Schwedisch zu befragen.

»Auf dem ganzen Grundstück und auf der Terrasse liegen Tote, Kapitän«, meldete einer von der DIA. »Alles Männer. Mindestens ein Dutzend.«

Die Toten trugen automatische Waffen, waren aber anscheinend alle auf archaische Weise gestorben.

»Die haben die Tür aufgerissen und mich hineingezerrt«, erzählte Maurits in der Küche.

»Was waren das für Typen?«, fragte Theresa. »Trugen sie weiße Kutten?«

»Nein, nein, das waren Kriminelle. Die beiden Frauen hatten keine Ahnung, mit wem sie es zu tun hatten. Aber sie waren schon seit zwei Wochen hier, sagen die Frauen, und alles verlief ruhig. Die Männer mit den Kutten kamen jedoch erst vorhin.«

Im Haus war auf einmal Hektik ausgebrochen. Einer der Wachposten auf der Terrasse im ersten Stock war panisch ins Haus gekommen und hatte die anderen geweckt: Rund um das Anwesen seien sonderbare Gestalten aus dem Wald getreten.

»Wir haben sie auch durch das Fenster gesehen. Es müssen Hundert oder noch mehr gewesen sein. Der Anführer hier im Haus gab seinen Leuten den Befehl, sich zu verschanzen, aber nachdem draußen der Anführer der anderen gesprochen hatte, gerieten sie in Panik.«

Maurits konnte sich an jedes Wort der Ansprache erinnern. Ein alter Mann mit Bart war aus der Kette der Gestalten hervorgetreten und hatte hinauf zur Terrasse gesprochen. Sie sollten die Geiseln sofort freilassen. »Der Gangster fragte zurück, welche Gegenleistung er ihm anbiete. Und der Alte sagte, für ihn und die Männer im Haus gebe es nichts außer Verderben …«

»Verderben?«, wiederholte Theresa. »Das hat er gesagt?«

Maurits nickte. »Wegen Maero.«

»Aber die anderen haben ihn getötet.«

»Das kann sein. Der Alte sprach von Maero als Bundesgenossen.«

»Also, die sind hier angekommen und haben den Gangstern gesagt, dass keiner von ihnen lebend aus dem Haus kommt? Eine schlechte Taktik.«

»Es gab schon eine Gegenleistung, allerdings nicht für diese Männer. Wenn sie die Frauen und mich nicht freiließen, würden sie Tornino mit Krieg überziehen. Das sagte er wörtlich, *mit Krieg überziehen.* Niemand dort würde am Leben bleiben.«

Das war das Ende der Verhandlung gewesen. Alle vier auf der Terrasse starben durch einen Pfeilhagel. Ihres Anführers beraubt, verließen die anderen das Haus, um sich zu ergeben.

Luca und Valentina traten in die Küche. Theresa berichtete, was Maurits ihr soeben erzählt hatte.

Luca nickte nur. »Auf der Terrasse liegen fünf Tote, draußen sieben auf einem Haufen. Wir konnten schon drei der Männer identifizieren. Sie stammen aus Tornino und die anderen wohl auch.«

»Was hat es mit diesem Tornino auf sich?«, fragte Theresa. Sie war erst gestern in einem Dossier auf diesen Namen gestoßen.

»Das ist eine kleine Gemeinde im Süden Neapels, die seit dem Mittelalter halb Neapel im Griff hat.«

»Was hat Maero mit diesen Leuten zu tun?«

»Wahrscheinlich nichts«, antwortete Valentina. »Informationen werden oft verkauft. Vielleicht gibt es einen Auftraggeber, das werden wir von den Leichen jedoch nicht mehr erfahren. Aber die Geiselnahme passt zu ihnen. Wir vermuten, dass sie selbst auf ihren Coup gekommen sind. Nur verstehen wir nicht, was die Sache mit Schweden zu tun hat.«

»Und dann ist da noch die wichtigste Frage«, brummte Luca. »Worum geht es überhaupt?«

85

Der rechte Flügel des Eisentors stand offen wie eine Einladung. Beim Eintreten glaubte Kjell, Weihrauch zu riechen, doch es war nur das alte Holz. An den Seiten des Kirchenschiffes hingen die Wappentafeln aller Edlen, die in dieser Königskirche bestattet waren. Die Lampen verströmten schwaches gelbes Licht und konnten den Raum nur ein wenig aus seiner Finsternis heben. Eine Gestalt löste sich aus der dunklen Tiefe und kam auf Kjell, Barbro und Henning zu.

»Willkommen!«

Kjell nahm die ausgestreckte Hand, ohne etwas zu sagen. Henning tat danach dasselbe. Barbro deutete einen Knicks an.

»Wo war es?«

»Unter dem alten Observatorium«, antwortete Kjell mechanisch.

»Erstaunlich. Ich hatte mit Riddarholmen gerechnet und mich deshalb mit meiner Thermoskanne hierher auf den Weg gemacht. Möchte jemand?«

Barbro nahm den Deckel der Kanne als Erste in Empfang und trank einen Schluck vom dampfenden Kaffee. Wahrscheinlich fragte sie sich beim Trinken wie Kjell, ob er den Kaffee selbst gekocht hatte. Barbro reichte den Deckel weiter an Kjell, und schließlich durfte Henning den Rest trinken.

Seine Majestät schüttelte den Deckel aus und schraubte ihn

wieder auf die Kanne. »Aber nun leuchtet mir ein, dass das zu riskant gewesen wäre.«

Der König vollführte eine einladende Drehung. Sie gingen tiefer in das Kirchenschiff und traten in ein Seitenabteil, dessen Gittertür offen stand. Das dunkle Holz schimmerte rötlich. Erst auf den zweiten Blick erkannte Kjell, dass es sich nicht um einen Teil der Wandverkleidung handelte, sondern um zwei übereinandergestapelte Sarkophage. Die enormen Ausmaße, das edle Holz und der Standort genügten, um dem Betrachter den Status der beiden Bestatteten klarzumachen. Titel und Jahreszahlen gab es nicht. Der untere trug den schlichten Namen Gustav, auf dem oberen, der etwas kleiner war, stand Viktoria.

Der König streckte sich und zog einen Stapel Briefumschläge vom Sarg Viktorias. Sie waren mit einer Kordel zusammengebunden und vergilbt.

»Der Briefwechsel zwischen Gustav und Viktoria. Offiziell gelten die Briefe als vernichtet, denn sie enthalten Schwedens größtes Staatsgeheimnis. Ich will euch den Teil der Geschichte berichten, den ihr noch nicht kennt. Hoffentlich seht ihr dann, dass dieses Geheimnis geheim bleiben muss.«

»Es sind zwei Menschen gestorben«, wendete Kjell mit gedämpfter Stimme ein. Dass Henning so dachte wie er, konnte er daran ablesen, wie er sein Gewicht von einem Fuß auf den anderen verlagerte.

»Soweit ich es ermessen kann, sind noch viel mehr Menschen deswegen gestorben. Leider ist das bei Staatsgeheimnissen oft der Fall. Bei diesem hat die Geheimhaltung nicht das Ziel, nationale Interessen zu schützen oder auch nur die eines Einzelnen.« Der König verstummte einen Augenblick lang, als überlegte er, wie er am besten beginnen sollte. Er deutete auf die Sarkophage. »Wie ihr vielleicht wisst, hat sich Viktoria oft in Rom aufgehalten. In den zwanziger Jahren verschlechterte sich ihre Gesundheit sehr. Damals war sie schon alt. Deshalb ließ sie sich zusammen mit ihrem Leibarzt Munthe ganz in Rom nieder. Dass die Königin Munthe liebte und er die Königin, war kein Geheimnis. Das Königspaar war seit vier Jahrzehnten verheiratet und saß seit 1907 auf dem Thron. Damals forderte die Pflicht ungleich mehr als heute. Kein Mensch hält das durch. Es nutzt dem Land, wenn die Königsehe sich in Freundschaft und gemeinsame Repräsentation wandelt, sobald ein Nachfolger geboren ist.« Der König machte eine Pause und wog das Bündel Briefe in seiner Hand. »Ich weiß nicht genau, wann diese Sache hier begann, denn Viktoria weihte ihren Mann Gustav erst später ein: In den Briefen berichtet sie ihm von einer sonderbaren Begebenheit im Jahre 1922. Mussolini war damals Regierungschef in Italien geworden. Vor dem Fenster ihres Hauses in Rom tauchte ein Mädchen auf. Diese Erscheinung wiederholte sich einige Male in gewissen Abständen. Viktoria hielt sie für Halluzinationen oder Spuk und erzählte Munthe davon.«

»Verzeihung«, unterbracht Barbro. »Dürfte ich diesen Brief mal sehen?«

Der König zog den obersten Brief aus dem Stoß und reichte ihn ihr. »Das Mädchen tauchte fünf Mal auf, bis 1926 die zweite Stufe der Kontaktaufnahme stattfand. Es war zu der Zeit, als sich die Herrschaft Mussolinis in eine Diktatur verwandelte. Bei einer Abendgesellschaft sprach ein älterer Herr, den sie von da an immer wieder treffen sollte, Viktoria an. Was genau geschah, weiß ich nicht. Drei Jahre später bat Viktoria Gustav in einem Brief umgehend nach Rom. Bei diesem Treffen zeigte sich der König einverstanden, einen Schatz von unvorstellbarem Wert in seinem Geleit nach Schweden zu transportieren und dort zu verwahren.«

»Wusste er denn, worum es sich handelte?«, fragte Kjell. »Immerhin sind die Fasces ja Eigentum des Staates Italien.«

»Ich weiß nur, dass es sich um Kostbarkeiten handelte. Von etwas anderem war in den Briefen und in den Instruktionen an mich nie die Rede. Der Schatz ist weder Eigentum Italiens noch eines anderen. Es geht auch nicht um seinen materiellen oder historischen Wert. Mussolini hatte von der Existenz des Schatzes erfahren, und der Mann versicherte dem König, dass er auf keinen Fall in Mussolinis Hände gelangen dürfe. Bereits 1926 hatte er der Königin ein Dokument überreicht, in dem der Zusammenbruch der amerikanischen Börse vorhergesagt wurde.«

»Drei Jahre im Voraus?«, fragte Henning.

Der König nickte. »Es sollte dem König wohl beweisen, dass er auf das Versprechen vertrauen konnte, das der Mann ihm als Gegenleistung gab. Auch wenn der Schatz ihm nicht gehöre, so schütze er Schweden im kommenden Krieg vor jedem Angriff. Der König sah wie jeder andere zu dieser Zeit weit und breit keinen Krieg in Europa aufziehen. Dennoch schlug er in die Vereinbarung ein, weil der Mann ihm andeutete, worin das Besondere dieser Kostbarkeiten lag.«

»Aber Eure Majestät kennt diese Andeutungen nicht?«, fragte Barbro.

»Der König behielt es für sich. Als Viktoria im April 1930 starb, war der Moment gekommen. Ihr Leichnam wurde mit einem schwedischen Kriegsschiff, das sogar ihren Namen trug, nach Stockholm zurückgebracht. Der Schatz war im Reisesarg versteckt an Bord. Während die Königin hier bestattet wurde, brachten Abgesandte beider Parteien den Schatz in sein Versteck. Schon bald darauf geriet die Angelegenheit in Vergessenheit. Erst als wirklich der Krieg hereinbrach, erinnerte sich Gustav an das Versprechen, und ich kann mir gut vorstellen, wie ein rationaler Mensch dadurch in Bedrängnis geraten muss. Seine lavierende Haltung gegenüber Deutschland muss unter diesem Aspekt betrachtet werden. Tatsächlich verlief zunächst alles so, wie es ihm vorausgesagt worden war. Niemand tastete die Grenzen Schwedens an. Dann jedoch kam der Mittsommer 1941. Deutschland griff Russland an und forderte von Schweden, die 163. Infanteriedivision von Norwegen durch Schweden hindurch nach Osten führen zu dürfen. Schweden stand nun vor der Wahl, der Forderung zuzustimmen oder sie abzulehnen. Für König und Regierung war klar, dass Deutschland in Schweden einfallen würde, wenn man diese Zustimmung verweigerte. Gustav stand vor einem Dilemma. Er wusste nicht, welche Entscheidung richtig war. Staatsminister Hansson war Sozialdemokrat und natürlich gegen eine Zustimmung. Damals in Rom hatte der Mann Gustav ein Kuvert mitgegeben, in dem er in einer ausweglosen Situation Rat finden konnte.«

Der König zog ein weiteres Kuvert aus dem Bündel und reichte es Kjell. Der Inhalt bestand nur aus zwei schwedischen Sätzen.

»Stelle dich dem Untergang nicht entgegen«, las Kjell vor. »Mit uns, Herr, bist du stark, gegen uns nichts.«

»Ist der zweite Satz nicht ein Zitat?«, fragte Barbro.

Der König nickte amüsiert. »Ein gutes altes schwedisches Zitat. Noch in jener Nacht fuhren fünfzehntausend deutsche Soldaten mit unseren Eisenbahnen durch unser Land nach Finnland, um die Ostfront zu verstärken. Es sollte sich zeigen, dass gar nicht der Untergang Schwedens gemeint war, sondern der Untergang der 163. deutschen Infanteriedivision. Kein Einziger blieb am Leben. Der Krieg endete und auch das Deutsche Reich ging unter. Am Ende seines Lebens instruierte Gustav meinen Vorgänger und er mich. Ein halbes Jahrhundert lang hörten wir nichts aus Rom, bis ich vor zwei Jahren die Nachricht erhielt, dass der Zeitpunkt bald gekommen sei, wo der Schatz Schweden wieder verlassen würde. Das Versteck sei in Gefahr, und zudem schade es dem Land, wenn er zu lange hierbliebe.«

»Das muss zur gleichen Zeit gewesen sein, als man den Umbau der Bibliothek beschloss«, überlegte Kjell.

Henning nickte. »Und Fabia hat von ihrer Wohnung aus Wache gehalten. Das erklärt die gesamte Chronologie der Ereignisse.«

»Ich ahnte natürlich nicht, dass der Umzug zum Tod zweier Menschen führt. Das tat wohl niemand. Irgendetwas muss dazwischengekommen sein. Ich bekam die Nachricht von Botschafter Maero, der mir bei seinem Antritt vor sieben Jahren als Kontaktperson anvertraut worden war. Er wirkte, als wäre alles in bester Ordnung, aber ich glaube, er wusste ebenso wenig wie ich, um welche Kostbarkeiten es sich genau handelte.«

»Wenn der Schatz solches Unheil anrichtet, wieso wurde er dann nicht einfach vernichtet?«, fragte Kjell.

»Nicht der Schatz richtet das Unheil an, sondern wie immer die, die ihm nachjagen. Soweit ich weiß, darf er zu unser aller Wohl auf keinen Fall vernichtet werden.«

»Nun ja«, sagte Kjell. »Nach unserer Erkenntnis handelt es sich um die Insignien des alten Rom.«

Seine Majestät schüttelte den Kopf. »Es ist viel mehr als das, sonst hätte der alte Mann Viktoria damals in Rom nicht überzeugen können. Sie war schließlich die Königin Schwedens und keine Antiquitätenschmugglerin. Von einer Begebenheit weiß ich: Einige Jahre nach Ende des Krieges und kurz vor Gustavs Tod überlegte der Außenpolitische Rat, ob Schweden sich an den Vorverhandlungen zum Pariser Vertrag beteiligen solle. Dieser Vertrag besiegelte die Montanunion und war der Beginn der Europäischen Gemeinschaft. Ein Mitglied des Rates meldete sich zu Wort und endete mit dem pathetischen Hinweis, dass die Stärke und die Macht Europas immer schon in der gemeinsamen Idee gelegen habe. Als Vorsitzender des Rates musste Gustav darauf etwas erwidern. Und er sagte nur einen einzigen Satz: Die Macht Europas liege gewiss nicht in einer Idee, sondern im Gegenteil von einer Idee.«

»Also ein Ding?«, fragte Henning interessiert.

»Die anderen im Rat interpretierten diese Äußerung als Beweis für die Senilität des Königs. Aber ich vermute, dass er nur etwas von dem verriet, was der Mann in Rom ihm damals angedeutet hatte. In Viktorias Briefen taucht irgendwo der Ausdruck ›Die Stärke von Salamis, Zama und Wien‹ als Umschreibung für den Schatz auf. Der alte Mann hatte ihn ihr gegenüber verwendet, und Viktoria wusste aufgrund ihrer Bildung, dass mit diesen Orten für Europa bedeutende Ereignisse verbunden sind.«

»Maero«, sagte Henning entschieden. »Er war dafür vorgesehen, den Koffer zu überbringen.«

»Verzeihung«, unterbrach Barbro. Sie hielt noch immer den ersten Brief Viktorias in den Händen. »Auf dem Briefpapier ist ›Sophia Maria Viktoria – Herzogin von Värmland‹ eingeprägt.«

»Ja, das Papier stammt aus der Zeit vor der Thronbesteigung. Sophia ist ihr erster Name. Aber weil ihre Vorgängerin auch Sophia hieß, nahm sie den Thronnamen Viktoria an.«

»Das ist es nicht«, murmelte Barbro und suchte Blickkontakt mit ihren Kollegen.

»Meine geistreiche Kollegin möchte damit auf eine Gemeinsamkeit hinweisen«, erklärte Kjell. »Die Fasces wurden von einer Ermittlerin gefunden, die Sofi heißt und aus Värmland stammt.«

Henning nickte. »Sofi mit F aber ohne A.«

»… und die gleiche Erscheinung vor ihrem Fenster hatte«, fügte Barbro hinzu. »Zudem sieht sie für eine Schwedin verflixt etruskisch aus, finde ich. Ihre väterliche Herkunft ist unklar, aber es könnte durchaus ein Italiener sein.«

Henning legte den Arm um Barbro. »Jetzt übertreibst du aber.«

Dem König stand einen Augenblick lang der Mund offen. »Nun ja, Sophia Viktoria stammt von niemand Geringerem ab als von Gustav Vasa. Man kann also nicht behaupten, ihr Vater wäre ein Unbekannter wie im Fall eurer Kollegin.«

»Trotzdem ist es unglaublich, dass ausgerechnet sie darauf stoßen musste«, resümierte Barbro.

Der König lächelte. »Wie hat sie die Koffer denn gefunden?«

»Es war nur einer. In einem Schließfach am Centralbahnhof.«

»Das kann nicht sein. Ich wusste zwar nicht, woraus der Schatz besteht, aber ich weiß sicher, dass es *zwei* Behälter sind. Und jeder enthält drei Gegenstände.«

86

Sofi war im Bug auf den Boden gesunken und konnte den Blick nicht von den vier Menschen lassen, die mit ihr an Bord des kleinen Rennbootes waren. Es raste mit hoher Geschwindigkeit über das Wasser. Die Schleuse rückte in weite Ferne und schrumpfte zu einem Strich am Horizont. Sofi betrachtete ihre Arme und bemerkte, dass sie vor Kälte zitterte. Das Mädchen stand in der Mitte des Bootes und wendete nach langem Zurückblicken zur Schleuse endlich den Blick ab. Sie kletterte nach vorn zu Sofi, reichte ihr ein Laken und bedeutete, dass sie sich damit abtrocknen solle. Zögernd nahm Sofi es an. Ihr Haar war vom Fahrtwind schon fast getrocknet. Das Mädchen griff in einen Leinensack und förderte Kleidungsstücke zutage, die sie vor Sofi auf die Sitzbank stapelte.

»Du musst das anziehen. Schnell.«

Zum ersten Mal sprach das Mädchen mit ihr. Ihr Schwedisch wirkte mechanisch, als verstünde sie die Sprache gar nicht und als hätte sie die Sätze nur auswendig gelernt. Bisher hatte sie wenige Sätze mit den Männern gesprochen, in einer Sprache, die fremd klang. Noch mehr befremdete Sofi allerdings die Gewandtheit und Selbstverständlichkeit, mit der das Mädchen und die drei Männer diese Sprache verwendeten. Als gehörte sie ihnen.

Die Erkenntnis, dass Kjell sich im allerwichtigsten Punkt geirrt hatte, saß schon seit der Schleuse ohne Kraft in ihrem Gehirn. Die Verkleidung dieser Menschen begann nämlich erst jetzt. Das Mädchen zog sich ihr langes Hemd über den Kopf, obwohl sie gar nicht nass geworden war. Sie deutete auf den Kleiderstapel, was Sofi als Aufforderung verstand, es dem Mädchen nachzutun. Es befreite, die nassen Sachen auszuziehen, allerdings verstärkte sich ihr Zittern noch, weil sie sich vor den Männern entblößen musste. Umständlich zog sie sich die Hose über die Beine und wendete sich ab, um die Bluse überzuziehen und zuzuknöpfen. Als sie fertig war und das Mädchen ihr schwarze Stiefel reichte, fiel Sofi auf, dass ihr Aufzug eine Kopie der Kleidung war, die sie am Montag beim Einsatz in der Botschaft getragen hatte. Die Sachen rochen chemisch und mussten für diesen Anlass gekauft worden sein. Das Mädchen kämmte sein Haar und band es im Nacken zusammen.

Der Mann am Steuer lenkte nach Norden auf die Achterbahn von Gröna Lund zu. Aber das war nicht ihr Ziel. Es hatte eher den Anschein, als manövrierte er das Boot schlingernd im Schatten des Ufers, damit es nicht entdeckt wurde.

Kräne tauchten auf. Das Boot wurde langsamer und steuerte auf das Ufer zu. Dort standen weitere Männer, etwa ein Dutzend. Das Boot legte an. Sofi kannte Beckholmen nur aus der Ferne. Sie hatte die kleine Insel nie zuvor betreten.

Die Männer glichen sich auf sonderbare Weise. Allen waren die markanten Gesichtszüge gemein und auch die Kleidung. Nach den Zeugenaussagen der letzten Tage hatte Sofi sie sich genau so vorgestellt.

Das Mädchen sah immer noch jung aus. Aber in dieser Verkleidung würde sie jeder für ein normales Mitglied der Gesellschaft halten. Sie wühlte in Sofis nasser Jacke und zog den Polizeiausweis heraus. Dann nahm sie Sofi bei der Hand und half ihr von Bord. Sie ließen die anderen zurück und steuerten zu einem grauen Volvo, der neben dem riesigen Trockendock stand. Auch das Auto war eine Kopie des Wagens, den die Reichsmord ständig benutzte.

»Du musst fahren«, sagte sie und umrundete die Kühlerhaube, um sich auf den Beifahrersitz zu setzen.

»Wohin soll ich denn fahren?«, fragte Sofi.

»Botschaft. Du fährst zur Botschaft.« Sie machte eine anschiebende Geste mit der Hand. »Wir gehen hinein.«

»Wir können die Botschaft nicht betreten. Sie wird streng bewacht.«

»Wir können.«

Sie gab Sofi den Polizeiausweis zurück, zückte einen anderen Ausweis aus ihrer Jackentasche und hielt ihn Sofi direkt vor das Gesicht. »Mein Name ist Letizia Sudano vom italienischen Außenministerium in Rom. Verstehst du das?«

Obwohl Sofi die Absicht des Mädchens durchaus verstand, schüttelte sie den Kopf. »Das mache ich nicht. Ihr habt den Botschafter getötet.«

Das Mädchen musste überlegen. Sie stand offensichtlich unter Druck. »Er hat die Vereinbarung gebrochen«, sagte sie nun in gebrochenem Englisch. Ihr Schwedisch war auf Sofis Weigerung offensichtlich nicht vorbereitet gewesen. »Er sollte die Kostbarkeit bergen und nach Rom bringen. Aber das hat er nicht getan. Stattdessen ließ er Thintna töten, um uns zu täuschen. Wir sind auf Einladung des Königs von Schweden hier. Deine Kollegen sind gerade bei ihm.«

Sofi starrte das Mädchen regungslos mit ihren schwarzen Pupillen an. Damit erzielte sie immer Wirkung, und auch das Mädchen zeigte die erwartete Unsicherheit. Doch in ihrem Kopf war alles in Bewegung. Das Wort *Thintna* mit englischem *th* hatte sie erst für eine unbekannte Vokabel gehalten. Ihr Englisch war nicht so gut. Aber das Wort konnte nichts anderes sein als der wahre Name der Toten. Ihr Unfalltod sollte also gar nicht die Polizei täuschen. Maero hatte alles so arrangiert, um es wie einen wirklichen Zufall aussehen zu lassen. Und um ihr den Schlüssel abzunehmen.

»Aber warum soll er das getan haben? Wollte er die Fasces verkaufen?«

Das Mädchen musterte Sofi. »Verkaufen?«

»Making money.«

Das Mädchen starrte sie mit aufgerissenen Augen an, als wäre Sofi von unendlicher Einfältigkeit. Ihre Pupillen irrten umher. »Nein. Kein Geld. Du musst fahren. Jetzt!«

Sofi startete den Motor und löste die Bremse. Langsam ließ sie den Wagen an dem riesigen Trockendock vorbeigleiten. Das Loch im Boden war wie das Negativ eines Schiffskörpers geformt und gerade nicht mit Wasser gefüllt. Aus dem Seitenfenster blickte Sofi hinab auf den Grund. Das Dock musste dreißig Meter tief sein oder noch mehr. Beckholmen war eine kleine Insel bei Djurgården. Es gab nur Werftanlagen darauf und in der Mitte eine felsige Erhebung mit einigen Holzhäusern. Wahrscheinlich wohnten dort Leute, die zur Werft gehörten.

Nachdem sie den Hügel umfahren hatte, ging es über eine Holzbrücke hinüber nach Djurgården. Oben am Djurgårdsvägen bog sie rechts ab.

»Was tun wir in der Botschaft?«

Das Mädchen erklärte ihr den Plan mit den Händen. Sie würden ihre Ausweise zeigen, hineingehen und etwas herausholen. »Wir verstehen Maero nicht. Er hat seine Gedanken geändert. Ein anderer hat ihn erpresst und hat unseren Bund mit Schweden verletzt. Das wussten wir nicht. Jemand ist aufgebrochen zu seinem Haus.«

»In Italien?«

»Ja. Dort.«

Sofi bremste. »Willst du damit sagen, dass jemand seine Familie bedroht?«

»Bedrohen. Vielleicht.«

»Und Leute von euch haben sich dorthin auf den Weg gemacht?«

Das Mädchen nickte.

»Wie viele seid ihr?«

Sie öffnete dreimal ihre beiden Hände.

»Dreißig?«

Sie schüttelte den Kopf.

»Dreihundert?«

»Nein.«

»Dreitausend?«

Das Mädchen nickte erleichtert.

»Meine Kollegin ist dorthin gefahren. Ich muss sie alarmieren.«

»Wir müssen zur Botschaft.«

Wütend drückte Sofi aufs Gas und legte den Rest der Strecke mit hoher Geschwindigkeit zurück. Erst an der Auffahrtsstraße drosselte sie das Tempo. Vor dem Eingang standen zwei Streifenwagen und ein heruntergekommener Audi, in dem zwei Schützen vom Einsatzkommando saßen und dösten.

Sofi parkte vor der Einfahrt und stieg mit künstlicher Entschlossenheit aus. Mit einem Schlag verstand sie, warum sie ausgewählt worden war. Am Montag hatte sie das Gelände bereits betreten, und die Wachposten konnten sich bestimmt an sie erinnern. Mit niemand anderem außer vielleicht mit dem Sonderermittler aus Rom hätte das Mädchen sich in die Botschaft tricksen können.

Der Wachleiter musterte Sofi irritiert und grüßte dann mit einem Nicken. Er hätte auch nichts anderes tun können, weil Sofi ihm gegenüber weisungsbefugt war. Das Mädchen gab eine Zahlenkombination am Gitter ein, und das Tor öffnete sich lautlos. Ohne sich umzudrehen, wanderten sie über den feuchten Rasen auf den Eingang des Gebäudes zu. Auch dort kannte das Mädchen die richtige Zahlenkombination.

Nach dem Eintreten drückte sie die Tür leise zu. Trotzdem war Sofi, als würde ihr Schicksal mit einem lauten Schlag besiegelt. Sie standen einige Sekunden regungslos da, bis sich ihre Augen an die Dunkelheit gewöhnt hatten. Es fiel kaum Licht durch die beiden Fenster, und Sofi, die noch nie hier gewesen war, konnte die Ausmaße der Eingangshalle nur mit Mühe erahnen.

Das Mädchen schlich voraus. Sofi folgte ihr und beteiligte sich an der Lautlosigkeit, obwohl sie den Grund dafür nicht verstand. Hier war ja niemand. Der Sonderermittler übernachtete nicht in der Botschaft, und Lorenza und Carla waren vorgestern zum Rapport nach Rom gereist. Das Mädchen schlich zu einer dunklen Ecke in der Halle. Dort öffnete sie die Holztür, hinter der eine Treppe hinab in den Keller führte. Auf dem Weg hinab streifte Sofi die Wände aus nacktem Fels. Von Stufe zu Stufe roch die Luft modriger. Irgendwo musste Wasser durch die Wände gedrungen sein. Auf der letzten Stufe zog das Mädchen eine Taschenlampe aus der Tasche und leuchtete auf den Boden. Hinter der letzten Stufe lag eine Eisenluke. Das Mädchen sprang mit einem Satz darüber hinweg. Vielleicht kam daher die Feuchtigkeit, dachte Sofi und sprang hinterher.

Das Mädchen ließ das kaltblaue Licht ihrer Lampe an sechs türlosen Öffnungen vorbeigleiten. Bei der letzten angekommen wanderte der Lichtstrahl wieder zurück zur ersten. Auch sie war anscheinend noch nie hier gewesen und musste die Öffnungen abzählen. Sie huschten hinüber zur sechsten Öffnung. Hinter jeder verbarg sich ein Kellerabteil mit Wänden aus bröckeligen Ziegeln von winziger Größe. Im sechsten Abteil jedoch ragten Stahlregale bis zur Decke hinauf. Sie enthielten Archivkartons, die mit Jahreszahlen oder Themen beschriftet waren. Das Mädchen stellte sich auf die Zehenspitzen und zählte die Kartons eines Regals von links nach rechts ab. Sofi half ihr, den ausgewählten Karton herauszuhieven und auf dem Boden abzusetzen. Er war nicht besonders schwer, aber die feuchte Luft hatte die Pappe aufgeweicht.

Ein schlechtes Versteck, fand Sofi, als sie dem Mädchen dabei zusah, wie sie den Deckel abhob, dann Stapel welliger Dokumente herausnahm und sich auf den Grund des Kartons vorarbeitete. Ein Polizist oder ein Steuerprüfer wäre schnell darauf gestoßen. Ein typisches Panikversteck. Es gab ein Dokument in Sofis Leben, das sie in einem abartigen aber legalen Pornoheft aus Japan versteckte. Sie hatte das Heft nur für die Aufbewahrung des Dokuments psychologisch sorgsam in einem Zeitungsladen im Centralbahnhof von Kopenhagen ausgesucht und würde einen Tausender darauf setzen, dass es der Polizei bei einer Durchsuchung ihrer Wohnung durch die Lappen ging.

Sofi durchlitt noch weitere Phantasien, die nicht hierhergehörten, bis das Mädchen innehielt, dann die Hände wie Spaten in den Karton steckte und eine Kiste heraushob, in der einst belgische Pralinen gewesen sein mussten. Das Blech glänzte matt. Sofi griff zu, um dem Mädchen dabei zu helfen, den Deckel zu lösen. Eine durchsichtige Mülltüte kam zum Vorschein. Das Mädchen zerrte sie heraus und suchte nach der

Öffnung. Dabei schien es sie auf einmal nicht mehr zu stören, dass das Knistern im ganzen Keller zu hören war. Drei Rollen. Sofi dachte an Servietten, weil sie von verzierten Metallringen zusammengehalten wurden. Erst als das Mädchen einen der Ringe abzog und zur Seite legte, begriff sie, dass sie gar nicht wegen der Ringe hier waren. Die Rolle erinnerte Sofi an ein Fensterleder. Das Mädchen rollte das Leder auf und erstarrte. Die Innenseite war beschriftet. Pergament, dachte Sofi.

Nach einer Weile der Starre kam wieder Leben in das Mädchen. Hastig krempelte sie das Tuch wieder zusammen und zog ein Stück Stoff aus ihrer Jackentasche, das sich als Einkaufsbeutel von Konsum entpuppte. Sie stopfte die Rollen hinein und zwängte den Beutel in den Bund ihrer Hose. Dann sprang sie auf und sah an sich hinab, um zu prüfen, ob an ihrem Bauch eine unnatürliche Wölbung entstanden war.

»Schnell!«, schrie sie im Flüsterton. Sofi rappelte sich auf. Der Druck des Schleusenwassers hatte eine rheumatische Starre in ihren Gliedern zurückgelassen. Ihre Augen brannten.

Der raue Boden knisterte und kratzte, wenn man die Füße beim Gehen nicht sorgfältig anhob und aufsetzte. Sie hatten gerade die Treppe erreicht, als oben im Haus etwas knarrte. Beide hielten im Schritt inne und horchten. Das Geräusch wiederholte sich zweimal. Sofi deutete mit dem Zeigefinger zur Decke. Das kam von der Holztreppe in der Eingangshalle. Das Mädchen nickte und schob Sofi zurück in den Keller. Als Sofi in das sechste Abteil zurückwollte, packte das Mädchen sie am Kragen und steuerte auf das erste Abteil zu. Sofi verstand. Von dort erreichte man die Treppe, falls jemand herunterkam, um in die hinteren Abteilungen zu sehen. Das hätte ihr auch einfallen können.

Erst hielt sie das Abteil für völlig leer, bis sie mit der Fußspitze gegen etwas Unsichtbares stieß und damit ein spitzes Geräusch verursachte, von dem sie sich nicht ausmalen konnte, wie weit es wohl zu hören war. Am Boden lehnten lauter Glasscheiben an den Wänden. Das Mädchen sah sich hektisch um und erkannte, dass ihre Wahl auf einen ganz und gar ungeeigneten Raum gefallen war. Die Scheiben reichten ihnen bis zu den Knien und lehnten im Winkel von dreißig Grad an den Wänden. Hier konnten sie sich unmöglich gegen die Wand drücken und im Schatten verbergen. Sofi fiel links neben der Öffnung auf die Knie, hob drei aufeinandergestapelte Platten hoch und versetzte sie. Das Mädchen wollte sich neben Sofi knien, aber sie bedeutete ihr, dass sie sich auf die rechte Seite der Öffnung stellen sollte. So standen sie im Notfall nicht als großes Ziel nebeneinander.

Dann hörten sie die Sohlen auf den rauen Treppenstufen schleifen und spürten den Luftzug. Sie pressten beide ihren Rücken an die Wand. Weil sie ihre Köpfe zur Öffnung in der Mitte drehten, blickten sie sich in die Augen. In den schwarzen Pupillen des Mädchens glänzte Furcht. Dennoch wirkte ihre gesamte Körperhaltung entschlossen. Sofi konnte nicht fassen, wie ein Mädchen in ihrem Alter seine Angst so bändigen konnte.

Die Schritte auf der Treppe kamen immer näher. Bei jedem Auftreten sank das Mädchen mit dem Gesäß ein wenig tiefer. Sofi glaubte, dass es unbewusst aus Furcht geschah, aber als der Mann von der letzten Stufe mitten auf die Metallplatte am Fuß der Treppe tappte, hatte die Hand des Mädchens eine der Glasplatten erreicht und brach die Ecke ab. Der Krach von draußen verschluckte das Geräusch des brechenden Glases.

Aus den folgenden Geräuschen war gut herauszuhören, dass der Mann – es musste ein Mann sein, so wie er die Platte übersehen hatte – sich nicht zwischen den Öffnungen entscheiden konnte. Jetzt verstand Sofi, warum das Mädchen beim Betreten der Botschaft den letzten Rest der Dunkelheit nicht hatte verpassen wollen.

Der Mann ging im Gang auf und ab. Nach einiger Zeit hatte sich das Echo seiner Schritte so aufgeschaukelt, dass Sofi ihn nicht mehr orten konnte. Auf einmal wurde es still. Die Stille war so laut, dass Sofi begriff. Der Mann musste unmittelbar vor der Öffnung stehen.

Was jetzt folgte, verstand sie erst, als es bereits geschehen war. Sofi hatte den Glassplitter in der Hand des Mädchens für die letzte Verteidigung gehalten und nicht mit einem Angriff von ihr gerechnet. Tief geduckt schnellte sie um die Ecke und sprang auf den Mann zu. Sofi presste ihren Rücken stärker an die Wand, bis sie nichts anderes spürte als das Beben ihres Körpers. Da war draußen längst etwas Schweres auf den Boden geschlagen. Ohne ihre Haltung zu verändern, wanderte Sofi Grad um Grad um ihre eigene Achse, bis sie sehen konnte. Das Mädchen hockte auf dem Berg, von dem sie nur die Sohlen seiner Schuhe zittern sah. Wie viel Zeit ohne Regung verstrich, ließ sich nicht ermessen. Das Mädchen saß auf dem Schoß des Mannes und hatte sich so zu ihm hinabgebeugt, dass es einem Kuss vor dem gemeinsamen Höhepunkt glich. Aber als sich ihr Oberkörper aufrichtete, tat sie es ohne Stöhnen und ohne jeden anderen Laut.

87

»Wenn sie uns wenigstens angerufen und gesagt hätte, worauf sie in der Bibliothek gestoßen ist.« Barbro schleuderte das Telefon auf die Fußmatte und rutschte auf dem Beifahrersitz in eine bequeme Haltung.

Dann saßen sie alle da und richteten ihren Blick nach vorn, als wäre die vor der Windschutzscheibe vorbeiziehende Welt die Leinwand eines Autokinos. Diese Welt, das waren die Baumwipfel und Villen, die den Djurgårdsvägen säumten. Wie immer, wenn die nächste Ampel noch nicht zu sehen war, fuhr Henning achtzig. Kjell glaubte, dass es Henning gar nicht bewusst war, denn bei jeder Schwäche, der Henning sich hingab, herrschte beachtliche Konstanz und Gleichmäßigkeit.

Kjell hatte es sich mit seiner Sprachlosigkeit auf der Rückbank bequem gemacht. Seine fehlenden Worte fragten, wie er es bis zu diesem Punkt hatte bringen können, wenn doch der Weg so falsch gewesen war.

»Du musst nicht so schnell fahren«, rief er dann nach vorn, um seine Gedanken zu wechseln. »Der Ermittler ist bestimmt noch nicht da.«

Sie hatten dem Ermittler aus Rom einen Streifenwagen ins Hilton geschickt, der ihn so schnell wie möglich zur Botschaft bringen sollte. Ein anderer Ort war Kjell nicht eingefallen.

Henning knurrte. Damit sagte er, dass er nicht so schnell fuhr, weil er schnell ankommen, sondern weil er schnell fahren wollte.

Über der Nordseite der Botschaft lag noch Schatten. Henning ließ den Wagen am Straßenrand ausrollen. Die beiden vor der Einfahrt postierten Polizisten drehten sich träge zu ihnen um. Erst zögerten sie mit dem Aussteigen. Es war gemütlicher, im Wagen zu warten, aber dann stellte sich Henning auf die Straße, um der Wartezeit mit einer Zigarette einen Sinn zu geben. Einer der beiden Uniformierten kam auf sie zu.

»Wir warten noch auf jemanden«, rief Henning.

»Wenn ihr auf eure Kollegin wartet, die ist gerade wieder weg.«

»Welche Kollegin?«, fragte Henning zurück.

Kjell und Barbro hatten alles durch die herabgekurbelten Fenster mitangehört und stiegen aus dem Wagen.

»Na, die Schwarzhaarige.« Der Polizist ließ seine Hüften kreisen, um auch den Rest an Sofis Aussehen auf eine einfache Formel zu bringen.

Barbro lief auf ihn zu. Der Polizist erwartete eine Abreibung für seine obszöne Geste und ging in Deckung.

»Was wollte sie?«, fragte Barbro im Gehen.

»Sie war im Haus.«

»Das kann nicht sein. Sie würde es niemals ohne Begleitung eines Angehörigen der Botschaft betreten.«

Inzwischen hatten die drei den armen Kerl umringt.

»Die italienische Ermittlerin war doch dabei.«

»Wieso Ermittlerin?«, fragte Kjell. »Der Ermittler ist Francesco Baldo.«

Der Polizist hob die Achseln. Nun hatte auch der zweite Uniformierte das bequeme Lehnen an der Mauer aufgegeben und war zu ihnen geschlendert. »Sie wird eine Kollegin von ihm sein. Sie hat sich korrekt ausgewiesen und war in Begleitung eurer Kollegin. Die beiden haben sich sogar ähnlich gesehen.«

»Waren sie mit einem Auto da?«

Der Wachposten nickte. »Das gleiche wie eures. Ein grauer V 70. Wir dachten soeben, da kommen sie wieder zurück.«

»Wann genau sind sie gefahren?«

»Zwei Minuten, bevor ihr angekommen seid.«

»Ihr müsst ihnen doch begegnet sein«, sagte der andere. »Vorne beim Skansen oder so.«

Henning und Barbro rannten zum Auto zurück. Kjell winkte zu dem zwanzig Meter entfernt stehenden Audi. Die beiden Leute vom Einsatzkommando darin verstanden und ließen den Motor an.

Henning konnte auf der Straße in einem Zug wenden. Nachdem er sich vergewissert hatte, dass der Audi ihnen folgte, drückte er aufs Gas. Wie auf der Herfahrt war auf dem Djurgårdsvägen kein anderes Auto unterwegs. Sie passierten die schlafenden Kassenhäuschen am Skansen, dann Gröna Lund und die Kunsthalle. Henning steuerte auf die Brücke zu, aber plötzlich drückte er ohne erkennbaren Grund auf die Bremse. Kjell hatte nicht aufgepasst und prallte mit dem Gesicht gegen den Vordersitz. Er warf einen Blick aus dem Rückfenster. Zum Glück hatte der Audi genug Abstand gehalten.

Der Wagen stand. Barbro hob an, etwas zu sagen, aber Henning brachte sie mit einem Wink zum Schweigen. Dann war es lange still, nur der Motor surrte leise im Leerlauf.

»Das kann doch gar nicht sein!«, murmelte Henning und blickte stur geradeaus. Sie standen gleich vor der Brücke. »Vorhin mussten wir da vorne ewig an der roten Ampel warten. Wir hätten sie da schon sehen müssen, und wenn sie den Strandvägen genommen haben, was sehr wahrscheinlich ist, dann ergibt das ein Zeitfenster von gut zehn Minuten.«

Kjell spürte seit der Kirche eine Taubheit, die wie eine Decke über seinen Gedanken lag und sich nicht abschütteln ließ. Er beugte sich vor. »Henning. Was hältst du von Beckholmen? Bin neulich mit dem Schiff daran vorbeigefahren. Ist die einzige Abzweigung.«

»Aber eine Sackgasse«, erwiderte Barbro.

»Nicht, wenn man ungesehen in ein Boot umsteigen will, wie sie es neulich schon getan haben. Dann ist es ideal.«

Henning schlug das Lenkrad um und wendete mit quietschenden Reifen. Dabei kurbelte er das Fenster herab und winkte den anderen Wagen hinter sich her.

Als sie wieder den Vorplatz des Skansen erreichten, bog Henning scharf ab und steuerte auf den kleinen Weg zu, der zwischen zwei Villen hindurchführte und für Ortsunkundige wie die Einfahrt auf ein Grundstück aussah. Der Wagen ratterte über die Holzbrücke.

Dahinter gabelte sich die Straße. Der eine Weg führte links und der andere rechts am Ufer der kleinen Insel entlang.

»Weder noch«, antwortete Kjell auf die stumme Frage und

sprang aus dem Wagen. Henning stellte den Motor ab und folgte ihm. Der Audi hielt auf der Brücke. Wegen des Geländers mussten sich die beiden Insassen durch den engen Türspalt zwängen.

»Wie seid ihr bewaffnet?«, fragte Kjell.

Die beiden nickten nur.

»Alles mitnehmen. Wir gehen über den Fels.«

Eine Auffahrt führte zu den roten Holzhäusern, die vereinzelt auf dem Hügel standen. Beim Hinauflaufen wunderte sich Kjell, wer dort wohl wohnte. Beckholmen war eigentlich nicht mehr als eine Werft mit Trockendocks, Kränen und einer Menge Gerümpel. Wahrscheinlich lebten Angestellte der Werft darin oder Künstler, die ein Industrieidyll für ihre Inspiration benötigten.

Auf dem schroffen Felsen wuchsen an vielen Stellen hohes Gras und sogar vereinzelt Bäume. Von dort oben sahen sie, dass das Dock nicht geflutet war.

»Da steht der Volvo!«, flüsterte Barbro.

Kjell winkte die anderen weiter. Der Hügel erstreckte sich bis zum Südende der Insel. Dann tauchten die ersten Köpfe auf. Kjell ging in Deckung. Als die anderen in geduckter Haltung zu ihm aufschlossen, starrten sie gebannt auf die Menschenmenge, die unter ihnen zu sehen war. Die meisten von ihnen standen auf der Schleusenwand. Auf einem sprungbrettbreiten Weg konnte man auf ihr hin und her laufen.

Die Ausmaße des Docks waren riesig. Sogar eine Finnlandfähre hätte hineingepasst. Kjell schätzte die Länge auf zweihundert Meter und die Breite auf fünfzig. Eine Treppe führte von der Kante hinab zum Grund. Er zählte die Treppenstufen und kam zu dem Ergebnis, dass das Becken mindestens vierzig Meter tief sein musste. Also fast so tief, wie der Observatoriumsberg hoch war, meldete eine andere Region seines Gehirns.

Auf der Schleusenwand und am Ufer daneben mussten mehr

als fünfzig Personen stehen. Ihre Gewänder wehten im Morgenwind. Kjell konnte nur Männer unter ihnen entdecken.

Hinter ihm klickte es metallisch. Die beiden vom Einsatzkommando hatten ihre Gewehre bereit gemacht.

»Da ist Sofi!«, flüsterte Henning. »Sie sitzt auf der Motorhaube.«

Über das Dach des Wagens hinweg sah man nicht mehr als die obere Hälfte ihres Hinterkopfes. Der Wagen stand etwas abseits der Menschenmenge. Offensichtlich waren sie kurz davor, die Insel zu verlassen. Vor dem Ufer schaukelten acht Boote. Ein Mann stand im flachen Wasser.

»Da könnten wir nichts ausrichten«, brummte Henning. »Es sind zu viele.«

Kjell streckte seinen Arm aus wie einen Speer. »Den da lassen wir nicht entkommen.«

Es war Charun. Von allen Menschen dort unten trug er als Einziger einen Bart. Er kniete auf dem Schleusensteg, und seine Hände steckten in einer Kiste. Ihm gegenüber kniete eine weitere Person. Schwarzes langes Haar hing über ihren Rücken hinab. Das musste das Mädchen sein, das Sofi in die Botschaft begleitet hatte. Sie war die einzige weitere Frau.

»Könnt ihr den Bärtigen reiseunfähig schießen?«, flüsterte Kjell, ohne sich umzudrehen.

Der Schütze hinter ihm zog entschlossen die Nase hoch. Er warf sich neben Kjell aufs Gras und legte die Waffe an.

»Pass auf, dass du das Mädchen nicht triffst.«

Der Schütze wartete, bis der Bärtige sich aufrichten wollte. Als die Kugel seinen Oberschenkel traf, krachte sein Körper rücklings auf den Steg.

Alle Köpfe wandten sich um, aber offenbar war es nicht so leicht, die Herkunft der Kugel zu bestimmen. Sofi sprang vom Wagen weg und suchte neben der Kühlerhaube Deckung. Sie musste wohl die ganze Zeit auf Charun geblickt haben.

Barbro telefonierte mit der Funkzentrale.

Doch der Schuss stiftete keine Panik unter den Männern. Stattdessen schien alles nur schneller abzulaufen. Sie sprangen in die Boote. Zwei davon legten sofort ab.

Charun schleppte sich zur Kiste zurück und half dem Mädchen, den Deckel zu schließen. Dann half sie ihm beim Aufstehen. Das Mädchen hob die Kiste. Er legte seine Hände auf ihre Schultern, und so verweilten sie für einen Augenblick.

Henning drückte sich mit den Armen hoch, bereit zum Stürmen des Ufers, aber dann hielt er inne. Charun konnte sich kaum auf den Beinen halten und würde es nicht in eines der Boote schaffen.

Er versuchte es auch nicht. Das Mädchen wandte sich ab und lief allein zum letzten Boot. Als sie am Bug stand und immer noch die Kiste in den Armen hielt, sah sie zu Charun herüber, der sich ihr auch zugewandt hatte. So verharrten sie, während das Boot sich rückwärts vom Ufer entfernte.

Sofi kam wie vom Rand eines Bildes in das Zentrum gelaufen. Doch sie erreichte das Zentrum zu spät. Charun legte den Kopf in den Nacken und blickte zum Himmel hinauf. Dann begann sein Körper zu kippen, ohne jede Regung und mit ausgebreiteten Armen. Während er auf den Grund des Beckens zufiel, wurden Sofis Schritte immer langsamer. Dann blieb sie stehen.

Fata aliter ius suum peragunt nec ulla commoventur prece non misericordia flecti non gratia sciunt. Cursum irrevocabilem ingressa ex destinato fluunt, quemadmodum rapidorum aqua torrentium in se non recurrit nec moratur quidem quia priorem superveniens praecipitat, sic ordinem fati rerum aeterna series rotat, cuius haec prima lex est stare decreto.

Die Vorsehung verfolgt ihr Recht auf andere Weise. Und keine Bitte kann sie erweichen, kein Mitleid umstimmen, und auch nicht Zuneigung. Gnade kennt sie nicht. Auf unwiderruflicher Bahn fließt das Schicksal nach fester Bestimmung, so wie auch das Wasser im reißenden Bach nie zurückströmt und nicht mal stillstehen kann, weil das Nachfolgende auf das Vorausgehende stürzt. So rollt die ewige Folge der Ereignisse nach der bestimmten Ordnung dahin. Sein Prinzip heißt, auf seinem Beschluss zu beharren.

Diese Geschichte ist frei erfunden. Zahlreiches ist aus der Wirklichkeit eingeflossen, wie die populationsgenetische Studie der etruskischen Mumien oder historische Ereignisse, doch ist ihr Anteil an dieser Geschichte erdichtet.

Bei den Vorarbeiten stieß ich bei Polizei, Juristen und Diplomaten auf ganz unterschiedliche Einschätzungen zu der Begebenheit, wie sie hier erzählt wird. Dies hat sich in der Geschichte niedergeschlagen. Ich danke allen für ihre freundliche Hilfe, besonders aber Maj-Lis Anfält Björklund, die mit mir in den Katakomben der Stockholmer Bibliothek gewühlt hat.

Die einleitenden Zitate stammen aus dem zweiten Buch der Naturales Quaestiones von Lucius Annaeus Seneca (32,2 mit kleiner Veränderung; 34,1; 34,4; 35,2), die Übersetzung von mir.